행복은 주름살이 없다

행복은 주름살이 없다

Le bonheur n'a pas de rides

안가엘 위옹 장편소설 · 이세진 옮김

청미

나의 아버지께

일러두기

* 주는 모두 옮긴이 주다.

"자신을 다시 만들지 못할 만큼 늙은 때는 없다."

– 마리옹 프리장

"노년에 대한 사랑을 간직하라."

– 빅토르 위고

"적어도 당신이 채소가 될 일은 없겠네요. 아티초크도 심장은 있거든요!"*

– 아멜리 풀랭

(장피에르 죄네 감독의 영화 「아멜리 풀랭의 놀라운 운명」** 중에서)

---

* '아티초크의 심장'은 아티초크라는 채소의 말랑말랑하고 부드러운 속 부분을 가리킨다. 쉽게 사랑에 빠지는 경향을 뜻하는 관용적 표현이기도 하다.
** 우리나라에서는 「아멜리」라는 제목으로 상영되었다.

1

    실비안은 장터에 늦게 도착하기 싫었다. 늦을수록 날이 덥고 주차도 힘들다. 그녀는 계기반의 시계를 흘끗 보고 내리막길에서 속도를 냈다. 라디오에서는 진행자가 열띤 어조로 7월 14일 혁명기념일 축하 프로그램을 소개하고 있었다. 실비안은 라디오를 껐다. 이미 인파와 소음과 메르게즈* 냄새만으로도 골이 지끈거렸다. 바로 앞차, 오래된 폴로는 경치 구경이라도 하는지 굼뜨기 짝이 없었다.

    "좀 가라, 젠장!" 실비안이 소리를 질렀다.

    기아를 2단으로 바꾸고 앞차를 추월하려고 왼쪽으로 빠졌다. 앞차 운전자를 지나치면서——두꺼운 안경을 낀 나이 많은 남자

---

* 메르게즈(merguez): 향신료가 많이 들어가는, 가늘고 긴 소시지.

가 운전대에 얼굴이 닿을 만큼 고개를 쑥 빼고 있었다——경적을 빵 눌렀다.

"여기가 무슨 산책로인 줄 알아요?" 실비안이 차창 너머로 소리를 질렀다.

답답한 앞차를 제치고 기분이 좋아진 실비안은 장보기 목록에 먹음직스러운 복숭아 세 개를 추가했다. 그린 올리브 100g, 호박 두 개, 너무 바싹 굽지 않은 바게트 하나. 벌써 이렇게 덥다니! 실비안은 에어컨을 켜면서 남은 할 일을 생각했다. '넌 너무 착해빠졌어.' 실비안은 바라는 게 별로 없는 사람이었다! 폴레트 할머니가 때맞춰 나와 있기만 바랐다. 세계 평화를 바라는 것도 아니잖아? 실비안은 남을 돕는 일을 하는 것은 천국에 계신 분께 신용을 얻기 위해서이다! 멜리 아주머니네 집 청소, 가스통 영감의 은행 업무, 폴레트 할머니 데리고 시장 가기! 아무렴, 단지 돈만 바라고 하는 일이 아니란 말이야!

실비안은 스스로 노고를 치하하며 메장주 길로 들어섰다. 눈을 가늘게 떴다. 저 멀리, 작은 집과 등나무 덩굴로 뒤덮인 문이 보였다.

할머니는 코빼기도 보이지 않았다.

실비안은 험한 말이 튀어나왔다. 아니, 그렇게 신신당부를 했는데! 폴레트 할머니는 정확히 8시 30분에 문 앞에 나와 있어야 했다. 그래야만 할머니를 냉큼 태우고 곧장 출발해 교회 옆에 차를 세울 수 있단 말이다. 주차비도 안 들고 장터가 지척이라서 딱 좋은 자리였다. 게다가 일찍 갈수록 상태가 좋은 과일을 살 수 있었다. 시장 구경 온 사람들이 너도 나도 주물러보고 간 과일을 사고 싶진 않았다. 더구나 이렇게 무더운 철에, 그건 아니지.

그렇지만 화요일 아침마다 폴레트 할머니는 어김없이 늦었다. 외출 채비가 덜 끝났거나, 편지를 봉투에 넣는 중이거나, 지갑을 찾는 중이거나, 기타 등등. 이쯤 되니 할머니가 일부러 그러는가 싶었다.

실비안은 문 앞에 놓여 있는 우편물을 얼른 주워 들고 집 안으로 들어가 쾅 소리가 나게 문을 닫았다. 손등으로 윗입술을 쓱 훔치고 우편물로 부채질을 하면서 툴툴거렸다. 확실히, 오늘은 상가 주차장에 차를 대야 할 성싶었다. 그나마도 자리가 있다면 말이지!

"폴레트 할머니? 우리 가야 해요!" 실비안이 현관에서 큰 소리로 외쳤다.

갑자기 탄내가 목구멍까지 확 밀고 들어왔다. 주방으로 달려가 황급히 오븐을 끄는데 욕이 나왔다. 오븐 안 파스타 그라탱에서 연기가 무섭게 올라오고 있었다. 실비안은 창문을 열고 행주를 크게 흔들어 연기를 밖으로 뺐다.

"할머니?"

욕실 문을 두드리고 인기척을 기다렸다. 아무도 없는 것 같았다. 서재에 가보았다. 덧창을 열자마자 더운 공기가 안으로 훅

밀려들어왔다. 창밖에 폴레트 할머니가 보였다. 할머니는 정원 구석에서 두리번거리며 뭔가를 찾는 듯했다. 실비안이 큰 소리로 외쳤다.

"폴레트 할머니! 저 왔어요! 나갈 준비 되셨어요?"

실비안은 목청을 돋우어 더 크게 외쳤다.

"할머니! 이제 가야 해요!"

실비안은 하늘을 쳐다보았다. 차라리 아침에 일어나지 않았으면 좋았을 날이 있지, 바로 이런 날. 교회 광장에 미어터지는 차량들, 복숭아를 만져보고 가는 더러운 손가락들이 머릿속에 그려졌다. 실비안은 이를 갈면서 잘 정돈된 정원으로 서둘러 내려갔다. 할머니를 찾아 꽃과 소관목이 우거진 화단을 눈으로 훑었다. 작은 수반(水盤)을 빙 둘러서 장작 쌓아두는 곳을 지나갔다. 폴레트 할머니는 흔적도 없었다. 기분 나쁜 예감이 들었다. 실비안은 짧은 다리로 낼 수 있는 가장 빠른 속도로 연장 창고로 뛰어갔다. 정원용품! 심장이 미친 듯이 뛰었다. 아이고, 주여! 혹시라도⋯⋯.

"짠!"

실비안이 질겁하며 한 손을 가슴에 얹었다. 아프리카나리꽃 덤불 뒤에 웅크리고 숨어 있던 폴레트 할머니가 까르르 웃음을 터뜨렸다.

"아이고! 자기가 지금 자기 얼굴을 봐야 하는데!"

정원에서 폴레트 할머니는 밍크코트를 입고 눈 장화까지 신고 있었다. 그녀가 물뿌리개 호스로 실비안을 겨냥했다. 실비안은 말문이 막혔다.

"아니, 할머니, 이게……." 실비안은 말이 제대로 나오지 않았다. "코트부터 벗으세요! 쪄 죽을 일 있어요?"

"저 참새 좀 봐! 조 녀석이 꼭 나에게 말을 하는 것 같다니까!" 폴레트는 밤나무 가지를 가리키며 말했다.

할머니는 잠시 사이를 두었다가 오케스트라 지휘자처럼 상상의 지휘봉을 참새의 노래에 맞춰 휘둘렀다.

"아니, 왜 이러고 계시냐고요! 우리 가야 한다니까요!" 실비안이 호통치듯 말했다.

할머니는 손가락을 입술에 대고 조용히 하라는 신호를 보내더니 엄숙한 표정으로 청중에게 인사를 했다.

실비안은 다른 때 같았으면 몰래카메라라도 찍는가 했을 것이다. 하지만 지금은 장난할 때가 아니었다. 그녀는 어느새 쪼르르 달아나 나무 뒤에 숨은 폴레트를 쫓아가 팔을 휘어잡았다.

"뭐예요, 실비안! 열까지 센 다음에 찾아야지! 반칙이에요!"

폴레트는 실비안에게 이끌려 집 안으로 들어오면서도 연신 좋다고 킬킬댔다. 실비안은 어이가 없어서 고개만 절레절레 저었다. 오늘은 초장부터 끝내주네! 이 또한 친절을 잃지 않는 연습이려나. 기름값 써가면서 일부러 여기까지 돌아서 와주는데 이제 이 할머니가 슬슬 노망이 나나. 실비안은 할머니의 밍크코트를 벗기고 열쇠로 집 문을 잠갔다. 그러는 동안에도 폴레트는 옆에서 밑도 끝도 없는 소리를 떠들고 있었다. 실비안은 할머니의 팔을 잡고 잰걸음으로 차까지 데려갔다. 필리프와 심각하게 얘기해봐야겠다. 도움이야 주고 싶지만 나도 한계가 있지! 이런 서커스 놀음을 어떻게 더 하라는 거야!

2

폴레트는 포크를 내려놓았다.

포도주는 미지근했고 고기는 힘줄투성이였다. 딱히 놀랍지도 않았다. 그저 지긋지긋했을 뿐.

"저기요, 어머니, 우리 다음 주에 여름휴가 가는 거 아시죠?" 필리프가 말을 꺼냈다.

폴레트에게도 반갑기 그지없는 소식이었다. 그렇다면 3주는 며느리의 요리에서 해방될 수 있다. 코린이 옆에서 좋아라 떠들어댔다.

"요번에 이이의 승진을 축하해주려고요. 자기야, 어머님께 승진했다고 말씀드렸어?"

필리프는 괜히 겸손한 척하는 얼굴을 했다. 오십이 넘어 사람 좋아 보이는 둥글둥글한 얼굴이 된 아들은 기업 소속 변호사였다. 폴레트가 알기로는 보험업자들이 카드 사기를 당하지 않도록 보호하는 일을 주로 했다. 텔레비전에서 종종 보이는 열정 넘치는 법조인 비슷할 수도 있었지만 좀 따분하고 얌전한 타입이랄까.

"승진?" 폴레트가 더 말해보라는 식으로 물었다.

절호의 기회였다.

거실 저쪽에서 테오와 알렉시는 소파 아래 퍼질러 앉아 서로 비디오게임 조종건을 차지하겠다고 투닥거렸다. 일요일마다 폴레트는 손자들이 몇 살인지 기억해내려가다 포기하곤 했다. 쟤들이 올해 몇 살이더라? 열네 살? 열세 살? 떡진 머리로 얼굴을 다 가리다시피 하니 외모로는 더더욱 나이를 가늠하지 못하겠다. 둘 다 어쩌면 저렇게 어미를 빼다 박았는지. 폴레트가 진심으로 손자들을 예뻐하기에는 그 벽이 너무도 높았다.

"알렉시! 동생도 좀 가지고 놀게 해줘!" 코린이 명령조로 소리 지르면서 아들들에게 다가갔다.

알렉시가 꺼억 하고 트림을 했다. 필리프는 스마트폰을 들여다보느라 꿈쩍도 하지 않았다. 어쩐지 근심이 있어 보였다. 혹시 폴레트 때문일까? 가련한 늙은 어미가 드디어 노망이 났다는 얘기를 듣고서 머리를 쥐어뜯고 있나? 폴레트는 속으로 웃었다. 아들아, 복 많이 받아라! 이 또한 폴레트가 몇 주 전부터 치밀하게 세워온 계획의 한 부분이었다. 신속하고 확실하게 행동해야 했다. 아들이 이 일로 주름살이 조금 늘더라도 할 수 없었다. 따지고 보면 폴레트가 아들 모르게 가장 손쉬운 해결책을 내놓은 셈이었다. 폴레트는 싱가신 시선과 너무 오래 익힌 고기에서 도망가 프랑스 남부에서 안락한 말년을 보내니 좋고, 필리프는 어머니를 믿을 만한 사람들에게 맡기니 좋고, 그야말로 누이 좋고 매부 좋은 일이었다.

폴레트는 시계를 확인했다. 점심 식사는 끝날 줄을 몰랐다. 드디어 얘기가 나오려나? 코린이 잠시 후 자신만의 비법 티라미수를 가지고 식탁으로 돌아왔다. 일요일마다 필리프는 티라미수 칭찬을 빼놓지 않았다. 폴레트는 커피를 흠뻑 빨아들인 스펀지케이크를 보자마자 구역질이 났지만 꾹 참았다.

"어머님, 접시 좀 주시겠어요?" 코린이 말했다.

아들이 있을 때만 들을 수 있는 며느리의 꿀 떨어지는 목소리가 새삼 끔찍했다. 코린은 너무 짧은 치마 속에 살을 욱여넣고 가슴까지 파인 상의 차림으로 10대 소녀처럼 애교를 떨고 있었다. 음식 솜씨도 답이 없었지만 설령 음식을 잘한대도 밥맛이 떨어질 법했다. 코린은 밥상에서도 남편에게 뽀뽀를 해대고 남편이 무슨 말만 하면 몸을 비비 꼬면서 교태를 부렸다. 젊은 신혼부부가 그러면 예뻐 보이기라도 하지, 오십 줄에는 꼴불견이다. 폴레트는 속지 않았다. 코린은 사팔뜨기와 군살이라는 약점에도 불구하고 결혼으로 인생 역전에 성공했다. 저 애가 무슨 수로 필리프를 꼬셨을까. 어쨌든 폴레트가 며느릿감에 대해서 뭘 알기도 전에, 둘은 냉큼 시청에서 혼인 신고를 마쳤다. 결혼으로 팔자를 고친 코린은 현모양처 연기에 재미를 붙였다. 적어도 남편 앞에서만큼은 그랬다. 남편이 없을 때는 가면을 벗고 시어미는 안중에 두지 않고 행동했다. 늙은 어미는 아들과 둘이서 보내는 소중한 시간이 줄어드는 게 아쉬웠다.

폴레트는 코린에게 접시를 내밀면서 팔꿈치로 잔을 툭 쳐서 엎어버렸다. 포도주가 식탁에 쏟아지면서 하얀 아마포 식탁보에 기분 나쁜 얼룩이 번졌다. 분위기 반전이 필요했다.

"아이고! 늙은이 하는 짓이 이 모양이지! 미안해서 어쩌니."

필리프가 스마트폰을 내려놓고 얼른 냅킨으로 포도주를 닦으려고 했다. 코린이 호들갑을 떨었다.

"여보! 손대지 마요! 당신은 가만히 있어!"

코린은 샐쭉한 표정으로 아무 말 없이 굵은 소금을 가지러 갔다. 폴레트는 웃음을 꾹 참고 속으로 쾌재를 불렀다. 운이 조금만 따라준다면 새로운 거처에서도 골탕 먹일 상대를 찾아낼 수 있겠지. 폴레트는 꿈꾸는 눈을 하고는 숟가락으로 폭신한 디저트를 휘저었다. 황홀한 기분으로 도멘 데 오드가상 안내 책자에서 봤던 미슐랭 스타 식당 사진을 떠올렸다. 식당에서 특급 요리를 제공하고, 아침 식사는 개인실로 가져다주며, 간식까지 미식가를 만족시킬 수준으로 나온다고 한다. 프랑스 남부의 작은 성을 개조했다는 특급 양로원의 정경이 안내 책자 첫 장에 나와 있었다. 아름답게 꾸며놓은 24개 호실은 나이만 많은 게 아니라 격조도 높은 입주자들을 기다리고 있었다. 베네치아의 궁전을 연상시키는 장밋빛 건물과 잘 가꾸어진 성원. 조망이 끝 내주는 널찍한 발코니와 통창. 마당에는 돋을새김 조각을 한 베로나산 대리석 우물과, 웅크리고 있는 비너스상이 있는 분수 도 있었다. 골프 연습실, 온수 풀*, 부티 나는 인테리어도 카탈 루냐풍의 그 목가적인 그림에 아름다움을 더해주었다. 폴레트 는 가본 적도 없는 그 양로원을 이미 구석구석 꿰고 있었다. 눈 을 감으면 대리석의 차가운 기운, 호화로운 거실의 벨벳, 옛날 가구에 입힌 밀랍 냄새, 부들부들한 하얀 식탁보, 크리스털 잔 이 부딪치는 소리가 너무도 생생했다. 그래서 폴레트는 그곳에 들어가기로 결심했다. 도멘 데 오드가상과 그곳의 100년 된 고 목들이 그녀의 낮과 밤을 차지했다. 폴레트가 어째서 안락한 자기 집을 떠나 호화판 양로원에 들어갈 마음을 먹게 됐는지는 중요치 않다. 그렇지만 한 가지는 확실했다. 거처를 옮김으로써 며느리와 물리적으로 멀어진다는 점은 절대로 나쁘지 않았다.

폴레트는 가명으로 양로원에 전화를 걸어 빈방이 있는지 확 인했고 그 참에 안내 책자 10여 부를 필리프 앞으로 보내달라 고 요청했다. 일단 필리프의 호기심을 자극한다. 그사이에 실비 안은 연로한 모친의 정신 건강에 대한 우려를 필리프에게 피력 한다. 폴레트는 실비안이 집에 오는 날마다 치밀하게 계획을 세

---

* 물의 온도를 인공적으로 24~25℃로 조절한 수영장.

왔다. 하루는 서재 책장에 버터를 올려놓고 냉장고에 책을 꽂았다. 어떤 날은 차에 설탕 대신 소금을 타고 욕조에 꽃잎 뿌리듯밀 뻥튀기 시리얼을 흩뿌려 놓았다. 이브닝드레스를 입고 손주의 오리발을 신기도 했고, 오랫동안 수집한 우표들로 벽을 도배하기도 했다. 현관에 팬티들을 쫙 펼쳐놓은 날, 실비안이 드디어 걸려들었다는 느낌이 왔다.

"이 티라미수 맛있구나, 코린! 주부 노릇을 잘하는구나!"

"어머니, 코린은 그냥 주부가 아니에요. 프리랜서라고요."

필리프가 '프리랜서'를 발음하는 순간, 폴레트는 '프리지드(frigide : 불감증)'라고 하는 줄 알았다. 하긴, 진짜로 불감증이라고 했어도 놀라지 않았을 것이다.

필리프는 다 함께 거실로 자리를 옮기자고 했다. 폴레트는 며느리가 손수 덮개를 씌운 흉측한 안락의자에 앉았다. 장장 여덟 달에 걸친 작업이었다. 그 기간 내내 며느리가 어찌나 말이 많은지 폴레트는 아주 질려버렸다. 연마가 어쩌고, 꺾쇠가 저쩌고, 매번 작업실로 옮겨야 하는 자재 무게가 어쩌고! 필리프는 아내에게 시답잖은 취미 생활을 허용하면서 으스대는 남자들 특유의 우월감을 풍기며 코린의 작업을 칭찬했다.

텔레비전에서 나는 소리가 아까보다 더 거슬렸다. 자동차가 부릉대고 총이 빵빵 터지는 소리. 코린은 아이들이 비워놓은 소파 한쪽에 웅크리고 앉았다. 그녀는 치마를 잡아당겨 내리고 야트막한 다탁에 놓인 세 개의 잔에 찻물을 따랐다.

"그런데요, 어머니, 괜찮으신 거예요? 실비안이 그러는데 지난 화요일 장날에……" 필리프가 입을 열었다.

폴레트는 뜨거운 찻물에 입술을 적셨다. 드디어 진지한 얘기가 나오는구나.

"누구 얘기를 하는 거니? 장에는 가지도 않았어. 장날 나가지 않은 지 오래됐단다."

"무슨 말씀이세요, 어머니? 실비안이 어머니를 모시러 갔잖아요? 기억 안 나세요?"

폴레트는 속으로 킥킥거렸다.

알렉시가 추접스럽게 킁킁 소리를 내더니 말도 없이 비스킷 접시를 들어서 자기 바로 앞, 양탄자 위에 내려놓았다. 폴레트는 요즘 애들이 정말로 다 알렉시와 테오처럼 버릇이 없고 바보 같은지 새삼 의문이 들었다.

"아? 그랬나? 어쩌면 그랬을지도……" 폴레트는 확신 없는 척 대꾸했다.

코린과 필리프가 서로 얼굴을 바라보았다. 코린은 남편을 격려하듯 조심스레 고개를 끄덕여 보였다.

폴레트는 조금 전에 그들이 어떤 모습이었을까 상상했다. 아들은 반들반들 광나는 구두의 끈을 묶고 며느리는 치마의 지퍼를 채우기 위해 뱃살을 억지로 집어넣었을 것이다. 아들은 그래도 자기 어미니까 조금은 망설였겠지. 게다가 나이가 있으면 정신이 좀 오락가락하는 것도 당연하잖아? 며느리가 알아듣게 말했겠지. 아니, 여보! 7월 14일에 모피 코트가 말이 돼? 자기 집 정원에서 길을 잃는 게 정상이야? 뭘 더 기다려? 아들도 생각이 정리됐겠지. 게다가 때마침 오드가상의 안내 책자도 도착해서 이것도 무슨 징조려니 했겠지. 오늘 점심 식사 후에 자기가 어머니에게 말을 하겠노라 아내에게 약속했겠지.

과연, 필리프는 목청을 가다듬고 이렇게 말했다.

"어머니, 저는 어머니가 걱정돼요. 실은 우리 모두 걱정하고 있어요. 연세도 이제 곧 여든다섯이시니 아무래도 제 생각에는, 그러니까 우리 생각에는 혹시……."

"어머, 아니다, 애, 나는 괜찮아, 걱정할 필요 없어! 닥터 고데도 그렇게 말했는걸……."

필리프가 자신의 에나멜가죽 구두로 시선을 떨어뜨렸다.

"어머니, 닥터 고데는 돌아가셨잖아요. 벌써 10년은 됐는데……."

"뭐라고? 닥터 고데가 뭐 어쨌다고?" 폴레트가 발끈했다.

코린이 힘들어하는 시어머니를 도우려는 듯 손을 얼른 잡았다. 하지만 폴레트는 며느리의 입가에 걸린 미소를 놓치지 않았다. 며느리라고 해서 일요일마다 시어머니와 점심을 먹고 싶겠는가. 애야말로 누구 좋으라고 하는지 모를 이 짓거리를 끝내고 싶지 않겠는가. 잘됐다. 며느리는 본의 아니게 시어머니의 가장 든든한 우군이 되어 있었다.

"어머니, 일상생활을 다 봐주는 곳에 들어가실 때가 됐는지도 몰라요. 실비안도 괜찮은 사람이지만 모든 걸 해주지는 못하잖아요……."

폴레트는 실비안의 싸구려 향수 냄새와, 그녀가 모든 가판대의 당근 가격을 비교한 후 결국 당근은 사지 않고 가지를 사면서 똑똑한 척하는 그 표정을 떠올렸다. 모든 걸 해주지는 못한다, 암, 그건 확실하지, 실비안이 제대로 하는 게 뭐 있어!

폴레트는 영문을 모르겠다는 표정을 지었다. 필리프가 이어서 말했다.

"누가 좋은 곳을 알려줬어요. 노인분들이 거기서 무척 즐겁게 지내신대요. 당연히 방은 혼자 쓰실 거고요, 식당에서 식사도 아주 잘 나온대요. 셀프서비스 그런 거 아니고 제대로 접객을 하고 외부인도 손님으로 받는 어엿한 식당이래요. 한적하고 예쁜 마을에 위치한 곳인데……."

폴레트는 쾌감이 등줄기를 타고 내려가는 것을 느꼈다. 볕이 잘 드는 정자에서 차를 음미하고 자연 경관을 살려 조성한 공원과 어우러지는 바닷가 풍광을 감상하는 자신의 모습이 벌써 눈앞에 그려졌다.

"일단 한두 달만 지내시면서 어떤지 한번 보시겠어요? 저희도 종종 찾아뵐게요, 그렇지, 얘들아?"

코린은 힘내라는 듯 고개를 끄덕였다. 알렉시가 벌떡 일어나 할머니 옆에 와서 앉았다. 아무래도 용돈을 뜯어갈 모양이었다.

폴레트는 희희낙락했다. 일이 이렇게 쉽게 풀릴 줄이야. 실비안의 보고가 설득력이 있었나 보다. 아니, 어쩌면 실비안이 말을 좀 더 보탰을지도.

"어…… 그래…… 내가 뭘 알겠니." 폴레트는 잘 모르겠다는 듯 대꾸했다.

그러고 나서는 아들에게 확신을 주기 위해, 되찾은 자유를 자축하면서 괄약근의 힘을 푸는 데 집중했다. 아주 어릴 적, 어머니가 수도를 틀어 물 흐르는 소리를 내고 쉬이, 라고 했던 기억을 떠올렸다. 소변을 보라고 북돋우던 쉬이. 폴레트가 놀라는 척 눈을 크게 뜬 순간, 뜨뜻한 액체가 안락의자에서 흘러내려 마룻바닥에 흥건해졌다.

3

　폴레트는 손가방을 꽉 움켜쥔 채 아무 말도 하지 않았다.

　차창 밖으로 들판이 지나갔다. 한적한 마을, 황폐한 헛간, 유채밭이 단조롭게 이어졌다. 라디오에서는 엘리베이터 음악*이 흘러나왔다. 오래된 르노 승용차가 바로 앞에서 제한 속도를 엄격하게 준수하고 있었다. 파리 한 마리가 차 안에 들어왔다. 파리가 앞 차창에 붙어서 앵앵거렸다. 필리프가 손등으로 파리를 때려잡으려고 했다. 실패했다. 필리프는 못마땅해서 혀를 끌끌 차는 소리를 냈다. 파리는 차창과 계기반 사이에서 알짱대며 간헐적으로 앵앵거렸다. 모르스 부호 같았다. 파리는 SOS 신호를 보내고 있었다.

＊ 백화점의 엘리베이터 같은 데서 나오는 경음악.

폴레트는 아들 부부의 여름휴가 전에 거처를 옮긴다는 계획에 반대하지 않았다. 필리프는 너무 이른 감이 있긴 하지만 어머니를 믿음직한 사람들에게 맡기고 떠나야 안심이 된다고 했다.

하지만 이럴 줄이야!

코린은 뒷좌석에서 두 아들 사이에 끼어 앉아 건초 더미를 발견할 때마다 탄성을 지르고 있었다.

"어머! 저기 봐! 소야, 소! 너희도 봤니?"

헤드폰을 쓴 여드름투성이 연체동물 같은 두 아들내미는 전혀 반응하지 않았다. 그래도 코린의 흥분은 전혀 타격을 입지 않았다.

"여기는 경치가 참 좋다! 파리에서 한 시간밖에 안 걸리는데! 이런 게 바로 전원이지! 안 그래, 여보?"

그들은 어느 마을을 지나갔다. 돌집 몇 채가 교회 근처에 모여 있었다. 교회는 폐쇄된 것 같았다. 그다음에는 작은 묘지를 면한 길을 따라갔다. 도로가 군데군데 불룩 튀어나와 있었다. 죽은 자들을 귀찮게 해서는 안 된다. 필리프는 자기 어머니를 잘 알았기 때문에 뭔가가 잘못됐다는 것은 짐작했다. 그러나 무엇이 잘못됐는지 알 만큼 어머니를 꿰뚫고 있지는 않았다.

어쨌거나, 어머니는 짐을 쌀 때만 해도 매우 협조적이었다. 그런데 출발하고 나서 어머니 기분이 확 변했다. 필리프가 내비게이션에 목적지를 입력하는데 갑자기 어머니가 지팡이로 계기반을 탕탕 내리치기 시작했다. 필리프는 소리를 질렀다.

"어머니! 왜 이러세요! 이러지 마세요!"

"필리프!" 어머니도 소리를 질렀다. "나를 당장 오드가상으로 데려다 다오. 그러지 않으면 지금 이 차에서 뛰어내리겠다!"

이미 고속 도로에 진입해 시속 130km로 달리는 미니밴*에서 노부인의 협박은 잘 통하지 않았다.

"오 뭐시기요?" 필리프가 물었다.

폴레트가 지팡이로 아들의 머리통을 호되게 내리쳤다.

"어머니! 세상에! 제발 진정하세요! 무슨 말씀을 하시는 거예요? 이 사람이 어머니를 편안하게 모실 곳을 다 찾아놨는데……."

"필리프! 나 차 문 연다!"

자동차가 예상과 전혀 다른 방향으로 달리기 시작했을 때 폴레트는 비로소 자신의 오해를 깨달았다, 끔찍하고도 무시무시한 오해를. 적을 과소평가하다니, 용서받을 수 없는 실수였다. 아들은 계단식 정원이 딸린 특급 양로원에 어머니를 모실 마음이 없었다. 천만의 말씀, 코린이 추천했다는 허허벌판 촌구석 어딘지도 모를 소굴에 데려다 놓을 작정이었다. 며느리는 구역질 나는 비법 티라미수로도 모자라 자기가 점찍은 노인 전용 주거 시설로 남편을 교묘하게 유도했다. 거기가 어떤 곳인지는 몰라도 경치 좋은 만(灣), 온수가 공급되는 수영장, 순백의 식탁보 위

---

* 미니밴(minivan): 소형의 승합자동차. 승용차보다 좌석이 많고 수납공간이 넓다.

에 차려진 요리가 없다는 것은 안 봐도 훤했다! 염병할! 폴레트는 그토록 쉽게 농락당한 게 분해서 쓰러질 것 같았다.

"어머니, 저희를 믿어보세요. 저희가 어머니한테 제일 좋을 법한 곳을 고르지 않았겠어요? 코린이랑 같이 일하는 친구가 자기 어머니를 그곳에 모셨는데……."

"정말 괜찮은 분이에요! 거기서 그분 평생에 가장 아름다운 날들을 보내셨대요." 코린이 옆에서 거들었다.

폴레트는 기운이 빠지는 것을 느꼈다. 그래서 그냥 냉랭하게 입을 다물고 있었다.

15분쯤 지났을까, 필리프가 선명한 색감의 덧창이 눈에 띄는 석조 건물 앞에 차를 세웠다. 들판 한가운데 홀로 우뚝한 4층 건물이었다. 화단 울타리에 자전거가 한 대 기대어 있었고 과실수 몇 그루가 자라고 있었다. 갓 자른 풀 냄새가 났다. 코린은 입구 양옆에 핀 키 큰 수국을 보고 또 한번 탄복했다. 문 앞에 세워진 석판에는 오늘의 메뉴가 적혀 있었다.

필리프는 시동을 껐다. 이제 사이프러스 나뭇가지에서 재잘대는 까치들의 수다밖에 들리지 않았다. 폴레트는 하늘을 쳐다보았다.

"다 왔습니다." 필리프가 말했다.

"너무 멋지네요!" 코린이 자기 손가방을 챙기면서 말했다.

필리프는 곁눈질로 어머니를 살폈다. 어머니는 고개를 아예 옆 차창으로 돌리고 아들을 무시하고 있었다.

"내려도 돼요? 나 쉬 싸야 되는데?" 알렉시가 말했다.

알렉시가 차 문을 홱 여는 순간, 건물에서 앞치마를 두른 거구의 사내가 튀어나왔다. 수염이 덥수룩하고 눈썹이 짙고 솥뚜껑 같은 손을 지닌 사내는 그들을 반겨 맞았다.

"화장실 어디예요?" 알렉시는 인사도 생략하고 다짜고짜 물었다.

"이쪽이야, 젊은이!" 이봉 씨가 호탕한 목소리로 말했다.

"필리프 메르시에라고 합니다." 필리프가 악수를 청했다. 거인의 크고 억센 손에 비하면 필리프의 손은 너무 작아 보였다.

"이봉이라고 부르십시오! 저희 여인숙에 잘 오셨습니다!"

세상 그 무엇도 이 주인장의 활기를 누그러뜨리지는 못할 것 같았다. 서글서글하니 웃는 눈과 빵빵하게 튀어나온 배는 이 사람이 삶을 사랑하고 삶의 온갖 즐거움에 진지한 욕구를 가지고 있다는 확고한 증거였다.

코린이 차에서 내려 남편 옆으로 갔다. 필리프가 주인장에게 목소리를 낮추어 몇 마디를 넌지시 건넸다. 이봉 씨는 고개를 끄덕하고 차 안에서 꼼짝도 하지 않는 할머니를 바라보았다.

"어머니, 여기예요!" 필리프가 짐짓 즐거운 목소리로 외쳤다. "이봉 씨의 여인숙인데요! 주인장이 나오셨네요. 안도 멋지게 꾸며놓으셨을 것 같네요, 자……."

폴레트는 아들의 코앞에서 차창을 올려버렸다.

"왜 이러세요, 어머니. 적어도 한번 보시기나 하세요!"

폴레트는 대답 대신 와이퍼를 작동시켰다. 앞 차창에서 찍 튀어나온 세척액이 필리프의 다리 사이에 떨어졌다.

호기심 어린 눈으로 모자(母子)를 바라보는 앞치마 차림의 50대 사내에게 코린이 어색한 미소를 지어 보였다. 사내의 얼굴은 희한했다. 뭐랄까, 이목구비가 자유분방했다. 피카소가 수염 기른 사내를 그리면 이런 얼굴일까, 라는 생각이 들었다. 그녀는 너무 뚫어져라 쳐다보면 상대가 불편해할까 봐 시선을 돌렸다.

이봉 씨는 이봉 씨대로 이 사람들이 뭘 기대하는 건지 감이 잡히지 않았다. 주방이 한창 바쁠 점심시간이었고 어서 들어가 봐야 했다. 어쨌거나 할머니가 싫다는데 강제로 들일 수야 없지 않나…… 여기는 양로원이 아니란 말이다……. 식당 위층에 있는 방들을 월 단위로 빌려주고 있긴 했다. 어쩌다 보니 투숙객들이 죄다 고령이긴 했다. 하지만 건강에 문제가 있는 사람은 없었다! 말벗이 조금 되어주기만 하면 충분했고, 그런 면에서 이봉 씨는 충분히 준비가 되어 있었다.

코린은 분위기가 변한 것을 느끼고 주인장을 안심시켰다.

"일전에 전화를 드렸던 사람이 저예요. 말씀드린 대로 시어머님은 아주 건강하세요. 단지 좀 덜 적적하셨으면 해서……. 자연을 접하고 사람들도 만나고 하면 좋잖아요. 음, 지금 여기 사는 사람이 몇 명이나 돼요?"

"아, 그게……. 어디 보자……. 조르주 선생님이라고 얼마 전에 들어오신 잘생긴 어르신이 계시고, 피카르디에서 온 마르셀린, 이폴리트, 손님들 시중을 드는 쥘리에트, 그렇게 네 명이 있네요. 주방에는 누르와 내가 있고요. 그러면 여섯 명이지요? 아, 레옹을 깜박할 뻔했네! 일곱! 일곱이네요!"

코린이 의아해하는 눈으로 이봉 씨를 쳐다보았다.

"레옹은 요리사가 키우는 고양이 이름이에요."

코린이 까르르 웃음을 터뜨리고는 필리프에게 자기가 시간을 좀 벌어보겠다는 신호를 보냈다. 알렉시가 바지에 손을 닦으면서 건물에서 나왔다.

"우리 여기서 뭐 먹어요, 엄마?"

코린이 아들에게 눈을 부릅떴다. 그들은 돌아가서 여행 짐도 싸야 했고, 차가 한창 막히는 시간도 피해야 했다. 시어머니 운전기사 하느라 주말의 절반을 날렸으면 됐지, 미쳤다고 여기서 더 꾸물거려!

필리프는 차창에 매달려 쩔쩔매고 있었다. 코린은 자신이 나서야겠다 생각하고 남편에게 다가갔다. 그러고는 남편의 팔에 한 손을 얹었다.

"나에게 맡겨."

코린은 차 문을 열고 소란 피우는 아이를 타이르는 엄마처럼 시어머니와 눈높이를 맞춰 몸을 웅크렸다.

"어머님, 내려서 안을 한번 둘러보세요. 음식이 아주 맛있어 보여요. 이봉 씨가 어머님 방을 보여드릴 거예요. 해가 제일 잘 들고 시골 풍경이 한눈에 들어오는 좋은 방이래요."

사실 코린은 이봉 씨의 제안을 무조건 수락했다. 그 정도 가격이면 감지덕지, 오히려 남편의 기분을 맞춰주기 위해 좀 더 쓸 의향도 있었다. 그래도 헉 소리 나게 비싼 호화판 양로원에 비하면 매우 합리적인 가격이었다.

폴레트가 갑자기 침묵을 깨고 고래고래 소리를 질렀다.

"아, 됐다, 됐거든! 거기까지만 해! 고기도 구울 줄 모르는 건 그렇다 치고, 시골 주막과 격조 있는 장원(莊園)도 구분 못 하니? 필리프! 날 당장 집으로 데려다줘!"

"어머니, 정말 왜 이러세요……." 필리프는 말문이 막혀 탄식만 했다.

코린은 기분이 상해서 두 손 다 들었다는 몸짓을 했다.

"어떡하지, 어머니를 이런 식으로 두고 갈 순 없어……. 게다가 어머니 집은 이미 임대를 줬는데……."

시어머니를 어디다 치워버릴 수 있을까? 코린은 뇌리를 스치는 위험한 생각들을 애써 억누르느라 이를 악물었다.

"내가 보기에 방법은 하나뿐이야. 일단 어머니도 모시고 여름 휴가를 떠나자. 그다음에 다시 찬찬히 생각을……."

코린과 폴레트가 동시에 치를 떨었다.

"어머님을 모시고 간다고? 케냐에?" 코린이 갑자기 목 졸린 사람처럼 부르짖었다.

폴레트도 정신이 번쩍 들었다. 며느리와 장장 3주를, 아프리카 영양들이 설치는 곳에서, 같은 텐트 안에서 같은 화장실을 쓰면서 지낸다고? 그건 악몽이다! 그럴 바에는 시골뜨기네 집에서 여름을 보내는 게 백배 나아!

폴레트는 지팡이를 챙기고 자신의 고관절이 허락하는 가장 빠른 속도로 차에서 튀어나왔다. 그러고는 아들의 눈을 칩떠보면서 냉랭하게 쏘아붙였다.

"넌 오늘을 네 어미를 묻은 날로 기억하게 될 게다."

이봉 씨가 짐 가방을 들었다. 폴레트는 그에게 한마디도 하지 않고 지나쳤다. 이봉 씨는 양손에 짐을 들고 폴레트를 따라 식당으로 들어간 후 계단을 가리켰다.

폴레트가 들어선 순간, 식당 안이 조용해졌다. 치아 개수보다 나이가 많은 이곳 식구들은 일제히 숨을 죽였다. 여섯 개의 눈이 주인장에게 쏠렸다. 새로운 투숙객이 들어오는 일은 좀체 없었기 때문이다. 월 단위로 방을 빌려준다고는 하나 지금 지내는 사람들은 대부분 몇 년째 장기 체류하고 있었다. 누르가 주방에서 이게 무슨 일이냐는 듯 손을 들어 보였다. 이봉 씨는 난감한 표정으로 어깨만 으쓱하고는 노부인을 위층으로 안내했다.

4

폴레트는 지팡이 끝으로 새로운 거처의 문을 밀어젖혔다. 천장이 높고, 들보가 크고, 탁 트인 두 개의 창으로 빛이 잘 드는 방이었다. 창밖으로 시골 들판과 마을이 보였다. 이봉 씨는 옷장 옆에 짐 가방들을 내려놓고 본격적으로 숙소를 보여주려고 했다.

"혼자 있게 해줘요." 폴레트가 퉁명스럽게 말했다.

이봉 씨는 웬만해서는 언짢아하지 않는 사람이었으므로 아무렇지 않게 서랍장 위에 방울술 달린 큼지막한 열쇠만 내려놓았다.

"점심은 오후 2시까지입니다. 방에서 드시고 싶으면 저에게 알려주세요."

할머니는 대답 대신 창을 향해 휙 돌아섰다. 가벼운 바람에 커튼 자락이 살랑거렸다. 이봉 씨는 나가서 문을 닫았다. 폴레트는 이를 악물고 돌연 지팡이로 바닥을 내리쳤다. 그러고는 한쪽 팔로 책상 위에 있던 꽃병을 엎어버렸다. 유리 꽃병이 방바닥에 떨어져 깨지는 바람에 작은 들꽃이 짜부라졌다.

분명히 며느리가 꾸민 짓이야! 현모양처인 척해보겠다? 양심을 말아먹은 애 엄마 주제에! 지방 흡입에 쓰는 돈은 안 아까워도 시어미에게 쓰는 돈은 아까워서 똥거름 냄새 풀풀 나는 여인숙을 골랐다 이거지!

폴레트는 사흘 이상 머물지 않을 작정이었다. 소도 싫고, 주막도 싫고, 매너를 챙길 줄 모르는 촌구석도 싫었다. 파란색 작업복 차림으로 술집 카운터에 팔꿈치를 괴고 앉아 여물 못 먹은 소처럼 끝도 없이 술을 들이켜는 사람들이라면 신물이 났다. 알코올중독자 소굴이지, 암! 격자무늬 식탁보, 먼지가 끈끈하게 달라붙은 플라스틱 모형 음식, 씻다 만 컵, 안 봐도 비디오였다! 눈에 거슬려 도저히 못 봐줄 음식, 콧구멍을 찌르는 튀김 기름 전 내! 폴레트는 문득 쓰러질 것 같았다. 그녀는 창틀을 손으로 잡고 천천히 침대에 앉았다.

모기 한 마리가 방에 들어와 그녀의 귓전에서 앵앵대더니 벽에 가 앉았다. 폴레트는 부채를 잡고 단박에 모기를 내리쳤다. 새하얀 회벽에 기다란 핏자국이 남았다. 잘 봐라, 이게 내가 여기 다녀갔다는 표시다!

분풀이를 하니 다시 기운이 났다. 폴레트는 치마 구김을 펴고 천천히 부채질을 했다. 여기 머물 생각은 추호도 없었다. 있을 리가 있나. 그녀는 분명히 적을 과소평가했다. 하지만 필리프는 그녀의 아들이다. 아내가 인간이라면 어머니는 신이다.

일주일 안으로 이 시골집 주인장이 필리프에게 어머니를 당장 모시고 가라고 통보하게 만들 테다. 그리고 이번에는 자기 자신에게 약속했다. 기어이 프랑스 남부, 그 매혹적인 양로원에 입성하고 결코 나오지 않겠다고. 코린도 거기 와보면 결코 실망하지 않을걸! 게다가, 일을 제대로 처리하기에 너무 이른 때는 없다. 폴레트는 손가방을 열고 뿔 모양으로 말아 넣은 안내 책자를 꺼냈다. 올리브나무 숲속에 품위 있게 자리 잡은 장원을 보니 속에서 위산이 역류하는 것 같았다. '오늘 저희를 찾아와 주십시오!' 책자에는 그렇게 쓰여 있었다. 폴레트는 다시 이를 악물었다.

그녀는 모기가 남긴 검붉은 핏자국 바로 아래, 침대 머리맡 탁자에 놓인 전화기로 향했다. 번호를 누르는데 손가락이 부들부들 떨렸다. 폴레트는 짜증이 났다. 볼장 다 본 늙은이 신세! 꽃다운 청춘에는 걸핏하면 역정을 내는 권위적인 아버지에게 잡혀 살고, 그다음에는 제멋대로인 남편 뒤치다꺼리로 좋은 시절을 다 보냈다. 이제 겨우 자유로워졌다 했더니 몸뚱이가 안 따라주는구나!

신호가 여러 번 갔다. 노래하는 듯한 목소리의 젊은 여자가 전화를 받았다.

"안녕하세요, 오드가상입니다!"

폴레트는 입주 등록 서류를 이봉 씨의 여인숙으로 보내줄 수 있는지 물었다. 그러고는 두 시간 전에 필리프가 내비게이션에 입력했던 마을 이름의 철자를 한 자 한 자 불러주었다.

"보내드리고말고요, 방문 일정도 잡아드릴까요?"

"아뇨, 이미 가서 보고 왔어요." 폴레트는 거짓말을 했다. "바로 예약하고 싶어요. 아직 방이 남아 있긴 한 거죠?"

"아잘레 스위트룸만 남아 있습니다. 작은 만(灣)과 섬들을 조망할 수 있는 발코니가 있고요. LCD 화면 위성 텔레비전, 입주자에게 맞는 의료 장비를 갖춘 킹 사이즈 침대, 월풀* 욕조, 감각 자극을 돕는 스누젤렌** 공간 출입이 제공됩니다."

폴레트는 스누젤렌 공간이 뭔지 몰랐다. 하지만 분명히 비싸고 좋은 것일 테고, 그렇다면 충분히 원할 만했다.

"아잘레 스위트룸으로 예약을 해드릴까요?"

"네, 좋아요!"

폴레트는 자기 이름의 철자를 불러주고 서류를 받는 대로 수표를 보내겠노라 약속했다. 믿을 건 자기 자신밖에 없다니까! 이

---

* 월풀(whirlpool): 터빈을 이용해 욕조의 벽면이나 바닥 등에서 물이 분사되는 기능.
** 스누젤렌(snoezelen): snuffelen(냄새를 맡다)와 doezelen(누워서 뒹굴거리다)를 합친 독일어로 다양한 감각의 자극과 심리 안정을 도모하는 치료 공간 개념이다.

제 이 촌구석에서 최대한 빨리 벗어나 필리프가 청구서를 받아 보게 하기만 하면 된다. 반드시 스누젤렌과 거기에 딸린 기타 등등을 아들내미가 일시불 납입하는 조건으로 계약하고 말리라.

5

아래층에서는 이야기꽃이 피었다.

맛있는 음식만큼이나 재미난 이야기에 사족을 못 쓰는 수더분한 60대 여자 마르셀린은 아직도 폴레트의 기념할 만한 등장을 음미하는 중이었다. 여인숙 사람들은 새로운 얼굴을 못 본 지 오래였다.

"어머니가 자기 마누라한테 뭐라고 하니까 아들내미 표정 봤어요? 난 망했구나, 얼굴에 쓰여 있던데요!"

마르셀린이 폭소를 터뜨렸다. 그녀는 아까 창문 너머에서 오가는 대화를 한마디도 놓치지 않았다. 평소 마르셀린과 뜻이 잘 맞지 않는 누르조차도 구경 한번 잘했다고 동의하지 않을 수 없었다. 펑퍼짐한 엉덩이 위로 앞치마를 둘러맨 검은 눈의 요리사는 오븐 뒤에서 키득거렸다.

"나는 그 바람에 그 며느리 치마가 퍽 하고 터질 줄 알았어요!"

"적당히, 적당히들 합시다." 바에서 주인장이 한마디 했다. "그분은 손님이니까 당연히 손님 대접을 받으셔야죠. 새로운 환경에 적응하려면 며칠은 있어야 할 겁니다."

이 옛날 사람들 무리에서 유일하게 젊고 파릇파릇 빛나는 쥘리에트는 4번 테이블을 치우고 있었다. 그녀는 이봉 씨 말에 고개를 끄덕거렸다. 그녀는 실크 블라우스 차림에 머리 한 올 흐트러짐 없는 폴레트 할머니가 멋쟁이라고 생각했다. 너무 일찍 돌아가신 마미노 외할머니가 생각나 왠지 가슴이 뭉클했다.

"적어도 정신은 온전하겠죠?" 벌게진 뺨을 하고 긴 의자에 기대어 있던 마르셀린이 물었다. "활기가 좀 돌겠네요. 눈여겨보자고요……."

사려 깊은 80대 멋쟁이 노인 조르주는 내처 보고 있던 신문에서 고개를 들더니 목을 긁었다. 그는 남의 일에 참견하는 것을 싫어했고 남이 자기 일에 참견하는 것도 싫어했다.

"며느리 말로는 아주 건강한 분이라고 했어요." 이봉 씨가 절반밖에 움직이지 않는 이상한 얼굴로 딱 잘라 말했다. "다들 그런 거 말고도 신경 쓸 일이 많을 텐데요……."

덩치 크고 뚱뚱한 수고양이 레옹이 수염을 조심스럽게 들어 올리고는 주방으로 쏙 들어갔다.

"아니, 그래도 희한하잖아요. 그런 여자분이 여기……." 마르셀린이 큰 소리로 의문을 표했다.

"무슨 말을 하고 싶은 겁니까, 마르셀린?" 이봉 씨가 호통을 쳤다. "잘 알아두세요, 지금 마르셀린이 말하는 '여기'는 방이 일주일 이상 비는 법이 없습니다. 마르셀린 방에도 대기자 명단이 있다고요! 긴말 필요 없겠죠……."

"오늘은 25인분이에요! 평일치고는 괜찮은데요." 쥘리에트가 화제를 바꾸려고 식당 매상 얘기를 꺼냈다.

마지막 점심 손님까지 이봉 씨에게 잘 먹었다고 기분 좋게 인사를 하고 식당을 떠났다.

"폴레트라는 그분한테 뭘 좀 갖다드려야 하지 않을까요?" 공복을 싫어하는 누르가 물었다.

바로 그 순간, 문제의 폴레트라는 분이 계단에서 모습을 드러냈다. 갑자기 식당 안이 쥐 죽은 듯 조용해졌다. 폴레트는 I자처럼 몸을 꼿꼿하게 펴고 창가 옆 테이블로 가더니 허락도 구하지 않고 자리를 잡고 앉았다. 키가 작고 우아한 할머니는 블라우스에 자기 눈동자처럼 새파란 브로치를 차고 있었다. 눈처럼 새하얀 머리칼에 둘러싸인 갸름한 얼굴에서 강한 아우라가 풍겼다. 이 노부인에게는 역사가 허락만 했으면 군대를 일으키고 왕국을 정복할 수도 있었을 여자들의 기세가 있었다. 쥘리에트는 얼른 메뉴판을 챙겨서 빵 바구니와 함께 폴레트에게 내밀었다.

"새로 온 아가씨인가? 전에 본 적 없는 얼굴이네? 늘 먹던 걸로 주세요! 양파는 빼고요!" 폴레트는 큰 소리로 천연덕스럽게 말했다.

마르셀린이 눈썹을 치켜올리고 귀를 쫑긋 세웠다. 일이 뜻밖에도 재미있게 돌아간다 싶었다. 그녀는 입가에 미소를 띠고 아무 말 없이 이봉 씨에게 이게 어떻게 된 일이냐는 눈빛을 보냈다. 이봉 씨는 아무 말도 못 들은 척 정중하게 폴레트에게 다가갔다.

"자, 메뉴판 여기 있습니다. 감자튀김은 여기서 직접 만듭니다. 그리고 저기 석판에 적혀 있는 오늘의 메뉴를 드실 수 있습니다. 다만, 연어가 아직 남았는지는 확인해봐야 알겠네요."

"아니, 당신은 누군데요? 주인장 오라고 하세요! 생수도 한 병 부탁해요!"

누르가 황당해하면서 이봉 씨를 바라보았다.

"폴레트 부인, 제가 주인장입니다. 조금 전에 저랑 보셨잖아요, 기억 안 나세요? 제가 직접 방까지 모셔다드렸습니다만."

"어머! 파리가 있잖아!" 폴레트는 갑자기 안면을 바꾸어 비명을 질렀다.

누르는 좌우로 고개를 갸웃거리며 뭐라고 중얼대더니 주방으로 들어갔다. 알아서들 하라고, 어쩌겠어! 주인장 말마따나 그런 거 말고도 신경 쓸 일은 많았다…….

폴레트는 창밖을 바라보며 미소를 지었다. 그녀는 지나가던 행인에게 죽마고우라도 되는 듯 허물없이 인사를 하고는 갑자기 조르주 쪽을 돌아보았다.

"11월치고는 날씨가 참 좋네요, 그렇지 않나요?"

파란색 양복을 차려입은 조르주는 미동도 하지 않고 걱정스럽다는 듯 눈만 크게 떴다. 그는 무엇보다 상대를 비웃는다는 인상을 주고 싶지 않았다. 조르주는 신문을 내려놓고 불분명하게 중얼거렸다.

"음, 그 말씀은……."

"크리스마스에는 무더위가 기승을 부릴 거라던데요!" 마르셀린이 재미있어 죽겠다는 듯 외쳤다.

쥘리에트는 폴레트 앞에 작은 그릇에 담긴 올리브와 웰컴 칵테일을 내려놓았다. 할머니가 주먹으로 탁자를 쾅 내리치는 바람에 잔이 엎어질 뻔했다.

"몇 번을 얘기해야 해! 나는 술을 마시지 않는다고!"

쥘리에트는 놀라서 소스라쳤다. 그녀는 당황해서 이봉 씨를 쳐다보았다. 이봉 씨도 질려서 쥘리에트에게 알아서 잘해보라는 눈짓을 했다. 그는 한숨을 쉬면서 한 손으로 얼굴을 쓸었다. 그 필리프라는 사람 전화번호를 어디 뒀더라?

6

"자, 이폴리트, 오늘이야, 내일이야?" 이봉 씨가 물었다.

이폴리트가 흠칫 놀랐다.

"어…… 조르주 선생님께…… 무타르드 대령이…… 대응접실에서…… 촛불이……."

"아닌데." 조르주가 입가에 미소를 머금고 대꾸했다.

"자, 보자……." 마르셀린이 종이에 수수께끼의 기호들을 끄적거리면서 중얼거렸다.

누르는 마르셀린을 곁눈질했다. 그녀의 개암색 눈은 웃음에서 비난으로 아주 쉽게 넘어가곤 했다.

이폴리트는 이마의 땀을 훔쳤다. 그는 자기에게 관심이 쏠리면 곤란해했다. 게다가 이 게임은 그에게 너무 어려웠다. 사는 것 자체가 어려웠다. 이름이 이폴리트(Hippolyte)면 자기 이름

철자를 외우는 것만 해도 지독히 어렵다. 몸만 어른이 된 아이, 이 집에서 젊은이로 통하는 그는 온 식구의 보호를 받고 있었다. 온화한 눈빛에 붉은 머리칼이 덥수룩한 이폴리트는 나이를 종잡을 수 없었다. 사람들이 짐작하는 그의 나이는 열 살에서 마흔 살 사이를 왔다 갔다 했다. 그가 어디서 태어났고 어떻게 살아왔는지는 여인숙 사람들도 몰랐다. 그렇지만 한 가지는 확실했다. 이폴리트가 미소를 지으면 모든 것이 용서되었다. 그의 서투름도, 그의 변덕도.

파란색 물방울무늬 파자마를 입은 쥘리에트는 자기 카드를 찬찬히 들여다보았다.

"그 아들이라는 사람하고는 통화가 됐어요?" 누르가 이봉 씨에게 물었다.

"아뇨, 계속 자동 응답기만 받습디다. 하지만 분명히 말하는데 그 거짓말쟁이는 당장 나에게 연락하는 게 좋을 거요!"

"여름휴가를 갔다면 한동안 연락이 안 될 수도 있을 텐데요." 마르셀린이 그렇게 말하면서 동조를 구하듯 조르주를 바라보았다.

모직 조끼를 입고 단추를 꼼꼼하게 목까지 채운 조르주는 자기가 들여다보던 종이에 집중하고 있었다. 밖에서 돌풍이 일어나 덧창이 덜컹거렸다. 마른번개가 번쩍 하늘을 가르는가 싶더니 이내 천둥이 울렸다. 신들이 여인숙 바로 위에서 으르렁대는 것 같았다. 이폴리트는 고개를 어깨 사이로 움츠리고 레옹의 머리통을 쓰다듬었다. 이폴리트와 레옹은 둘 다 폭풍우를 질색했다.

"고소할 겁니다!" 이봉 씨가 당당하게 큰 소리를 쳤다.

"어머, 이봉 씨가요? 우리가 당신을 몰라요?" 마르셀린이 코웃음을 쳤다. "얼른 자러 들어가고 싶어서 허풍을 떠는군요. 고소는 아무나, 아무렇게나 하면 되는 줄 알아요? 자신 있게 내밀 수 있는 증거 있어요?"

"증거가 왜 없습니까? 보세요!"

이봉 씨는 생뚱맞은 기호들이 가득한 모눈종이를 마르셀린의 코앞에 내밀었다.

"아무것도 모르겠단 말이에요!" 오늘도 게임에 진 이폴리트가 툴툴거렸다.

"모르긴 왜 몰라! 내가 여기 있는 사람들보다 추리력이 뛰어나다는 건 알지! 그러니까 난 고소할 거야……."

"아이고! 그만하면 됐네요!" 마르셀린은 범인의 이름이 들어 있는 작은 검정색 봉투를 낚아챘다. "어쨌든, 이봉 씨 차례예요!"

두 사람은 서로 사기를 쳤네, 사실을 감췄네, 막말을 주고받으면서 게임을 계속했다. 그러다 가운을 껴입은 실루엣이 계단에 나타났을 때, 카드들이 바람에 날리기 시작했다.

"이봉 씨!"

원탁 주위가 삽시간에 조용해졌다.

"도저히 잠을 잘 수가 없군요!" 날카로운 목소리가 다시 한번 울려 퍼졌다.

"죄송합니다, 폴레트 부인." 이봉 씨가 말했다.

그러고는 마르셀린을 놀리듯 바라보았다.

"우리 중에 아직도 이 게임의 묘를 잘 모르는 사람이 있다 보니……."

마르셀린이 이봉 씨를 잡아먹을 듯 노려보았다. 폴레트가 꽥 소리를 질렀다.

"됐거든요! 새벽 다섯 시에 쓰레기통 비운다고 소란을 떨지 않나, 이제 여기서 생선 장수처럼 소리를 지르고 앉아 있질 않나! 분명히 말하는데요, 이봉 씨, 계속 이런 식으로 나오면 나는 파리로 돌아가겠어요! 그 책임은 당신 혼자 질 수밖에 없을 겁니다!"

마르셀린은 다들 보라는 듯이 손가락으로 자기 관자놀이를 가리켰다. 정말이지, 머리에 문제가 있는 할망구가 틀림없었다.

"자, 폴레트 부인, 방으로 올라가시죠. 모셔다드리겠습니다." 이봉 씨가 말했다.

"됐어요! 나한테 이래라저래라 하지 말아요. 내 방이 어딘지는 나도 알아요!"

세팅된 백발을 새틴 머리쓰개에 집어넣은 할머니가 결연한 걸음걸이로 돌아갔다. 이봉 씨는 다시 자리에 앉아 마르셀린에게 하고 싶은 말은 속으로 하라고 눈을 부릅떴다.

잠시 후, 이봉 씨는 목청을 가다듬고 선언했다.

"비올레 교수가 촛불 켠 서재에 있다."

그는 이 말을 마치기 무섭게 커다란 물음표가 그려진 검정색 봉투를 낚아채고 씩 웃었다.

"자, 다들 안녕히 주무십시오!"

마르셀린은 심기가 상해서 테이블에 카드를 내동댕이치고 팔짱을 끼었다.

"아! 정말! 어떻게 하는지 모르겠어!" 이폴리트가 포기했다는 듯이 외쳤다.

누르는 고개를 좌우로 흔들며 혀를 찼다. 그녀는 테이블 위로 팔을 뻗어 말을 전부 쓸어 담아 낡은 보드게임 상자에 넣었다. 여기저기서 끼익끼익 의자 밀리는 소리가 났고, 다들 맥없이 슬리퍼를 끌며 위층으로 올라갔다.

이봉 씨는 혼자 남았다.

파이프에 불을 붙이고 연기 도넛 몇 개를 허공에 띄워보았다. 바깥은 여름비가 정원을 흠뻑 적시고 있었다. 빗물에 흙이 너무 파이지 않았는지 텃밭을 살펴보러 갈까 싶었다. 하지만 그날 하루는 너무 길었다. 25인분의 식사 준비, 그리고 떠넘기듯 맡기고 간 폴레트 할머니까지! 이게 무슨 일인지!

텃밭 점검은 포기했다. 그게 실수였다. 바로 그 순간, 몇 미터 떨어진 곳에서 민달팽이가 아삭아삭한 상추에 접근해 장장

6주에 걸친 수고를 망치고 있었으니까.

이봉 씨는 몸을 반쯤 일으켜 바지 뒷주머니에 꽂혀 있던 봉투를 꺼냈다. 그는 내용을 알려줄 표시를 봉투에서 찾으려고 한참을 뜯어보았다. 편지를 펼치고는 땅이 꺼져라 한숨을 쉬었다. 이번 달에만 세 번째 받는 편지였다.

누가 그에게 이토록 무서운 메시지를 보낼 수 있었을까? 그는 메시지에 숨은 속뜻을 절반은 이해하지 못했다. 그렇지만 한 가지는 명명백백했다. 발신인은 입을 다무는 대가로 돈을 바라고 있었다.

이봉 씨는 머릿속으로 얼른 주판을 튕겨보았다. 식당은 괜찮게 돌아가고 있었고 꼬박꼬박 들어오는 방값도 여인숙을 꾸려나가기에 충분했다. 하지만 그걸로 이런 거금을 마련한다고? 그는 이 사람들이 요구하는 금액의 3분의 1도 감당할 수 없었다!

게다가 할머니를 내보내고 나면 새로운 투숙객을 구해야 했다. 거기서 또 손실이 발생한다. 이봉 씨는 파이프를 길게 빨았다. 필리프 메르시에라는 사람이 자신을 노인 요양 시설 운영자로 착각했다면 그러한 시설에 걸맞은 금액을 청구할 테다! 그 약아빠진 놈이 전화를 해야 할 텐데……. 정신이 오락가락하는 어머니는 까맣게 잊고 3주 동안 여름휴가를 즐길 테지, 그러지 않는다면 내 손에 장을 지진다. 인생이란 참 서글프기도 하지. 언젠가 나도 노망이 난다면 어떻게 될까? 나를 돌봐줄 사람은 있을까? 아들 생각이 났지만 얼른 밀어냈다. 비가 오는 날은 늘 생각이 우중충해지곤 했다.

그는 편지를 다시 접어서 봉투에 넣고 자리에서 일어났다. 벽난로 위 거울에서 그의 아버지 모습을 보았다. 이봉 씨는 다시 기운을 차리고 주먹을 불끈 쥐었다. 절대로 이 정체 모를 자들의 밑도 끝도 없는 협박에 넘어가지 않을 테다! 언제부터 이런 알쏭달쏭하고 근거 없는 메시지에 벌벌 떨었다고! 이봉 씨는 그렇게 쉽게 조종당하는 만만한 사람이 아니었다. 어디 덤빌 테면 덤벼봐! 숨길 게 없는데 뭐 어때! 전쟁을 선포하고 때때로 쓰디쓴 커피를 들이켜야 한다면 그러지, 뭐! 호락호락 당하고 있지는 않아!

그렇지만 그 편지에는 신경 쓰이는 부분이 있었다. 유리창에 부딪히는 파리처럼 생각이 자꾸 그쪽으로 쏠리는 것은 어쩔 수 없었다. 그는 불을 끄고 자기 방의 어둠 속으로 들어갔다.

두 층 위, 누르는 침대에 앉아 카드를 뽑고 있었다. 새로 뜬 달은 무엇을 예비해놓았을까?

누르는 타로 카드를 자기 앞에 반원형으로 늘어놓았다. 자신의 의문에 정신을 집중하면서 천천히 카드를 섞었다. 그러고는 손에 잡히는 대로 한 장을 뽑아 자기 왼쪽에 놓았다. 그런 식으로 내리 세 장을 더 뽑아 차례로 오른쪽, 위쪽, 아래쪽에 놓아 십자 대형을 만들었다. 조그만 방의 어슴푸레한 어둠 속에서 촛불이 춤을 추었다. 누르는 눈을 감고 마지막 카드를 뒤집었다.

왕홀을 들고 옥좌에 반쯤 앉아 있는 하얀 수염의 '황제' 카드가 나왔다. 누르는 숨을 죽였다. 그녀의 생각에 화답하듯 밖에서 천둥이 다시 한번 울렸다. '단순한 폭풍 주의보가 아니야'라고 누르는 생각했다. 그녀는 자신이 뽑은 카드에 대해서 잠시 묵상을 하고 속으로 기도를 올렸다.

"신이시여, 제게 힘을 주소서." 누르는 나지막하게 속삭였다.

ㄱ

폴레트는 작은 광장 주위를 둘러보았다.

꽃이 만발한 위령비를 잠시 구경했다. 종합 식품점이 있었고 그 옆에는 지금은 문을 닫은 운전면허 학원이 있었다. 바로 옆 장의 사집 진열창에는 화환과 책 모양의 하얀 대리석 판이 있었다.

폴레트는 진열창에 비친 자기 모습을 보았다. 허수아비처럼 차림새가 볼품없었다. 이 촌구석에서 미용실은 어떻게 찾는담?

남편을 먼저 보낸 지도 35년, 그동안 단 한 주도 단골 미용사를 찾지 않은 적이 없었다. 폴레트는 머리가 자기 말을 듣지 않는 것을 극도로 질색했다. 바람이 세게 부는 날은 웬만하면 집 밖에 나가지 않았다. 외모를 가꾸는 것은 여전히 자기 자신을 존중하는 가장 좋은 방법이었다. 게다가 머리를 산발한 할머니들을 볼 때마다 자기도 모르게 눈살이 찌푸려졌다. 코린도 나중에는 저 할망구들처럼 되고 말 거라는 생각이 들었다. 베개에 납작하게 눌린 흔적이 그대로 남은 뒷머리. 목 색깔과 따로 노는, 얇게 잘 펴바르지 못한 파운데이션.

지금 당장은 누군가에게 머리 손질을 맡기는 것이 급선무였다. 오드가상의 미용 센터를 생각하니 흐뭇해졌다. 책자에는 '머리 손질, 마사지, 미용' 서비스를 제공한다고 나와 있었다.

폴레트는 걸음을 재촉했다. 지팡이 짚은 할머니 걸음이지만 그 동네를 한 바퀴 돌아보는 데 오래 걸리지는 않았다. 화단 몇 군데, 자그마한 무도장, 떠돌이 고양이 몇 마리를 보았다. 하지만 미용실은 보지 못했다.

폴레트는 옆 동네로 걸어가기 시작했다. 운이 좋으면 그쪽에는 미용실이 있겠지. 날은 이미 무더웠다. 폴레트는 모자를 챙겨 나오지 않은 것을 후회했다.

날벌레들이 얼굴 주위에서 날아다녔다. 폴레트는 손을 홱 저어 날벌레들을 쫓았다. 왠지 좀 어지러웠다. 그녀는 사과나무 그늘에서 잠시 쉬었다. 철조망 울타리가 길을 따라 쳐져 있었다. 울타리 너머에서 소 한 마리가 음메 하고 울었다. 그 소를 보니 마르셀린의 불그스레한 얼굴이 떠올랐다. 그 여자는 폴레트가 꾸민 장난을 아주 재미있어하는 것 같았다. 그 짓도 벌써 사흘이 다 되어가는군. 마음을 담아 연기하긴 했다! 정신 나간 여자로 보이는 방법에 관한 한, 폴레트는 결코 상상력이 부족하지 않았다. 이봉 씨로 말하자면 이미 인내심을 잃고 필리프에게 점점 더 압박 수위가 높은 메시지를 남기고 있었다.

필리프가 언제 나타날까? 폴레트는 슬슬 지루해지기 시작했다. 여인숙 사람들은 그녀를 신기한 동물 보듯 했고 때로는 대놓고 웃었다. 하지만 폴레트 자신은 전혀 재미있지 않았다. 실은 따분해 죽을 지경이었다. 기분 전환 삼아 잘근잘근 씹을 만한 것이라고는 없었다. 끔찍한 홈메이드 감자튀김도 싫었다! 폴레트는 맛볼 엄두도 나지 않았다. 그 식당에서 내놓는 음식은 다 구역질이 났다.

코린의 잔꾀가 제대로 먹힌 셈이었다. 쓸데없이 히죽거리는 껑다리 이폴리트와, 리예트*를 게걸스럽게 먹어치우는 마르셀린 사이에서 저녁을 먹는데 무슨 대화를 기대한담? 그 사람, 그 노인네는 이름이 뭐더라? 장? 아니, 조르주였다! 조르주 선생. 그 사람은 만날 신문으로 얼굴을 가리고 있었다. 그 사람만은 이 배경과 어울리지 않는다고 인정할 만했다. 그의 셔츠는 늘 완벽하게 다림질이 되어 있었다. 사람이 기품이 있다고 말할 수도 있을 것 같았다. 하지만 그 사람은 셀로판지처럼 투명했다. 그는 큰 소리를 내는 법이 없었다. 자기 그림자를 겁내는 사람이 또 있군! 그 사람은 뭐가 두려운 걸까?

❖

---

* 리예트(rillettes): 돼지나 거위의 고기를 잘게 잘라 지방과 함께 흐물흐물해질 때까지 삶은 음식. 주로 빵 위에 얹어서 먹는다.

폴레트는 다시 길을 나섰고 이내 이웃 마을에 도착했다. 종탑에서 열한 번 종이 울렸다. 폴레트는 교회에서 잠깐 더위를 식히고 가야겠다 생각했다. 그녀는 작은 교회 안으로 들어갔다.

밖은 눈이 부시게 환한데 교회 안은 어둑어둑해서 처음에는 아무것도 보이지 않았다. 향 피우는 냄새와 돌 냄새가 섞여 있었다. 단순한 구성의 스테인드글라스를 통과한 햇살이 제단을 보랏빛으로 물들이고 있었다. 신도석에서 서서히 자그마한 실루엣 하나가 눈에 들어왔다. 폴레트는 여인숙에서 일하는 여자애를 바로 알아보았다. 식당에서 시중을 드는 여자애는 폴레트를 상대할 때마다 바들바들 떨었다. 쟤 이름이 뭐더라? 콜레트? 마리에트? 얼굴의 반을 차지할 만큼 커다란 눈 때문에 여자애는 늘 당장 울음을 터뜨릴 것처럼 보였다.

폴레트는 바로 나가버리려고 했다. 그때, 소녀는 폴레트가 받은 인상이 맞다고 증명이라도 하듯 어깨를 들썩이면서 오열하기 시작했다. 코제트가——이 이름이 맞는지는 모르지만——울면서 큰 소리로 외쳤다.

"아! 마미노 할머니……."

소녀의 등과 어깨가 헐떡이는 숨결에 맞춰 들썩거렸다. 폴레트는 그 자리에서 꼼짝할 수 없었다. 여자애가 자기를 알아보고 다가와 위로를 구할까 봐 겁났다. 폴레트는 눈물 많은 여자들을 싫어했다. 누가 자기를 붙잡고 울면 불편했다. 다른 사람의 슬픔에 인질로 붙잡힌 기분이 든다고 할까. 그녀는 십자가

위에서 괴로워하는 그리스도를 등지고 살금살금 교회를 빠져
나왔다.

딱 보기에도 그 동네는 처음에 본 동네보다 더 한산했다. 돌
집이 몇 채 있었지만 정원을 손보지 않은 태가 역력했다. 잡초
들만 이 인적 없는 마을에서 살판난 것 같았다. 폴레트는 무더
위도 불사하고 시골길을 따라 걸었다. 푯말 하나가 조금만 더
가면 고물상이 나온다고 알려주고 있었다. 폴레트는 그 푯말을
보고 다시 기운을 냈다.

한낮의 무더위가 절정에 이르렀다. 살갗이 축축하고 끈끈했다.
폴레트는 걷는 데만 집중했다. 예고 없이 몸이 옆으로 기울어졌
다. 그녀는 움찔했다가 밭을 둘러싼 울타리를 얼른 붙잡았다. 울
타리에 튀어나온 가시에 손가락을 찔렸다. 욕이 튀어나왔다.

갑자기 자동차 한 대가 모퉁이를 돌아 나와 속도를 늦추며
폴레트에게 다가왔다. 폴레트는 차체에 반사된 햇빛에 눈이 부
셔서 손바닥으로 눈 앞에 차양을 쳤다. 운전석 옆 차창이 스르
르 내려가더니 여인숙 요리사의 얼굴이 나타났다.

"폴레트 부인, 여기서 혼자 뭐 하시는 거예요? 길을 잃으셨
나요?"

"내 아들한테 갈 겁니다!" 폴레트가 냉큼 받아쳤다.

누르는 하늘을 한번 쳐다보고는 몸을 기울여 조수석 문을 열
어주었다.

"자, 타세요!"

폴레트는 왱왱대는 벌레들 때문에 정신 없는 채로 일단 차에 탔다. 자동차가 달리기 시작하자 차창으로 시원한 바람이 들어왔다.

"어디 가시는 길이었어요?" 누르가 물었다.

누르가 묘한 눈빛으로 자기를 바라보자 폴레트는 기분이 불편해졌다. 아니, 이 여자가 왜 이러지? 자기가 뭔데?

"당신, 누구예요?" 폴레트가 대답 대신 물었다.

"제가 누구인지는 이미 잘 아시잖아요." 누르가 말했다.

차 안에 무거운 침묵이 떨어졌다. 폴레트는 적진에 들어와 있었다.

"차라리 뭘 찾는 중인지 말씀하시는 게 어때요?" 누르가 물었다.

폴레트는 그 말을 무시했다.

누르가 변속 기어를 넣었다. 도로에 튀어나온 곳이 있어서 차가 크게 한번 덜컹거렸다. 폴레트가 그 순간 비명을 질렀다. 방금 미용실 간판을 지나쳤던 것이다. 요란한 색상의 조악한 미용실은 마치 신기루 같았다.

"저기!"

누르가 고개를 돌렸다.

"우체국 말이에요? 우체국 앞에 내려드려요?"

"그래요, 비행기를 탈 거예요. 저기 내려주세요."

폴레트가 차에서 내리려는 순간, 누르가 그녀의 팔을 잡았다.

"저한테는 시답잖은 장난 그만두세요, 폴레트 부인. 이런 게 재미있으면 아들이랑 며느리한테 써먹으세요. 저한테는 안 통해요. 부인의 정신이 아주 말짱하다는 건 부인도 저도 알고 있잖아요? 그러니까 절 놀려먹을 생각은 꿈에도 하지 마세요."

폴레트는 말문이 막혔다.

"그리고 여기 있는 동안은 이봉 씨에게도 유치한 장난 하지 마세요. 이봉 씨의 입장은 분명해요. 아드님한테는 이봉 씨가 분명하게 얘기한다고 했어요. 며칠 있으면 떠날 수 있을 거예요. 그러니 그쯤 해두세요. 내가 부인이라면 시골 경치나 구경하면서 얌전히 기다리겠어요."

폴레트는 누르를 무섭게 쏘아보고는 쾅 소리 나게 문을 닫았다. 폴레트가 저만치 걸어가는데 누르가 차창에 대고 이렇게 외쳤다.

"이제 거짓말은 그만두세요, 아셨죠? 안 그러면 제가 다 불어 버릴 거예요."

땡볕 아래, 자동차는 부르릉 출발하더니 이내 사라졌다.

8

레옹은 한 발로 연어 등살을 밀어냈다.

평소처럼 창턱에 쪼그려 앉은 레옹의 콧등이 금빛 햇살에 물들었다. 고양이는 나비 몇 마리를 제 입에 꼭 맞는 간식으로 따로 떼어놓고 정성껏 앞발을 핥았다. 누르는 주먹으로 허리를 짚고 마른행주를 어깨에 걸친 채 한숨을 쉬었다.

이봉 씨 여인숙에서 메뉴에 올리는 음식은 전부 레옹이 맛을 보고 통과시켜줘야만 했다. 레옹은 양념에 관한 한 깐깐하기 이를 데 없었다. 이봉 씨가 레옹의 변덕스러운 심판에 맡기지 않는 음식은 감자튀김뿐이었다. 홈메이드 감자튀김만은 그 누구에게도 양보하지 않는 이봉 씨의 고유 영역이었다.

"자, 레옹! 애쓰는 척이라도 해봐! 난 아직도 타르트를 대여섯 개 더 구워야 한다고!"

누르는 레옹이 전생에 일류 요리사였다고 주장했다. 얼룩 한 점 없는 앞치마와 요정의 손가락을 지니고, 전쟁에 임하는 사령관처럼 조리대 위에서 호령하는 요리사들이 있지 않은가. 레옹은 셰프였다. 별을 받은 셰프. 수많은 손님의 혀를 즐겁게 한 보답으로, 레옹은 투실투실하고 게으르며 입맛이 섬세하고 까다로운 고양이로 다시 태어났다.

누르는 접시를 도로 가져와서는 연어에 순한 맛 양념 소스를 끼얹었다.

"자! 이건 어때? 제발 맛을 봐줘, 나의 레옹, 너는 절대 미각이잖아!"

그러고 나서 누르는 연필을 귀 뒤에 꽂은 채 고양이의 반응을 주시했다.

식당 반대편에서 폴레트는 씩씩거리고 있었다. 미용사가 머리를 망쳤다. 1980년대 여가수 꼴을 만들어놓았다. 머리칼이 두 배로 부풀어 올라 있었다. 게다가 그 여자가 헤어스프레이로 얼마나 떡칠을 했는지 설령 하늘이 머리 위로 무너진대도 아무것도 못 느낄 것 같았다.

폴레트는 미용실에서 돌아온 후로 입을 꾹 다물고 분위기 험악한 침묵을 고수했다. 누구든 가까이 오기만 해보라는 태세였다. 특히 그 잘난 척하는 요리사는 걸리기만 해라. 두고 봐라, 쓴맛을 보여줄 테니.

이봉 씨는 바 뒤에서 성치 않은 쪽 뺨을 긁어댔다. 마음이 어지러울 때면 꼭 그쪽이 가려웠다. 이유는 모를 일이었다. 폴레트는 주인장의 괴상한 얼굴을 뜯어보았다. 얼굴의 반쪽은 축 처진 채 움직이지 않았다. 콧수염도 희한하게 한쪽만 꿈틀거렸다. 이봉 씨는 수염 속에서 중얼거렸다.

폴레트는 한참 나중에 '그것' 이야기를 듣게 될 것이다. 전설에 따르면 짐 가방에서 빠져나온 그 벌레는 이색적이고 게걸스러웠다. 치명적인 독거미와 식인종이 우글대는 다른 세상에서 온 벌레였다. 바람이 세게 불던 날, '그것'이 여인숙에 날아왔다. 굶주린 '그것'은 위험했다. '그것'이 이봉 씨의 한쪽 뺨을 겨냥하고는 침을 콕 박아버렸다. 그리하여 주인장의 얼굴 반쪽은 '그것'이 앗아갔다.

아무튼, 누르는 이봉 씨의 안면마비를 그런 식으로 설명하기를 좋아했다.

마르셀린이 벌레에 물려서 안면마비가 된 사람은 없다고 말했지만 소용없었다. 그녀는 이봉 씨가 귀에 춘삼월 소나기를 맞은 게 문제라고 했지만 그런 말은 통하지 않았다. 잘나가던 시절에 어떤 의사와 살던 마르셀린은 여인숙 손님들에게 그때그때 의학적 조언을 해주곤 했다. 여인숙 손님들은 '그것' 이야기를 더 좋아했다. 그 이야기는 여행을 떠날 형편이 못 되는 이들에게 위로가 되었다. 특히 얼굴의 반, 더욱이 이봉 씨 얼굴처럼 크고 넙데데한 얼굴의 반을 마비시킬 수 있는 '그것'이 어떻게 생겼을까를 두고 그들은 차가운 식전주 한 잔과 함께 이야기꽃을 피우곤 했다.

폴레트는 자기 자리에서 주인장을 관찰했다. 이봉 씨는 두툼한 손가락으로 우편물을 뜯어보고 있었다. 청구서 몇 장, 광고 전단 따위가 섞여 있었다. 폴레트가 일어났다. 그녀는 오드가상에서 보낸 서류를 놓치고 싶지 않았다. 이제 더 늦어져서는 안 되었다. 더는 지체할 수 없었다!

우편물 꾸러미에서 봉투 하나가 카운터 위로 떨어졌다. 폴레트는 그 나이에도 시력이 나쁘지 않았다. 메뉴판의 글씨까지 다 읽을 수는 없어도 그 봉투에 소인이 찍히지 않았다는 것은 어렵잖게 알아볼 수 있었다. 이봉 씨가 주방을 흘끔거리며 황급히 그 봉투를 바지 주머니에 찔러 넣지만 않았어도 폴레트는 그렇게 주의를 기울이지 않았을 것이다. 그녀는 한숨을 쉬었다. 그녀가 상관할 바는 아니었다……. 틀림없이 빚 아니면 치정 문제일 테지. 원래 세상이 그렇게 돌아가잖아.

그녀는 다시 벽시계를 쳐다보았다. 고작 오후 4시……. 오드가상이 자랑하는 산해진미가 그녀 앞에 당도할 때까지 기다리고만 있을 수는 없었다. 배는 고프지 않았다. 하지만 뭘 먹고 있으면 시간은 빨리 간다. 땅콩 그릇에 손을 집어넣고 있던 마르셀린은 누구보다 그 사실을 잘 알았다. 우적우적 땅콩 씹는 소리가 식당을 메웠다. 동전으로 복권 긁는 소리만이 그 소리에 화답하고 있었다.

"또 꽝이야!" 마르셀린이 외쳤다.

그녀의 입에서 땅콩 부스러기가 튀어나와 조르주 앞에 떨어졌다. 조르주는 신문에 얼굴을 처박고 있느라 신경도 쓰지 않았다. 맞은편에서는 텔레비전이 무음 상태로 켜져 있었다. 폴레트는 조르주를 관찰했다. 그 사람을 보고 있으니 죽은 남편이 생각났다. 키가 크고, 날씬하고, 옷도 잘 입는 편이고. 조르주 선생은 아직도 머리칼이 풍성했는데 나이를 감안하면 대단한 일이었다. 이봉 씨의 벌써 휑한 정수리가 그 증거였다. 하지만 남자들에 관한 한, 겉만 봐서는 모른다. 그 점은 폴레트가 보증할 수 있었다. 그녀는 남들은 안중에 없고 오로지 자기 자신밖에 모르는 돌 같은 심장의 수전노와 반평생을 살았으니까.

쥘리에트가 눈이 빨개져서는 고개를 푹 숙이고 화장실에서 나왔다. 그녀는 행주를 챙기고 물잔에 수돗물을 받았다. 폴레트는 고약한 미소를 지었다. 그러다가 요리사의 불안해하는 눈과 딱 마주쳤다. 여긴 웃기는 일도 많네! 뭘 어떻게 할 건지 보자고…….

폴레트는 다시 벽시계를 쳐다보았다. 오후 4시 3분. 세상에! 이렇게 시간을 죽여야 하나!

갑자기 이폴리트가 들어왔다. 시장에서 돌아온 참이었다. 그는 때때로 트럭에서 떨어진 상품들을 주워 오곤 했다.

"이런, 이런, 이제야 나타났군! 내 행주들은 다 어디 있어?" 이봉 씨가 짙은 눈썹을 치켜올리고 눈을 부라렸다.

이봉 씨는 누르의 조언대로 가끔씩 이폴리트에게 몇 가지 잡일을 맡겼다. 겨울에 땔 장작 패기, 정원의 잡초 뽑기, 빨래. 이폴리트는 그런 일을 열심히 할 때도 있고 나 몰라라 할 때도 있었다.

"할 거예요, 이봉 씨. 할 거라고요!" 이폴리트는 반만 화내는 그 얼굴이 무서워서 변명을 해댔다. 그러고는 변명하듯 자그마한 소리를 덧붙였다. "누르 친구한테 줄 선물이 있어요."

누르도 눈썹을 ── 이봉 씨만큼 짙은 눈썹은 아니어도 ── 치켜올렸다. 그녀의 얼굴이 환해졌다.

"이폴리트, 선물이라고? 내 거야?"

이폴리트는 얼굴을 붉히더니 닳아빠진 배낭에서 검정색 레이스 뭉치를 꺼냈다. 여인숙에서는 보기 힘든 물건이었다.

"이폴리트! 행주를 세탁해 오라고 20유로를 줬는데 요리사 아줌마 속옷을 들고 오다니! 구멍이 숭숭 난 그것으로 뭘 닦을 수 있단 말이냐!" 이봉 씨가 호통을 쳤다.

바에 팔꿈치를 괸 채 커피를 마시고 있던 단골 셋이 '그것'이라는 말을 듣고 흠칫 떨었다.

"이봉 씨, 그런 거 아니에요!" 이폴리트가 말했다.

누르는 허리를 졸라매는 코르셋을 낚아채서는 앞치마 위로 대보았다. 하지만 그녀는 바로 포기했다. 그 물건을 어떻게 입는지도 모르겠고, 설령 몸을 집어넣는다 해도 터지기 일보 직전의 소시지처럼 보일 것 같다는 예감이 들었기 때문이다. 그래도 이폴리트에게 고맙다고 했다. 이빨 빠진 미소와 별이 박힌 듯 반짝거리는 눈을 보면 이폴리트에게 도저히 뭐라고 할 수가 없었다.

마르셀린이 탄성을 질렀다.

"그 코르셋 마음에 드네요! 지난날의 추억이 생각나서요!"

"흥, 일단 발가락이라도 집어넣을 수 있어야 할 텐데요." 누르는 그렇게 소곤거리고는 설거지와 씨름하기 위해 주방으로 돌아갔다. "자, 일합시다, 이런 얘기를 들으니 기분 나빠지려고 하네……."

폴레트는 요리사의 얼굴을 살폈다. 얼핏 어떤 생각이 뇌리를 스치고 갔다. 일종의 기시감이라고 할까. 폴레트는 정신을 모으고 도대체 이 느낌이 뭘까 곰곰이 생각해보았다. 소용없었다. 이폴리트가 한 말 중에서 뭔가 신경에 거슬리는 것이 있었다. 하지만 그게 뭘까?

9

누르는 눈을 떴다.

달빛 한 줄기가 깃털 이불 자락에 떨어졌다. 그녀는 침대에 일어나 앉아 귀를 곤두세웠다. 안뜰 쪽에서 냄비가 와장창 엎어지는 소리가 났다.

주인 옆에 누워 있는 레옹은 꿈쩍도 하지 않았다. 시계를 보니 새벽 다섯 시였다. 도대체 누가 동트기 전부터 이렇게 시끄럽게 구는 거지? 그것도 그녀의 영역인 주방에서?

누르는 심장이 빨라지는 것을 느꼈다.

그녀는 가운을 찾아 들고 살금살금 계단을 내려갔다. 발을 내딛을 때마다 계단이 삐걱댔다. 누르는 숨을 죽였다.

쾅 하고 문소리가 났다. 하지만 어느 쪽에서 난 소리인지는 분간이 가지 않았다. 조심성 많은 레옹은 어둠 속에서 눈을 빛내며 층계참에서 주인을 지켜보기만 했다.

누르는 이봉 씨가 복도 벽에 장식 삼아 걸어놓은 길쭉한 금속 오브제를 움켜쥐었다. 마르셀린의 방에서 드르렁드르렁 코고는 소리가 들렸다.

누르는 로비에 거의 다 가서 멈춰 섰다. 희미한 어둠 속에 벌써 점심 영업을 위해 세팅해놓은 테이블들이 보였다.

"이봉 씨?" 그녀가 속삭였다.

조금 더 큰 소리로 물었다.

"거기 누구예요?"

돌아온 것은 침묵뿐이었다. 드디어 눈이 어둠에 익숙해졌을 때, 바 뒤의 큰 거울에 비친 식당 전경이 보였다. 붉은색과 흰색 격자무늬 식탁보가 확 눈에 들어왔다.

누르는 반대편 스위치까지 허겁지겁 달려갔다. 바로 그 순간, 레옹이 그녀의 맨다리 사이로 파고들었다. 누르는 비명을 질렀다.

"레옹! 너 때문에 간 떨어지겠다! 내가……."

그녀는 잠시 말을 잃었다가 이내 소리를 질렀다.

"이봉 씨! 이봉 씨! 도둑이 들었나 봐요! 빨리, 빨리요! 이봉 씨!"

이봉 씨는 뱃살 위로 말려 올라간 흰색 메리야스 차림으로 달려 나오다가 계단에서 떨어질 뻔했다.

"뭐? 뭐라고요? 무슨 일입니까? 아니, 누르! 이 시각에 내 사냥용 뿔 나팔을 들고 뭐 하는 거예요?"

누르가 이봉 씨를 쳐다보고는 디저트용 냉장고를 가리켰다. 몇 시간 전만 해도 초콜릿 무스가 대여섯 개 들어 있던 냉장고가 텅 비어 있었다. 테이블 중 하나는 식탁보가 벗겨져 있었다. 케이크용 틀 두 개는 부서진 채 바닥에 뒹굴고 있었고 반쯤 먹어 치운 레몬 타르트는 바둑판무늬 타일 바닥에 찌그러져 있었다. 벌러덩 뒤집혀 있는 의자 하나가 그 희한한 한 폭의 그림을 완성하고 있었다.

주방 쪽에서 바람이 불어왔다. 주방의 폴딩 도어*가 활짝 열려 있었다. 낙엽 몇 장이 작은 공간 안으로 날아 들어왔다. 잠옷 바람이었던 누르는 바르르 떨었다.

이봉 씨는 금고로 냅다 뛰어갔다. 금고는 사람 손을 탄 흔적이 없었다. 거리 쪽으로 난 문과 진열창도 마찬가지였다. 이봉 씨는 수염이 헝클어진 채로 고개만 절레절레 저었다. 어쨌거나 범인이 이미 자리를 뜬 것만은 확실했다.

"저기요, 부탁인데 창문 좀 닫아줘요, 누르. 어린애들이 담력 시합이라도 한답시고 여기 와서 소란을 피웠나 봅니다. 내일 보조키를 하나 더 달고 애 있는 집 부모들에게 당부해놓으리다."

누르는 깨진 케이크용 틀 조각을 주우면서 신중해 보이는 눈

---

* 폴딩 도어(folding door): 여러 쪽의 좁은 문짝을 경첩 따위로 연결하여 접어서 여닫는 문.

썹을 치켜올렸다.

"더는 얘기하지 맙시다. 하숙인들이 괜히 겁먹으면 안 되잖아요." 이봉 씨는 딱 잘라 말했다. 그의 얼굴에는 빨리 이불 속으로 돌아가고 싶은 기색이 역력했다.

그들은 어질러진 식당과 주방을 치우고 어둠이 허락하는 마지막 잠의 시간을 누리기 위해 각자 자기 방이 있는 층으로 돌아갔다.

누르는 침대에 누웠다. 밖에는 벌써 새 몇 마리가 깨어나 지저귀고 있었다. 이 불법 침입 사건은 영 찜찜했다. 여인숙에서 15년을 보냈지만 이런 일은 없었다. 누가 새벽 다섯 시에 식당을 턴담? 말도 안 돼! 게다가 그녀 혼자 걱정하는 것 같은 이 분위기는 뭐지? 누르는 침대에서 계속 뒤척였다. 이봉 씨가 어떻게 태평하게 다시 잠을 청할 수 있는지 이해가 되지 않았다.

한 층 아래, 누르의 방과 사장의 방을 분리하는 낡아빠진 마루판 아래 역시 태평한 휴식의 시간과는 거리가 멀었다. 새벽빛에 서서히 물러나는 어둠 속에서 이봉 씨는 눈을 말똥말똥 뜨고 천장을 바라보고 있었다.

불법 침입은 익명의 편지를 보낸 인물의 경고였다. 그렇게 볼 수밖에 없지 않은가? 오늘은 디저트 카트를 털었고, 내일은 금고에 손을 댈 것이며, 그다음은 또 뭘까? 어디까지 각오해야 하는 걸까? 이봉 씨는 침을 삼키며 인상을 찡그렸다.

그는 전날 받은 편지를 생각했다. 한 달 전부터 시작된 협박 편지가 한 통 더 늘었을 뿐이다. 그렇지만 마지막으로 받은 메시지에서 분명히 밝힌 것처럼, 공갈범의 표적은 이봉 씨가 아니었다.

표적은 누르였다.

왜 그런지, 어쩌겠다는 건지는 신만이 아시리라. 어쩌면 누르 본인은 알지도 모른다. 편지를 보낸 자는 그들을 장시간 지켜본 후 이봉 씨를 협박하면 되겠다고 결론을 내렸을 것이다. 그가 여인숙의 사장이었으니까. 돈 관리를 하는 사람이 그였으니까. 파리 한 마리 죽이지 못할 위인인 데다가 여인숙의 운명이 달려 있다면 자기가 피해를 무릅쓰고도 남을 사람이었으니까. 모든 일에, 정말로 모두에게 책임감을 느끼는 사람이었으니까. 더구나 누르 일이라면.

이봉 씨는 침대 속에서 몸을 웅크렸다. 지독히 쓸쓸했다. 이 일을 어떻게 감당한담? 협박 편지. 그걸로 모자라 이제 불법 침입까지. 여인숙을 30년 운영하면서 처음 겪는 일이었다! 그리고 정신이 오락가락하는 폴레트 할머니까지! 그런 일이 일어나지 않았다면 좋았으련만. 이봉 씨는 그 노부인을 생각하면 마음이 안 좋았다. 가족들에게 버림받은 데다가, 침몰하기 시작한 상상의 세계에서 길을 잃은 할머니라니. 아들이라는 놈이 자기 어머니를 어떻게 나 몰라라 하는 건지!

아니, 그는 이런 일을 혼자서 감당할 수 있는 사람이 아니었다. 형 롤랑이 생각났다. 색소폰을 어깨에 짊어진 모습이 눈에 선했다. 언제나 미소 띤 얼굴. 롤랑에게 심각한 일이라고는 아무것도 없었다. "야, 힘내! 다 잘될 거야!" 롤랑은 늘 그렇게 말하곤 했다.

멀리서 수탉이 울었다.

저놈의 수탉이나 좀 없애주면 좋겠구먼! 아무렴! 오늘의 메뉴에 코코뱅*을 올릴 테다! 이봉 씨는 수염 안에서 한숨을 쉬고는 어쨌든 동이 텄으니 일어나야겠다고 마지못해 마음을 다잡았다.

---

* 코코뱅(coq au vin): 닭고기에 잘게 썬 당근, 양파, 버섯 따위와 와인을 넣어 뭉근히 익혀서 만든 요리.

10

폴레트는 바람을 쐬러 나갔다.

이제 막 해가 솟은 참이었다. 금빛 햇살이 마을 종탑을 쓰다듬고 있었다. 공기가 선선했다. 여인숙은 아직 잠에서 깨지 않았다.

그녀는 화단 울타리에 걸터앉아 딱정벌레를 해체하느라 여념이 없는 개미 떼를 한참 구경했다. 불쌍한 딱정벌레는 발을 위로 뻗은 채 나동그라져 있었다. 병정개미들은 아래턱을 비벼댔다. 그들은 이 짭짤한 노획물을 서로 자축하고 있었을까? 폴레트는 죽은 딱정벌레를 발끝으로 밀어 몇 미터 옆에 옮겨놓았다. 개미 떼가 우왕좌왕하는 꼴이 흐트러진 군무 같았다.

폴레트는 밤새 곰곰이 생각해보았다. 오드가상에서 보낸다는 우편물은 아직 받아보지 못했다. 아무래도 월요일 전에는 우체부가 오지 않을 것 같았다. 월요일도 운이 따라줘야 가망이 있을 성싶었다. 주인장을 안절부절못하게 하면서 좀 놀아볼까 했는데 요리사 때문에 그나마도 글러먹었다. 망할 여편네 같으니!

시간이 한없이 늘어지기만 했다.

여인숙 앞에 소형 트럭 한 대가 멈춰 섰다. 캡 모자를 눌러쓴 젊은이가 휘파람을 불면서 차에서 내렸다. 그는 폴레트를 보고 고개를 까딱하며 인사를 했다. 그러고는 트럭을 열고 채소 세 상자를 내렸다. 그는 익숙한 거동으로 식당에 들어가 카운터에 상자들을 내려놓고 바로 나왔다. 그러고는 폴레트 할머니 앞에서 잠시 걸음을 멈추었다.

그 젊은이는 20대 이상은 아닐 것 같았다. 그는 허리를 숙여 운동화 앞코에 묻은 흙을 털어냈다. 폴레트는 얼룩 하나 없이 새하얀 운동화에 놀랐다.

젊은이는 주머니에서 찌그러진 담뱃갑을 꺼내더니 담배에 불을 붙였다.

"오늘도 꽤 덥겠네요!"

폴레트는 젊은이의 운동화에서 눈을 떼지 못했다. 대학수학능력시험을 한 달 앞둔 무렵의 아들내미 모습이 떠올랐다. 그 시절, 필리프는 머리를 기르고 찢어진 청바지를 입고 다녔다. 필리프는 자본주의 사회의 압력에서 벗어난 삶을 살겠다면서 대학도 가지 않겠다고 했다. 매년 차를 바꾸는 변호사 필리프가 그때는 그랬다. 보험 회사에서 고액 연봉을 받고 케냐 사파리 여행을 가는 필리프가 그때는 그랬다. 그게 다 어미 덕인 줄 모르고. 폴레트는 아들을 윽박지르다 지쳐 결국 대입 자격증을 받아 오기만 하면 최신 워크맨을 사주겠노라 약속했다.

공갈 협박이라는 무기에는 무서운 위력이 있었다.

"새로 오신 분인가 봐요?" 젊은이가 물었다. "전에는 뵌 적이 없는 것 같네요. 제 이름은 파올로입니다. 매일 아침 식당에 식자재를 배달해요. 아버지가 채소를 재배하시거든요. 라 페르테에서요, 아세요?"

폴레트는 젊은이를 빤히 바라보았다. 그가 담배 연기를 들이마셨다.

"누르에게 빨간 파프리카는 없다고 전해주세요. 그 대신 토마토를 한 상자 추가했으니 잘 봐달라는 말도 좀 해주시고요."

할머니가 대꾸를 하지 않자 젊은이는 서둘러 담배를 마저 피웠다.

"음, 그게 다가 아닌데……."

그는 꽁초를 손가락으로 튕겨 내버리고 라이터를 챙겼다. 그가 막 자리를 뜨려는 순간, 폴레트가 지팡이를 내밀어 그를 가로막았다.

"요리사를 잘 알아요?"

젊은이가 눈살을 찌푸렸다.

"누르, 요리사 이름이 누르 맞죠? 그 여자는 어디 출신이래요?" 폴레트가 다시 물었다.

젊은이의 얼빠진 표정을 보고 폴레트는 마음이 급해졌다. 그래서 손가방에서 50유로 지폐를 꺼내어 상대의 코앞에 내밀었다.

"그 여자에 대해서 아는 대로 말해주면 이 돈은 당신 거예요."

"뭐예요! 할머니 나쁜 사람이네!"

폴레트는 다시 손가방을 열고 지폐를 한 장 더 꺼냈다.

"아는 게 있으면 여기 주인장에 대해서도 말해봐요."

젊은이는 폴레트를 한참 빤히 바라보았다. 그러고는 고개를 저으면서 자기가 몰고 온 트럭으로 돌아갔다.

11

폴레트는 그날 아침 받은 우편물 생각에 빠져 있었다.

흰색 대형 봉투에 오드가상의 꽃무늬 로고가 박혀 있었다.

원장이라는 여자는 폴레트의 선택에 축하를 보내며 오드가상 임직원 일동은 그녀를 아잘레 스위트룸에 모시게 되어 기쁘기 한량없다고 했다. 암, 돈을 그렇게 처받는데 당연히 기쁘겠지!

폴레트는 안경을 벗고 고개를 저었다. 비싸기는 더럽게 비쌌다. 수표로 보낼 선금만 해도 폴레트가 그동안 모아놓은 돈을 거의 다 써야 했다.

평소 같았으면 전화를 걸어 까놓고 한 소리 했을 것이다. 어떻게 계산하면 그 금액이 나오는 건지? 수영장 청소하는 사람에게 대통령 월급이라도 주나? 골프장 잔디를 핀셋으로 한 가닥씩 뽑아서 관리하나?

하지만 어차피 그녀의 주머니에서 나갈 돈은 아니었다. 폴레트가 어떻게 그 큰돈을 내겠는가? 짠돌이 남편이 뭘 남겨줬다고? 어림도 없었다. 이제 필리프의 죄책감을 충분히 자극해서 카드 번호를 불러주게 할 일만 남았다. 때가 오면 그렇게 되고 말 것이다. 며느리가 퍽 좋아하겠군!

폴레트는 서랍장에서 수표책을 꺼내 떨리는 손으로 공란을 채웠다. 서명을 하려는 순간, 유리창에 돌멩이가 날아와 부딪히는 바람에 퍼뜩 소스라쳤다. 폴레트는 힘겹게 의자에서 일어나──습도가 높은 날은 관절이 쑤셨다──창가로 갔다.

파올로가 사람들의 시선과 비를 피해 숨은 곳에서 그녀를 쳐다보면서 손짓을 했다. 하필이면 이런 날씨에 오다니! 추워 죽겠구먼! 폴레트는 무시해버릴까 생각했지만 호기심을 이길 수 없었다. 그녀는 머리칼을 방수모로 잘 감싸고 가운을 걸친 후 계단을 내려갔다.

식당 홀은 비어 있었다.

밖에서 축축한 흙냄새가 풍겼다. 파올로가 웃옷으로 머리를 덮고 폴레트에게 달려왔다.

"날씨가 고약하죠? 어휴! 그래도 농사는 잘되겠어요……."

잠시 침묵이 흘렀다.

"저번 날 아침에 한 얘기 생각해봤는데요……."

"말해봐요."

"저기요, 저는 여기 주인장을 아주 좋아해요. 우리 아버지가 편찮으셨을 때 이봉 씨와 누르가 식사를 매일 배달해줬는데……."

"하지만 사람은 누구나 돈이 필요하죠. 자! 사연팔이는 생략하고 바로 본론으로 들어가요!"

멀리서 두꺼비 울음소리가 들렸다. 파올로는 담뱃불을 붙이고 발끝으로 돌멩이를 톡톡 찼다.

"음, 이봉 씨가 우리 마을에서 굉장히 사랑받는 사람이라는 것만은 말할 수 있어요. 그 사람은 여기가 고향이에요. 아버지도, 할아버지도 다 이 마을에서 태어났어요. 여인숙을 처음 연 사람이 이봉 씨 증조할아버지거든요. 원래는 여행객만 받았는데……."

폴레트가 파올로의 말을 자르고 물었다.

"결혼한 적은 있나요?"

"네, 베로니크라는 여자랑 결혼했었어요. 자세히는 모르는데 몽말랭에서 온 여자래요."

폴레트는 파올로에게 빨리 다음으로 넘어가라는 신호를 보냈다.

"아들도 있었어요. 아들 이름은 아당이에요. 저하고 중학교 때 같은 반이었죠. 베로니크는 이 마을에서 살기를 싫어했어요. 뭐, 이곳 생활이 모두에게 신나지는 않겠죠……."

그는 폴레트를 슬그머니 바라보면서 뜸을 들었다.

폴레트는 마음이 급했다.

"그게 다예요?"

"흥, 여기 사람들은 별일 없이 산다고요…… 아, 또 있다! 이봉 씨 형이 젊었을 때 교통사고로 죽었어요. 어쩌면 들어봤을지도 몰라요. 신문에 대문짝만하게 기사도 났거든요……."

파올로는 할머니의 관심을 부채질하고 싶었다. 그러나 소용없었다. 폴레트는 하품을 했다. 어차피 이 마을 사람도 아닌데 신문에 났든 말든 무슨 상관이람?

"그게 참 슬픈 사연이에요, 이봉 씨하고 형은 쌍둥이였거든요. 형 이름이 롤랑인가 그랬어요. 진짜 구분이 안 될 정도로 똑같이 생겼었대요. 원래는 둘 다 음악을 했어요. 그날 저녁, 원래는 이봉 씨가 연주를 하러 가야 했는데 형이 대신 갔다가 변을 당했대요……."

폴레트는 이봉 씨의 움직이지 않는 얼굴 반쪽을 떠올렸다. 그 얼굴은 언제부터 그렇게 됐을까.

"요리하는 여자는요?"

"누르 말이에요?"

"그럼 내가 누구 얘기를 하겠어요?"

"음, 누르는요……. 저도 몰라요."

폴레트가 무서운 표정을 짓자 파올로는 뒤로 물러났다.

"저도 알아볼 만큼 알아봤어요. 진짜예요. 누르에 대해서는 다들 아무것도 몰라요. 아니, 성(姓)이 뭔지도 모르는데요! 우체부도 누르 앞으로는 우편물이 한 번도 온 적 없다고 했어요. 제가 인터넷 검색도 해봤는데 진짜 아무것도 없어요! 진짜예요, 백방으로 알아봤다고요!"

그는 이 말을 따발총처럼 다다다다 내뱉었다.

"다른 사람들은요?"

"다른 사람들이라뇨?"

"여기 사는 사람들이 더 있잖아요! 마르셀린, 조르주 선생, 이폴리트⋯⋯."

"그 사람들에 대해서는 안 물어봤잖아요!"

폴레트는 파올로를 쫓아냈다.

"할머니, 이건⋯⋯."

폴레트는 험악한 눈으로 파올로를 쏘아보고는 집 안으로 홱 들어갔다.

12

　모두가 세상 모르고 잠들어 있을 때 레옹이 야옹 하고 비명을 질렀다. 누르가 소스라쳤다. 그녀는 온몸의 감각을 곤두세우고 혹시 꿈을 꾼 것은 아닌지 확인했다. 식당 불법 침입 사건 이후로 두 발을 쭉 뻗고 잔 적이 없었다. 누군가가 한밤중에 그녀의 방까지 들어와 목을 칠지도 모른다 생각하면 소름이 끼쳤다.

　안뜰에서 무슨 소리가 났다. 누르는 몸을 부르르 떨면서 침대를 박차고 나갔다. 그러고는 자기가 속속들이 아는 복도 마루판에 꿇어앉아 이봉 씨의 방에 대고 속삭였다.

　"이봉 씨! 이봉 씨! 일어나보세요! 누가 또 왔나 봐요! 이봉 씨!"

　그녀는 바닥에 귀를 갖다 댔지만 아무 소리도 나지 않았다.

　누르는 다시 한번 사냥용 뿔 나팔을 들고 계단을 내려가 식당에서 조금 떨어진 곳에 멈춰 섰다. 디저트 냉장고 앞에서 이봉 씨가 가지런히 놓여 있는 초콜릿 크림을 얼빠진 표정으로 노려보고 있었다.

"이봉 씨?"

주인장은 대꾸도 하지 않고 수저통에서 수프용 숟가락을 꺼냈다.

누르는 소리 내지 않고 그쪽으로 다가갔다.

이봉 씨가 멍한 눈을 하고 레몬 타르트 하나를 먹어치우기 시작했다. 부스러기가 바닥에 떨어졌다. 그의 입은 금세 크림 범벅이 되었다.

"이봉 씨!"

누르는 입을 다물지 못했다.

주인장은 정신없이, 지저분하게 디저트를 먹어치웠다. 꿀을 먹으려고 벌통을 헤집는 덩치 큰 곰이 따로 없었다. 그는 레몬 타르트를 해치우자마자 덥석 초콜릿 크림에 손을 뻗었다. 누르의 심장 박동이 차차 가라앉기 시작했다. 이렇게 된 일이었구나. 디저트에 환장하는 몽유병자라니……

누군가가 그들을 볼지도 모른다는 생각에 피식 웃음이 났다. 누르는 잠옷 바람으로 거창한 뿔 나팔을 들고 있었고 이봉 씨는 디저트 냉장고에 고개를 처박고 있었으니까.

누르는 어디서 몽유병자를 깨우면 안 된다는 글을 본 적이 있었다. 하지만 디저트가 무서운 속도로 사라지는데 보고 있을 수만은 없었다. 누르는 냉장고 반대편으로 슬쩍 가서 다음 날 영업을 위해서 만들어놓은 크렘 브륄레만이라도 구하려 했다. 꼬박 두 시간이나 준비한 디저트를 이봉 씨는 양심도 없이 먹어 치우고 있었다.

"이봉 씨! 이건 손님들 몫이에요!" 누르가 타일렀다.

50대의 거구는 들은 척도 하지 않았다.

"이봉 씨! 얼른 돌아가 주무세요! 이러다 내일 장사도 못하겠어요!"

수염 덥수룩한 주인장에게는 그 말이 들리지 않는 듯했다. 그렇지만 몇 분 지나자 그는 숟가락을 핥으면서 성치 않은 쪽 뺨을 벅벅 긁고는 곰 같은 체구를 돌이켜 자기 방으로 돌아갔다.

누르는 옆에 있던 의자에 털썩 주저앉았다. 그녀가 기억하는 한, 밤중에 이런 소동을 목격하기는 처음이었다. 이봉 씨와 진지하게 이야기를 나눌 필요가 있었다. 뭔가 이상하게 돌아가고 있었다.

13

폴레트는 손가방에 봉투를 집어넣었다. 편안한 신발로 갈아 신고 모자를 쓰고 서둘러 여인숙을 나섰다.

바람을 좀 쐬어야 했다! 아침부터 저녁까지 복권을 긁어대거나 깔려 죽은 고양이 기사나 떠들어대는 마르셀린하고 이곳에 처박혀 지내려니 죽을 맛이었다. 게다가 얼마나 더운지! 식당에는 시원한 바람이라고는 없었다. 구석에 놓여 있는 선풍기 한 대가 식당 안의 무더운 공기를 휘저어주는 게 다였다.

아직 이른 시각이었다. 폴레트는 미용실과 우체국이 있는 옆 동네를 향하여 걷기 시작했다.

레옹이 화단 울타리 위에 웅크리고 앉아 폴레트를 지켜보고 있었다. 폴레트는 부채로 고양이를 쫓으려 했다. 그래 봐야 어차피 닿지 않을 거리에 있었던 레옹은 꿈쩍도 하지 않았다. 폴레트는 그 고양이가 싫었다. 쉬지도 않고 여기저기 뒤지고 다니는 모양새가 마음에 안 들었다. 심지어 그녀의 베개에서도 고양이 털이 눈에 띄지 않았는가! 마치 폴레트의 일거수일투족을 제 주인인 요리사에게 일러바치는 첩자 같았다. 폴레트는 레옹이 시야에서 사라질 때까지 저주를 퍼부었다. 요망한 짐승 같으니!

그녀는 다시 가방을 고쳐 멨다. 오드가상 계약금 수표를 그날 보낼 작정이었다. 계약서에는 필리프의 서명을 흉내 내서 남겼고 이후로 모든 우편물은 필리프의 집 주소로 보내달라고 했다.

그녀가 지나가자 웬 소가 음메 하고 울었다. 소는 무심하니 꼬리를 휘저어 파리를 쫓고 있었다. 아스팔트가 벌써 햇빛을 반사하고 있었다. 폴레트는 이마의 땀을 훔쳤다. 갑자기 뒤에서 경적 소리가 났다. 흰색 소형 트럭이 폴레트 옆으로 나타났다. 트럭 옆에는 '프티장 부자(父子)'라고 큰 글씨로 쓰여 있었다. 글씨 주위를 빙 둘러싼 알록달록한 과일과 채소 그림은 일부 먼지에 덮여 있었다.

"태워드려요?" 파올로가 차창 너머로 소리쳤다.

청년이 한 번은 쓸모 있게 굴겠다는데 거절할 수야 없지!

폴레트는 단을 밟고 트럭 조수석으로 올라갔다. 그러고는 요란하게 한숨을 쉬었다. 면도를 말끔히 하고 얼룩 하나 없는 흰색 운동복을 입은 파올로는 할머니에게 미소를 짓고 기어를 1단으로 놓았다.

"오늘도 꽤 덥겠네요!"

폴레트는 부채질을 했다.

"그걸 누가 모른담!"

"어디 가세요?"

"우체국에 가요."

파올로는 휘파람을 불면서 차를 출발시켰다.

라디오에서 세계 뉴스가 나오고 있었다. 태평양의 어느 섬에서 일어난 쓰나미, 라르작에서 발생한 교통사고, 부정 선거 스캔들 소식이 이어졌다. 마지막으로, 파멸을 향해 가는 이 세계에서 유일하게 가벼운 느낌을 주는 스포츠 소식이 나왔다. 파올로가 볼멘소리를 했다.

"이 사람들은 나쁜 소식을 전하는 일로 세월을 보낸다니까요. 여기서 아무개가 죽었네, 저기는 세상이 망해가네, 하면서요. 솔직히 찾으려고만 하면 좋은 소식도 있을 텐데요! 그렇지 않나요?"

파올로는 이제 이 할머니를 파악하기 시작했으므로 군이 대답을 기다리지 않았다. 그는 버튼을 돌려 다른 채널을 틀었다. 장자크 골드만의 귀에 익은 옛 노래가 흘러나왔다. 놀랍게도 파올로가 흥얼흥얼 노래를 따라 불렀다. 과속 방지 턱에 다가가면서 트럭의 속도를 늦추었다. 꽃이 만발한 작은 촌락이 나타났다. 파올로는 경적을 울려가며 대여섯 명과 인사를 주고받고는 군데군데 나무가 서 있는 작은 길 앞에 차를 세웠다.

"자요, 다 왔어요."

폴레트가 문을 열려고 했다.

그때 파올로가 말을 꺼냈다.

"실은요, 할 말이 있는데……."

"뭐죠?" 이 말이 폴레트가 원했던 것보다 더 사납고 쌀쌀맞게 튀어나왔다.

파올로는 할머니의 얼굴을 바라보더니 길 쪽으로 눈을 돌려버렸다.

"아니에요, 신경 쓰지 마세요……. 안녕히 가세요, 할머니."

폴레트는 잠시 시트가 찢어진 조수석에서 꾸물거렸다. 그러다가 차 안으로 더운 공기가 훅 끼치자 지팡이를 잡고 얼른 밤나무 그늘로 들어갔다.

우체국은 아직 문을 열지 않았다. 폴레트는 시골 사람들은 게으르다고 툴툴거리다가 흰색과 붉은색 파라솔을 세워놓은 선술집 테라스를 발견했다.

선술집 안은 시원했다. 천장에 달린 끈끈이에 시커먼 파리들이 잔뜩 달라붙어 있었다. 천장에서 팬이 돌아갈 때마다 파리들의 날개도 살짝 파들거렸다. 폴레트는 작은 테이블에 자리를 잡고 아이스티를 주문했다.

"크루아상도 하나 주세요!" 폴레트는 카운터를 맡은 여주인에게 말했다.

여주인은 멜빵바지를 입은 남자에게 담배 한 갑을 건네고 있었다. 남자는 간색으로 그을린 피부에 색 바랜 캡 모자를 뒤로 돌려 쓰고 있었다.

"로또 두 장 주쇼." 남자가 말했다.

가게 카운터에서 담배만큼 복권도 잘 나가는 모양이었다. 폴레트는 프랑스 오지 시골의 우울한 분위기하고도 관련이 있다고 생각했다. 그녀는 차를 한 모금 마시고 입천장에 와 닿는 시원한 액체를 음미했다. 테이블은 끈끈한 먼지투성이였고 의자는 덜걱거렸지만 그건 중요하지 않았다. 컵 안에서 맞부딪히는 얼음덩어리들로 모든 것이 용서되었다. 그녀는 조금 뻣뻣한 크루아상을 베어 물었다. 그 순간, 여주인이 마권을 내미는 남자에게 큰 소리로 외쳤다.

"3쌍승식*하고 4쌍승식이 됐네요! 585유로예요! 45유로 베팅해서 많이 따셨네!"

얼굴이 불그스름한 단골 사내가 손뼉을 쳤다.

"축하합니다! 이러다 마권 판매소 하나를 다 털어가시겠습니다!"

"콩고물 좀 주워 먹읍시다! 조르주 선생이 한턱내실 겁니다." 그 옆에 앉아 있던, 엉덩이에 꼭 끼는 바지를 입은 남자가 종업원에게 말했다.

폴레트가 눈썹을 치켜올렸다. 과연, 조르주 선생이 카운터에서 덩치 좋은 두 사내 사이에 끼어 건배를 하고 있지 않겠는가.

---

* 3쌍승식: 경마에서 1착에서 3착까지 말을 순서대로 맞추는 방식.

조르주는 불편한 기색으로 영수증을 움켜쥐고 있었다.

"말해보세요, 조! 조라고 불러도 되죠? 무슨 재주로 돈을 그렇게 많이 땄습니까? 우리는 오늘 어디다 걸어야 하나?"

"어, 그게……." 조르주가 우물쭈물했다.

"뭐예요, 혼자 재미 볼 겁니까? 거드름 피우는 거예요, 지금?"

그는 조르주가 들고 있던 《티에르세 마가진》* 최근 호에 다가갔다.

"자, 가령 이놈은 어떻습니까? '과수원의 왕자', 이름 한번 죽이네! 4번 말, 요놈이 이길 수 있을까요, 조?"

"나라면 그 말에 걸지 않을 겁니다……." 조르주가 말했다.

"그럼 어느 말에 걸 건데요? 말 좀 해줘요!"

"음…… 카뉴쉬르메르 경마장은 1,600m 주로, 그것도 아주 퍽퍽한 모래 주로……. 나라면 5연승식의 세 번째 말 아티쿠스에다가, 잔디 주로에서 프리 드 카뉴 조합으로 걸겠습니다. 그게 그 말에게 가장 유리한 코스 기준이거든요……."

"자넨 이게 무슨 말인지 알아들어?" 얼굴이 벌건 단골 사내가 옆 사람에게 물었다.

상대는 포르투 포도주 잔에 얼굴을 처박고 고개만 저었다.

조르주는 네모 칸이 쳐진 종이를 한 장 가져와 몇 개 번호에 표시를 한 후 그들에게 내밀었다.

---

*《티에르세 마가진(Tiercé Magazine)》: 프랑스의 경마 전문지.

"자요, 나라면 이렇게 걸겠습니다."

두 남자는 그 종이를 들여다보고 고개를 끄덕거렸다. 조르주는 그 틈을 타서 얼른 자기 신문을 집어 들고 카운터에서 벗어났다.

그는 따로 테이블을 잡고 앉아 커피를 주문했다. 종업원이 물러난 순간, 조르주의 시야에 폴레트 부인이 들어왔다. 그의 얼굴에 핏기가 가셨다. 폴레트는 그를 향해 자신의 가장 아름다운 미소를 보냈다.

"말을 좋아하시나 봐요!" 폴레트가 외쳤다.

"아, 폴레트 부인!" 조르주는 인사를 하고는 얼른 신문 뒤로 숨었다.

"나도 어릴 때 친하게 지냈던 말이 있어요. 고 녀석 이름은 부르동이었죠. 말이 아니라 망아지였다고 해야 하나. 망아지들도 경마에 나가나요?"

폴레트는 대답을 기다리지도 않고 모자를 챙겨서는 조르주 맞은편 자리로 합석을 했다.

"이 파리들이 하도 앵앵거려서 못살겠네! 대화도 잘 안 들리네요."

조르주는 빠져나갈 구멍을 찾다가 폴레트의 정신이 깜박깜박한다는 사실을 떠올렸다. 그러자 긴장이 좀 풀렸다. 폴레트가 잔을 들어 조르주의 커피잔과 건배를 했다.

"승리와 말발굽을 위하여! 결국 말발굽에서 다 결판 나는 거잖아요?" 그녀가 외쳤다.

조르주는 흥분한 폴레트가 커피를 종이 깔개에 쏟을까 봐 걱정하면서 마지못해 잔을 부딪쳤다.

"그 스페퀼로스* 안 먹을 거예요?" 폴레트가 물었다.

그녀는 냉큼 과자를 와사삭 깨물어 먹었다. 이제 조르주 선생이 왜 그렇게 신문을 붙들고 사는지, 왜 그렇게 이봉 씨네 식당에서 텔레비전만 쳐다보는지 알 수 있었다. 조르주는 경마광이었다.

"나는요, 속보가 좋더라고요. 하낫둘, 하낫둘! 엉덩이를 요령껏 안착시켜야 했던 기억이 나네요……. 뭐 떠오르는 것 없어요?"

조르주는 고개를 저었다. 그는 이제 폴레트와의 대화보다 신문에 더 푹 빠진 듯 보였다.

"돈을 많이 따요?" 폴레트가 다짜고짜 물었다.

조르주가 신문을 내려놓으면서 얼굴을 붉혔다. 상대에게 정곡을 찔린 것이다.

"아뇨, 그렇게까지는 아닙니다. 많다는 게 얼마만큼이냐에 따라 다르겠지만……."

그는 얼른 화제를 바꾸었다.

"걸어오셨습니까?"

---

* 스페퀼로스(spéculos): 흑설탕과 계피가 들어가는 벨기에의 전통 과자. 차나 커피에 주로 곁들인다. '로투스' 같은 브랜드명으로도 잘 알려져 있다.

폴레트는 그제야 오전 중에 부쳐야 할 서류 생각이 났다. 그녀는 수표에 쓴 금액을 생각하면서 미소를 지었다.

"여기서 뵙게 되어 즐거웠어요! 오늘 하루 잘 보내세요! 선생님이 거는 말에 행운이 있길 바라요!" 폴레트가 일어나면서 말했다.

그녀는 조르주에게 윙크를 하고는 장미와 오렌지꽃 향기를 남기고 사라졌다.

조르주는 한숨을 내쉬고 정신을 수습했다. 폴레트가 이런저런 얘기를 지껄이긴 했어도 크게 걱정할 일은 없었다. 이봉 씨와 다른 하숙인들이 자기네가 빌려준 돈으로 그가 무슨 짓을 하고 다니는지 알아차리기까지는 시간이 좀 걸릴 터였다. 그는 다시 신문을 펼치고 최근의 경마 기록 통계에 정신없이 빠져들었다.

14

거품 방울이 뽀롱뽀롱 입에서 솟아올랐다.

쥘리에트는 커다란 풀 한복판에서 울부짖었다. 불안, 공포, 외로움을 모조리 토해냈다. 숨이 바닥날 때까지 울부짖었다. 그러고 나서 수면으로 올라가 산소를 크게 들이마시고는 다시 마음껏 울기 위해 물속으로 내려갔다. 물속에서는 자기 목소리를 알아들을 수 없었다. 먹먹한 울음소리는 멀리서 들리는 것 같아서 자기에게서 나는 것 같지 않았다.

숨을 참고 한참을 잠수했더니 머리가 어지러웠다. 그녀는 무호흡 상태로 수영장 한쪽 벽에 기댔다. 물속에서 눈을 크게 뜨고 바라본 자신의 두 다리는 윤곽선이 이지러져 보였다. 매력이라고는 느낄 수 없는, 꼬챙이처럼 말라비틀어진 두 다리는 거의 투명해 보였다. 그녀는 아직 납작한 자신의 배를 내려다보았다.

이 상태가 얼마나 더 갈까? 푸르스름한 타일을 배경으로 흰 살갗이 더 희끄무레해 보였다. 맥박이 빨라졌다. 몸이 산소를 원하고 있었다.

몇 분만 더 이러고 있으면 다 해결될 수도 있겠다는 생각이 들었다. 물속에 드러누워 그냥 다 놓아버리면 어떨까. 이 안에서 자기 자신을 잊는다면. 눈앞이 흐릿해질 때까지 기다린다면. 동공 주위에 검은 점들이 잔뜩 나타나기 시작할 때까지. 이 물이 모든 것을 앗아갈 때까지. 쥘리에트의 스물다섯 살의 청춘을, 그녀의 모든 근심을 가져갈 때까지. 그리고 나머지 전부도.

머리가 핑 돌기 시작했다. 귓속에서 윙윙 소리가 났다. 이제 마미노 할머니 곁으로 갈 것이다. 쥘리에트가 없어진대도 누가 마음을 쓰겠는가? 자기 일로 여인숙이 곤란에 빠질 것 같아 그게 미안할 뿐이었다. 하지만 그녀를 대신할 사람은 금세 나타날 것이다. 아무 일 없었다는 듯 생은 또 흘러갈 것이다.

시간이 천천히 흐르는 것 같았다. 물속의 세계, 이 액체성의 침묵 속에서는. 몸은 어서 물 밖으로 박차고 나가라고, 빨리 산소를 들이마시라고 성화를 해댔다. 심장이 군사를 불러 모으는 장수처럼 북을 울려댔다. 그래도 쥘리에트는 꿈쩍하지 않았다. 그녀는 입술을 꽉 오므렸다. 이제 곧 의식을 잃을 것만 같았다.

그 순간, 호루라기가 울렸다. 쥘리에트는 정신이 번쩍 났다. 그녀는 두 발로 바닥을 박차고 물 밖으로 튀어 나갔다. 입으로 산소를 들이마시자 폐에 공기가 확 밀려들어왔다. 쥘리에트는 거칠게 헐떡거리며 심호흡을 했다. 살았구나. 계속 기침이 나왔다. 눈도 따가웠다.

몇 미터 떨어진 곳에서 불쑥 친숙한 목소리가 들려왔다.

"아니, 뭐예요! 내가 그쪽을 방해한 거라면 말을 해요! 물 좀 튀기지 말고!"

조금 전부터 자유형으로 우아하게 오가던 폴레트를 누가 추월한 참이었다. 폴레트는 섬세한 몸놀림으로 물에 거의 흔적도 남기지 않는 반면, 그 남자는 요란하게 물을 튀기면서 지나갔다. 무례한 남자가 아무런 반응 없이 저만치 가버리자 폴레트는 당장 안전 요원을 불렀다.

"이봐요, 젊은이! 아무 일 안 해도 월급이 나오는 건 아니겠죠? 당신이 아무것도 못 보고 손 놓고 있는 10분 사이에 내가 물에 빠졌으면 어떡할 뻔했어요? 저 남자가 내가 천천히 간다고 자꾸 괴롭히는데 이래도 되는 거예요? 자기 속도에 맞게 수영할 자유도 없나?"

안전 요원은 자기 덩치의 3분의 1밖에 안 되는 할머니가 이렇게 나오자 행동을 취할 수밖에 없었다. 폴레트는 그 무례한 남자를 그런 식으로 응징하고는 비치 타월을 둘둘 몸에 두르고 수영장에서 나갔다.

수영장 반대편에서는 마르셀린과 누르가 작은 풀 안에서 빙빙 돌고 있었다.

조르주는 상체를 반쯤 물 밖으로 내민 채 그들에게 수중 유

산소 운동을 가르치고 있었다. 몇 주 전부터 이 새파란 눈의 노인은 하숙인들에게 스포츠 강사 노릇을 하고 있었다. 조르주는 수영은 물론, 조깅과 테니스까지 열성적으로 가르쳤다. 사실 이 아이디어는 마르셀린의 머리에서 나왔다. 그녀는 나이보다 훨씬 젊어 보이는 이 80대 남자와 좀 더 많은 시간을 보내고 싶어 했다. 조르주의 왼손에 반지가 없다는 것도 썩 괜찮은 신호였다.

"이제 두 팔을 들고 뛰어봅시다……. 10, 9, 8, 7, ……."

꽃무늬 수영모를 쓴 마르셀린은 열심히 시키는 대로 했다. 그녀는 조르주의 우아한 몸짓을 겨우겨우 따라 하면서 깔깔 웃기도 하고 헉헉 숨을 몰아쉬기도 했다. 누르는 풀 가장자리에 있었다. 그녀와 레옹은 물을 그렇게까지 좋아하지는 않는다는 공통점이 있었다. 작은 풀 반대쪽에서는 이폴리트가 바다를 처음 본 아이처럼 환호하며 신나게 놀고 있었다.

바다 요정 놀이에 싫증 난 누르가 두리번거리며 쥘리에트를 눈으로 찾았다. 쥘리에트는 미동도 없이 물이 얕은 풀을 바라보고만 있었다. 누르는 얼굴을 손으로 비볐다. 쥘리에트가 왠지 며칠 전부터 자기를 피하는 느낌이 들었다. 쥘리에트는 식당 영업이 끝나면 자취를 감추기 일쑤였고 클루 게임이 끝나면 곧장 자기 방으로 올라갔다. 마지막으로 쥘리에트와 대화다운 대화를 나눈 게 언제였더라?

벌건 얼굴의 마르셀린이 누르를 불렀다.

"이봐요, 누르! 한가롭게 물장구나 치러 온 거 아니잖아요! 열심히 하자고요!"

조르주는 그들에게 새로운 동작을 가르쳐주었다. 영원 같은 몇 분이 지나고 난 후, 마르셀린이 어찌나 첨벙대며 물을 튀기는지 누르는 짜증이 나서 멀찍이 도망 온 참이었다.

"저 빼고 계속해요! 전 이제 기운이 없어서 못 하겠어요!" 누르가 외쳤다.

마르셀린은 조르주를 향해 미소를 짓고는 더욱더 열과 성을 다해 동작을 따라 하며 자신이 그의 관심을 독차지하고 있음을 확인했다. 누르는 풀 반대편에서 놀고 있던 이폴리트에게 손을 흔들었다. 이폴리트도 손을 흔들어 보이고는 미끄럼틀을 타러 가버렸다. 누르는 미소를 지었다.

누르는 사우나에서 쥘리에트를 만났다. 쥘리에트는 멍한 눈으로 바닥만 내려다보고 있었다.

누르는 사우나에는 익숙했기 때문에 목욕용 장갑과 블랙소프*를 따로 챙겨 왔다. 사방이 나무로 되어 있는, 허옇게 김이 서린 작은 공간에서 누르는 쥘리에트에게 등을 밀어주겠다고 했다. 타월로 몸을 감싸고 있던 쥘리에트는 아무 생각 없이 그

---

* 블랙 소프(black soap): 올리브기름과 올리브나무 숯을 주원료로 하는 검정색 비누.

러라고 했다.

"폴레트 할머니가 안전 요원한테 호통치는 것 봤어?" 누르가 먼저 웃으면서 얘기를 꺼냈다.

쥘리에트는 반응하지 않았다. 누르가 걱정스러운 눈빛을 보였다.

"점토팩 좀 해줄까?"

"아뇨, 괜찮아요, 누르."

쥘리에트는 사우나 구석에 가서 쪼그려 앉았다. 사우나 증기 때문에 얼굴은 보이지 않았다. 천장에서 똑똑 물방울 듣는 소리가 났다.

"나 좀 봐, 쥘리에트, 너 왜 그러니?"

요리사는 자애로운 눈으로 쥘리에트를 바라보았다. 그 눈은 속눈썹이 어찌나 긴지 눈썹에 닿을 수도 있을 것 같았다. 누르는 품이 넉넉한 여자였다. 그 품에 폭 안겨 볼을 비비면 영영 벗어나고 싶지 않을 만큼.

"아무것도 아니에요."

누르는 쥘리에트 옆으로 갔다. 따뜻한 돌의 기분 좋은 온기가 온몸으로 퍼졌다.

"너 정말 괜찮은 것 맞아?"

그 순간, 누르가 달랠 겨를도 없이 쥘리에트의 뺨에 한 줄기 눈물이 흘렀다. 눈물은 멈추지 않았다. 아가씨의 턱이 떨리기 시작했다. 누르는 쥘리에트를 안아주었다.

"울지 마, 우리 쥘리에트, 무슨 일이야?"

"……."

"말해봐, 제발! 네가 이러면 나도 마음이 아파."

이제 쥘리에트는 소리 없이 눈물만 흘리고 있었다. 자기 옆구리에 꽉 막혀 있던 거대한 슬픔의 거품 방울을 다정한 누르가 이제 막 터뜨려준 것 같았다. 한번 터진 눈물은 마르지 않았다.

"괜찮아……. 괜찮아……. 괜찮아질 거야."

누르는 쥘리에트를 자기 쪽으로 끌어당겨 부드럽게 어르면서 말했다.

"저요……." 쥘리에트는 입을 열자마자 다시 울음을 터뜨렸다. 겨우 심호흡을 하고는 이 말을 뱉었다.

"아기가 생겼어요."

아기? 누르는 순간적으로 기절할 뻔했다.

"뭐? 아니…… 그게 무슨……. 어떻게?"

이건 꿈에도 생각지 않았던 일이었다. 갑자기 오만 가지 의문이 일어나 머릿속이 복잡해졌다. 쥘리에트가 엄마가 될 수 있을까? 엄마가 되고도 행복할 수 있을까? 애는 누가 키우고?

"저도 몰라요, 누르. 전 아무것도 몰라요. 제 생각엔, 사촌 언니 결혼식 때인 것 같아요. 그러니까, 지난 5월에……."

누르는 쥘리에트가 외출을 나갔다가 그리 밝지 않은 얼굴로 돌아왔던 그 주말이 기억났다.

"그럼, 벌써…… 석 달이 다 되어간단 말이야?"

"네, 그래요……."

두 여자는 잠시 말이 없었다. 누르는 아직 그런 기미가 전혀 보이지 않는 아가씨의 가냘픈 몸을 응시했다. 이미 조그만 심장이 저 안에서 뛰고 있을지 모른다 생각하니 누르는 가슴이 미어졌다.

"몸은 어때?"

"잘 모르겠어요……. 좋은 것 같진 않아요……."

또다시 눈물이 뺨을 타고 흘러내렸다.

"애 아빠는?"

누르는 쥘리에트의 몸이 뻣뻣하게 굳어지는 것을 느낄 수 있었다.

"그 사람은 알아? 너, 말은 했니?"

쥘리에트는 그 얘기는 하고 싶지도 않다는 듯 완강하게 손사래를 쳤다. 누르는 항상 목에 걸고 다니는 펜던트를 꼭 쥐었다. 더 물어봐서는 안 된다는 것을 알았다. 모르는 편이 분명 더 나을 것이다. 어쨌거나 남자들은 믿을 만한 족속이 못 된다. 누르도 인생 경험으로 그건 알 만큼 알았다. 하지만 이제 겨우 소녀 태를 벗은 쥘리에트가 아빠 없는 애를 키운다? 걱정이 앞서서 견딜 수 없었다. 누르는 쥘리에트의 두 손을 감싸 쥐고 이마에 뽀뽀를 했다.

"그래, 레옹이 아주 좋아하겠다. 이제 누가 고 녀석 꼬리도 잡아당기고 귀도 잡아당기고 좀 거칠게 놀아줄 때가 되긴 했지!

그렇고말고!" 누르가 말했다.

"누르, 이 일은 아무도 몰랐으면 좋겠어요. 특히, 이봉 씨가 알면 안 돼요."

쥘리에트는 슬픔에 가득 찬 얼굴로 눈물을 글썽이면서 애원했다.

"저는 이 일자리가 필요해요. 아시죠?"

"하지만……"

"며칠 안에 결정을 내릴 거예요. 정말로 애를…… 낳을지."

누르도 슬픔이 북받쳤다. 오장육부 저 아래서부터 괴로움이 치밀어 오르는 것 같았다. 아주 오래된, 그렇지만 여전히 생생한 괴로움. 용감하게 억누르고 부정해왔건만 오늘 그 괴로움은 생각지도 못한 힘으로 그녀를 뒤흔들고 있었다. 허를 찔린 누르는 그저 쥘리에트를 껴안고 그녀의 머리칼에 자기 눈물을 감추었다. 누르의 입에서 모국어로 부르는 노래가 흘러나왔다.

Ni-ini ya mo-omo

Hata'iteb achè-èna

Ni-ini ya mo-omo……

잘 자라, 우리 아가

밥이 아직 다 안 됐단다

잘 자라, 우리 아가*

　두 여자는 한참을 그렇게 꼭 껴안고 있었다. 사우나의 열기가 그들을 감싸고 마침내 둘 다 무거운 마음으로 탈의실로 나갈 수밖에 없을 때까지.

＊모로코의 전통 자장가 중 한 곡이다.

15

"조르주 선생님? 세탁물 가져왔어요."

쥘리에트는 다시 한번 노크를 했다. 거추장스러운 바구니를 빨리 비우고 싶었던 그녀는 손잡이를 돌리고 엉덩이로 힘차게 문짝을 밀었다. 쥘리에트는 식당 접객과 객실 청소를 다 맡아보고 있었기 때문에 심심해할 시간도 없었다. 이봉 씨는 그 대가로 쥘리에트를 먹여주고 재워주고 약간의 월급을 지급하고 있었다.

쥘리에트가 조르주 선생 방에 혼자 들어간 것은 이번이 처음이었다. 어쩔 수 없었다! 폴레트 할머니에게 탕파*도 가져다줘

---

* 탕파(湯婆): 뜨거운 물을 넣어서 그 열기로 몸을 따뜻하게 하는 기구. 쇠나 함석, 자기 따위로 만들며, 이불 속에 넣고 잔다.

야 해서 시간이 없었다. 이봉 씨는 손님 한 사람 한 사람의 기분까지 맞춰줄 필요 없다고 몇 번이나 말했지만 할 수 없었다. 쥘리에트는 거절을 할 줄 모르는 성격이었다. 게다가 상대가 폴레트라면 더욱더 그럴 수 없었다.

"조르주 선생님?"

쥘리에트는 작은 방을 쓱 훑어보았다. 모든 것이 제자리에 놓여 있었다. '이렇게까지?'라는 생각이 들었다. 모직 조끼조차도 전체적인 조화를 고려해서 의자 등받이에 걸어놓은 게 아닌가 싶을 정도였다.

쥘리에트는 바구니를 비우고 서랍장 위에 양말 몇 켤레를 가지런히 놓았다. 그때 양말 한 켤레가 떨어졌다. 쥘리에트는 양말을 주우려고 허리를 숙였다. 책상 아래 놓여 있던 상자 하나가 눈에 띄었다. 상자는 일부러 바닥까지 눈높이를 낮추지 않으면 보이지 않게 벽 가까운 구석에 놓여 있었다. 제법 크고 누렇게 색이 변한 모자 상자. 그 안에는 뭐가 들었을까? 모자 상자로 쓰는 거라면 저렇게 깊은 구석에, 우편물 따위를 처리하는 책상 밑에 처박아놓을 리 없는데?

그녀는 다시 방 안을 쓱 눈으로 훑었다. 네 귀퉁이를 압정으로 고정해놓은 듯 깔끔하게 정돈된 침대, 작은 서랍장, 큰 상자는 들어가지 않을 것 같은 옷장. 귀한 물건을 숨기기에 적당한 곳이라고는 전혀 없었다. 저 상자에 뭔가 귀한 것이 들었다면 말이지만. 조르주는 아마 비디오테이프나 짝이 안 맞는 양말

따위를 상자에 보관하고 있었을 것이다.

쥘리에트는 책상 밑에 들어가 그 상자를 꺼냈다.

순간, 마미노 할머니가 그녀를 나무랄 때의 표정이 떠올랐다. 할머니는 남의 물건에 관심도 두지 말라고 하지 않았던가? 항상 사람들과 거리를 두라고 하지 않았던가?

마미노 할머니가 말하는 '사람들'은 주로 오후에 만나서 커피 마시고 수다 떨기 좋아하는 동네 아주머니들을 뜻했다. 쥘리에트가 사바티에 부인 집에 언제 또 놀러 가냐고 물어봤을 때——그 부인은 쥘리에트를 귀여워하고 차게 식힌 마들렌을 주곤 했다——마미노 할머니는 이렇게 말했다.

"있잖아, 쥘리에트, 너무 자주 보면 할 말이 없어지고 그러다 보면 결국 그 자리에 있지도 않은 사람 얘기나 하게 되어 있어. 쑥덕쑥덕 뒷말이나 하게 된다고. 처음부터, 뒷말이 나올 빌미를 주면 안 돼. 우리 귀여운 손녀 입에서 나오는 말은 다 황금 같으면 좋겠구나!"

그래서 쥘리에트와 할머니는 조그만 아파트에서 대부분의 시간을 단둘이 보냈다. 할머니와 손녀는 함께 동물 다큐멘터리를 보거나, 크라페트*를 하든가, 케이크를 구웠다. 할머니는 쥘리에트의 어머니가 아직 절반밖에 살지 않은 인생에 기권을 선언했을 때 손녀를 거둬들였다.

---

* 크라페트(crapette): 카드놀이의 일종.

쥘리에트가 상자를 제자리에 두려는 순간, 갑자기 문이 확 열렸다.

"아니, 아가씨! 지금 조르주 선생 방을 뒤지는 거예요?"

쥘리에트는 놀라서 너무 급히 일어나는 바람에 뒤로 넘어질 뻔했다. 문간에는 폴레트가 버티고 서 있었다.

"그런 거 아니에요, 폴레트 부인! 저는…… 저는 그냥 세탁물을 가져다드리려고……."

가운을 걸친 노부인은 위풍당당하게 쥘리에트를 굽어보았다. 잘 손질된 백발과 움푹 들어간 뺨 때문인지 폴레트는 발레 선생 같았다. 제자가 아프다고 비명을 지르든 말든 다리를 완벽한 일자로 뻗으라고 어깨를 내리 누르는 발레 선생들이 있지 않은가.

폴레트가 지팡이로 바닥을 툭툭 내리쳤다.

"그만, 그만! 빨리 가서 탕파나 가져와요! 거의 한 시간을 기다렸다고요! 감기 걸려 죽기라도 바라는 거야, 뭐야! 자! 꾸물대지 말고! 아가씨가 이러고 다니는 거 알면 이봉 씨가 퍽이나 좋아하겠네요!"

쥘리에트는 겁에 질려 큰 눈이 더 커졌다. 그녀는 서둘러 복도로 박차고 나갔다. 노부인은 자기가 하는 말이 들리지 않을 만큼 아가씨가 멀리 가버릴 때까지 쉬지 않고 잔소리를 해댔다.

이윽고 그녀의 눈길이 쥘리에트가 책상 밑에 두고 간 상자에 쏠렸다. 정말이지, 조르주는 사람 관심을 끌 줄 아네! 폴레트는 지팡이로 그 수수께끼의 물건을 끌어냈다. 상자를 들어 올리려고 허리를 구부리자 신음 소리가 절로 났다. 그녀는 침대에 앉아 모자 상자를 무릎에 올려놓았다.

고령에 휘어진 손가락으로 뚜껑에 뽀얗게 내려앉은 먼지를 쓸어냈다. 앞면에 인쇄된 글자는 일부 지워지긴 했지만 다 읽을 수 있었다.

파리 봉마르셰 백화점
메종 아리스티드 부시코

헤아릴 수 없이 많은 추억이 폴레트에게 밀려왔다. 봉마르셰 백화점!

폴레트는 봉마르셰 백화점에 처음 가본 날을 떠올렸다. 네 살인가 다섯 살 때였나, 폴레트의 키가 아직 계산대보다 한참 아래였던 시절이었다. 어머니는 실크, 레이스, 온갖 고운 옷감 천지에서 딸을 잃어버릴까 봐 폴레트의 손목을 꼭 잡고 다녔다. 폴레트는 현대 여성을 위한 그 휘황찬란한 제국을 발견하고는 황홀해했다.

아버지는 어머니와 폴레트의 백화점 나들이를 아주 가끔만 허락했다. 아버지는 여자가 있을 곳은 가정이라고 생각하는 사람이었다. 폴레트에게 백화점의 매혹은 더욱더 강력할 수밖에 없었다. 그곳에서 어린애들은 귀한 대접을 받았다. 빨간 풍선을 공짜로 나눠 주고 손목에 끈으로 묶어주질 않나, 당나귀 타기

체험을 시켜주질 않나, 무엇보다 '착한 아이'에게 주는 선물이라는 그 그림 카드들, 거기에는 레이스나 벨벳 반바지 차림으로 장미꽃을 꺾거나 장난감을 풀어보는 아이들이 그려져 있었다. 폴레트는 그 그림 카드들을 오래 간직해두었다가 이사 때문에 마지못해 버리곤 했다.

그날, 어머니는 방한용 토시를 사러 백화점에 갔다. 그 옛날, 아이의 손가락으로 만져본 모피의 촉감이 아직도 폴레트에게는 생생했다. 어떤 여자가 소품 하나를 훔치다가 걸려서——스타킹이었나?——그 자리에서 끌려갔던 일도 기억났다. 백화점은 새로운 유형의 도벽을 출현시켰다.

폴레트는 조심스레 상자 뚜껑을 열었다. 안에는 편지 수십 통이 어수선하게 뒤섞여 있었다. 그녀는 만족감으로 눈썹을 치켜올렸다.

편지는 모두 한 사람이 쓴 것이었다. 옆으로 기울어진, 다소 연약해 보이는 특유의 글씨체로 알아볼 수 있었다. 잉크는 색이 바래 있었다. 그림이 들어간 편지도 간간이 있었다. 꽃이 핀 집, 파리의 어느 큰길 풍경, 조금 더 보다 보니 큰 배의 갑판 그림도 있었다.

상자 밑바닥에 있는 봉투까지 살펴봤으나 발신자나 수신자를 확인할 수 있는 봉투는 한 장도 없었다. 폴레트는 목에 걸고 다니는 안경을 콧등에 올렸다. 손에 집히는 대로 편지 몇 통을 읽어보았다. 날짜가 들쭉날쭉했다. 폴레트는 집요하게 편지를 날짜별로 분류하기 시작했다. 그러고 나니 1953년에서 1955년까지 3년에 걸쳐 쓴 편지들이라는 사실을 알 수 있었다.

폴레트는 품위를 따지느라 인생을 허비했다고 생각해왔던 사람답게 그중 몇 장을 주머니에 슬쩍했다. 뚜껑에 쌓인 먼지를 보건대 조르주가 그 상자를 자주 열어보지 않는 것이 분명했다. 그런 다음, 폴레트는 발끝으로 상자를 책상 밑 원래 자리에 밀어 넣었다. 노부인은 조르주 선생 방에서 나와 문을 닫고는 자기 방으로 건너갔다.

잠시 후, 쥘리에트는 두근대는 가슴으로 탕파를 들고 황급히 복도를 지나다가 마르셀린과 부딪힐 뻔했다. 마르셀린은 화들짝 놀라더니 훤히 드러난 새가슴 위로 기모노 옷섶을 여몄다.

"오, 쥘리에트! 조르주 선생님 안 계셔?" 마르셀린이 당황해서 물었다.

"네, 아직 안 돌아오셨어요!" 쥘리에트는 냉큼 대답하고 레이스 옷깃의 용의 소굴로 바삐 달려갔다.

"쥘리에트!" 복도 반대편 끝에서 그 용이 외쳤다.

쥘리에트는 무거운 마음으로 죄송하다고 말하면서 커튼을 쳤다. 너무 떨렸다. 저 할머니가 이봉 씨에게 일러바치면 어떡하지? 여인숙 일도 못 하고 거리에 나앉게 되는 건가?

쥘리에트는 불안한 게 너무 많아 병인 아가씨였다. 그녀에겐 세상이 다 정체 모를 위협으로만 보였다. 학교는 대학수학능력

시험을 보기 전에 그만두었다. 자기 또래 사람들에게는 모욕당하고 학대받은 기억밖에 없었다. 마미노 할머니 옷을 입고 다니고 인기 있는 가수나 영화에 대해서 전혀 몰랐던 쥘리에트는 '외계인' 취급을 당했다. 학교에서 왕따당하기 딱 좋은 성격이었다. 쥘리에트는 노인들을 상대하고 식당 일을 돕는 게 훨씬 적성에 맞았다. 남들을 돌볼 때는 자기 자신을 조금은 잊을 수 있었고 그래서 마음이 편했다. 어디서 이런 일자리를 또 찾을 수 있단 말인가?

폴레트는 탕파를 옆구리에 끼고 침대로 들어갔다. 쥘리에트는 침대보를 평평하게 펴주고 머리맡 탁자의 술이 늘어진 스탠드 불을 끄고 안녕히 주무시라는 인사를 했다. 그녀는 나가다 말고 문간에 멈춰 섰다.

"폴레트 부인, 조금 전에 있었던 일 말인데요, 저는…….."

"가봐요!"

"저는 정말 그럴 생각이……."

"나가라고 했잖아요! 내 눈앞에서 사라져요!"

쥘리에트는 그 방에서 나갔다.

노부인은 아가씨의 발소리가 멀어지기를 기다렸다가 가느다란 손가락을 뻗어 스탠드 불을 켰다. 힘겹게 몸을 일으키고는 베개를 등받이 삼았다. 머리맡 탁자 서랍을 열었다. 폴레트는 흥분에 전율하면서 미소를 머금고 첫 번째 편지를 펼쳤다.

16

나의 글로리아에게,

벌써 이틀이 지났구나. 드디어 편지를 쓸 결심이 섰어. 네가 언제 이 편지를 받게 될지 모르겠다. 이제 나는 아무것도 생각할 수가 없어.

뉴욕에서 보낸 마지막 밤 이야기는 하고 싶지 않아. 그냥, 아주 길고도 너무 짧았던 밤이라는 말밖에 못 하겠어. 너한테서 한마디 말도 못 들은 채 그 밤이 끝나버리는 게 무엇보다 두려웠어.

떠나지 말까 생각도 해봤어. 아버지와 지긋지긋한 설교는 정말 넌더리가 나니까! 하지만 아들은 어머니에게 약한 거 알지? 어머니가 파리 집에서 홀로 힘들어하면서 내가 오기만 기다리실 거라는 생각이 들었어. 나는 네가 항구로 찾아올 거라고 생각했어.

나는 네 표도 사놓았어.

난 너를 기다렸어, 글로리아.

얼마나 기다리고 또 기다렸는지 하마터면 나도 배에 못 탈 뻔했어. 그 선원이 밧줄을 풀면서 나보고 빨리 타라고 소리 지르던 그때도, 나는 내처 부두에 서서 네가 오기만 애타게 기다리고 있었어.

　무슨 일이 있었던 거야, 내 사랑?

　나는 알아, 너는 반드시 내게 올 거야. 내가 떠난 이상, 이제 너한테 거기엔 아무것도 없잖아. 네 입으로 그렇게 말했잖아?

　지금은 내 객실에서 편지를 마저 쓰고 있어. 갑판은 너무 추워 손가락이 얼어붙을 지경이었거든. 배가 참 썰렁하고 멋없어. 알루미늄으로 도배를 했고 따뜻한 느낌이 드는 목재는 눈을 씻고 봐도 없어. 목재를 보면 늘 무대가 떠오를 거야. 너의 뾰족한 구두, 아치를 그리며 미끄러지던 너의 긴 다리. 아, 그래! 몸에서 열이 올라와!

　여긴 나무라고는 없어. 선장이 이 '빅 유(Big U)'에 불이라도 날까 봐 못 쓰게 했나 봐. 누가 그러는데 선장이 어제 기자들 앞에서 이 대서양 횡단선이 세상에서 가장 안전하다는 증거를 보여준답시고 무슨 덮개에다가 성냥을 그어 보였대. 하! 내 마음대로 저질러버린다면 이 배는 타이타닉 호가 빙하에 침몰하듯 당장 불구덩이 속에서 무너져내릴 텐데.

　나는 괴로워, 글로리아. 난 너무 아파. 정말로 몸이 아파. 너를 으스러져라 껴안았던 두 팔이, 너와 함께 맨해튼 거리를 누비고 다니던 두 다리가, 택시 뒷좌석에서 서로를 애무하던 손이 아파. 너와 함께 허구한 날 소리 내어 웃었던 입이 아파. 벌써 네 얼굴을 잊을까 봐 두려워하는 두 눈이 아파. 여기서 뭘 봐도 네가 생각나. 저기 두 개의 붉은색

굴뚝은 파란색과 흰색 띠가 들어가 있어. 저걸 보니 네가 선원복 차림으로 올랐던 무대가 생각나…….

글로리아, 너는 얼마나 아름다운지!

도착하자마자 너에게 다시 프랑스행 표를 보낼 거야. 그러면 넌 나에게 오겠지. 난 네가 그럴 거라는 걸 알아. 이제 곧 점심시간이라서 이만 줄일게. 얼른 파리로 편지를 보내서 나를 좀 안심시켜줘.

사랑을 담아 키스를 보낸다. 널 미친 듯이 사랑해.

1953년 2월 20일 수

다음 단락은 선을 직직 그어 글자가 보이지 않았다. 폴레트는 이 편지를 쓴 남자가 감추고 싶었던 그 내용이 무엇인지 알아내려고 고개를 바짝 들이밀었다. 원래 남이 쓴 글에서 제일 궁금한 건 이렇게 썼다가 지운 대목 아닌가? 심장은 털어놓고 싶어 하는데 이성이 가로막는 말이 가장 흥미진진한 법이다.

종이를 뚫고 들어갈 것처럼 가까이서 노려보았지만 그 내용은 알 수 없었다.

그러니까, 대략 이런 건가? 바람맞은 남자의 감상이 뚝뚝 떨어지는 연애편지? 그리고 편지를 쓴 사람은 조르주 선생? 가슴에 손을 얹고 어느 무용수에게 불타는 사랑을 고백하는 젊은 시절의 조르주를 상상하기란 그리 어렵지 않았다. 게다가 미국인 무용수라! 확실히 이국적인 매력은 있었겠네.

폴레트는 왠지 속에서 부아가 치밀었다. 이따위 짓거리에 얼마나 시간을 낭비해야 해! 감자튀김, 소, 게다가 이제 연애편지까지 구역질 나게 하고 있어! 정말 웃기지도 않아!

그녀는 거칠게 편지를 머리맡 탁자 서랍에 쑤셔 넣고 침대에 앉은 채로 팔짱을 끼었다. 여기 온 지도 보름이나 됐는데 아들놈은 여전히 소식이 없었다! 혹시 이봉 씨가 그녀를 붙잡아놓고 있는 건가? 폴레트를 잘 데리고 있으면서 방세를 꼬박꼬박 받을 속셈으로 필리프에게 전화도 걸지 않은 건 아닐까?

폴레트는 우리에 갇힌 사자 같았다.

휴대 전화 번호만 알아뒀어도 좋았을걸. 뭣 때문인지는 모르지만 필리프는 허구한 날 전화번호를 바꿨다. 폴레트는 아들 번호를 외우는 것을 포기하고 낡은 연락처 수첩에 그때그때 번호를 적어두었다.

그녀는 가운을 챙기고 최대한 잽싸게 실내화를 신은 후 로비로 내려갔다. 밑에서는 이봉 씨 혼자 안락의자에서 파이프 담배를 피우고 있었다.

"우리 아들한테서 연락 온 거 있어요?" 폴레트가 단도직입적으로 물었다.

이봉 씨가 고개를 돌렸다.

"아, 안녕하세요, 폴레트 부인. 아뇨, 유감스럽게도 없습니다. 메시지를 여러 번 남겼는데도 연락이 없네요. 아프리카에서는 메시지를 확인하기가 힘든지……."

"그걸 말이라고 해요! 적어도, 전화를 하긴 한 거죠?"

이봉 씨가 한숨을 쉬고는 자리에서 일어났다. 고개를 비튼 자세로 대화를 이어나가고 싶지는 않았으니까.

"폴레트 부인, 분명히 약속드리는데……"

"약속이고 나발이고 나는 알 바 아니에요, 알았어요? 당신이 하는 약속, 당신네 감자튀김, 민달팽이, 상추는 내가 알 바가 아니라고요. 그놈의 클루 게임, 요리사의 호박, 조르주 선생의 스포츠 강습도 마찬가지예요! 나는 쥐뿔만큼도 신경 안 써요!"

"폴레트 부인, 진정하세요……"

"나한테 이래라저래라 하지 말아요! 아들 전화번호 좀 줘봐요, 내가 직접 전화하겠어요! 다 이 모양이지! 자기 일은 항상 다 자기가 직접 해야 한다니까!"

이봉 씨는 노부인의 팔팔한 기세에 놀랐다. 그는 곧 카운터 뒤로 가서 종이 쪼가리에 필리프의 전화번호를 옮겨 적었다.

폴레트는 그 종이를 홱 낚아채서는 자기 방을 향하여 올라갔다.

계단에 부딪히는 지팡이 소리가 심장 박동에 화답했다. 그녀는 계단의 마지막 몇 칸은 난간을 붙잡고 겨우겨우 걸음을 옮겼다. 방문 앞에 도착하기 전에 여인숙 현관 쪽에서 쾅 하고 문소리가 났다.

선이 굵게 생긴 60대 사내가 무거운 발걸음으로 들어왔다. 남자는 장식 휘장이 새겨진 굵은 반지를 끼고 있었다. 낡은 가죽

옷 소매 아래로 문신의 일부가 보였다.

"바는 영업 끝났습니다, 손님."

낯선 남자는 이 말을 무시하고 느릿한 걸음으로 카운터에 다가갔다. 그는 등받이 없는 금속제 의자에 걸터앉아 이봉 씨를 재미있다는 듯이 바라보았다. 그러고는 이봉 씨에게서 시선을 떼지 않은 채 주머니에서 시가를 꺼냈다. 그는 느긋하게 불을 붙였다. 시가를 두어 번 빨고 나서는 커다란 소용돌이 모양의 연기를 뱉었다.

잠시 침묵을 지키던 남자가 드디어 입을 열었다.

"운이 좋군요, 알다시피."

이봉 씨는 분위기가 심상치 않음을 감지했다. 왠지 모르지만 시계에 눈길이 갔다.

"영업 끝났다고 말씀드렸는데요." 이봉 씨가 큰 소리로 힘주어 말했다.

그는 카운터 금고 뒤로 갔다. 남자의 시선이 이봉 씨를 따라갔다.

"맥주 한 잔 주시죠. 친절하게 내어주면……."

"당신 누구요?"

"가장 든든한 당신 편이라고 해두죠. 비록 당신은 그걸 모르는 것 같지만……."

남자는 음절을 하나하나 끊어가며 느리게 말했다.

"원하는 게 뭡니까?"

"그야 물론 당신을 돕는 거죠."

이봉 씨는 침묵이 지나가도록 잠시 기다렸다. 심장이 가슴팍을 뚫고 나올 것처럼 세차게 뛰었다. 경찰을 불러야 하나?

불청객은 잔을 들고 그 자리에 재를 약간 떨구었다.

"장사는 잘됩니까?" 그는 고개를 들지도 않고 불쑥 물었다.

그 음성은 니코틴에 절어 있었다. 남자는 목청을 고르더니 바닥에 침을 뱉었다.

"나는 돈 없소."

이봉 씨는 태연한 척하려고 그냥 남자에게 맥주를 내어주었다. 장식 휘장 반지를 낀 남자가 미소를 짓자 치열이 삐뚤삐뚤한 누런 이가 드러났다. 그는 맥주를 단숨에 들이켜고 잔을 받침 위에 내려놓았다.

"작지만 근사한 여인숙을 가지고 계시는구려. 좀 외진 데 있긴 해도 아늑하네요……."

미소 같기도 했던 입가의 비틀림이 대번에 사라졌다.

"그게 말입니다, 내가 원래 참을성 있는 사람이 아니라서……."

이봉 씨는 돌아서서 식기세척기에서 이제 막 꺼내 아직도 김이 필펄 나는 잔들을 선반에 정리하기 시작했다. 그는 살짝 떨고 있었다. 30년 일하면서 이런 남자를 상대하기는 처음이었다. 호사가, 술꾼, 돈 없다고 버티는 손님은 많이 봤어도 이렇게 누가 봐도 위험한 인물은 상대한 적이 없었다.

최근에 받은 편지와 관련이 있는 사람이려나? 이봉 씨는 카운터 밑에 있는 고기 써는 칼을 보았다. 어쩔 수 없는 상황까지 간다면 그 칼을 쓰리라.

"나한테 뭘 기대하는 거요? 난 내놓을 거라곤 없소. 무엇보다, 숨겨야 할 것도 전혀 없소."

남자는 부르튼 입술로 재미있다는 표정을 지으면서 이봉 씨를 뚫어져라 바라보았다. 이봉 씨는 침묵이 불편해진 나머지 힘겹게 침을 삼켰다.

"얘기 잘 나눴소." 남자가 자리에서 일어나면서 말했다. "나중에 다시 들를 테니 곰곰이 생각 잘 해보시구려."

남자는 반쯤 남은 맥주를 카운터에 둔 채 돌아섰다. 이봉 씨는 그가 일어설 때 웃옷 안쪽에서 얼핏 총을 본 것 같았다.

"누르에게 안부 전해주시오." 남자는 돌아선 채 그 말을 남겼다.

그는 느릿느릿 발을 끌면서 문으로 향했다. 그러고는 나가기 직전에 입에 물고 있던 시가를 테이블 위 꽃병에 집어넣었다. 여인숙 현관문이 끼익 소리를 내면서 닫혔다. 잠시 후, 자동차가 출발했다.

이봉 씨가 혈액에 에스트로겐이 풍부한 사람이었다면 분노와 절망의 눈물을 쏟았을 것이다. 하지만 그는 이런 상황에서 되레 심장이 힘차게 뛰고 테스토스테론 수치가 높아지는 사람이었다. 이봉 씨가 주먹을 불끈 쥐고 카운터 바를 쾅 내리쳤다. 정원에서 들어오던 레옹이 깜짝 놀라서 오던 길로 돌아갔다.

폴레트는 계단에서 움직일 엄두를 못 내고 있었다. 눈에 띄지 않게 벽에 몸을 딱 붙이고 있던 노부인은 주인장과 불청객 사이의 대화를 한마디도 빠짐없이 들었다. 이봉 씨가 곤란한 상황에 빠진 것은 분명했다. 폴레트의 호기심은 자초지종을 더 알아보라고 재촉했지만 그녀의 조심성은 이번만은 거리를 두어야 한다고 말했다. '거리를 둔다'는 것은 폴레트에게 빨리 오드가 상으로 튀라는 의미였다.

이봉 씨는 문을 이중으로 잠그고 불을 껐다.

17

여인숙에 어둠이 찾아왔다.

반가운 이슬이 이제 곧 식물 표면에 맺힐 터였다. 이봉 씨는 정원에 앉아 꿈꾸는 듯한 눈으로 하늘을 쳐다보았다. 그의 심장은 꾸준히도 뛰고 있었다. 어차피 그가 마음대로 다스릴 수 없는 심장이었지만. 언제 세상이 이렇게 복잡해졌담? 여름에는 테라스에서, 겨울에는 난롯가에서 감자튀김을 손님들에게 내놓던 아버지를 떠올렸다. 할아버지도 그렇게 살았다. 손님을 성 아닌 이름으로 불렀고 작은 잔에 담긴 그린 올리브와 꾸밈없는 미소로 맞이했다. 그 시절에는 아무도 돈을 갈취하려고 협박을 하러 오지 않았다!

그는 아버지에게 물어보고 신호가 내려오기를 기다렸다. 어떻게 해야 하나요? 별들은 말없이 그를 응시했다. 롤랑이라면 어떻게 하려나? 이봉 씨의 하늘은 호의를 베푸는 별들로 가득했지만 그 별들은 너무 일찍 떠나버렸다.

이봉 씨는 좋았던 시절을 추억했다. 동네 여자애들한테 멋지게 보이려고 쌍둥이 형과 손으로 킥보드 타는 묘기를 부리던 시절. 보리수 그늘에서 시원하게 들이켰던 레모네이드. 그들의 모험담에 빨려들듯 열중하던 여성 팬들의 낭창낭창한 허리. 저녁에 카드놀이를 하면 늘 그와 롤랑이 판돈을 쓸었다. 척척 맞는 호흡이 백 가지 작전보다 나았고 눈빛 한 번이면 어떤 게임이든 승리로 이끌 수 있었다.

이봉 씨는 파도처럼 밀려오는 그리움에 잠겼다. 문 닫힐 때 나는 소리로 행복을 알 수 있다고 그랬지, 아마? 그는 개버딘 바지 주머니에서 파이프를 꺼내 느릿한 동작으로 담뱃잎을 채웠다. 바로 그때 누르는 찻잔을 두 손으로 감싸 들고 이봉 씨한테 가봐야겠다 마음먹었다. 그녀는 소리 없이 옆에 와서 앉았다.

사장의 얼굴은 피곤하고 긴장한 기색이 역력했다. 일정한 간격으로 그의 턱에 힘이 들어갔다.

"괜찮아요?" 누르가 다정하게 물었다.

이봉 씨는 눈썹 하나 까딱하지 않고 벌써 저 멀리 들판에 내려앉은 어둠만 바라보고 있었다. 그들의 실루엣은 더 흐릿해져 있었다. 어슴푸레한 식당 안에서 이봉 씨의 짝눈이 빛났다. 그의 두 눈동자는 서로 크기가 다를 뿐 아니라 눈빛도 달랐다.

누르가 잘 자라고 인사를 하고 그 자리를 뜨려는데 이봉 씨가 침묵을 깨뜨렸다.

"박하에 물을 줘야겠어요. 물이 필요할 거야."

누르가 고개를 끄덕였다. 멀리서 개가 짖었다.

"거지 같은 하루……." 이봉 씨가 고개를 오른쪽에서 왼쪽으로 흔들면서 중얼거렸다.

그는 자리에서 일어나 물 뿌리는 호스를 들었다. 차가운 물이 텃밭에 내렸다. 젖은 흙 냄새가 저녁 공기 속으로 피어올랐다. 이봉 씨는 향신채 종류별로 물을 주었다. 입맛을 돋우는 박하 향과 바질 향이 뒤섞여 누르의 콧구멍을 간질였다.

이봉 씨는 라일락, 사과나무 두 그루, 미모사가 자라는 흙을 충분히 적셔주었다. 언제나 그랬듯이 맨 마지막에는 배나무에 물을 주었다. 목마른 대지가 흠뻑 빨아들이는 맑은 물소리가 그를 다시 사람의 근본으로 데려가주었다. 그보다 앞서 얼마나 많은 사람이 자기가 키우는 식물에 조용히 물을 주며 자연을 관조했을까? 고즈넉한 저녁 시간, 텃밭에 물을 주는 소소한 몸짓은 그를 안심시키고 좋은 날들이 펼쳐지리라는 약속을 안겨주곤 했다. 그러나 이번만은 그 순수의 시간조차도 그의 머릿속을 어지럽히는 악마들을 다 몰아내지 못했다.

그 의식(儀式)에 익숙한 누르는 이봉 씨를 말없이 지켜보았다. 이봉 씨가 연약해 보였다. 그는 행복하게 자라는 식물들 외에는 아무것도 중요하지 않다는 듯 등을 구부리고 물 주기에만 몰두

하고 있었다. 하지만 누르는 사장을 너무 잘 알았기에 그날 저녁 그에게 감도는 절망을 모르려야 모를 수 없었다. 그녀는 속이 답답했다.

이봉 씨는 뱀을 부리는 주술사처럼 호스를 둘둘 말아 잘 정리했다. 그러고는 다시 자기 의자에 털썩 주저앉았다. 그의 거동에서 피곤이 뚝뚝 떨어졌다.

그들은 한동안 가만히 하늘을 바라보고 있었다. 고요했다. 그들의 청각은 레옹 못지않게 예민해서 멀리서 별들이 속삭이는 소리도 들을 수 있었다.

"이봉 씨." 누르가 갑자기 말을 꺼냈다. "누가 디저트 냉장고를 털었는지 알았어요. 그런데 이봉 씨에게 반가운 얘기는 아닐 거예요."

이봉 씨는 몸을 일으키며 눈썹을 찡그렸다.

그가 물고 있던 파이프를 내려놓았다.

"누군데요? 그게 누구요?"

누르는 대답 없이 그의 얼굴을 쳐다보았다.

"미레유네 집 꼬맹이들? 비올렌 파르망티에 아들내미? 미레유네 집 애들이 맞죠? 아! 그럴 줄 알았어! 내가 당장……."

누르가 이봉 씨를 말렸다.

"아녜요, 이봉 씨, 당신이 그런 거예요."

이봉 씨의 눈빛이 미친 사람 보듯 돌변했다.

"무슨 뜻이에요? '당신이 그런 거예요'라니?"

"이봉 씨가 몽유병을 앓는 것 같아요. 전에는 그런 적 없어요?"

이봉 씨는 당황해서 자기 수염을 만지작거렸다.

"없어요, 내가 아는 한은 없어요. 아니, 사실 아주 어릴 때라면……. 하지만 그건 정말 오래전인데……."

"이봉 씨, 요즘 뭐 힘든 일 있어요?"

이봉 씨가 한숨을 쉬었다. 멀리서 부엉이 울음소리가 들렸다. 그러자 귀뚜라미가 장단을 맞추었다.

"이제 우리가 서로 모르는 사람도 아니잖아요. 메뉴에 올릴 채소에 대해서는 늘 마음이 잘 통하는 건 아니지만……."

"누르, 내 생각에는 당신이 관여할 일이 아니에요."

누르는 주인장의 결연한 말투를 못 들은 척했다.

"당신이 계속 감추는 그 편지들, 누가 보낸 거예요?"

이봉 씨가 흠칫했다. 하긴, 이 손바닥만 한 마을에서 비밀은 결코 오래가지 않았다. 그는 천천히 파이프를 한번 빨고 다시 한숨을 쉬었다.

"나도 몰라요……. 다만, 그자가 당신을 아는 것 같아요. 당신 과거가 알려져서 우리에게 좋을 일은 없을 거라고 합디다."

누르는 숨이 멎는 것 같았다. 심장이 미친 듯이 뛰었다.

"내 말 들어요, 누르……. 내가 나하고 상관없는 일에 끼어들기를 좋아해서 이러는 게 아니에요. 우리 여인숙에는 당신이 필요하고 그래서 나는 당신 편이라는 걸 알아줬으면 해요……."

"그쪽에서 돈을 요구하던가요?"

"그래요."

"한 재산 내놓으래요?"

"음, 그래요, 그렇게 말할 수 있을 것 같네요."

누르는 힘겹게 침을 삼켰다.

"솔직히 말하자면, 여인숙이 형편만 좀 넉넉했어도 나는 벌써 그 돈을 줬을 거요."

"오, 이봉 씨!" 누르가 비명을 질렀다.

그녀는 발밑이 푹 꺼지는 것 같았다. 정원 의자에 축 늘어져 있는 이봉 씨를 보니 평소 그렇게 커 보이던 사람이 작은 초록 세상 속의 한없이 연약한 존재 같았다. 누르는 제 코가 석 자인데도 이봉 씨를 더 걱정하는 자기 자신에게 놀랐다.

그녀는 단단히 용기를 내어 이렇게 말했다.

"이봉 씨, 설명을 해야 할 것 같네요……. 그러니까 내가……. 어디서부터 시작을 해야 할지……. 결론부터 말할게요. 내가 언제 여기 구인 광고를 보고 찾아왔는지 기억하세요? 요리사를 새로 구한다고 했을 때?"

"아, 그럼요……. 오래됐죠. 이폴리트가 여기 오기 직전이었으니까. 그해 겨울은 유난히 추웠어요, 황수선화가……."

그는 굳이 말을 다 맺지도 않았다.

"그래요……. 그날, 당신이 내 목숨을 구한 거예요. 우리가…… 실은 내가 집에서 도망친 지 얼마 안 된 때였어요. 남편이 폭력을 썼어요. 신체적으로나 정신적으로나 도를 넘는 폭력이었어요. 어떤 날은 내가 세상에서 제일 예쁘다면서 보석을 갖다 바치고 찬사를 늘어놓았죠. 내가 만든 요리, 내 눈동자 색깔이 최고라고 했어요. 그러다 다음 날에는 돌변해서…… 친구들 앞에서 나를 흉보고 우리 친정어머니 앞에서 나에게 쌍욕을 퍼부었어요. 집을 나오기 전날, 자기가 퇴근했는데 저녁상을 차려놓지 않았다는 이유로 기름이 펄펄 끓는 냄비를 내 얼굴에 던졌어요. 잽싸게 얼굴을 가리면서 피했지만 내 팔에는 그 화상 흉터가 남았어요."

누르가 두툼한 니트의 앞섶을 여몄다. 이봉 씨는 그녀가 떨고 있다는 것을 알았다.

"같잖은 이유를 붙잡고 너무 오래 버텼어요. 그 사람이 바뀌기를 바라면서요. 그러다 어느 날, 헤어지는 것만이 답이라고 결론을 냈죠. 더는 선택의 여지가 없었어요."

그녀는 잠시 침묵을 지켰다.

"하지만 내가 살던 데서──그 나라에서는요──남편은 힘깨나 쓰는 사람이었어요. 말만 하면 엄청나게 많은 사람이 그를 위해 움직일 정도로요. 나는 생각했어요. 그 사람이 그냥 넘어갈 리 없어. 어떻게든 날 찾아내겠구나. 내가 여기서 이런 얘기를 하고 있을 수 있는 것도, 이봉 씨 당신이 날 믿어준 덕분이에요. 우리 여인숙은 이목을 끌 일이 없잖아요. 주민보다 소 머릿수가 더 많은 마을이니까……. 여기 숨어 있으면 누가 찾아오겠어요? 나는 이름도 바꾸고 머리 모양도 바꿨어요. 그러고는 튀지 않게 조용히 살아왔어요……. 적어도 내가 생각하기에는 그랬어요."

누르가 몸을 부르르 떨었다. 이봉 씨가 그녀의 어깨에 손을 얹었다. 그는 뭐라고 말해야 할지 몰랐다. 아니, 실은 알았다.

"누르, 그 돈은 구하면 돼요. 그 사람에게 돈을 주고 입 다물라고 합시다. 그러고 다 잊어버려요."

이봉 씨는 자기 말대로 하자고 눈빛으로 간청했다. 이 모든 일을 넘기려고. 앞으로도 근심 없이 살아갈 수 있다고 생각하려고. 결국은, 살아보겠다고 말이다.

누르는 세상일이 그렇게 단순하지 않다는 것을 잘 알고 있었다. 하지만 그날 저녁만은, 별을 가리는 배나무 가지 아래서는, 이봉 씨와 그의 굳어진 한쪽 뺨을 믿어보기로 결심했다.

"돈이야 벌면 되죠, 누르. 돈을 잘 벌 궁리나 합시다."

그는 절반의 얼굴로 미소를 지으며 그녀의 손을 잡았다.

누르는 너무 고마워 심장이 터질 것 같았다. 이미 자신을 구해준 이 남자를 위해 매일 저녁 기도를 올리지 않았던가. 호박이나 감자튀김을 두고 왈가왈부할 때도 그 기도를 빠뜨리지 않았다. 그녀는 이 사람을 만나서 얼마나 다행인지 하늘에 다시 한번 감사드렸다.

어둠 속에서 야옹 소리가 났다.

"레옹이 우유를 기다리나 봐요."

"잘 자요, 누르."

"잘 자요, 이봉 씨. 정말 고맙습니다."

이봉 씨는 잠시 어둠 속에서 벌레 우는 소리를 듣고 있었다. 평소에 그는 민달팽이들에게 말하곤 했다. 자꾸 상추를 공략하면 네놈들도 함께 요리해버리겠다고. 하지만 그날 저녁은 민달팽이들을 협박할 마음이 들지 않았다.

18

해가 드디어 떴다.

폴레트는 두 시간째 침대에서 뒤척이는 중이었다. 빌어먹을 불면증이 또 도졌다. 점심만 먹고 나면 꾸벅꾸벅 조는데 밤에는 잠이 안 와서 죽을 지경이었다. 시골 공기가 건강에 좋다고 한 사람이 누구야!

그녀는 침대에서 나와 덧창을 살짝만 열었다. 서늘한 아침 공기에 다시 기운이 났다. 새 한 마리가 짹짹 울었다. 황금빛 햇살이 들판을 다정하게 어루만지는 것 같았다. 거의 3주를 이곳에서 지냈더니 풍경이 눈에 익었다. 밀밭과 유채밭 사이로 구불구불 난 길이 보였다. 저 멀리 이웃 마을 종탑도 눈에 들어왔다. 소들은 멍한 눈을 하고는 소리 없이 풀을 뜯거나 건초를 되새김질하고 있었다.

폴레트는 손목시계를 확인했다. 금빛 팔찌형 시계는 필리프가 첫 월급으로 사준 선물이었다. 오드가상에 전화를 하기에는 너무 이른 시각이었다. 그녀는 다시 이불 속으로 들어가 안경을 꼈다.

어제도 폴레트는 조르주가 외출한 틈을 타서 모자 상자에 들어 있던 편지를 몇 통 더 가져왔다. 방으로 들어오는 햇빛에 비추어 읽어볼 요량으로, 그녀는 서랍 속에 넣어둔 편지를 꺼냈다.

폴레트는 베개로 허리를 잘 받치고 앉아 편지를 읽기 시작했다.

마이 달링,

오늘 아침, 편지를 쓰는 마음이 무거워. 엄마가 돌아가셨어.

네가 내 엄마를 모른다는 건 알아. 나 자신도 어머니를 잘 알았다고 할 수 있는지 모르겠어. 그래도 어머니를 떠올릴 때마다 눈물이나. 정말 어린애처럼 엉엉 울게 돼. 네가 곁에 있다면 이 아픔이 얼마나 덜어질까, 잘 모르겠다. 오늘이 내가 너를 안 지 딱 1년째 되는 날이라는 걸 깨달았어. 그리고 어머니가 우리 곁을 떠나신 날이기도 하고.

아버지도 나와 마찬가지로, 어떤 위로도 통하지 않는 상태야. 자기 서재에 틀어박혀서 저녁 먹으러 나오시지도 않아. 나는 울다가 네 생각을 하다가, 또 울다가 네 생각을 하다가 그래. 나를 꼭 안아주는 네 품을, 멀리서 생각해. 나를 사랑하고 내가 사랑한 여자들, 그렇지만 내 삶에서 떠나버린 여자들을 생각해. 넌 지금 뭘 하고 있을까? 너도 내 생각을 할까?

나는 매번 편지를 장에게 맡기면서 최대한 빨리 보내달라고 부탁해. 장은 아버지가 어렸을 때부터 우리 집 일을 봐주는 영감님인데 원칙을 아는 사람이야. 아마 너도 장을 만나보면 좋아할 거야.

나는 여전히 희망에 부풀어 아침마다 우체부가 오기를 기다리지. 울타리 너머에서 우체부의 민머리가 나타날 때면 그를 축복하고 네 소식 한 장 없이 가방을 메고 떠나버리면 저주를 퍼붓지.

제발 나에게 편지를 보내줘. 빈 봉투만 보내도 나는 기뻐할 거야. 세상 반대편에서 날아온 봉투를 애지중지하고 거기서 너의 향기를 맡을 테니까! 잘 지내고 있다고 말해줘. 우리 둘 사이는 변함없이 그대로라고 말해줘. 내가 혼자가 아니라고 말해줘.

때때로 미국에서 고이 챙겨 온 재즈 음반들을 아주 크게 틀어놓곤해. 그러고서 춤을 춰. 너를 생각하면서 춤을 추지. 오늘 내 가슴은 블루스로 꽉 찼어. 웨스트 빌리지의 담배 연기 자욱한 바에서 우리 눈물을 쏙 빼놓았던 그 금니 아저씨 기억나? Well worries and trouble darling, babe you know I've had my share⋯⋯.

금방 편지 쓸 거지?

우울한 마음으로, 네 생각뿐이야⋯⋯.

1953년 3월 1일, 파리에서

폴레트는 인상을 찡그렸다. 그녀는 블루스가 싫었다. 편지에서 느껴지는 울음 섞인 떨림은 더 싫었다. 아니, 아무리 그래도 체면을 좀 차리라고!

요컨대, 조르주는 어머니의 임종을 지키려고 뉴욕과 사랑하는 무용수 여인을 떠났던 모양이다. 그건 잘한 일이었다. 날짜를 보니 조르주가 돌아오고 얼마 못 가 모친은 병으로 사망했다. 폴레트는 아버지의 철저한 무관심 속에서 세상을 떠난 자신의 어머니가 생각났다.

집안 대대로 일하는 하인이 있을 정도면——일종의 집사였을까?——조르주는 부잣집 자제였을 것이다. 문득 한숨이 났다. 아니, 어쩌다 이렇게 됐지? 명작 소설집에나 나올 것 같은, 낭만으로 똘똘 뭉친 연애담을 파고 앉았다니!

밖에서 뒝벌 한 마리가 요란하게 왱왱거렸다. 그 녀석은 글라디올러스에서 한참 미적거리다가 겨우 딴 데로 갔다. 아마도 제 아침거리를 찾고 있었겠지. 폴레트도 차나 한잔 해야겠다는 생각이 들었다. 밑에 내려가면 주인장이 바쁘게 상을 차리고 있을 터였다.

호기심 앞에는 장사 없다. 폴레트는 아직 그 편지들이 왜 조르주의 수중에 있는지 알아내지 못했다. 어째서 보내는 사람 이름이 없지? 집사까지 두고 유복하게 자란 남자가 어쩌다가 시골 촌구석에서 모자 상자에 편지들이나 간직하고 혼자 살게 됐을까?

폴레트는 세 번째 편지를 집어 들었다.

　나의 해, 나의 밤에게.

　여전히 네 소식은 없구나.

　내 편지가 너에게 도착하려면 시간이 많이 걸리는 건 알아. 어쩌면 그자가 편지를 중간에서 가로챘을까? 생각만 해도 온몸이 떨려. 네 결심이 흔들리지 않기를 바라. 그 사람하고는 호흡을 맞추기 위해 필요한 말만 했으면 해. 꼭이야! 내가 질투하면 네가 싫어하는 거 알아. 하지만 널 너무 사랑하니까 어쩔 수 없어.

　어머니 장례는 우리 가문의 저택에서 치렀어. 이제 어머니는 올리브나무 아래서 안식을 취하며 그토록 좋아하시던 새파란 수평선을 한껏 바라보실 수 있겠지. 나는 바닷가에서 햇빛을 받으며 이 편지를 써. 계절에 비해 날씨가 좋아. 어릴 적에는 여름마다 여기 와서 지냈지. 달랑 이층으로 되어 있는 집인데 아몬드 그린 색 덧창이 있고 부겐빌레아로 뒤덮여 있어. 부겐빌레아가 뭔지 알아? 여기 모래톱에서도 인상 쓰는 네 얼굴이 눈에 보이는 것 같아! 아, 나도 네 프랑스어 실력은 훌륭하다고 생각해. 그렇지만 혹시나 해서 부겐빌레아를 여기에 그려본다. 네가 확실히 알았는지 확인도 할 겸, 내년 여름에는 이곳에 널 데려올 거야.

　어머니 유품을 정리했어. 그 물건들과 헤어지기가 너무 힘들었기 때문에 시간이 오래 걸렸어. 옷가지마다 어머니가 쓰시던 향수가 배어 있는 것 같았어. 나는 프로방스 포도주에 슬픔을 담그고 아이처럼 어머니 옷에 얼굴을 묻고 비벼댔지. 너도 내 모습을 봤다면 마음이 아팠을 거야.

아버지는 어머니를 지나치게 애지중지하셨어. 아버지가 어머니를 얼마나 사랑했는지 내가 말했던가? 하지만 어머니는 조심스러운 분이 었어. 아버지가 여행에서 선물로 가져온 레이스, 모피, 머리쓰개가 망가질까 봐 언제 좋은 날이 오면 쓴다고 상자 속에 고이 모셔두기만 하셨지. 어제가 그 좋은 날이었어. 너무 슬프지 않아? 어머니는 여왕 같았어. 나는 가장 좋은 옷을 입혀드리고 아버지의 결혼 선물인 진주 목걸이를 채워드렸지. 그런 다음에 어머니가 한 번도 신지 않으셨던 무도화를 신겨드렸어. 있잖아, 글로리아, 인생은 행선지를 신경 쓰지 말고 즐겨야 하는 여행 같은 거야. 폭우가 그치기를 기다리지 말고 그냥 비를 맞으면서 춤추는 법을 배워야 해. 말은 참 쉽지?

어머니 모자 하나를 따로 남겨놓았어. 그 모자를 보니까 네 생각이 났어, 내 사랑. 아주 멋지고 개성 넘치는 모자야! 패션에 대해선 잘 모르기 때문에 이 말밖에 못 하겠네. 네 마음에 들었으면 좋겠다. 네가 이 모자를 쓴 모습을 빨리 보고 싶어.

처음에 쓰려고 한 것보다 편지가 길어졌네. 내가 너와의 대화를 얼마나 그리워하는지 알겠지? 네가 이 편지를 읽을 때쯤, 나 역시 네 편지를 읽고 있으면 좋겠다.

무거운 마음으로, 그렇지만 여전히 너 하나로 가득한 채 키스를 보낸다.

1953년 4월 4일, 카프 브링에서

폴레트는 편지지에 그려진 그림을 눈여겨보았다. 검정색 잉크로 정성껏 그린 그림. 부겐빌레아는 한 가지 색으로만 그려져 있었다. 몇 방울 물 얼룩이 꽃 위에 남아 있었다. 꽃 무더기를 가리키는 화살표와 꽃 이름이 바로 옆에 있었다. 여백에는 챙이 넓은 모자 그림도 있었다.

폴레트는 편지에 언급된 불길한 인물이 궁금해졌다. 조르주가 이전 편지에 썼다 지운 부분은 이 남자에 대한 미움과 관련이 있었다. 그는 누구였을까? 여자의 오빠? 남편? 버림받은 애인? 어쨌든 그 남자가 이 연애를 불행에 몰아넣은 이유 중 하나 같았다. 그 사람 눈을 피하느라 발신인 이름조차 쓰지 않은 걸까? 하지만 그렇다면 왜 편지들이 조르주 수중으로 돌아왔을까? 편지를 쓴 남자가 사실은 조르주가 아니었다고 봐야 하나?

그녀는 이제 뭐가 뭔지 알 수 없었다.

시간을 확인한 폴레트는 이제 남프랑스의 특급 양로원에 전화를 걸어 여전히 계약이 가능한지 알아봐야겠다고 생각했다. 이제 곧 필리프가 여름휴가에서 돌아올 것이다. 폴레트에게는 3주가 영원 같았다. 그렇게 유급 휴가를 길게 주니까 나라 꼴이 이 모양이지! 뭐, 상관없었다. 폴레트는 다 예상하고 있었다. 이번에는 우연이 끼어들 여지를 남기지 않았다. 그러느라 그녀의 피 같은 적금을 다 써버리긴 했지만 말이다.

배에서 꼬르륵 소리가 났다. 오드가상에서는 새벽부터 맛있는 아침을 대접하려고 주방이 부산스럽게 돌아가겠지, 생각하니 약이 올랐다. 아침마다 타르틴*을 리코레**에 적셔서 게걸스럽게 먹어치우는 마르셀린이 생각난 순간, 폴레트는 기세 좋게 수화기를 들었다. 이 시골 배경 코미디는 할 만큼 했다.

전화번호를 눌렀다. 신호가 울리고 바로 저쪽에서 전화를 받았다.

"안녕하세요, 오드가상입니다."

폴레트는 노래하는 듯한 말투를 듣고 지난번에 통화한 여직원이라는 것을 바로 알았다.

"안녕하세요, 계약금 수표가 잘 도착했는지 확인하려고 전화했어요. 메르시에 부인 이름으로 아잘레 스위트룸을 예약했습니다만."

"메르시에 부인, 안녕하세요. 그동안 잘 지내셨어요?"

여직원은 컴퓨터를 조회하느라 잠시 사이를 두었다.

"아, 네! 전화 잘하셨네요. 저희가 수표를 잘 받았다고 우편으로 확인증을 보내드렸는데요. 못 받으셨어요?"

"못 받았어요. 아니, 받았어요! 받았어!"

우편물이 다 필리프 앞으로 가도록 해놓았으니 확인증은 그집 우편함에 처박혀 있을 터였다.

"언제 입소하시겠어요? 방은 준비되어 있으니 오시기만 하면

---

* 타르틴(tartine): 프랑스에서 유래한 오픈 샌드위치.
** 리코레(Ricoré): 치커리를 주성분으로 하는 음료 브랜드.

돼요.”

“곧 가요!”

“일전에 말씀드린 대로 이달 말까지 첫 달 치를 보내주셔야
해요. 입소 전이어도 저희가 부인을 위해 계속 방을 비워두는
이상…….”

폴레트가 발끈했다.

“수표를 또 보내라는 거예요? 지금 장난해요?”

오드가상 직원은 차분하게 응대했다.

“안타깝지만 저희 규정상 그래요. 대기 고객이 항상 많이 계
시기 때문에…….”

“그래요, 알았어요. 서로 피곤하게 하지 맙시다. 이번에는 얼
마를 보내면 되나요?”

금액을 듣는 순간, 폴레트는 침대에 맥없이 주저앉았다.

그녀는 얼른 전화를 끊고 곧장 필리프와 통화를 시도했다. 하
지만 신호가 가기 무섭게 자동 응답으로 연결되었다. 폴레트는
손수건을 꺼내서 수화기에 대고 요란하게 코를 풀었다.

“필리프…….”

폴레트는 울먹이면서 다 죽어가는 소리를 했다.

“필리프, 나다, 어미야.”

그다음에는 일부러 딸꾹질을 했다.

“필리프, 당장 날 데리러 오렴. 네 어미 인생에 이렇게 끔찍한
나날은 처음이구나. 나도 모르겠다……. 내가 얼마나 더 버틸

수 있을지 나도 모르겠어……. 필리프, 이 어미 소원이다. 아직
도 네가 날 어머니로 생각한다면 빨리 전화해다오."

폴레트는 울음을 참는 척하면서 전화를 끊었다. 그다음에는
벌떡 일어나 손수건을 치웠다. 어쩌다 이 지경까지 왔지! 폴레
트는 자존심을 버렸다! 이 메시지를 받으면 필리프도 전화를
걸지 않고는 못 배길 것이다. 이봉 씨가 백날 전화하는 것보다
훨씬 효과가 있겠지.

그때까지 일단 수표 건부터 해결해야 했다. 아잘레 스위트룸
을 눈 뜨고 놓칠 수야 없지! 어디서 그런 거금을 구한담? 그녀
의 눈이 방 안을 훑다가 깃털 이불에 머물렀다. 조르주의 여자
글씨 같은 약간 기울어진 서체가 달콤한 사랑의 말을 쏟아내고
있었다.

폴레트는 일어섰다. 방금 묘안이 떠올랐다.

19

폴레트는 선술집 여주인에게 커피를 주문했다. 그녀의 목소리
가 카운터와 커피 머신 사이에서 흩어졌다.

선술집 구석에서 조르주는 하얀 셔츠의 소매를 팔뚝 위로 훌
훌 걷은 채 《티에르세 마가진》에 몰두해 있었다. 그는 경마 신
문에서 눈 한번 들지 않고 크루아상을 먹어치웠다. 그래도 바지
에 부스러기를 흘리지 않으려고 조심하기는 했다. 그는 매일 아
침 이웃 마을로 가서 사람들의 시선을 피해 베팅을 하고 있었
다. 폴레트는 조르주 맞은편에 비어 있는 의자로 다가갔다.

"안녕하세요, 조르주 선생님."

노인은 소스라치게 놀랐다.

"오! 안녕하십니까, 폴레트 부인. 이른 아침부터 여기서 부인
을 만나다니요! 잘 지내시죠?"

폴레트는 예의상 하는 말은 그만두라는 듯 손사래를 쳤다. 그러고는 곧장 조르주에게 얼굴을 들이밀고 자기 말을 제대로 알아듣는지 확인하려고 눈을 들여다보았다.

"내가 경마를 배워야 해서요. 아니, 다시 말할게요. '돈 따는' 법을 배워야겠어요."

조르주가 천천히 신문을 내려놓으면서 미소를 지었다.

"당신이요? 경마를? 아니, 왜요?"

"이유는 몰라도 돼요."

조르주가 커피잔을 입술로 가져갔다.

"음, 글쎄요, 폴레트 부인, 이게 좀 복잡한 게임이라서요. 차라리 로또를 사시지 그래요? 아니면 마르셀린처럼 모르피옹*을 하세요."

조르주가 묘하게 어린애 취급하는 말투로 그렇게 말하자 폴레트는 짜증이 났다. 그녀는 신경질적으로 신문을 집어서 테이블 아래로 치웠다. 잠시 주위가 조용해졌다. 여사장과 몇몇 단골의 시선이 그들에게 쏠렸다. 폴레트가 절제된 음성으로 다시 입을 열었다.

"조르주 선생님, 내가 조언을 구하는 이유가 당신을 우러러보

---

* 모르피옹(morpion): 오목 혹은 틱택토(두 명이 번갈아가며 O와 X를 3×3판에 써서 같은 글자를 가로, 세로, 혹은 대각선으로 연달아 놓이도록 하는 놀이)를 확장한 게임.

기 때문이라고 착각하지 마세요. 당신이 진짜 영리한 사람이면 이놈의 쥐구멍에서 이봉 씨의 느끼한 감자튀김과 마르셀린의 구린 유머를 참으면서 살고 있진 않겠죠. 내가 생각하기로, 당신이 베팅하는 돈의 상당 부분은 남의 돈일 것 같은데요. 어때요? 내가 잘못 봤나요?"

노인은 몸을 떨었다.

"그러니까 잘 들어요. 당신의 평판과 여인숙 생활이 중요하다면 나에게 신속하게 대박을 터뜨리는 법을 알려주는 게 좋을 거예요. 나머진 내가 알아서 해요!"

부인이 신문을 테이블 위에 던지고 의자에 등을 기댔다.

조르주는 아무 말 없이 앉아 있었다. 폴레트 부인은 정신이 말짱한 것 같았다! 아니, 왜 저렇게 화를 내는 거지? 무엇보다, 그가 이 동네에 여기저기 꾼 돈이 많다는 걸 저 여자가 어떻게 알았을까?

그는 어안이 벙벙했다. 의자에 앉은 채 몸을 일으키고는 목청을 가다듬었다.

"폴레트 부인, 잘못 알고 계신 것 같은데 나는……."

폴레트가 위협적으로 턱짓을 했다. 조르주는 흠칫 뒤로 물러났다.

"하지만 어떻게 경마를 할 생각을 했어요? 하루 이틀에 배울 수 있는 게 아닌데……. 아무리 짧아도 몇 달, 넉넉하게는 몇 년은 걸려야……."

'일단, 오락가락하는 정신머리로 할 수 있는 일이 아니라고!' 조르주는 이 말은 속으로만 외쳤다.

"오, 그런 말은 넣어둬요. 베팅에 자격증이 필요하다면 경마판이 돌아가겠어요?"

조르주는 한숨이 나왔다. 그는 알루미늄 테이블 위를 조금 치우고 마침 지나가던 종업원에게 볼펜을 빌렸다. 그러고는 작은 멜빵 가방에서 흰 종이를 한 장 꺼냈다. 그는 손수건으로 이마의 땀을 훔치고 다시 곱게 접어 주머니에 넣었다. 폴레트는 담배 파는 선술집의 퇴색한 테이블과 어울리지 않는 그 반듯한 행동거지가 마음에 들었다. 어쨌든 그녀는 경마꾼으로서 첫 가르침을 받을 준비를 했다.

조르주는 볼펜으로 머리를 긁적거렸다. 어디서부터 시작해야 할지 난감했다. 게다가 도대체 뭘 알고 싶다는 거야? 그는 마권을 폴레트 앞에 내밀었다. 마권이야 늘 보여줄 수 있지. 번호가 매겨진 노란색과 흰색 네모 칸들이 가득한 직사각형 종이. 왼쪽은 경기 유형, 판돈, 게임 양식을 선택하고 말을 고르게 되어 있었다.

"자, 봐요. 5연승식은 3연승식, 4연승식, 나아가 단승식*, 쌍승식이나 복승식**에서 거둬들이는 판돈이 있을 때 하는 겁니다."

---

* 단승식: 1착마를 적중시키는 마권 구입 방법.
** 복승식: 착순에 상관없이 동일 경주의 1착과 2착을 동시에 적중시키는 마권 구입 방법.

폴레트는 마권 쪼가리에 시선을 고정하고 귀를 기울였다.

"그리고 말을 좋아해야 합니다. 기록 통계도요. 둘 다 좋아하면 금상첨화겠죠. 어떤 꾼들은 자기가 잘 아는 수로만 게임을 하기 좋아하죠. 가령, 가장 유력한 말의 기대 수익을 출주마의 수로 나눠서……."

조르주는 그렇게 말하면서 자기 신문 여백에 숫자들을 빼곡하게 쓰기 시작했다. 폴레트는 예고도 없이 지팡이를 들어 테이블을 쳤다. 조르주가 소스라쳤다.

"뭔 소린지 하나도 모르겠네!" 폴레트가 신경질을 냈다.

조르주는 이해가 안 된다는 눈으로 그녀를 바라보았다.

"눈높이를 어떻게 잡은 거예요? 내가 경마장에서 평생을 보낸 수의사 겸 수학자라도 되는 줄 알아요? 나는요, 빙고 게임도 못하는 사람이에요! 그러니까 내가 알아듣게, 내 수준에 맞춰 설명하세요! 짜증 나게 하지 말고!"

조르주는 일단 미안하다고 했다. 이런 일을 요청받는 데 습관이 되어 있지 않았으니까. 조언을 하거나 번호를 찍어주는 것까지는 그래도 괜찮다. 하지만 문외한에게 비법을 설명하라니, 이런 건 해본 적 없었다.

"음, 일단 해봐요! 부딪히면서 배우는 게 나을지도 모르겠네요."

종업원이 가까이 왔다. 조르주는 복숭아 향 생수를 주문했다. 폴레트는 종업원에게 저리 가라고 손을 내저었다.

조르주가 다시 이마의 땀을 훔쳤다.

"음, 그럽시다······. 경마에는 일단 경주마들이 있고······."

폴레트가 하늘을 쳐다보았다.

"정확히 말하자면, 순종 경주마들이 뛰는 겁니다. 단거리를 뛰는 놈들은 '스프린터'라고 하고 중장거리를 뛰면 '마일러'나 '스테이어'라고 부르죠. 경주마들은 특기가 무엇이냐에 따라 속보 경기에 나오기도 하고 습보* 경기를 하기도 합니다."

조르주는 노부인이 잘 따라오고 있는지 슬쩍 눈치를 보았다. 그는 달착지근한 향이 도는 물을 벌컥벌컥 들이켜고 다시 설명을 이어나갔다.

"상금은 당연히 판돈에 따라 달라집니다. 하지만 말의 승률에 따라서도 달라져요."

"그렇겠죠, 5 대 1이면 30 대 1보다 돈을 덜 가져가는 식으로."

"맞습니다."

조르주는 생각해보았다. 설명해야 할 것이 너무 많았다! 경마가 단순한 전망을 뛰어넘는 예술의 경지에 속한다는 걸 이해시키려면 어떻게 해야 할까? 말의 실력, 거리에 따른 적성, 훈련 상태, 기수의 컨디션, 경마장의 특성······ 연구해야 할 것이 어디 한두 가지인가?

그의 아버지에게는 항상 말이 몇 필 있었다. 전문 사육사에게 맡겨놓은 순종마들은 큰 수익을 안겨주었다. 조르주는 어려서

---

* 습보(襲步): 말이 최대 속력으로 달림. 모둠발로 달리는 것을 이른다.

부터 경마의 흥분, 경마꾼들의 열광, 부정 출발 공포에 익숙했다. 축사의 문이 열리는 소리, 트랙을 박차고 달리는 말발굽 소리, 관중의 환호가 익숙했다.

폴레트는 조바심이 났다. 벌써 게임이 따분했다.

"그러니까 말 번호에 돈을 거는 겁니다. 순서를 정하든 무작위로……."

그때, 지난번에 조르주를 붙잡고 실랑이하던 단골 술꾼 두 명이 선술집에 나타났다. 그중 한 명이 조르주의 등을 툭툭 쳤다. 조르주는 하마터면 잔을 바지에 엎을 뻔했다.

"조가 왔군요! 잘 지냈어요? 우리 친구 조!"

조르주가 불편해하는 눈빛을 폴레트에게 던졌다.

"제라르랑 나랑 돈 딴 거 알아요? 32유로 15상팀 벌었죠! 판돈은 달랑 2유로였는데! 야, 제라르, 조한테 마권 좀 보여드려!"

다른 친구가 낡고 얼룩진 청바지 주머니를 뒤지기 시작했다. 폴레트는 그가 바지를 엉덩이에 반쯤 걸치다시피 내려 입은 꼴을 보고 고개를 돌렸다.

"자, 조! 언제, 어느 놈에게, 어떻게 베팅을 해야 할까요? 마침 월급도 들어왔겠다! 이번에는 왕창 걸어볼 겁니다!"

카운터에서 여사장이 잔소리를 했다.

"이봐! 무리하지 마, 장클로드! 마누라가 알면 뭐라고 하겠어?"

"아, 괜찮아, 괜찮아, 미레유! 당신만 말 안 하면 마누라는 몰라! 내가 대박이 나서 마누라에게 선물이라도 사다 줄시 누가 알아?"

그는 조르주에게 윙크를 하고 다시 자기 친구의 옆구리를 찔렀다.

"자, 얼른요, 조, 소스 좀 줘요!"

"아, 그래요……. 샹티이에서 시합이 있습니다. 막판 코스가 오르막이라서 말을 잘 평가해야 해요. 나라면 디빈 샤랑테즈에 겁니다. 노란 조끼를 입은 카넬 데 프레가 승률이 더 높긴 하지만……."

"조, 잠깐만요! 우리 앞에서 골치 아픈 설명은 생략해줘요! 제라르하고 나는 그냥 번호만 찍어주면 됩니다. 중요한 건 뭘 찍느냐 아니겠어요? 조가 알려주는 그대로 찍을게요, 어때, 제라르?"

제라르가 소리 내어 웃었다. 치아가 두 개 없었다.

"암, 그게 좋지! 표시만 하고 돈만 챙기고!"

갑자기 폴레트에게 좋은 생각이 떠올랐다. 그녀가 그들의 대화를 끊고 나섰다.

"여러분, 조르주 선생님은 여러분 같은 사람하고 시간 낭비할 겨를이 없어요."

두 남자는 어이가 없어서 얼굴을 서로 바라보았다.

"이 할머니 왜 이래? 조, 당신 여친인가요? 그럼, 소개해주었어야죠, 어럽쇼, 기분이 많이 상하셨나 보네."

조르주의 얼굴이 빨개졌다. 폴레트는 눈 하나 깜박하지 않고 말을 이어나갔다.

"족집게 과외를 받으려면 돈을 내셔야지. 조르주 선생님이 경마 도사인 건 알죠? 컨설팅을 원하면 어떻게 해야 하는지 아실 텐데?"

두 남자가 다시 서로 얼굴을 바라보았다. 이 할망구가 농담을 하는 건가?

제라르가 웃음을 터뜨렸다. 다른 친구가 그의 옆구리를 쿡 찔렀다.

"그래, '조르주 선생님'의 예측은 가격이 어떻게 됩니까?"

장클로드는 거드름을 피우면서 들으라는 듯 노인의 이름을 발음했다.

"전체 상금의 절반. 첫판에 거는 금액을 선금으로 받겠어요. 현금으로."

두 남자가 당황한 얼굴로 폴레트를 바라보았다.

"할 거예요, 말 거예요?"

폴레트는 그 말만 남기고 신문을 집어 들고 들여다보는 척했다.

장클로드와 제라르가 다시 서로 얼굴을 보았다. 잠시 후, 그들은 제안을 수락한다는 신호로 의자를 테이블에 바짝 당겨 앉았다.

폴레트는 속으로 쾌재를 불렀다. 규칙은 몰라도 번호는 불러 줄 수 있지. 게다가 이 시스템이라면 그녀도 돈을 두둑하게 챙길 수 있었다.

20

쥘리에트는 가벼운 발걸음으로 도서관 문턱을 넘었다.

그녀는 통로를 이리저리 돌아서 다소 한산한 서가에 가서 멈추었다. 그녀의 손가락이 서가를 쭉 따라갔다. 최신 베스트셀러들이 눈에 잘 띄게 세워져 있었지만 쥘리에트는 사람들의 관심이 미치지 않는 책들을 더 좋아했다. 지난 세기에 출간된 화학 개론서, 노동법전, 삽화가 들어간 건축 실무서. 그런 책들이 재미있었던 것은 아니다. 하지만 사랑받지 못하는 책들이 개인적으로 가깝게 느껴졌다. 통통 튀는 매력이 없는 칙칙한 책도 한 번은 영광의 시간을 누려야 하지 않나. 쥘리에트는 자기가 그 시간을 선사해주고 싶었다. 자신이 한 권의 책이라면 베스트셀러 작가 마르크 레비의 최신작보다는 중세 종탑 백과사전과 비슷할 것 같았다. 그래서 쥘리에트는 이따금 시간을 내어 소외당

한 책들을 만나러 갔다. 가서 다정하게 말을 걸기도 하고 책장을 들춰보면서 바람을 쐬어주기도 했다.

전화번호부만큼 두툼한 『17세기 교황사』를 집어 들게 된 것도 그 때문이었다. 쥘리에트가 손끝으로 정답게 어루만지자 먼지가 뽀얗게 내려앉은 표지에 자국이 남았다. 그녀는 늘 그랬듯이 나지막한 음성으로 물었다. "오늘의 메뉴는 뭘까?" 그러고는 책을 아무 데나 펼쳐서 페이지 한가운데를 손가락으로 짚었다. 쥘리에트가 미소를 지으면서 책을 덮었다. 마지막으로 앞으로 책의 인생이 잘 풀리기를 바라면서 책을 서가에 도로 꽂았다.

서가에 꽂힌 두 권의 주술서 사이에서 작고 얇은 수첩 하나가 갑자기 그녀의 발치에 떨어졌다.

그 수첩은 도서관에 꽂혀 있을 법한 물건이 아니었다. 도서관 등록표도 붙어 있지 않았고 대출 카드도 꽂혀 있지 않았다. 누군가가 —— 아마도 어느 대학생이? —— 분실한 물건이 틀림없었다. 자세히 살펴보니 초등학생들이 많이 쓰는 작은 공책에 더 가까웠다. 큼직큼직한 네모 칸과 보라색 여백이 있는 공책. 그녀는 바닥에서 수첩을 주워 들고 펼쳐보았다. 뭔지도 모르고 몇 장을 넘겨보았다. 그건…… 목록으로 보였다. 때로는 심이 무른 연필로, 때로는 빨간색 볼펜으로 작성한 아주 긴 목록. 때로는 알아보기 힘들게 날려 쓴 글씨도 있었고 여백에 한 단어만 달랑 써 있기도 했다. 쭉 훑어보다 보니 무작위로 문장을 필사한 목록 같았다. 쥘리에트의 시선이 우연히 펼친 페이지의 한 문장에 멎었다.

다들 여름휴가를 떠날 때, 그 한밤의 주유소 분위기가 정말 좋아.

쥘리에트의 얼굴에 미소가 번졌다. 그녀는 눈을 감았다. 바닥
에 퍼지는 경유 냄새가 나는 것 같았다, 급유기가 털털거리는
소리, 차 문 닫히는 소리. 그녀는 뒷좌석에 앉아 있었다. 차창
밖에서 아버지는 자동차에 연료가 들어가는 동안 인상을 쓰고
있었다. 그러고 나서 아버지는 자판기에 동전을 넣고 뜨거운 코
코아 한 잔을 들고 왔다. 부녀는 비스킷과 샌드위치 코너에서
왔다 갔다 하다가 잡지 진열대 근처에 서서 웃으면서 얘기를 나
눴다. 어느 밤, 여름휴가를 떠나는 길이었다.
쥘리에트는 다른 문장도 읽어보았다.

나는 '균일가 상점'이라는 단어가 좋아.
엘리베이터 소리는 좋아하지 않아.
1~2분이면 끝날 얘기를 10분씩 끌고 가는 사람들은 좋아하지
않아.

쥘리에트는 속으로 웃으면서 마르셀린을 생각했다. 딱한 아줌
마야! 그녀는 조금 편하게 자리를 잡고 수첩 속의 문장에 본격
적으로 빠져들었다.

터질 것 같은 짐 가방을 잠그려고 깔고 앉는 기분이 좋아.

덜 마른 시멘트에 발자국을 남기는 게 좋아.

장터 유원지에 있는 유리의 집은 좋아하지 않아.

쥘리에트는 고개를 끄덕거렸다. 그녀도 미로 같은 거울의 방 체험 같은 것은 질색이었다. 사람들이 함정에 빠져 보이지 않는 우리 속에서 기분 나쁜 마임을 하는 것처럼 보였기 때문이다.

"열차 뒤에 또 열차가 있을 수 있음"이라는 건널목 표지판이 좋아.

길에서 우연히 만나는, 주인과 똑 닮은 개가 좋아.

큰 개도 달아나게 하는 용감한 작은 개가 좋아.

쥘리에트는 다음 장으로 넘어갔다. 시간이 멈추었다. 특이한 종류의 일기를 들여다보는 것 같은 기분에 푹 빠져서 더는 주위의 소리가 들리지 않았다.

사탕 포장지를 벗길 때 바스락대는 소리가 좋아.

하지만 영화관에서 그 소리가 들리는 건 좋아하지 않아.

쥘리에트는 주머니에 손을 넣어 캐러멜을 하나 꺼냈다. 누르는 그녀나 이봉 씨가 저혈당이 올지도 모른다면서 단것에는 얼씬도 못 하게 단속했다.

수영장에서 물 튀기는 사람들을 좋아하지 않아.

사탕 자판기에 동전을 밀어 넣는 느낌이 좋아.

그다음에는 직직 그은 자국이 있었다.

뭔가를 쓰고 싶은데 볼펜이 안 나오는 건 좋아하지 않아.

깔끔하게 압지를 사용하는 사람들이 좋아.

쥘리에트가 입을 삐죽 내밀었다. 그녀는 손가락에 잉크가 묻어 있는 사람들이 좋았다. 양복을 입고 있으면 더 호감이 갔다. 셔츠 주머니에 얼룩이 묻어 있으면 호감이 배가되었다. 어린 시절이 없었던 척하는 사람이 문득 어려 보일 때가 좋았다. 그녀는 점점 더 빠져들어 가느다란 손가락으로 수첩을 이리저리 넘겨보면서 글쓴이의 이름을 찾아보았다. 그 순간, 갑자기 입덧이 올라왔다. 쥘리에트는 겁에 질린 눈을 하고는 얼른 손으로 입을 틀어막고 나왔다.

밖에서 신선한 공기를 쐬니 안색이 살아났다. 배에 가만히 손을 얹었다. 벌써 도톰하게 부풀어 오른 것 같기도 했다. 그냥 쥘리에트의 상상일 뿐일까? 그녀는 언제까지 앞치마로 배를 가릴 수 있을지 생각해보았다. 모든 것이 너무 빨랐다. 이제 정말 결단을 내리고 잠 못 이루는 밤들을 끝내야 할 때가 되었다. 쥘리에트는 몇 시인지 확인하고 수첩을 가방에 챙긴 후 자전거를 타고 여인숙으로 돌아갔다.

　15분도 지나지 않아 쥘리에트는 허리에 앞치마를 두르고 있었다. 이봉 씨는 지하 창고에서 양손에 포도주를 들고 올라오면서 그녀에게 인사를 했다. 이폴리트가 테라스 간이 의자에 앉아서 자기보다 더 큰 캔버스에 그림을 그리고 있었다.

　"식당에 걸 그림을 또 그리는 거야, 이폴리트?"

　영감에 사로잡힌 이폴리트는 대꾸도 없이 붉은색 물감을 붓에 듬뿍 찍어서 격정적으로 캔버스에 휘둘러댔다.

　"너무 추상적이야⋯⋯." 이봉 씨가 한마디 했다. "야수파가 약간 생각이 나네. 하지만 나 좀 봐, 이폴리트. 저기, 좀 더 그런 거 있잖아⋯⋯. 아니, 좀 덜하게⋯⋯."

　"어휴, 그냥 두세요!" 어깨에 마른행주를 얹은 누르가 말했다. "이폴리트는 이미 여인숙을 멋지게 꾸며주고 있다고요! 칙칙한 벽에 화사한 색깔이 도니 얼마나 좋아요!"

　"아, 화사한 건 좋죠⋯⋯." 이봉 씨는 누르의 말을 거스르고 싶지 않아서 인정했다.

　그는 카운터 뒤로 후퇴하여 유리잔을 닦기 시작했다. 여인숙

벽은 이미 확 튀는 색깔의 구아슈* 그림들로 도배가 되어 있다시피 했다. 그 작품들의 의미는 알쏭달쏭했지만 이폴리트의 그림을 두고 작품성을 따져서 누르의 기분을 상하게 하고 싶지는 않았다. 그는 폴레트에게 커민 향이 나는 당근 수프를 가져다주었다. 노부인은 질색하며 접시를 밀어냈다.

"세상에! 이게 무슨 냄새야! 내가 이걸 먹을 것 같아요?"

아침부터 폴레트는 고약하게 굴고 있었다. 사장도 이 노부인의 죽 끓듯 하는 변덕에 넌더리가 나기 시작한 참이었다. 그가 한마디 하려는데 마침 전화벨이 울렸다.

"부인을 찾는 전화네요, 받아보세요!" 이봉 씨가 퉁명스럽게 말했다.

"누군데요?" 폴레트는 건성으로 대꾸했다.

"닥터 기요탱의 비서라는데요? 부인 댁으로 찾아갔었는데 그 집을 빌린 사람들이 우리 여인숙 전화번호를 알려줬다네요."

"바쁘다고 해요!" 노부인은 야멸차게 대꾸하고는 무릎에 냅킨을 펼친 채 식사를 계속했다. 그러다 잠시 후 혼잣말로 중얼거렸다. 내 집을 빌린 사람들? 아니, 그 사람들은 또 누구야?

"메시지를 남겨드릴까요?" 이봉 씨가 수화기에 대고 물었다. "네……. 음……. 아뇨, 저는 아들이 아니라……. 아, 예, 압니다, 알아요."

---

* 구아슈(gouache) : 물과 고무를 섞어 만든 불투명한 수채 물감.

그의 목소리가 갑자기 조심스러워졌다.

"제가 책임지고 꼭 전하겠습니다. 물론이죠. 네, 고맙습니다, 의사 선생님."

식당에서 자기가 늘 앉는 자리에서 폴레트가 날을 세웠다.

"그래, 또 누구래요? 또 무슨 헛소리를 늘어놓던가요? 도대체 그 사람들이 여기 전화번호를 어떻게 알았는지 모르겠네!"

이봉 씨가 갑자기 근심 어린 낯빛으로 차분하게 대답했다.

"식사를 마저 하세요, 폴레트 부인. 다 드신 후 천천히 말씀드릴게요."

"어머, 누르! 이것 좀 들어봐요!" 신문을 들여다보던 마르셀린이 냅다 소리를 질렀다. "누르, 당신에게 누가 반했나 봐! 세상에, 당신을 찾으려고 지역 광고까지 냈네?"

이봉 씨가 눈썹을 치켜올렸다. 마르셀린은 흥분을 감추지 않았다.

"이거 틀림없이 당신 얘기야! 자, 들어봐요. '당신이 시장에서 토마토를 고르는 걸 봤어요. 나는 얼굴이 달아올랐지만 아티초크의 심장*을 가진 사람은 아니에요. 당신은 산딸기색 원피스를 입고 있었죠. 당신을 만나고 싶어요. 나의 연인. 이폴리트, 연필 좀 줘봐! 누르, 내가 이 사람 주소를 적어줄게요!"

마르셀린이 잔 받침에 주소를 휘갈겨 썼다. 어두운 얼굴로 지

---

* 금세 사랑에 빠지는 기질.

켜보던 이봉 씨가 버럭 소리를 지르고 말았다.

"목소리 좀 낮춰요, 마르셀린! 당신 목소리밖에 안 들리잖아요! 어차피 헛소리만 하면서! 한 번만 더 그러면 그놈의 싸구려 신문, 확 태워버릴 겁니다! 누르가 요리에 집중하게 좀 내버려 뒤요!"

누르가 주방에서 고개를 내밀었다. 평소 점잖은 주인장이 마르셀린에게 호통을 치니 무슨 일인가 싶었던 것이다. 누르는 땀이 난 이마에 머리칼이 달라붙고 뺨이 벌게진 채 쥘리에트를 불렀다.

"음식 나간다! 스테이크!"

쥘리에트는 도서관에서 발견한 수수께끼의 공책 생각에 빠져서, 12번 테이블에 둘러앉아 잔을 부딪히는 여덟 명의 손님을 거의 잊고 있었다.

"선생님을 위하여! 여름을 위하여!"

"무엇보다, 디디에를 위하여! 오늘 디디에가 쏘는 거잖아!"

쥘리에트는 이쪽에는 앙두예트*를, 저쪽에는 연어 등살을 가져다주느라 분주하게 움직이면서 그들이 테이블을 너무 오래 차지하지 않기를 바랐다.

누가 그런 글을 썼을까? 짧은 문장으로 한 권을 채워나가다

---

* 앙두예트(andouillette): 돼지 대창에 채소, 육류, 향신료를 넣어 만드는 프랑스의 대표적인 소시지.

보니 재미도 있었겠지. 왠지 공책 주인이 어떤 모습인지 어렴풋이 떠올릴 수 있을 것 같았다. 조각조각, 일종의 음화(陰畵)처럼 스치는 이미지가 있었다. 미소 짓는 입 모양이라든가 어깨선이라든가⋯⋯. 그녀는 카운터 뒤에 숨어서도 몰래 공책을 한 번 더 펼쳐보지 않을 수 없었다.

플랫폼에서 나누는 작별 인사는 좋아하지 않아.
아기에게 말을 거는 어른들의 표정이 좋아.
타이어가 자갈 위를 구를 때 나는 소리가 좋아.

"쥘리에트!"
저쪽에서 폴레트가 빈 빵 바구니를 흔들어 보였다.
"매번 수고스럽게 불러야만 손님을 챙기나?"
쥘리에트는 마지못해 공책을 가방에 넣고 노부인의 시중을 들러 갔다.

21

쥘리에트가 복도를 지나가는데 조르주 선생의 방문이 벌컥 열렸다.

"아, 쥘리에트일 줄 알았어요. 세탁물 고마워요."

쥘리에트는 당황했다. 그녀는 폴레트가 모자 상자 일을 잊어버렸기를 바랐다. 갑자기 좀 초조해졌다.

"오늘 저녁에 「맨해튼에서 첫눈에 반한 사랑」을 볼 겁니다. 파올로가 복사를 해줬거든요. 쥘리에트도 관심 있어요?"

쥘리에트는 조르주와 재미있는 영화를 볼 기회를 절대로 놓치지 않았다. 노인의 영화 취향은 폭이 넓었지만 그가 선택하는 영화들에는 뉴욕이 배경이라는 공통점이 있었다.

그렇지만 오늘 저녁은 쥘리에트도 썩 내키지 않았다. 너무 피곤했다. 애를 밴 지 석 달이 다 되어가는데 벌써 에너지를 쪽쪽 빨리는 것 같았다. 자기 자신과 진지하게 대화를 해봐야 할 때였다. 그녀는 어떻게 될까? 의사가 정해준 데드라인이 코앞에 와 있었다. 그 기한을 넘기면 선택의 여지가 없어진다. 그래, 오늘은 방에 올라가서 결정을 볼 때까지 나오지 말아야 했다. 적어도, 책임 있는 어른이라면 그래야 했다.

"네, 그럼요!" 쥘리에트는 자기 입에서 나오는 말을 들었다.

조르주가 주전자에 물을 끓이는 동안 쥘리에트는 침대 밑에 쪼그리고 자리를 잡았다. 그래, 자기 자신과의 담판을 두 시간 미룬들 무슨 문제가 되겠어?

"버터 비스킷 좀 줄까요?"

쥘리에트는 고개를 끄덕였다. 조르주가 식기장에서 병을 두 개 꺼냈다. 한쪽에는 금빛 버터 비스킷이 들어 있었고 다른 쪽 병에는 부서진 비스킷 조각이 들어 있는 것처럼 보였다. 쥘리에트는 비스킷을 집어 먹었고 조르주도 하나를 가져가서 귀퉁이를 잘라서는 두 번째 병에 넣었다. 그러고는 매번 그랬듯이 추억에 잠겨 이 말을 덧붙였다.

"나보다 더 비스킷 귀퉁이를 좋아하는 사람을 위해 모아두는 겁니다."

쥘리에트가 희미하게 미소를 지었다. 어딘가에 그녀를 위해 초콜릿 든 아이스크림 콘 과자 끄트머리를 모아놓고 기다리는 사람이 있다면 행복할 것 같았다.

"잘 지내고 있지요, 쥘리에트?" 조르주가 물었다.

노인은 인자한 미소를 띠고 아가씨를 지그시 바라보았다. 쥘리에트는 투숙객 중에서 조르주 선생을 제일 좋아했다. 그녀는 얼른 시선을 피했다.

"그럼요, 고맙습니다."

왠지 조르주 선생에게는 그날 아침 도서관에서 발견한 수첩 이야기를 하고 싶지 않았다. 자신과 수첩 주인만의 비밀이 생긴 것 같은 기분이 들었기 때문이다.

"저기요, 조르주 선생님, 자녀가 있으세요?"

영화 도입부 자막이 시작되었다. 쥘리에트의 질문은 배경 음악에 묻혀버렸다.

"뭐라고 했어요?" 조르주가 물었다.

쥘리에트는 아무것도 아니라는 표정을 지어 보였다. 화면에서는 이동 촬영한 맨해튼의 스카이라인이 펼쳐졌다.

"자, 쥘리에트?" 조르주가 친절한 교사 같은 말투로 물었다.

그녀가 화면을 잘 들여다보려고 코를 찡그렸다.

"섬의 남쪽이네요……. 저게 자유의 여신상이고…… 금융가와 쌍둥이 빌딩이 보이네요……. 미드타운으로 올라가네요……. 엠파이어 스테이트 빌딩이네요!"

"맞아요! 맨해튼에서 가장 높은 빌딩으로……."

"……열한 달 만에 다 지었다죠?" 쥘리에트가 말을 가로챘다. 이제 그녀는 선생님 노릇을 하는 조르주에게 뒤지지 않을 만큼 뉴욕이라는 도시를 잘 알았다.

조르주는 뉴욕 얘기를 할 때면 30년은 젊어지는 것 같았다. 쥘리에트는 그가 뉴욕의 큰길, 공원, 대교(大橋)를 알아보는 순간 초롱초롱해지는 눈빛이 좋았다. 그들은 뉴욕의 거리를 상상으로 함께 거닐었다. 하지만 쥘리에트는 지금까지 한 번도 루아르 지방을 벗어난 적이 없었다.

"봐요! 저게 월도프 아스토리아 호텔이에요!"

메이드 복장을 한 제니퍼 로페즈가 특급 호텔에서 바쁜 걸음으로 등장했다. 하지만 조르주는 이미 여주인공과 장차 상원의원이 될 남주인공 사이에 피어나는 로맨스에 관심을 잃은 듯했다. 그는 추억에 푹 빠져 있었다.

"파크 애비뉴를 조망할 수 있는 궁전 같은 호텔이죠. 19세기 말에 지어졌나 그럴걸요, 아마? 호텔 중에서도 아주 독특한 경우인데요, 왜 그런지 알아요?"

쥘리에트는 노인의 빛나는 눈을 보자 미소가 나왔다.

"이유는 이제 곧 말씀해주시겠죠."

"아스토르 가문에서 사촌지간인 두 사람 사이에 경쟁이 붙었어요. 그래서 따로따로 호텔을 지었답니다. 월도프 호텔과 아스토리아 호텔이 나란히 들어선 거예요. 당연히 둘은 별개의 호텔이었죠. 그런데 한 사람이 타이타닉 호 난파 사건으로 목숨을 잃고 말았어요. 영화보다 더 영화 같은 이야기죠?" 조르주가 재미있다는 듯이 말했다. "그렇게 해서 두 호텔이 얼마 못 가 합병을 하게 됐대요."

그가 버터 비스킷을 깨물었다.

"그 호텔에 묵었던 유명인으로는, 음, 엘리자베스 테일러, 프랭크 시나트라, ……."

조르주는 그 이름들을 떠올리기만 해도 반짝반짝한 꿈의 세계로 통하는 문이 열렸다. 그래서 충분히 시간을 들여 더없이 고운 추억을 되살리고 싶은 듯 천천히 음절 하나하나에 힘을 주었다.

쥘리에트는 프랭크 시나트라가 누구인지 몰랐다. 빗속에서 가로등 받침대에 뛰어올라 가로등을 빙글빙글 돌며 노래를 부르던 그 배우를 말하는 건가? 하지만 그런 말은 하고 싶지 않았다. 그녀는 어느새 수첩 생각에 빠져서 조르주 선생이 하는 말을 한 귀로 흘려듣고 있었다. 그 수첩 임자는 누굴까? 도서관 직원에게 주인을 찾아달라고 맡기고 올 걸 그랬나? 쥘리에트는 자기가 그러지 않았던 이유를 잔뜩 찾아냈다. 어쩌면 그녀가 직접 주인을 찾아서 수첩을 돌려줄 수 있지 않을까?

뉴욕의 전경을 보여주고 난 후로 영화는 춤과 탭댄스 공연 장면을 제외하면 조르주의 흥미를 전혀 자극하지 못했다. 오늘도 어김없이 그는 안락의자에서 프티뤼* 귀퉁이를 모아놓은 병을 껴안은 채 고개를 앞으로 처박고 꾸벅꾸벅 졸았다. 쥘리에트는 비디오테이프 재생기를 끄고 노인의 무릎에 이불을 덮어주었다.

---

* 프티뤼(Petit-LU): 버터 비스킷 브랜드명.

❖

쥘리에트가 드디어 자기 방으로 돌아가려고 하는데 복도 끝에서 폴레트가 그녀를 불렀다. 쥘리에트는 심장이 무섭게 뛰었다. 그녀는 이 노부인이 두려웠다. 폴레트가 다 일러바쳐서 이봉 씨에게 불려 가는 게 아닐까 자꾸 겁이 났다. 문득 머릿속에 떠오르는 모습이 있었다. 배는 잔뜩 부른 채, 혈혈단신으로 여인숙에서 쫓겨난 자신의 모습. 그런 여자를 누가 써주겠는가?

그녀는 방향을 돌려 자신을 호출한 방 앞에 섰다. 목이 바짝 탔다. 몸이 떨렸다. 세상 모든 근심이 그녀의 배 속에, 갈비뼈 바로 아래에, 공처럼 꽉 뭉쳐서 숨도 못 쉬게 하는 것 같았다.

쥘리에트가 방에 들어갔다. 침대 머리맡 스탠드에서 은은한 불빛이 비쳤다.

"부르셨어요, 폴레트 부인?"

목소리가 점점 기어들었다. 노부인이 그녀를 쳐다보았다.

"가까이 와요."

쥘리에트는 바닥만 내려다보면서 침대로 다가갔다.

"조르주 선생 방에서 또 뭘 하고 있었죠?"

"같이 영화를 봤는데요."

"거기, 뭘 숨기고 있는 거죠?"

쥘리에트가 뒷걸음질을 했다. 앞치마 주머니가 불룩했다. 폴레트는 심기가 불편했고 장난할 기분이 아니었다. 그녀는 쥘리에트가 짜증 났다. 이 여자애는 폴레트의 그림자만 봐도 무서워서 바들바들 떠는 것 같았다.

"줘봐요."

쥘리에트는 앞치마 주머니에 손을 집어넣어 수첩을 꺼냈다. 그런데 수첩을 꺼내는 순간 웬 편지 한 통이 딸려 나왔다.

"아! 이럴 줄 알았어!" 폴레트가 외쳤다.

"아니에요! 돌려주세요!" 쥘리에트가 비명을 질렀다.

노부인은 잽싸게 편지를 낚아채고 바로 펼쳐서 읽었다. 잠시 후, 그녀는 눈을 들고 안경알 위로 그녀를 주시했다. 쥘리에트는 맥박이 걷잡을 수 없이 빨라지고 숨이 가빠오는 것을 느꼈다. 귓속이 윙윙거렸다. 그녀는 노부인의 손에서 편지를 빼앗아 쥐고는 그 방을 나가 쾅 소리가 나게 문을 닫았다.

허겁지겁 자기 방으로 올라가 침대에 그대로 엎어졌다. 눈물이 터졌다. 이제 다 끝났다. 저 할머니에게 그녀는 한입거리도 안 될 상대였다. 아, 그래, 편지를 읽으면서 얼마나 재미있었겠어! 여기저기 들쑤시고 다니면서 남의 인생을 망치는 게 취미겠지!

쥘리에트는 숨이 차도록 오열을 멈추지 못했다. 이렇게까지 아프고 힘든 적이 또 있었나. 마미노 할머니가 보고 싶었다. 쥘리에트는 몹시 외로웠다. 배 속에서 찌르는 듯한 통증이 일어났다. 레옹이 문짝을 긁는 소리가 났다. 쥘리에트는 고양이를 향해 베개를 던졌다.

"혼자 있고 싶어, 레옹! 지금은 너도 보고 싶지 않아!"

레옹은 물러나지 않았다. 문이 가만히 열렸다. 폴레트가 지팡이를 짚고 몸을 꼿꼿이 세운 채 방 안으로 들어왔다.

쥘리에트가 고함을 질렀다.

"나가요! 원하는 대로 했잖아요? 그러니까 이제 좀 내버려 둬요!"

폴레트가 하늘을 쳐다보았다.

"나가달라고 했잖아요!" 쥘리에트가 다시 한번 말했다.

폴레트는 나가기는커녕 깃털 이불 위에 앉았다. 쥘리에트는 성난 눈으로 그녀를 쏘아보았다. 이건 악몽이야, 이럴 순 없어. 애를 밴 것도 서러운데, 이 마녀 같은 할머니가 방까지 따라와서 협박을 하다니!

"이봐요, 쥘리에트, 진정해요. 지금 아가씨가 감정적으로 굴 때가 아니야."

쥘리에트는 너무 놀라 딸꾹질이 났다.

두 사람의 시선이 쥘리에트가 침대에 팽개친 편지에 쏠렸다. 편지에는 모 병원 연구소 로고가 찍혀 있었다. 폴레트는 잠시 침묵을 지키고 있다가 손끝으로 조심스럽게 그 편지를 치웠다.

"모두가 그렇게 생각하지 않는 건 알지만 나는 그래도 좋은 소식이라고 봐요." 폴레트의 목소리는 차분했다. "내 나이가 되면 병원에서 보내는 우편물이 좋은 소식일 확률은 희박하죠."

"아? 그러세요? 저는요, 정반대예요! 아기라뇨! 레옹한테도 쩔쩔매는 저한테는 청천벽력이 따로 없다고요!"

레옹은 창가에서 등을 펴고 두 여자를 지켜보고 있었다. 고양이의 두 눈이 가늘어졌다. 이제 곧 스르르 잠이 들 것 같았다.

"고양이가 혁명가의 이름*을 물려받았네. 저 녀석에게는 계절 메뉴에 대한 조언이나 구할까, 달리 뭘 바라면 안 되는데." 폴레트가 말했다.

쥘리에트의 두 뺨에는 여전히 눈물이 비 오듯 흐르고 있었다. 폴레트는 그녀에게 손수건을 건네고 말없이 자기가 입은 가운의 주름을 매만졌다.

"벌써 12주나 됐어요." 쥘리에트가 흐느끼면서 털어놓았다.

폴레트는 가만히 듣고 있었다. 그녀의 얼굴은 어떤 감정도 비치지 않았다.

"며칠밖에 안 남았어요, 결정을…… 결정을 한다면……."

폴레트는 아가씨의 감정이 새삼 북받쳐 오르는 것을 보고 새 손수건을 건넸다.

쥘리에트는 바닥에 발이 닿지 않는 물에서 허우적대는 기분이 들었다. 몇 달 후 짊어져야 할지도 모르는 책임이 갑자기 태산처럼 커 보였다. 자기 앞가림도 할까 말까 한데 혼자서 아기를 키우겠다고? 아기를 먹여 살리고, 필요를 채워주고, 정말 행복하게 해줄 수 있을까? 게다가 폭력, 위협, 불안, 불확실성에 찌든 이 세상에 또 한 생명을 태어나게 하는 것이 과연 옳은 일

---

* 레온 트로츠키를 가리킨다.

일까?

밖에서 부엉이 울음소리가 났다. 이봉 씨의 목소리가 어렴풋이 정원 쪽에서 들려왔다. 쥘리에트의 눈물이 깃털 이불에 떨어졌다.

"자! 이제 그만 울어요! 누가 잡아먹어요? 겁내지만 말고 상황을 똑바로 봐요! 아가씨는 아가씨가 생각하는 것보다 훨씬 강한 사람이에요."

쥘리에트는 촉촉하게 젖은 눈으로 노부인을 바라보았다. 그러고는 코를 풀었다. 폴레트가 다시 입을 열었다.

"알다시피, 우리 때는 여성들이 선택의 권리를 위해 싸웠어요. 나도 그런 여성이었죠. 어떤 사람들은 우리가 '낙태를 하려고' 난리를 피운다고 했지만 우리는 '선택권을 갖기 위해' 싸웠던 거예요. 자유로워지려고. 우리 몸을 우리 뜻대로 하기 위해서. 우리는 아가씨 세대를 위해서 싸웠어요. 아가씨 같은 사람을 위해서 나는 보수적인 가족과 꽉 막힌 남편에게 맞섰던 거예요. 쥘리에트 양은 자유로운 사람이에요."

노부인이 하는 말이 작은 방 안에 울렸다.

쥘리에트는 할 말을 잃은 채 50년 전의 폴레트를 상상해보았다. 주먹을 불끈 쥐고 시위대 선두에서 행진하는 모습을. 그녀는 소맷단으로 눈물을 닦아냈다.

"맞는 말씀이에요……."

"그럼요! 자, 나에게 미소를 보여줘요. 쥘리에드 양에게는 아직 생각할 시간이 있어요. 만약 아기를 낳기로 결심한다면──난 벌써 사내아이일 거라는 감이 오네요──사람 좋은 이봉 씨가 거둬주고 자기 일이라도 돕게 할 거예요. 요리사도 그 아이에게 뭐라도 더 먹이고 싶어 안달할 거예요. 자, 기운 냅시다! 그래도 자기 일은 다 해낼 수 있잖아요?"

노부인의 얼굴에 미소가 스치고 지나갔다. 눈에 띄지 않게 절제된 호의였지만 쥘리에트는 분명히 알 수 있었다.

두 여자는 잠시 아무 말 없이 앉아 있었다. 노부인은 아련한 눈을 하고 레옹을 바라보고 있었다. 누구를 생각하고 있었을까? 아마 쥘리에트를 생각하고 있었겠지. 아니면, 꽃다운 아가씨의 배 속을 차지한 그 아기를 생각하고 있었으리라. 아니면 아주 오래전, 그녀가 차마 낳겠다고 결심할 수 없었던 또 다른 아기를 생각하고 있었을지도 모른다.

쥘리에트가 폴레트의 손에 자기 손을 얹었다. 소매의 시작 부분에서 파란색의 구불구불한 정맥이 사라졌다. 쥘리에트는 폴레트 옆에서 좀 더 강해진 기분이 들었다.

폭풍이 한바탕 휩쓸고 간 것 같았다. 이제 모든 것이 한층 선명해 보였다.

레옹이 야옹 소리를 냈다. 폴레트는 쥘리에트의 낯빛이 원래대로 돌아온 것을 보고 자기 방으로 돌아가려고 일어났다.

"폴레트 부인?"

노부인이 고개를 돌렸다.

"고맙습니다."

폴레트는 말없이 방을 나갔다. 그녀가 작은 방에 남기고 간 은은한 장미 향이 쥘리에트를 안심시켜주었다. 그녀는 꿈을 꾼 게 아니었다.

쥘리에트는 크게 숨을 들이마셨다. 심장이 한결 차분하게 뛰었다. 그녀는 노부인이 한 말을 곱씹으면서 천천히 침대로 들어갔다. 폴레트 할머니는 여전사였다. 마음이 아주 넓은 여전사.

22

갓 구운 빵의 먹음직한 냄새가 공기 중에 퍼졌다.

여인숙 식구들이 아침상 주위에 둘러앉았다.

"잘 잤어요? 난 오늘 아주 가뿐하네요!" 마르셀린이 수선스럽게 말하고는 타르틴을 베어 물었다.

누르는 마르셀린을 흘겨보았다. 그녀는 밤새 거의 잠을 자지 못하고 아침부터 카드점을 쳐보았다.

"뭐예요, 이봉 씨! 안색이 왜 그 모양이에요?" 마르셀린은 누르가 눈치를 주는 것도 모른 채 계속 떠들었다.

이봉 씨가 투덜거렸다. 그는 일어난 지 얼마 안 된 아침부터 떠들 마음이 없었다. 그리고 간밤에는 잠도 설쳤다. 시가를 피우는 불한당이 뇌리에서 떠나지 않았다. 조르주가 운동복 차림으로 계단에서 나타났다. 마르셀린의 얼굴이 환해졌다. 그녀는 입 주위를 닦고 인사를 건넸다.

"여기요, 바로 출발할 수 있어요, 조르주 선생님!"

그는 영문을 모르는 채 마르셀린을 바라보았다. 운동화를 신은 마르셀린이 조르주에게 총총 다가갔다.

"조깅을 함께 하면 좋겠다고 생각했어요."

"아!"

조르주가 놀라서 쥘리에트 쪽을 보았다. 쥘리에트는 미소를 지으면서 어쩌겠냐는 표시로 두 손을 들어 보였다.

그리하여 얼룩 하나 없는 하얀 반바지 차림의 조르주는 마르셀린을 데리고 아침 운동을 하러 나가게 됐다. 두 사람이 여인 숙에서 나가자마자 나머지 식구들은 웃음을 터뜨렸다.

"조르주 선생님도 곤란하시겠어!" 누르가 말했다.

폴레트는 그 틈을 타서 조용히 위층으로 모습을 감추었다. 그러고는 조르주 선생 방에 가서 조심스레 넓적한 모자 상자를 열었다. 손을 넣어 편지를 한 뭉텅이 집어서 자기 주머니에 슬쩍했다. 그런 다음 잽싼 걸음으로 자기 방에 돌아왔다. 조그만 벽시계를 쳐다보았다. 조르주가 조깅을 마치고 돌아오려면 대략 한 시간은 더 걸릴 것이다. 그 정도면 넉넉히 여유가 있었다. 폴레트는 방문을 잠갔다. 쇼팽의 음반을 걸어놓고 안락의자에 편안하게 자리를 잡고 앉았다. 레옹이 언제 방에 들어와 있었는지 폴레트의 무릎에 폴짝 올라왔다.

확실히 이 편지들에서 뚝뚝 떨어지는 감상이 폴레트는 아주 오글거리고 못마땅했다. 그렇지만 자꾸 생각이 나는 것은 어쩔 수 없었다. 그녀는 이곳에서 지낸 후로 심심해서 그러려니 했다. 아니면 조르주에 대한 호기심 때문일까? 그 양반의 허다한 모순을 도무지 이해할 수가 없으니 말이다. 한때는 곱게 자란 도련님이었던 것 같은데 이 촌구석에서 뭘 하고 있는 걸까? 어쩌다 경마에 그렇게 빠삭한 사람이 됐을까? 그 편지들은 어떤 의미일까? 폴레트는 즐거움을 감추지 않고 편지 읽기에 빠져들었다.

나의 태양,

드디어 5월이야.

나는 5월 초가 참 좋아! 뭐든지 해볼 수 있을 것 같은 기분이 들거든. 이런 날에는 승자의 기운이 솟아나지. 그렇지만 어떤 날은 그냥 빨리 하루가 끝나기만을 바라게 돼. 나한테는 2월 17일이 그런 날이지, 너도 알고 있었어? 정말 끔찍한 날이야. 그날을 생각하면 이슬비, 녹아내린 잔설(殘雪), 목을 휑하게 스치는 찬 바람, 얼어붙은 제라늄이 떠올라. 오늘 아침에 신문에서 이런 기사를 읽었어. 기자가 어떤 운동선수를 인터뷰하면서 그토록 대단한 기록을 세운 비결이 뭐냐고 물었지. 그 선수는 이렇게 반문했어. "만약 자기가 몇 살인지 모른다면 스스로 몇 살이라고 생각할 것 같습니까?" 너라면 뭐라고 대답할래? 나이에 얽매이지 않으면서 나이를 먹는 멋진 방법 같지 않아? 자, 네가 생각하는 네 나이는 몇 살이야? 내 귀여운 사람, 나한테 넌 언제까지나 스물세 살일 거야……

1953년 5월 1일, 파리에서

폴레트는 편지를 꼼꼼히 살폈다. 이 수수께끼의 편지에 대해서 좀 더 알아낼 수 있는 단서를 찾고 싶었다. 그녀는 이내 다음 편지로 넘어갔다.

내 영원한 사랑,

하마의 젖이 네 손톱과 똑같은 분홍색이라는 거 알아? 네가 이 말을 듣자마자 코를 찡그리고 너의 작고 가느다란 손가락을 들여다보는 모습이 눈앞에 떠오른다. 로즈봉봉 칵테일의 진한 장밋빛, 딱 그 색이라니까! 솔직히 말하면 나도 마셔본 적은 없지만 말이야! 하지만 너와 함께 저녁을 보내게 된다면 내가 칵테일을 만들어줄게. 7번가 모퉁이에 조의 술집이 있는데 거기로 가자. 거기 가면 세상 반대편에서 들여온 럼주까지 다 있어! 사람들은 재즈를 들으면서 발로 장단을 맞추지! 감미로운 글렌이 자신의 존재감을 드러내겠지. 우리는 새벽까지 춤을 출 테고 햇살이 빌딩 숲의 실루엣을 금빛으로 드러낼 때 그 옆 조그만 식당에 감자튀김을 먹으러 가겠지. 알아, 내 사랑? 행복은 감자튀김에 살짝 뿌린 소금 같은 거야. 혹은, 네가 보내는 짧은 편지?

1953년 5월 3일, 파리에서

폴레트는 한숨이 나왔다. 두서없는 편지들을 읽고 있자니 머리가 지끈거렸다. 조르주는 확실히 상당한 인내심을 갖고 기다린 것 같았다.

그녀는 다른 편지를 펼쳤다. 지금까지 보았던 편지들에 비해 유독 편지지가 너덜너덜해 보였다. 아주 여러 번 고쳐 쓴 것 같았다. 군데군데 잉크가 얼룩져——눈물 자국일까?——글을 읽기가 어려운 대목도 있었다.

마이 달링,

너의 침묵에 절망하고 있다는 말을 꼭 해야겠어. 극장으로 몇 번이나 연락했지만 너는 없다는 말만 들었어. 정말이야? 그럴 수도 있다는 걸 알지만 어떻게 생각해야 하는지 모르겠어.

너에게 보내는 여객선 표를 사러 여행사에 다녀왔어. 이 편지를 극장으로 보낼 건데 시어도어가 부디 너에게 잘 전달해줬으면 좋겠어. 너무 중요한 편지라서 네 집으로 보냈다가 엉뚱한 사람 손아귀에 들어가는 위험을 무릅쓸 수 없거든. 한 자 한 자 신중하게 써 보낸다. 내 턱뼈가 아직 그 일을 기억하고 있으니까.

6월 30일 아침에 '빅 유'를 타면 돼. 몇 달 전 내가 그 금속 더미 여객선을 타고 너의 크고 맑은 눈을 떠나 아주 먼 이곳으로 왔지. 르아브르 항으로 너를 마중 나갈게. 너의 가녀린 실루엣이 부두에 내리는 장면을 상상하니 벌써 가슴이 뛰어! 넌 이곳의 여름을 좋아하게 될 거야! 7월 14일의 불꽃놀이도, 한밤중의 지중해 해수욕도 좋아할 테지!

용기와 의욕이 되살아나는 것 같아! 그거 알아? 네가 좋아하는 프랑스 과자도 사뒀어! 프티뢰. 너는 늘 '프티루(petits loups, 새끼 늑대들)'라고 부르지만 말이야. 프랑스에는 오레오가 없어. 기억나? 네가 그 새까만 과자를 어떻게 먹는지 나에게 가르쳐줬잖아. 맞붙어 있는 동그란 과자 두 개를 양손으로 잡고 서로 반대 방향으로 돌려서 크림부터 핥아 먹으라고 했지? 그래서 난 어렸을 때 프티뢰의 귀퉁이를 부서뜨려 보관했다가 나중에 먹었다고 했고 네게 시범을 보여줬지.

자, 이만 줄인다. 이 편지를 받으면 잘 받았다고 확인 부탁해. 전신 한 통이면 돼.

절대로 침몰하지 않을, 내 모든 사랑을 보낸다.

1953년 5월 13일, 파리에서

폴레트가 조금 전 뭉텅이로 집어 온 편지 뭉치를 살펴보니 유나이티드 스테이츠 라인 로고가 찍힌 작은 흰색 표가 한 장 끼어 있었다. 색바랜 잉크로 다음과 같이 써 있었다.

성인

승객 보관용: 미스 글로리아 가버

1등석

뉴욕 출발 르아브르 도착

1953년 6월 30일 출항하는 유나이티드 스테이츠 여객선 탑승 글로리아 가버. 폴레트는 왠지 낯설지 않은 그 이름을 두고 잠시 생각에 잠겼다. 어디서 들어봤더라? 편지를 몇 줄 더 읽어 보았다. 그래도 기억은 나지 않았다.

오늘 말고 일전에 슬쩍해온 편지들도 살펴보았다. 크로키*가 군데군데 들어가 있었다. 그중 어떤 그림이 폴레트의 눈을 사로 잡았다. 1920년대에 유행했던 술이 잔뜩 늘어진 무용복 차림의 여인이 의자에 앉아 있는 뒷모습이었다. 그녀는 의자에 앉은 상태에서 한쪽 다리를 쭉 뻗어 반원을 그리고 있는 것 같았다.

불현듯 어떤 이미지가 섬광처럼 떠올랐다. 글로리아 가버! 세상에, 맞아! 끝이 보이지 않는 긴 다리의 위대한 무용수 가버! 다리에 500만 달러 보험을 들어놨다는 소문도 있었지, 아마? 뉴욕 출신의 글로리아 가버는 1950년대에 전성기를 누렸다. 폴레트도 가십 정보지에서 가버의 인터뷰 기사를 몇 번 본 기억이 있었다. 뭐에 대한 스캔들이었더라? 글로리아는 굉장한 미인이었다. 마법을 거는 듯한 큰 눈은 소피아 로렌을 닮았고 동그스름한 얼굴형은 그와 대조적으로 앳된 인상을 풍겼다. 조르주는 참 멋들어진 세상에서 살았구나! 그 이야기의 어느 한 부분이 돌연 명확해졌다.

폴레트는 여객선 표를 좀 더 자세히 들여다보았다. 아무리 봐도, 사용하지 않은 표가 분명했다.

---

* 크로키(croquis): 움직이는 동물이나 사람의 형태를 빠르게 그린 그림.

그녀가 다음 편지를 읽으려는데 식당 벽시계가 울렸다. 마르셀린의 웃음소리가 식당 입구에서부터 올라왔다. 폴레트가 벌떡 일어나는 바람에 깜박 잠이 들었던 레옹이 떨어졌다. 폴레트는 얼른 조르주 선생 방으로 달려갔다. 이미 읽은 편지와 아직 읽지 못한 편지가 섞이지 않도록 조심스럽게 편지를 넣은 다음 서둘러 상자 뚜껑을 닫았다. 그녀는 그 방에서 나오자마자 계단에서 올라오는 조르주와 마주쳤다.

"아, 조르주 선생님! 아침부터 운동을 하셨나 봐요?" 폴레트가 활짝 웃으면서 말했다.

조르주는 폴레트가 평소답지 않게 상냥하게 굴자 놀라서 말을 더듬었다.

"아, 네, 네, 좀 뛰었습니다. 실례가 되지 않는다면 나는 이만 들어가 쉬겠습니다."

"그럼요, 그러세요, 그러셔야죠."

폴레트는 조르주에게 길을 내주고는 웃으면서 자기 방으로 돌아갔다. 레옹이 그 뒤를 졸졸 따라갔다.

조르주는 잠시 멈춰 서서 생각했다. 그가 기억하는 한, 저 노부인이 이렇게 기분이 좋아 보였던 적은 없었다. 그녀에게는 상냥한 모습이 더 잘 어울린다고 인정하지 않을 수 없었다.

23

  쥘리에트는 시리얼 그릇을 앞에 놓고 붉은색과 흰색 격자무
늬 식탁보에 팔꿈치를 괸 채 수첩의 내용을 읽고 또 읽었다.
  수첩 주인을 특정할 만한 단서를 찾고 싶었다. 그 사람이 남
자라는 것만은 확실했다.

  수염을 기르는 남자는 뭔가 숨기는 것이 있다는 생각이 좋아.
  하지만 수염이 변기만큼 더럽다는 생각은 좋아하지 않아.
  면도용 솔이 뺨을 쓸고 가는 그 느낌이 정말 좋아.

  그 사람은 좋아하는 것이 많지만 특히 책을 아주 좋아하는
것 같았다. 그렇게 생각하면 마을 도서관에서 수첩을 분실했다
는 것도 어느 정도 납득이 되었다.

오래된 책 냄새가 좋아.

교과서 표지에 덧씌운 비닐 냄새도 좋아.

새 학년이 시작되는 9월의 문방구가 좋아.

소설 첫머리의 인용문이 좋아.

저렴한 문고판에서 종종 튀어나오는 오식(誤植)은 좋아하지 않아.

달걀흰자는 좋아하지 않아.*

어쨌든 쥘리에트는 수첩 주인에 대해서 아주 많은 것을 알게 된 동시에 아무것도 알지 못했다.

어제 오전에도 그녀는 도서관에 갔다. 도서관 방문객들, 특히 사람 발길이 드문 서가까지 들어오는 남자들을 눈여겨보았다. 그러다 여인숙으로 돌아가려고 할 때 그 사람을 보았다.

수첩을 발견한 바로 그 서가 앞에서 한 남자가 골몰한 얼굴로 책을 들춰보고 있었다. 그는 서른 살쯤 되어 보였다. 삐딱한 자세 때문에 몸이 한쪽으로 기울어져 있었다. 쥘리에트의 귓속이 울리기 시작했다.

그녀는 어떻게 말을 걸어야 할지도 모르면서 무작정 살금살

---

* 'coquille'라는 단어는 인쇄상의 오류를 가리키지만 일상생활에서는 조개나 달걀 껍데기라는 뜻으로 더 많이 쓰인다. 그래서 단어의 연상 작용 때문에 갑자기 달 걀흰자 얘기가 나오게 된 것이다.

금 그쪽으로 다가갔다. 거의 근처까지 가서는 갑자기 겁이 나서 서가 반대편으로 숨어버렸다. 서가에 꽂혀 있는 책들을 살짝 옆으로 밀어내자 그 사람의 목덜미가 보였다.

'목덜미'라는 단어는 좋아하지 않아.

쥘리에트는 한참 동안 가만히 그를 관찰했다. 잘생겼다고 하기는 뭐한 외모였다. 하지만 매력이 있었다. 그녀는 소설책을 들고 누렇게 변한 책장을 부드럽게 어루만지는 그의 기다란 손가락을 자세히 보았다. 왠지 다정한 기운이 그녀에게 파고드는 기분이 들었다. 그 낯선 남자가 아주 가깝고도 멀게 느껴졌다.

쥘리에트는 시계를 보고는 얼른 수첩을 꺼내서 서가에서 상대의 발치 쪽으로 슬쩍 떨어뜨렸다. 남자가 그 소리에 놀라 뒤돌아섰다. 쥘리에트는 상대가 못 보게 바닥에 쪼그리고 앉아 숨을 죽였다. 남자는 수첩을 주워 들었지만 아무런 호기심도 보이지 않았다. 심지어 별것 아니라는 듯 수첩을 서가에 도로 올려놓았다.

아까의 다정한 기운은 이미 온데간데없었고 쥘리에트는 마음이 급해졌다. 쳇, 가버려! 그 남자가 아니었다. 그가 수첩 임자일 리는 없었다. 누가 자신의 비밀스러운 속내를 가득 담은 수첩을, 그것도 전혀 상관없는 주제의 서가에 '별것 아니라는 듯' 올려놓을 수 있겠는가!

쥘리에트는 남자가 그 자리를 뜰 때까지 기다렸다가 귀한 수첩을 다시 챙겼다. 우라질, 괜히 긴장했네!

나는 옛날 욕을 쓰는 사람들이 좋아.

쥘리에트는 시리얼을 숟가락 하나 가득 퍼 먹었다. 어금니로 와삭와삭 소리 내며 시리얼을 부수고 으깼다. 그녀는 다시 수첩 읽기에 몰두했다.

침대차만의 분위기가 좋아.
다른 사람 손톱 깎는 소리는 좋아하지 않아.

"이봐, 책 읽어?"
누르가 깍지콩 바구니를 식탁에 내려놓자 쥘리에트가 화들짝 놀랐다.
"오, 쥘리에트 양은 비밀이 많기도 하지!" 누르가 장난기 어린 눈을 했다. "그래, 요즘은 좀 어때?"
누르는 그렇게 묻고는 의자에 가서 한숨을 쉬며 털썩 주저앉았다.
"어휴! 나는 요즘 바닥을 치네!"
쥘리에트는 시리얼 그릇을 치우고 신문지를 펼쳤다. 그런 다음 두 여자는 함께 깍지콩을 다듬기 시작했다.

"전 괜찮아요……. 누르는요?"

누르는 시선을 피했다.

"그럭저럭 지내는 거지, 뭐……. 자, 다듬은 건 여기 넣어."

누르가 한가운데에 커다란 샐러드 볼을 놓았다. 숙련된 손가락들이 깍지콩 꼬투리 끝을 빠르게 따내서 신문지 가장자리에 버리고 나머지만 샐러드 볼 속으로 던져 넣기를 반복했다.

누르는 쥘리에트를 쳐다보았다. 아기 얘기는 섣불리 꺼낼 수 없었다.

"뭘 읽고 있었던 거야?"

"아! 그냥요, 그렇잖아도 얘기하고 싶었어요."

쥘리에트는 누르 앞으로 검정색 수첩을 들이밀고 아무 데나 펼쳤다.

누르는 잠깐 깍지콩 다듬던 손을 멈추고 눈을 가늘게 떴다. 그러고는 큰 소리로 읽었다.

"전화번호부에서 재미있는 이름찾기를 하는 건 좋아. 주방 탁자에서 메모를 발견하는 건 좋아."

누르는 무슨 영문인지 모르겠다는 눈으로 쥘리에트를 쳐다보았다. 아가씨는 고개를 한쪽으로 기울인 채 천진난만하게 미소를 지었다. 누르는 그다음 문장도 읽어보았다.

"신부님들의 결혼식 주례가 좋아. 텅 빈 분수는 좋아하지 않아."

누르는 수첩을 내려놓고 다시 깍지콩을 다듬기 시작했다.

"이게 도대체 뭐람?"

쥘리에트는 연신 미소를 짓고 있었다.

"도서관에서 우연히 주웠어요. 누구 건지는 몰라요. 재미있지 않아요?"

누르도 미소를 지었다. 쥘리에트가 기분 좋게 웃는 모습만 봐도 좋았으니까.

"응, 재미있네……."

"누르도 다이어리 써볼래요?"

그럴 생각은 전혀 없었다. 그녀는 이미 요리에서 창의성을 무한대로 발휘하고 있었으므로 나머지 영역에까지 그런 것을 바라서는 안 되었다.

"한번 해봐요, 뭐가 좋고 뭐를 좋아하지 않는지 생각해봐요!" 쥘리에트가 졸랐다.

"아…… 그래, 좋지……. 네가 시작해, 너부터 해봐!"

"저는요, 한 발만 이불 밖으로 내놓고 자는 걸 좋아해요." 쥘리에트가 기다렸다는 듯 치고 나왔다.

누르는 웃었다.

"누르 차례예요!"

"나는 퍼즐은 정말 좋아하지 않아!"

"저는 목록 만들기를 좋아해요!"

"냄비에 버터를 넣고 녹일 때 올라오는 향이 참 좋아."

"레옹의 턱 아래를 만져줄 때가 좋아요. 얼마나 보들보들한지!"

마침 식탁 위로 올라와 있던 레옹이 목을 가르랑거렸다.

"차가운 머랭 과자를 와드득 깨물어 먹는 게 좋아."

"벨이 울려서 나가봤더니 아무도 없을 때가 있잖아요? 그건 정말 좋아하지 않아요."

"까르륵대는 아기 웃음소리가 좋아."

쥘리에트가 고개를 숙이고 잔잔히 미소 지었다. 그녀는 잠시 아무 말도 하지 않았다. 잘 다듬은 깍지콩이 샐러드 볼 안에 떨어지는 소리밖에 나지 않았다.

"누르…… 저, 아기 낳을까 봐요."

요리사의 손놀림이 멈추었다. 깍지콩 하나가 신문지 위에 떨어졌다. 누르는 젖은 눈을 하고 자기 두 손으로 쥘리에트의 손을 꼭 잡았다.

"아이고, 이것아……. 정말 괜찮겠어?" 누르가 조용히 물었다.

가슴속에서 부풀어 오르는 행복이 확 터질 신호만 기다리고 있었다. 그렇지만 근심 걱정이 그녀가 냉정을 유지하도록 붙잡아주고 있기도 했다.

"그래요, 누르, 마음 정했어요."

"너……. 그러니까 내 말은, 혹시 그쪽은……."

"저 혼자 키울 거예요. 이봉 씨가 받아주면 여기서, 안 된다고 하면 다른 일을 찾아봐야죠."

쥘리에트는 결심을 하고 자신이 한층 강인해진 것을 느꼈다. 그녀는 온전히, 가장 불확실한 부분까지 끌어안기로 마음먹었다. 누르가 몸을 숙여 쥘리에트를 끌어안았다. 그녀에게서 그윽

한 오렌지꽃 향기가 났다.

"알함두 리라(Al-hamdou li-lah, 신을 찬양하라)! 오, 쥘리에트! 그래, 네 아기니까! 네 마음 알아!"

누르는 자기 이마를 쥘리에트의 이마에 꼭 붙였다.

"알지, 쥘리에트, 너한텐 내가 있어."

쥘리에트는 고개를 끄덕이고 감격해서 그녀를 껴안았다.

그 순간, 마르셀린이 여인숙으로 들어섰다. 그녀는 벌건 얼굴로 의자에 털썩 주저앉았다. 몇 분이 지나서야 겨우 그녀의 안색이 돌아왔다. 누르와 쥘리에트가 웃음을 터뜨렸다.

"괜찮은 거예요, 마르셀린?"

마르셀린은 기침이 터져서 대꾸를 할 수 없었다. 쥘리에트가 얼른 물을 한 잔 떠 왔다. 마르셀린은 물을 마시고 겨우 숨을 골랐다.

"어휴, 그러니까……." 누르는 잔소리를 할 기세였다.

"조르주 선생님 때문이에요! 너무 빨리 뛰더라고요!"

"선생님은 어디 계세요?"

"몰라요! 내가 숨도 돌릴 겸 빵집에 들렀거든요. 밖에서 기다리고 있었는데 내가 나가봤더니 없어졌더라고요! 조르주 선생님은 어딜 갔는지!"

누르는 대놓고 낄낄댔다.

"급한 일이라도 생기셨나 보죠." 쥘리에트는 마르셀린을 달래려고 그렇게 말했다. "신경 쓰지 마세요, 운동을 하면 누구보다 마르셀린한테 좋은 일이잖아요."

마르셀린이 미소를 지었다.

"아, 고마워! 나 벌써 300그램이나 빠졌어. 그래 보여?"

쥘리에트와 누르가 동시에 고개를 끄덕거렸다.

그때 어떤 젊은 남자가 식당 안으로 들어왔다. 세 여자의 고개가 캡 모자를 쓴 20대 청년 쪽으로 돌아갔다.

"안녕하세요, 누르 씨를 찾아왔는데요."

"무슨 일이시죠?" 누르가 경계하는 태도를 취했다.

"아, 그게요, 벌점 때문에……."

"아! 네, 맞아요! 들어오세요!" 누르가 서둘러 앞치마에 손을 닦았다.

젊은이가 청바지 주머니에서 종이를 꺼냈다.

"저는 배달 운전 일을 하거든요……. 일을 못 하게 될까 봐……."

전날 저녁, 누르는 이봉 씨와 자기 자신을 협박범의 손아귀에서 구하기 위해 자금을 만들기로 작정하고 여인숙 사람들을 모두 소집했다.

조르주, 마르셀린, 쥘리에트, 이폴리트, 그리고 손뜨개 숄을 두른 폴레트는 누르의 입에서 무슨 말이 나올지 기다렸다. 누르는 여인숙 식구들을 한 명 한 명 바라보았다. 그러고는 배우처럼 극적인 어조로 이봉 씨의 여인숙을 구하기 위해서 어디까지

할 수 있느냐고 물었다.

　여인숙 사람들은 더럭 겁이 났고 뭐라고 대답을 해야 할지 몰랐다. 이제 여기서 살 수 없다는 얘긴가? 하지만 누르가 그건 아니라고 안심시켰다. 운전면허만 있으면 된다나.

　"운전면허?" 그들이 합창하듯 외쳤다. 안심은 됐지만 도대체 얘기가 어떻게 되어가는지 따라잡을 수 없었다.

　누르가 말을 이었다.

　"여러분의 점수를 돈 받고 팔 거예요! 자, 조르주 선생님은 운전면허 점수가 몇 점이에요?"

　"만점(滿點)입니다, 1점도 깎인 적 없으니까요!" 조르주가 자랑스럽게 말했다.

　"마르셀린은요?"

　"아! 나는 아마 몇 점 안 남았을 텐데…… 마지막으로 차를 몰았을 때 2점이나 3점밖에 안 남아 있었어요."

　"그게 몇 년 전인데요?" 누르가 물었다.

　마르셀린은 실제 나이보다 젊어 보인다고 철석같이 믿고 사는지라 남들이 자기 나이를 짐작할 단서를 주고 싶어 하지 않았다. 하지만 입을 삐죽거리는 걸 봐서는 어지간히 오래전 일인 듯했다.

　"아마 점수가 다 회복됐을 거예요! 일정 기간이 지나면 다시 만점이 되거든요!" 누르가 기뻐했다.

　이폴리트는 면허가 없었기 때문에 시간이 지나면 다시 만점이 된다는 게 무슨 소리인가 혼자 속으로 고민하고 있었다.

누르가 이렇게 말했다.

"벌점을 부여받은 사람이 여러분 면허 번호를 써서 제출하고 마치 여러분이 그날 운전을 한 것처럼 하는 거예요.[*] 신문에서 그런 수법을 쓰는 사람들이 있다고 봤어요."

모두들 감탄하면서 고개를 끄덕거렸다. 누르가 흔들의자에 앉은 노부인에게 물었다.

"폴레트 부인은요?"

"내가 그렇게 급 떨어지는 수작에 가담할 것 같아요?" 폴레트가 안락의자에서 딱 잘라 말했다.

"하지만 폴레트, 이봉 씨를 위한 일이에요……."

"내가 여기 얹혀살기라도 해요? 내 돈 내고 사는데 그런 건 알아서들 해요! 아니, 정말 어디까지 하겠다는 거야? 나중에는 주인장을 도와야 하니 내 보석이라도 다 내놓으라고 할 건가요?"

여인숙 사람들이 밀 보른 게임을 하는 동안 누르는 파올로에게 책임지고 소문을 내달라고 속삭였다. 이봉 씨 여인숙에서 운전면허 점수를 살 수 있다는 소문을.

❖

---

[*] 프랑스에서는 면허 취득과 동시에 12점이 주어지고 교통 법규를 위반할 때마다 이 점수가 깎인다. 운전자에 대한 정기 검사가 따로 없고 운전 점수를 유지하는 운전자는 연령 제한 없이 평생 운전을 할 수 있으므로 편법을 써서라도 감점을 면하려는 운전자들이 있다.

그래서 지금 첫 손님이 온 것이었다. 청년은 잘못을 지적당한 어린애처럼 손을 비비 꼬며 멋쩍어했다. 누르는 과속은 위험하다고 잔소리를 하고 빳빳한 지폐를 주머니에 챙겼다.

"다음부터는 조심하세요, 알았죠?"

"그럼요, 누르 씨."

운전자 청년의 얼굴에 미소가 돌아왔다.

이봉 씨가 들어왔다. 신발이 흙투성이가 된 것을 보니 정원에서 들어오는 길인 듯했다.

"다들 안녕하십니까! 젊은이, 안녕하시오! 내가 따 온 배 좀 봐요!"

청년은 누르에게 고맙다고 인사를 하고 불안한 눈으로 이봉 씨를 바라보았다. 이봉 씨는 일부러 인상을 썼다. 그는 자신의 굳어진 얼굴 반쪽이 사람들에게, 특히 어린애들에게 미치는 효과를 은근히 즐겼다.

"자, 그럼 가봐요! 조심해서 가요!" 누르가 청년을 격려했다.

청년은 황급히 자리를 떴다. 누르는 지폐를 다시 꺼내어 금고에 넣으면서 이봉 씨를 보고 윙크를 했다.

24

폴레트는 지폐를 다시 세어보았다.

그러고는 펜을 들어 돈을 거는 사람의 이름과 금액을 적었다.

"다음 분!"

담배 파는 선술집 문 앞에는 캡 모자를 쓴 사내들이 제법 모여 있었다. 가게가 어수선해서 종업원 아가씨는 정신을 차릴 수 없었다.

"제발 줄을 서주세요! 지나다닐 수가 없잖아요! 폴레트 부인이 다 받아줄 거예요!"

소문은 빠르게도 인근 마을에 퍼졌다. 교회 광장의 장외 마권 발매소에서 돈 버는 법이 있다더라! 돈 먹기가 얼마나 쉬운지 손 안 대고 코 풀기라더라! 상금의 일부를 떼어가는, 레이스 옷깃의 케르베로스*를 상대할 각오만 되어 있으면 나머지는 일사천리라더라!

"저 할망구가 어느 말이 이기는지 어떻게 안대?" 담배꽁초를 입에 문 사내가 옆 사람에게 물었다.

"걱정 붙들어 매, 자노." 상대가 대꾸했다. "할망구가 아니라 저 구석에서 모니터를 들여다보고 있는 조가 번호를 찍어주는 거야. 저 여자는 돈을 챙기고……."

"여자가 돈을 챙긴다고?"

"응, 여자가 돈을 챙기지……."

두 사람은 몇 미터 거리에 앉아 있는 폴레트를 미심쩍은 눈으로 바라보았다.

"골치 아프게 생각하지 마, 이 친구야! 결국 모두가 좋은 거잖아! 그게 중요하지! 자, 돈 내고 돈 먹기나 하자고!"

종업원이 파스티스** 석 잔을 들고 다가왔다. 그들은 조를 위해 건배를 하고 단숨에 잔을 비웠다. 그동안 폴레트는 표에 그들의 이름과 납부액을 적어 넣었다. 그녀는 자를 대고 반듯하게 줄을 긋고 계산기를 두드렸다.

"다음 분!"

이 작은 사업을 시작한 지 며칠 되지도 않았건만 돈이 점점

---

* 케르베로스(kerberos): 그리스 신화에서 지옥문을 지키는 개.
** 파스티스(pastis): 프랑스에서 식전주로 즐겨 마시는 아니스 향이 나는 술.

더 많이 들어오고 있었다. 폴레트는 사업 전체를 휘어잡고 능수능란하게 관리했다. 조르주가 번호를 찍어주면 폴레트가 거기에 건 사람들의 돈을 다 합쳐서 걸고 각자 베팅한 금액에 비례해 상금을 배당하는 구조였다. 노부인은 믿음직한 계산의 대가로 배당액의 일부를 넉넉히 떼어 오는 데 특히 공을 들였다.

조르주는 사람들의 시선과 소음을 피해 한쪽 구석에서 파올로가 인터넷과 연결된 노트북에 깔아준 최신 모니터링 시스템으로 그랑프리 드 레투알* 중계방송을 보고 있었다. 파올로는 시스템 설치에 대해서 자세히 설명하려 했지만 폴레트는 아무 말도 못 하게 했다. 어차피 그런 쪽은 관심이 없었다. 폴레트는 단지 조르주가 요긴한 정보를 전부 접하고 써먹기를 원했다.

"어떻게 해야 돈을 더 많이 벌 수 있을까요?" 기록적인 수익을 올렸던 어제, 폴레트는 조르주에게 이렇게 질문했다.

"아, 경마장에 직접 가보면 더 낫겠죠!" 조르주는 농담 반으로 그렇게 대답했다.

"가보면 뭐가 달라요?" 폴레트는 세상없이 진지하게 되물었다.

"암요! 말을 보러 가는 건데요!"

폴레트는 티스푼으로 찻잔 속을 저으면서 이 말을 깊이 곱씹었다. 다음 날, 파올로가 부름을 받고 장비와 케이블 나부랭이

---

* 매년 9월에 뱅센 경마장에서 열리는 속보 대회.

와 그칠 줄 모르는 수다 보따리를 안고 나타났다.

그때부터 조르주는 이마를 찡그리고 순혈 경주마들의 몸집, 기수들의 자세, 트랙 상태를 살피는 작업에 골몰했다. 머릿속으로 경주를 복기하고, 말들의 보폭을 연구하고, 기수의 계체량과 파리의 하늘을 뒤덮은 구름의 양을 가늠했다. 그의 열띤 눈이 《티에르세 마가진》, 대회 해설가들, 자기가 메모를 남기는 수첩을 바쁘게 오갔다.

"그래, 우리는 언제 베팅을 할 수 있는 겁니까?" 바에서 계속 기다리고 있던 제라르가 볼멘소리를 했다.

폴레트는 그를 쏘아보았다. 조르주는 관중에게 출주마를 소개하는 장면을 보고 있었다. 기수들은 안장 위에서 자세를 낮추고 각자 트레이너와 그날의 경주에 대해서 조용히 의논을 하고 있었다.

폴레트의 시선이 조르주에게로 향했다. 노인은 걱정이 많아 보였다. 폴레트는 지폐 다발을 손가방에 쑤셔 넣고 자리에서 일어나 조르주 옆으로 갔다. 줄을 서서 기다리고 있던 사람들 쪽에서 아우성이 일어났다.

"준비됐나요?" 폴레트가 물었다.

조르주가 고개를 들었다.

"돈은 얼마나 모였습니까?"

폴레트는 귓속말로 액수를 알려주었다. 노인은 기가 차서 눈만 휘둥그레 떴다. 폴레트가 다시 한번 눈빛으로 채근했다. 조르주는 종이 한 장을 내밀었다.

"자요, 5연승식으로 갈 겁니다. 말들의 기량으로는 의심할 바가 없는데……."

조르주가 말을 다 맺지 못하고 망설였다. 폴레트는 짜증이 났다.

"의심할 바가 없으면 됐지 또 뭐예요? 왜 그렇게 북어 대가리 같은 얼굴을 하고 있어요? 시원하게 말해봐요, 젠장!"

"이상하게 벨드주르 쪽 예감이 좋아요. 아직 어린 말이지만 앙기앵 경마장에서 두 번 우승한 경험도 있고요. 다리가 짱짱하고 속보에 강해요. 요놈은 다크호스*라서 만약 우리가 다 걸어 이기기만 하면…… 초대박이 나는 겁니다."

폴레트의 눈이 번득였다.

"그럼 걸어야죠."

"하지만 졌다 하면 쪽박 차는 거예요! 채찍질이 과하거나 실격 처리라도 되면……."

폴레트는 조르주의 입을 막았다. 어차피 채찍질이니 같잖게 멋 부린 이름의 말들에 대해서는 들어봤자 알 리 없었다. 사업을 할 때는 절대 망설이지 않아야 한다는 것이 그녀가 아는 전부였다.

---

* 다크호스(dark horse): 정계·선거·운동 경기 따위에서, 아직 잘 알려지지 않았으나 뜻밖의 변수로 작용할 수 있는 유력한 경쟁자.

"조르주 선생님! 이 나이가 되면 무슨 말이든 할 수 있고 뭐든지 해봐도 돼요!"

노인이 크게 숨을 한 번 들이마시고는 고개를 끄덕했다. 폴레트는 그 종이를 들고 자신의 임시 사무실 자리로 돌아갔다. 벽시계를 흘끗 보았다. 이제 판돈을 챙기고 모두의 운명을 건 마권을 이 가게 여주인에게 넘기기까지는 15분도 채 남지 않았다.

선술집에서 너도나도 맥주를 찾았다. 흥분 반 걱정 반의 묘한 분위기 속에서 손님들은 서로 잔을 부딪치며 폴레트와 조르주를 곁눈질했다. 다들 엄청난 돈을 내놓았으니까!

갑자기 소형 트럭 한 대가 테라스 앞에서 멈추었다. 파올로가 운전석에서 냅다 튀어나왔다.

"폴레트 할머니! 폴레트 할머니! 이봉 씨가 사방팔방으로 부인을 찾고 있어요!"

"내가 어디 있는지 말했어요?" 폴레트가 당장 파올로의 멱살을 잡을 기세로 으르렁댔다.

"아뇨, 그럴 리가요! 하지만 빨리 아셔야 할 것 같아서요."

"내가 뭘 알아야 하는데요?"

"아드님이 전화를 했다는데요. 꼭 통화를 해야 한다던데요."

폴레트의 얼굴이 일그러졌다. 술 좋아하는 도박꾼들을 상대하느라 정신이 없어서 진짜 임무를 거의 잊고 있었던 것이다!

"태워다 드려요?" 파올로가 물었다.

폴레트는 망설였다.

"한 시간만 있다가 데리러 와요!"

폴레트는 그렇게 말하고 작업복 차림의 딸기코 술꾼 영감이
내미는 지폐를 낚아챘다.

25

"심장 소리를 듣다니!" 마르셀린이 호들갑을 떨었다.

"그러니까 좀 조용히 해요. 우린 아무것도 안 들린단 말이에요!" 누르가 대꾸했다.

차갑고 투명한 젤을 배에 떡칠한 쥘리에트가 미소를 지었다.

산부인과 의사는 예외적으로 두 여자가 모두 초음파를 옆에서 봐도 좋다고 허락했다. 마르셀린과 누르는 요정 대모님들처럼 아기의 몸짓 하나하나에 설명을 덧붙이기 바빴다.

"저거요! 저거 아기 발 맞죠?" 마르셀린이 물었다.

"무슨 소리! 코잖아요, 코!" 누르는 그렇게 쏘아붙이고 쥘리에트에게 말했다. "오, 쥘리에트! 아기가 너무 잘생겼구나!"

"아기 성별을 알고 싶으신가요?" 의사가 임신부에게 물었다.

쥘리에트는 누르를 쳐다보았다. 요리사는 그건 자기가 결정할 일이 아니라는 손짓을 해 보였다.

"아뇨, 모르는 편이 나을 것 같아요."

초조하게 기다리는 게 딱 질색인 마르셀린은 그 말을 듣고 한숨을 쉬었다.

"아니, 그럼 나는 뜨개실을 무슨 색으로 사야 하나?"

"어머! 무슨 옷까지 짠다고 그래요!" 누르가 외쳤다.

"어쨌든, 아기는 아주 건강합니다." 의사가 두 여자의 대화를 끊었다.

"알함두 리라!" 누르가 가슴에 손을 얹고 감탄했다.

"······체구가 크진 않지만 건강해요!"

간이 의자에 앉아 있던 누르가 고개를 들었다.

"체구가 크지 않다'니 무슨 말이에요? 무슨 뜻이죠? 아기가 너무 말랐어요? 뼈가 다 보일 만큼?"

"당연히 뼈대가 보이죠. 그거 보려고 여기 왔잖아요." 마르셀린이 끼어들었다.

"아스캇(Ascat, 닥쳐요)!" 누르가 파리 쫓듯 마르셀린에게 호통을 쳤다.

그러고는 다시 의사에게 물었다.

"아기가 영양이 충분하지 않다는 뜻인가요?"

누르는 의사가 대답을 하기도 전에 스스로 결론을 내렸다.

"그래? 그렇다면 내가 할 일이 생겼군!" 그녀는 당장 문을 박차고 나갈 태세였다.

누르는 쥘리에트의 배를 쓰다듬고 자신이 늘 목에 걸고 다니는 펜던트에 입을 맞춘 후 진료실에서 나갔다.

15분 후, 세 여자는 과일과 채소 진열대 옆 테라스에 둘러앉아 반가운 휴식 시간을 가졌다. 마르셀린은 박하향 물을 홀짝홀짝 소리 내며 마셨고 누르는 터질 듯 꽉 찬 장바구니를 발치에 내려놓고 뺨을 어루만지는 햇살을 음미했다. 그날은 장이 서는 날이었다.

"자, 세 팩에 10유로! 10유로에 드려요!"

누르는 딸기를 찾아보려고 일어났다. 쥘리에트가 입덧이 시작되면서 딸기가 먹고 싶다고 했기 때문이다. 누르가 살던 곳, 그 나라에서는 임신부의 변덕스러운 입맛을 맞춰주는 풍습이 있었다. 임신했을 때 먹고 싶은 딸기를 못 먹으면 이마에 딸기처럼 빨간 점이 박힌 아기가 태어난다나.

"다섯 팩 더하면 20유로에 드립니다! 자, 살구도 한 팩 얹어드릴 테니 가져가세요. 엄청 싸게 드리는 거예요!"

장날에만 오는 상인 한 사람이 테라스로 다가가 쥘리에트에게 풍선을 내밀었다. 쥘리에트의 얼굴이 빨개졌다.

"벌써 그렇게 티가 나요?" 그녀는 누르에게 물었다.

"네가 얼굴이 확 펴서 그래! 이 머릿결하고 피부 좀 봐! 아주 공주님 같아! 그렇지만 넌 좀 잘 먹어야 해!"

누르는 그렇게 말하고 쥘리에트의 볼을 살짝 꼬집었다.

"내가 알아요, 여자아이가 틀림없어!" 마르셀린이 외쳤다.

"아, 정말요? 그걸 어떻게 아세요?" 쥘리에트가 물었다.

"내가 그런 쪽으로는 보는 눈이 좀 있다우."

누르가 배를 잡고 웃었다. 마르셀린이 보는 눈이 있어? 지나가던 개도 웃겠네!

마르셀린이 땅콩 접시에 손을 뻗으려는 순간, 누르가 그 손을 톡 쳤다.

"쥘리에트도 좀 먹게 그냥 둬요! 아까 못 들었어요? 아기가 작대요! 이렇게!" 누르는 새끼손가락을 흔들어 보이면서 이 말을 덧붙였다. "당장 얘부터가 이렇게 말라빠져서야, 원! 그리고 마르셀린은 전혀, 전혀 허약하지 않잖아요!"

마르셀린은 기가 막혀 하늘을 한번 쳐다보고는 다시 신문을 펼쳐 들었다. 멀찍이서 회전목마에서 흘러나오는 음악과 아이들 웃음소리가 상쾌한 바람을 타고 날아왔다. 누르는 눈을 가늘게 뜨고 그 감미로운 순간에 젖어들었다.

"이거 들어봐요!" 마르셀린이 빈정대는 말투로 개인 광고 하나를 소리 내어 읽었다. "부디 당신이 읽기를 바라며, 메시지를 병에 넣어 바다에 띄워봅니다. 키가 큰 금발의 당신은 프레베르 정류장에서 늘 버스를 기다리죠. 부끄러움이 많은 나는 감히 말을 걸지 못했습니다. 당신은 퐁리냐크행 32번을 탑니다. 목요일에 당신이 늘 버스를 타는 그 시각, 그 장소에서 기다리겠습니다. 당신의 소심한 동승객 드림."

누르가 한숨을 쉬었다.

"물론 마르셀린은 나갈 작정이겠죠?"

"당연하죠." 마르셀린은 더없이 진지했다. "실연은 새로운 연애로 달래야 하는 법이에요. 오늘 아침에 읽은 기사에서도 남자들은 나이 차가 많이 나는 연상녀를 좋아한다고……."

누르는 자기 잔으로 시선을 떨어뜨리면서 뭐라고 구시렁댔다. 잘 들리진 않았지만 '연상녀'와 '주책바가지 할망구'라는 말이 중간에 나왔던 것 같다. 마르셀린은 그러거나 말거나 속으로 날짜를 확인했다. 그녀는 이런 유의 우연하지 않은 우연한 만남에 일가견이 있었다. 다른 여자에게 바람맞은 남자를 위로하면서 슬쩍 다가가는 것이 마르셀린의 특기였다. 옛날에는 오해라든가 부주의를 핑계 대고 시의적절하게 빠져나오는 솜씨도 기가 막혔다. 나이를 먹으면서 약발이 점점 떨어졌지만 마르셀린의 열성은 예나 지금이나 변함없었다.

탁자 반대쪽에 앉아 있던 쥘리에트는 멍하니 허공을 바라보며 수첩 생각만 하고 있었다.

"아이고, 내 강아지가 정신이 또 어디 가 있누?" 쥘리에트의 속을 훤히 들여다보는 누르가 물었다.

"뭐, 멀리 가진 않았어요……."

전날, 쥘리에트는 이폴리트의 도움을 받아 수첩 임자 찾기에 나섰다. 둘이서 분필 상자를 들고 여인숙에서 도서관까지 도보로 이동했다. 쥘리에트가 중간중간 멈춰 서서 수첩 속 문장을 불러주면 이폴리트는 무릎을 꿇고 바닥에 분필로 문장을 옮겨 적었다.

그러다 쥘리에트가 숨이 차서 둘은 잠시 어느 나무 그늘에 들어가 쉬었다. 이폴리트가 눈썹 위에 손차양을 하고는 뒤를 힐끔 돌아보았다. 그들이 지나온 길에 알록달록 색분필 글씨가 보물찾기처럼 널려 있었다.

"쥘리에트, 이 글은 다 뭐야?"

"보면 알잖아, '좋아하는 것'과 '좋아하지 않는 것'을 쭉 적어놓은 거야. 어떤 사람을 완전히 드러내지 않으면서도 그 사람에 대해서 알 수 있게 해주는 글이지."

이폴리트는 낡은 바지에 손을 문질러 닦았다.

"그런데 이걸 쓴 사람은 누구야?"

"그게 말이지, 나도 몰라. 하지만 네가 이렇게 써놓은 걸 보면 본인은 자기 글을 알아보겠지. 글을 쭉 따라오면 여인숙이 나올 테고 말이야."

이폴리트의 눈이 반짝거렸다.

"헨젤과 그레텔처럼 말이지!"

"그거야! 이제 알았지? 그 사람은 이 표시만 따라오면 수첩을 찾을 수 있어."

그들은 다음 분기점까지 몇 걸음 더 전진했다. 지방 도로는 몹시도 한산했다. 11시가 가까웠다. 이폴리트의 이마에 땀이 송

글송글 맺혔다.

"나는 '홍보랏빛'이라는 단어가 좋아." 쥘리에트는 문장을 불러주고 자기는 몇 미터 앞에 가서 다른 문장을 바닥에 쓰는 데 몰두했다.

이폴리트는 어안이 벙벙했다.

"'홍보랏빛'? 그런 단어도 있어? 멋지네!"

쥘리에트가 미소를 지었다.

"응, 멋지지! 색이름인데 분홍색에 자주색, 보라색이 묘하게 섞인 거야."

"해가 넘어가는 하늘 색깔?"

"맞아, 바로 그거야, 노을의 빛깔. 이폴리트는 수첩에 뭘 좋아한다고 쓸 거야?"

이폴리트가 바닥에서 일어나 입을 비쭉 내밀고 생각에 잠겼다. 헝클어진 붉은 머리가 햇빛에 번들거렸다. 쥘리에트는 아이의 정신과 어른의 몸 사이의 미궁에 갇힌 이폴리트가 생각에 잠긴 모습을 보고 가슴이 뭉클했다. 왠지 모르지만 당장 눈물이 쏟아질 것 같았다. 호르몬이 날뛰는 탓인가.

잠시 후, 이폴리트가 말했다.

"나는 네가 좋아, 쥘리에트."

두 사람은 한 시간이 더 걸려서야 도서관에 도착했다. 도서관 입구 바닥에 마지막 문장을 크게 옮겨 쓰고는 손을 털고 여인숙으로 돌아가는 버스를 타러 갔다.

　그러고 나서 쥘리에트는 점심시간 내내 온 신경이 현관에 쏠려 있었다. 손님이 한 명 들어올 때마다 심장이 내려앉는 것 같았다. 저 사람일까? 아니, 마르셀이었다. 마르셀은 절대로 그런 수첩을 쓸 사람이 아니었다. 혹시 바스티앵일까? 그녀는 손님들의 얼굴을 ──친숙한 얼굴도 그냥 지나치지 않고── 하나하나 눈여겨보았고 한 번도 얘기를 나눈 적 없는 낯선 이들에게서도 특별한 매력을 보았다. 그녀는 그 사람이 너무 추남이 아니기를 바라는 자기 자신에게 놀랐다.

　주문을 받고 음식을 나르고 이 자리 저 자리를 오가는 내내 심장이 두근거렸다. 집중이 되지 않았다. 오늘의 메뉴나 손님의 주문을 기억에 담기가 힘들었다. 그러다 한순간, 젊은 남자가 한 명 들어왔다. 머리는 까치집을 하고 얼이 빠진 표정이었다. 그는 식당 안을 두리번거렸다. 쥘리에트의 심장이 폭주하기 시작했다. 혹시……. 그녀는 그 남자를 향해 바쁘게 걸어갔다. 그녀가 움직일 때마다 앞치마 주머니에 들어 있는 수첩이 허벅지에 부딪혔다. 그녀는 뭐라 말을 걸어야 할지 모른 채, 주머니에 손을 집어 넣으면서 그에게 다가가려고 했다. 그때 옆 테이블에서 누군가가 청년을 큰 소리로 불렀다.

　"아르튀르! 여기야, 여기! 자다 왔어?"

　이제 막 등장한 청년 아르튀르는 5번 테이블에 합류했다. 미리 와 있던 손님들이 그에게 늦었다, 게으름 부리는 거냐, 야유를 했다. 갑자기 쥘리에트의 생각에 대한 대답처럼 난데없이 밖에서 여름비가 쏟아졌다. 쥘리에트는 접시를 떨어뜨릴 뻔했다. 그녀와 이폴리트가 오전 내내 힘들여 색색으로 써놓은 문장들이 빗물에 지워지고 있었다. 수첩 주인은 아무래도 영영 못 찾을 것 같았다.

누르가 빨대로 얼음을 휘저었다. 그 소리에 쥘리에트는 정신을 차렸다. 이제 그녀는 장이 서는 광장에 돌아와 있었다.

"신문 광고는 효과가 있지 않을까? '괴상한 문장이 가득한, 괴상한 수첩을 발견함.'" 누르가 넌지시 말해보았다.

"수첩? 무슨 수첩?" 마르셀린이 호기심이 동해서 끼어들었다.

쥘리에트는 허공을 바라보며 한숨을 쉬었다.

"수첩을 하나 주웠는데…… 어떤 사람이 자기 생각을 써놓은 거예요. 자기가 '좋아하는 것'과 '좋아하지 않은 것'을 잔뜩 적어놓았더라고요. 음, 실은 수첩보다 공책에 더 가까워 보이는데……."

"오! 공책 어쩌고저쩌고하는 광고를 본 것 같은데……."

쥘리에트가 고개를 들었다. 마르셀린이 가방에서 스마트폰을 꺼냈다.

"지난주였어, 내 기억으로는 그래. 웹사이트로 들어가면 지난주 신문도 아직 있을 거야."

마르셀린은 자신의 연애 '퀘스트'에서 생각시도 못했던 자료를 끌어낸 셈이었다. 클릭 두 번 만에 그동안 지역 신문에 실렸던 개인 광고로 넘어갔다.

누르는 마르셀린이 스마트폰을 능숙하게 사용하는 모습을 보면서 입이 떡 벌어졌다.

"자, 내가 좀 찾아볼게요…… '4호선에서 『소크라테스의 변론』을 읽던 금발을 틀어 올린 아가씨에게……' 아니, 이게 아니야! 기다려봐, 잠깐만요……. '분실물……' 그래! 이거야!"

마르셀린은 잠시 뜸을 들이며 목청을 가다듬었다. 그러고는 거의 경건한 자세로 귀를 기울이는 누르와 쥘리에트를 흘끗 보고 다시 입을 열었다.

"분실물. 총 96쪽, 작은 판형, 큰 모눈 형식의 귀중한 공책입니다. 발견하신 분은 테르트르 광장 프티 카로(지어낸 이름 아닙니다!)* 빨래방 앙투안 앞으로 맡겨주세요."

쥘리에트는 입을 다물지 못했다. 마르셀린은 희희낙락했다. 앙투안! 쥘리에트가 의자를 박차고 일어나 마르셀린을 끌어안았다.

"아! 감사해요! 감사해요!"

"그래! 내가 늘 개인 광고를 열심히 봐야 한다고 했잖아! 부고

---

* 세탁소 이름 '프티 카로(petits carreaux)'에 '작은 모눈'이라는 뜻이 있는데 앞에 '큰 모눈(grand carreaux)'이라는 표현도 나와서 장난처럼 보일까 봐 부연한 것이다.

란도 잘 봐야 하지만!"

누르가 생각에 잠겼다.

"나 여기 알아요, 프티 카로 빨래방……. 이폴리트가 행주 세탁을 하러 가는 곳이에요. 옷 빠는 세탁기에 같이 넣자니 너무 더러워서……."

그녀는 혼잣말처럼 덧붙였다. "감자튀김을 그렇게 해대니 별수 있나요……."

26

그날 저녁, 식탁에서 대화는 활기를 띠었다.

"아, 안 돼요! 그건 쥘리에트 거예요!"

누르가 마르셀린에게서 빼앗은 쿠스쿠스 접시를 쥘리에트 앞에 내밀었다. 굵게 빻은 밀 위에 잘게 썬 당근, 호박, 병아리콩을 얹고 소스를 뿌린 요리였다. 건포도도 보였다. 누르는 쿠스쿠스를 국자로 휘저어 안쪽에 묻혀 있던 제일 맛있는 양고기 부위를 꺼냈다.

"눈이랑 간이랑 골이야! 얼른 먹어, 우리 공주! 그래야 애가 쑥쑥 크지!"

쥘리에트는 양념 냄새가 물씬 풍기는 접시를 동그스름하게 부푼 배 앞에 내려놓았다.

"양의 눈이라고요? 징그러워라!" 마르셀린이 기겁을 했다.

누르는 마르셀린에게 눈을 무섭게 부릅떴다. 쿠스쿠스만큼은 레옹도 찍 소리 못하는 불가침 영역이었다. 태아의 건강 얘기가 나온 후로 누르는 쥘리에트의 미각을 만족시키려고 창의성을 한껏 발휘하고 있었다.

"그런데 폴레트는요? 저녁 안 먹는대요? 그래놓고 한밤중에 내려와 밤참이나 찾지 말아야지!" 마르셀린이 야유하듯 말했다. 조르주가 폴레트에게 점점 관심을 보이다 보니 그녀는 조금 질투하고 있었다.

폴레트는 일찍 누우려고 방에 올라갔다. 15분 전, 벨드주르는 결승선에 다 가서 간발의 차로 앞섰다. 조르주가 "벨드주르가 선두예요!"라고 외치자 선술집과 테라스 전체가 흥분과 환희의 도가니로 변했다. 선술집 여주인은 자기도 그날 큰돈을 걸었던 터라 폴레트의 목을 껴안고 방방 뛰며 좋아했다. 노부인은 하마터면 뒤로 자빠질 뻔했다.

"여기 있는 손님들한테 전부 한 잔씩 돌려! 내가 쏩니다!" 누군가가 이렇게 외치자 다들 박수를 치며 환호했다.

폴레트는 조르주에게 다가갔다. 그는 부들부들 떨면서 땀까지 흘리고 있었다. 폴레트는 그의 공을 치하하는 뜻에서 아무 말 없이, 단지 꾸밈없는 미소만 띠고 고개를 끄덕였다. 조르주가 손을 내밀었다.

"브라보, 나의 파트너."

폴레트는 잔을 들고 벨드주르와 장외 마권과 세상천지에 두려울 게 없는 노인들을 위해 건배했다.

"세상에, 이런 일이 다 있네요."

폴레트가 그 말에 고개를 끄덕였다. 3주 전이었으면 폴레트 본인도 이 파트너십에 땡전 한 푼 걸지 않았을 것이다. 그녀는 존경 어린 침묵을 지키면서 여주인이 당첨금을 돈 세는 기계에 넣기를 기다렸다. 그 액수는 눈이 튀어나올 만했다. 조르주 본인도 꿈인가 생시인가 할 정도였다.

폴레트가 그를 치하했다.

"다크호스라고 했죠?"

조르주가 미소를 지었다. 그의 얼굴에서 빛이 났다.

"그래요, 폴레트 부인! 원래 대박은 신인이 터뜨리는 겁니다."

"어휴, 조금만 더 먹어봐." 누르는 계속 권했다.

쥘리에트는 더는 못 먹는다는 손짓을 해 보였다. 그때 전화벨이 울렸다. 이봉 씨는 푸근한 몸집을 이끌고 바 뒤로 가서 "여보세요, 안녕하십니까?"라는 기운찬 목소리로 전화를 받았다. 여인숙 식구들은 식사에 집중하느라 전화를 받던 주인장의 얼굴이 갑자기 어두워지는 것을 눈치채지 못했다. 그가 멍하니 허공을 바라보며 "감사합니다, 의사 선생님"이라고 씁쓸하게 대꾸할 때도 그들은 그 힘 빠진 태도에 전혀 주의를 기울이지 않았다. 이봉 씨는 수화기를 내려놓고 잠시 그 자세로 가만히 있었다.

마르셀린이 음식물을 입에 한가득 넣은 채 이봉 씨를 불렀다.

"안주거리도 많은데 술이나 마실까요?"

모두의 시선이 주인장에게 쏠렸다. 이봉 씨는 술자리에서 절대로 빠질 사람이 아니었다. 마르셀린이 주량에 한해서는 이봉 씨와 죽이 잘 맞았다. 하지만 오늘 저녁 이봉 씨는 정신이 딴데 가 있는 사람 같았다.

"이봉 씨?"

그는 대답 대신 접시를 주방으로 가져갔다. 여인숙 식구들이 서로 얼굴을 마주 보았다. 저 사람이 왜 저러지?

누르는 이봉 씨를 거들었다. 그녀는 접시 몇 개를 가져가 남은 음식물을 비우고 싱크대에 넣었다.

"괜찮아요?" 그녀가 물었다.

주인장은 아무 말 없이 고개만 끄덕하고는 정원으로 나가버렸다.

그로부터 한 시간도 지나지 않아, 쥘리에트는 자기 방에 올라가려다가 조르주 선생 방 앞에 멈춰 섰다. 그녀는 살짝 노크를 했다.

"마르셀린, 필요한 거 없다고 했잖아요!" 방에서 조르주의 목소리가 들렸다.

"저예요, 저 쥘리에트예요."

조르주가 문을 열어주면서 미소를 지었다.

"안녕, 쥘리에트."

"안녕하세요, 선생님. 어디 편찮으신 건 아니죠? 저녁 식사에 안 내려오셔서 괜찮으신지 뵈러 왔어요."

조르주는 고개를 가로저었다.

"고마워요, 쥘리에트. 실은 점심에 과식을 해서 저녁에 또 쿠스쿠스를 먹을 엄두가 나지 않더라고요. 쥘리에트는 좀 어때요?"

"잘 지내고말고요! 마르셀린은 저한테 몸무게가 얼마나 늘었는지 물어보는 게 일이고요, 누르는 저한테 쿠스쿠스를 배가 터지도록 먹이려고 난리예요. 이봉 씨는 벌써부터 제가 힘들까 봐 식당 손님 시중 일도 빼주려고 해요."

쥘리에트는 침대에 걸터앉았다.

텔레비전에서 말들의 질주 장면이 슬로 모션으로 나오고 있었다.

"오늘은 영화 안 보세요?"

조르주가 텔레비전을 껐다.

"안 봐요. 오늘 저녁은 우리가 이야기를 만들어볼까요. '다운타운' 산책 어때요?"

쥘리에트가 침대 발치로 내려와 앉으면서 눈을 감았다.

"그럼, 제가 먼저 시작할게요! 여기는 허드슨 강변이에요. 잔디밭에 앉아서 강물을 바라보고 있죠. 수상 택시가 만(灣)을 가로질러 자유의 여신상으로 달려가네요. 날씨가 좋아요. 우리는……."

"……미트패킹 지구의 오래된 도살장 쪽으로 갑시다. 알록달록 낙서로 뒤덮인 담벼락을 구경하면서 걸어가요. 지붕 위 물탱크가 많이 보이네요. 난 벌써 다섯 개나 봤어요. 쥘리에트는요?"

"여섯 개 봤어요! 우리 이제 15번가 모퉁이 오레오 공장 바로 옆에 있는 작은 이탈리아 식품점에서 좀 쉬었다 가요……. 으흠…… 이 생햄 좀 먹어보세요! 정말 맛있어요! 그러고 나서 블리커 스트리트로 넘어가면……."

"내가 제일 좋아하는 거리랍니다!"

쥘리에트와 조르주가 함께 미소를 지었다. 노인은 상상 산책을 이어나갔다.

"허레이쇼 광장에서는 키다리 곡예사들이 아스팔트에서 오렌지색 공으로 묘기를 부리죠. 거리를 따라 좀 더 내려가봐요. 혼자서 개 여덟 마리의 목줄을 잡고 산책시키는 저 사람을 봐요! 조금 으슥한 골목으로 들어갑시다. 찰스 스트리트의 작은 집들이 죄다 호박과 해골로 꾸며져 있네요…… 아, 곧 핼러윈이니까요!"

"우리, 매그놀리아 베이커리에 들렀다 가요. 진열창에 온갖 예쁜 색깔 컵케이크가 가득해요. 난 '스몰 사이즈 바나나 푸딩'을 먹을 거예요. 여긴 늘 보통 1인분도 양이 너무 많아요!"

"아, 꼭 폴레트가 하는 말 같군요."

두 사람은 깔깔대고 웃었다. 쥘리에트가 비스킷을 하나 집어

들었다.

"마지막으로 뉴욕에 가셨던 때가 언제예요?"

노인의 표정이 변했다.

"그게…… 아주 오래전이에요."

쥘리에트는 조르주 선생의 안색을 살폈다. 조르주는 그 얘기를 하고 싶어 하지 않는 것 같았다. 불편한 마음이 들어서일까, 그리움 때문일까.

"저도 꼭 한번 가보고 싶네요." 쥘리에트가 말했다.

조르주의 눈이 빛나는 것 같았다. 하지만 그는 대꾸하지 않았다. 쥘리에트는 화제를 바꾸기로 마음먹었다.

"내일 수영 강습 준비는 잘 되어가나요?" 그녀가 놀리듯이 물었다.

조르주는 기세가 돌아왔다.

"정말이지, 쥘리에트, 운동을 다 같이 한다는 발상은 어디서 튀어나온 겁니까? 매 끼니를 같이 먹고 저녁마다 클루 게임을 하는 걸로 부족하단 말인가요? 말이 나와서 말인데, 게임도 늘 좋게 끝나질 않잖아요."

쥘리에트가 피식 웃었다. 가끔이지만 마르셀린이 작정하면 절대 그 뜻을 꺾을 수 없었다.

"저기요, 제가 조르주 선생님이라면 그렇게 걱정하진 않을 거예요. 마르셀린과 스포츠는 이봉 씨와 다이어트만큼이나 거리가 멀거든요……. 지구가 거꾸로 돌아갈 위험이 있을지라도 지

214 ·

켜줘야 할 환상이 있는 법이죠! 앞으로 몇 번만 더 수영장을 들락거리면 운동 얘기는 쏙 들어갈 거예요. 프티뤼 한 상자를 걸고 내기해도 좋아요!"

그래도 조르주는 마음이 놓이지 않는 눈치였다.

"어쨌든 쥘리에트도 수영장에 같이 갈 거죠?"

쥘리에트는 망설였다. 오전에 짬을 내어 빨래방에 수첩을 갖다주러 갈 생각이었으니까.

조르주가 대답을 기다리는 눈빛을 보냈다. 쥘리에트가 앞치마 주머니에 손을 넣어 수첩을 꺼냈다.

"얘기하자면 긴데요."

쥘리에트는 숨 한 번 돌리지 않고 도서관에서 수첩을 발견한 정황, 수첩 속의 수수께끼 같은 문장들, 분필로 남긴 단서를 소낙비가 지워버린 사연, 마르셀린이 찾은 신문 광고까지 다 털어놓았다.

조르주는 그 이야기를 들으면서 쥘리에트의 탐정 놀이에도 관심이 갔지만 전에는 보지 못했던 그녀의 눈빛에 놀랐다.

"어떻게 하려고요?"

바로 그때 폴레트가 조르주의 방에 들어왔다.

"뭘 어떻게 해요?"

조르주가 벌떡 일어나 폴레트에게 자리를 권했다. 폴레트는 한 손으로 조르주의 손목을 살짝 잡으면서 사양을 했다. 그녀의 손이 몸에 닿는 순간, 조르주는 갑자기 심장이 내려앉았다.

"안녕하세요, 폴레트 부인, 주무시는 줄 알았어요." 쥘리에트가 인사를 건넸다.

"내가 불면증이 있어요. 그러잖아도 쥘리에트 양을 찾고 있었어요. 캐모마일 차 한 잔 가져다주겠어요?"

문장 끝을 올린 듯 만 듯한 노부인의 말투는 명령도 아니고 질문도 아니었다. 폴레트는 조르주의 손에서 수첩을 집어 들었다.

"이건 또 뭐예요?"

쥘리에트는 다시 한번 수첩에 얽힌 사연을 털어놓았고 조르주는 그 참에 이것저것 자세히 물어보았다.

"아니, 아직 그 앙투안이라는 사람을 만나러 빨래방에 안 갔단 말이에요? 뭐 하러 그러고 있어요?" 폴레트가 물었다.

쥘리에트가 얼굴을 붉혔다.

"실은 수첩을 돌려주기 싫은 건가요?" 조르주가 떠보았다.

폴레트는 이해가 가지 않았다.

"그래요, 쥘리에트는 뭐랄까, 그 남자에게 실망할까 봐 두려운 거겠죠……." 조르주가 설명했다.

쥘리에트가 조르주 선생을 쳐다보았다. 두 사람은 결이 비슷했다. 운만 띄워도 찰떡같이 알아들으니 많은 말이 필요치 않았다. 쥘리에트는 조르주가 젊었을 때 여러 아가씨를 행복하게 해주었으리라 짐작했다. 항상 자상하게 마음을 써주는 남자, 아름다운 석양을 보여주거나 다정한 말을 건넬 줄 아는 남자 말이다.

"오! 언제까지 자기 그림자에 겁먹으면서 살 거예요? 내가 도대체 몇 번을 말해야 해요! 인생이 두 팔을 벌리고 있는데 아가씨는 여인숙 꼭대기 층에 숨어 살 거예요? 정말이지, 이건 아니에요, 쥘리에트! 달려요! 당장 앙투안이라는 사람을 만나러 가요! 최악의 경우, 사랑에 빠지더라도 다시 일어설 수 있어요!"

폴레트는 답답해 못 살겠다는 듯 한숨을 쉬었다. 정곡을 찔린 쥘리에트는 발끈했다.

"폴레트 부인은 두려운 게 없으니까 그렇게 말하죠! 두려움이 뭔지도 모를 거예요, 아마!"

폴레트는 잠시 아무 말도 하지 않았다. 조르주는 불편한 마음이 들어서 폴레트의 신발만 보고 있었다. 천만의 말씀, 잘 생각해보면 폴레트도 두려워 벌벌 떠는 것이 분명히 있었다. 그렇지만 쥘리에트에게 그런 얘기를 하고 싶지는 않았다. 쥘리에트뿐만 아니라 다른 누구에게도.

"나는 내 방에서 캐모마일 차나 기다리고 있겠어요!" 폴레트가 일어나면서 말했다. "조르주 선생님, 안녕히 주무세요."

잠시 후, 폴레트의 방 문을 두드리는 소리가 났다.

"빨리 왔네요!" 노부인이 침대에서 외쳤다.

그녀는 읽던 편지를 접어서 머리맡 탁자 서랍에 넣었다. 이봉 씨의 푸근한 몸집이 문간에 나타났다. 그는 방에 들어와 조용히 문을 닫았다.

"실례합니다만 잠시 시간 괜찮으신지요?" 이봉 씨가 절반만 움직이는 입으로 물었다.

폴레트는 좀 놀랐지만 이봉 씨에게 가까이 오라고 권했다.

"무슨 일인가요, 이봉 씨?"

"아드님과 연락은 닿았습니까?"

"아직요, 계속 메시지만 남기고 있어요."

이봉 씨는 폴레트의 차분한 반응에 놀랐다. 당장 떠나고 싶다고 난리를 치던 사람이 왜 이렇게 됐지?

"내 아들 얘기를 하러 온 건가요? 신경 쓰지 말아요, 내가 알아서 할 테니."

이봉 씨가 목청을 가다듬었다.

"폴레트 부인, 병원에서 전화가 왔습니다."

그는 침을 꿀꺽 삼켰다. 목이 바짝 말라서 소리가 잘 나오지 않았다. 노부인은 아무렇지도 않은 듯 안경을 벗어 안경집에 집어넣었다.

"이봉 씨는 부디 신경 쓰지 않았으면 좋겠……."

이봉 씨가 노부인의 말을 끊었다. "병원에서 왜 전화했는지 아시는 거죠? 아닙니까?"

그의 눈빛은 단호한 음성과 어울리지 않게 다정했다. 덩치만 컸지 마음 약하고 정 많은 이 사내는 불길한 소식을 전하는 역할이 싫었다. 겨우 말을 뺄긴 했지만 그의 입술은 그 이상의 발언을 거부했다.

폴레트는 감정을 내비치지 않고 그를 가만히 쳐다보았다. 드디어 이봉 씨의 입에서 이 말이 떨어졌다.

"다음 주 수요일에 제가 병원에 모셔다드리죠. 진료 예약이 되어 있습니다."

그가 뭐라고 덧붙이려는 순간, 노크 소리가 났다. 쥘리에트가 김이 모락모락 올라오는 찻잔을 작은 쟁반에 받쳐서 들고 왔다. 이봉 씨는 그 틈에 노부인에게 인사를 하고 무거운 마음으로 방에서 나왔다.

27

쥘리에트는 목에 스카프를 맸다가 금방 도로 풀었다.

방에서 거울을 보고 장미색 립스틱도 발랐다가 손수건으로 바로 지워버렸다. 아무렇게나 비벼대는 바람에 입술 주위가 온통 빨갰다. 그녀는 자기 얼굴을 한참 들여다보았다.

그녀는 뭘 바라는 걸까? 사람이 좀체 찾지 않는 서가에 숨어서 짤막한 문장들로 자기 삶을 포착하면서 오후 한나절을 보내는 사람은 어떻게 생겼을까? 그 사람은 그녀를 보면 무슨 생각을 할까?

그녀의 장딴지는 좋아하지 않아.

그녀의 잿빛 눈동자는 참 좋아.

그녀의 손목에 도드라진 새파란 핏줄이 참 좋아.

그녀가 목젖이 보이도록 웃는 건 좋아하지 않아.

쥘리에트는 거울을 보고 치아를 점검했다. 그다음에는 입을 크게 벌리고 안쪽을 살펴보았다. 눈살을 찡그렸다 폈다가 하고 혀도 쑥 내밀었다. 그녀라면 수첩에 뭐라고 쓸까?

치아에 립스틱을 묻히고 다니는 여자는 좋아하지 않아.
샴푸 향이 나는 여자가 좋아.
손톱이 긴 여자는 좋아하지 않아.
볼펜을 비녀 삼아 머리를 틀어 올린 여자가 좋아.

레옹이 방에 들어와 야옹 하고 울더니 쥘리에트의 다리에 몸을 비벼댔다.

"안녕, 우리 레옹…… 사람 손길이 그리운가 보구나, 쓰다듬어줬으면 좋겠니?"

쥘리에트는 허리를 숙여 부드러운 고양이 털을 손으로 쓸었다. 레옹이 고개를 들자 쥘리에트는 고양이 목을 살살 긁어주었다. 그다음에는 등에서부터 꼬리까지 손으로 털을 곱게 빗어주었다. 손에 고양이 털이 한 뭉텅이나 남았다.

"털이 수북해서 덥겠다, 우리 레옹……."

쥘리에트는 손을 씻고 욕실의 작은 거울 앞으로 다가갔다. 그녀는 머리를 땋기 시작했다. 레옹은 욕실 매트에 자리를 잡고 쥘리에트를 다정하게 지켜보았다. 그녀는 상상의 수첩에 들어갈 목록을 머릿속으로 써내려갔다.

팔찌를 찬 남자는 좋아하지 않아.
눈 옆에 흉터가 있는 남자가 좋아.
반소매 셔츠는 좋아하지 않아.
영화관에서 눈물 흘릴 줄 아는 남자가 좋아.

계단에서 웅성거리는 소리가 들렸다. 조르주와 그 일행이 수영장으로 출발하려는 중이었다. 쥘리에트는 미소를 지었다. 그녀는 폴레트가 했던 말을 다시 생각했고, 손가방을 챙기고 나섰다. 레옹도 그 뒤를 졸졸 따라갔다.

해가 이미 중천에 떠 있었다. 쥘리에트는 자전거에 올라탔다. 이제 배가 나와서 조금 불편했다. 그렇지만 헐렁한 여름 원피스 차림이었기 때문에 그녀가 홀몸이 아니라고는 누구도 알아차리지 못할 터였다. 쥘리에트는 유유히 페달을 밟았다. 얼굴에 바람을 쐬니 기분이 산뜻해졌다. 주근깨 박힌 코에는 밀짚모자가 그늘을 드리워주었다.

자전거를 울타리 옆에 세우는데 나비 한 마리가 그녀의 바구니에 내려앉았다. 길 건너편에 프티 카로 빨래방 간판이 보였다. 햇빛에 바랬는지 간판의 글자는 반쯤 지워져 있었다.

쥘리에트는 가만히 진열창에 얼굴을 가까이 댔다. 햇빛이 너무 서서 안을 들여다보려면 손으로 눈 주위를 가려야 했다. 덮개가 열린 채 쭉 늘어선 세탁기들이 더러운 세탁물을 기다리며 입을 벌리고 있는 것처럼 보였다. 빨래방에는 사람이 없었다.

그녀는 가방 안에 손을 집어넣었다. 수첩이 손가락에 닿자 왠지 마음이 놓였다. 쥘리에트는 벽에 기대어 서서 보도 가장자리를 내려다보며 생각에 잠겼다. 빨래방에 들어가서 앙투안이라는 사람을 찾아 수첩을 돌려줘야지. 대머리에 이가 다 빠진 할아버지가 나와서 고맙다는 인사도 없이 수첩을 들고 가지는 않을까. 그렇게 되면 감상적인 소녀의 몽상은 끝나겠지.

길모퉁이에서 고양이가 한 마리 튀어나왔다. 그런데 고양이의 꼬리 끄트머리에 끈이 묶여 있었다. 통조림 캔이 끈에 매달려 땡그랑땡그랑 땅바닥에 부딪혔다. 그 뒤로 잔뜩 흥분한 어린애들이 우르르 따라 나왔다. 아이들은 금세 쥘리에트를 지나쳤다. 쥘리에트는 아이들을 불러 세우려 했지만 소용없었다.

그녀는 골이 나서 냅다 빨래방 문을 밀고 들어갔다. 삶은 동화가 아니다. 사랑 이야기, 아니 모든 이야기가 끝은 별로다. 거품 속에 갇힌 채 서서히 질식해가는 진짜 삶의 위험에 익숙해지는 편이 나았다.

안에 들어서자마자 세탁 세제 향이 콧구멍에 파고들었다. 실내는 후덥지근했다. 구석에서 돌아가는 선풍기 바람에 낡은 잡지의 종잇장이 펄럭거렸다. 입구 근처, 텅 빈 커다란 세탁물 바구니 옆에서 세탁기가 연신 털털거리며 돌아가고 있었다.

"누구 안 계세요?"

건조기가 그녀에게 대답하듯 삐 소리를 냈다.

쥘리에트는 자그마한 빨래방 안을 돌아보았다. 쪽방으로 통하는 문이 열려 있었다. 그 방에는 종이가 잔뜩 쌓인 책상 하나가 전부였다.

거기에 수첩을 놓아두고 메모나 남길까 싶었다. 그래서 펜을 찾으려는데 갑자기 등 뒤에서 문이 열리고 거리의 소음이 들렸다. 쥘리에트는 수첩을 움켜쥐었다.

"뭘 도와드릴까요?"

남자는 서른 살쯤 되어 보였다. 커다란 푸른 눈에 미소가 환했다. 쥘리에트는 아무 말 없이 수첩을 손에 들고 있었다. 그가 가까이 와서 쥘리에트를 머리부터 발끝까지 훑어보았다.

"죄송합니다, 담배를 사러 가느라 잠시 자리를 비웠네요. 동전 필요하세요?"

요금 바구니 속으로 동전 떨어지는 소리가 좋아.

금고에 줄지어 있는 동전 탑들이 좋아.

저금통 바닥의 플라스틱 밸브가 좋아.

"아뇨, 돈을 바꾸려는 게 아니고요. 수첩을 찾아드리러 왔어요……. 아니, 실은 공책이라고 신문 광고에 났던데……."

224 ·

쥘리에트는 목소리가 기어들어갔다. 성대가 한 가닥만 제 기능을 하는 것처럼 소리가 잘 안 나왔다.

젊은 남자는 그녀를 빤히 바라보았다. 그의 혀끝에서 풍선껌이 부풀어 오르다가 터졌다.

"배고파요?" 그가 물었다.

쥘리에트는 벽시계를 쳐다보았다. 10시가 다 되어가는 시각이었다.

"음, 네, 뭐, 배고플 수도 있죠."

"이름이 뭐예요?"

"쥘리에트."

그는 고개를 끄덕이고 그녀에게 나가자고 하면서 문을 잡아주었다.

밖에 나가니 눈이 부셨다. 쥘리에트는 눈을 다시 뜨려고 인상을 썼다. 그는 쥘리에트를 담배 파는 선술집에 데려갔다. 교회종이 열 번 울렸다. 두 사람은 밤나무 그늘 테라스에 자리를 잡았다. 잎이 무성한 가지 아래서 숨통이 트이는 것 같았다. 그는 손가락을 딱 소리 나게 부딪혀 종업원을 불렀다.

"카롤, 커피 한 잔하고 장봉뵈르* 하나, 그리고……."

그가 쥘리에트에게 눈으로 물었다.

"박하향 물 한 잔!" 그녀가 얼른 대답했다.

---

* 장봉뵈르(jambon- beurre): 프랑스식 햄 샌드위치.

남자는 담뱃불을 붙이고 라이터를 탁자에 던지듯 내려놓더니 의자 깊숙이 엉덩이를 붙이고 앉았다. 그는 턱을 살짝 들고 미소를 지으며 쥘리에트를 빤히 바라보았다. 쥘리에트는 불편한 기색을 감추려고 자기가 먼저 대화를 주도했다.

"빨래방에서 일한 지 오래됐나요?"

말을 다 맺기도 전에 쥘리에트는 자책에 빠졌다. 이딴 걸 왜 물어봐, 이보다 재미없는 질문을 찾기도 힘들겠다!

"그렇다고 할 수 있죠, 네……." 그는 대답하는 동안에도 쥘리에트의 얼굴에서 시선을 떼지 않았다.

침묵이 내려앉았다.

쥘리에트는 수첩을 다시 떠올렸다. 실은 이 사람에 대해서 이미 많은 것을 알고 있지 않은가. 내가 읽어봤을 거라고 짐작은 하고 있겠지?

침묵이 좋아.

다른 사람 말이 끝날 때까지 기다릴 줄 모르는 사람은 좋아하지 않아.

상대가 정말로 하고 싶은 말을 찾을 수 있도록 도와주는 게 좋아.

종업원이 두 사람 앞에 바삭한 바게트 한 조각과 땅콩 그릇을 내려놓았다. 앙투안은 담배 연기를 동그랗게 뿜어내다가 이윽고 재떨이에 꽁초를 비벼 껐다.

불현듯 쥘리에트는 어떤 생각이 떠올랐다. 스치듯 지나가는 생각이었지만 언짢고 찜찜했다. 그녀는 손에 계속 들고 있던 수첩의 책등을 어루만졌다.

　　담배 끝에 매달려 점점 길어지는 재는 좋아하지 않아.

　"이 동네에서 일해요?" 앙투안이 커피에 설탕을 넣으면서 물었다.

　"아뇨, 그건 아닌데…… . 여기서 가까워요. 여인숙에서 일해요."

　"이봉 씨 여인숙?"

　"네, 맞아요…… ."

　남자가 샌드위치를 베어 물었다. 햄 조각이 땅에 떨어졌다.

　"카지모도*의 얼굴을 한 영감님 말이죠!" 그는 샌드위치를 우물우물 씹으면서 웃었다. "거긴 노땅들밖에 없죠?"

　쥘리에트의 표정이 또 언짢아졌다.

　　포크를 이에 부딪치게 하는 사람들을 좋아하지 않아.

　　입을 벌리고 뭘 먹는 사람들을 좋아하지 않아.

────────────

* 빅토르 위고의 소설인 『노트르담의 꼽추』의 주인공 이름.

개미가 더듬이를 흔들며 땅에 떨어진 햄 조각에 다가갔다. 쥘리에트는 말없이 응원하는 심정으로 개미를 지켜보았다. 남자의 눈이 쥘리에트의 시선을 따라갔다. 그는 개미를 발견하자마자 운동화 신은 발로 짓이겨버렸다.

쥘리에트는 확실히 알아보리라 마음먹었다.

"도서관에 자주 가세요?"

"아뇨, 나하고 책은 서로 상종할 일이 없네요. 텔레비전이 중간에 끼면 몰라도!"

뭐가 만족스러운지 그는 킬킬대고 웃었다.

그 순간, 쥘리에트의 심장이 철렁하고 떨어져 자갈 바닥에 굴렀다. 그녀는 찢어지고 먼지투성이가 된 심장을 주워서 간신히 수습했다.

그녀는 상체를 곧게 펴고 잔을 앞으로 밀어냈다. 커피잔을 앞에 두고 신문을 읽는 남자들이 주위에 몇 명 보였다. 쥘리에트는 문득 이 남자들의 아내는 어디에 있을까라는 의문이 들었다.

"그쪽은 이름도 안 가르쳐줬잖아요?" 쥘리에트가 초조하게 물었다.

"세르주예요. 만화 영화 주인공인 배구 선수 이름이죠. 하지만 나는 공보다는 금전 등록기를 치는 걸 더 선호해요!"

그가 다시 웃음을 터뜨렸다. 쥘리에트가 그 웃음을 끊고 냉랭하게 말했다.

"신문에 광고 낸 사람 이름은 앙투안이었어요."

"맞아요. 앙투안이 없을 때는 내가 빨래방을 지키죠."

쥘리에트는 이를 악물고 가만히 있었다. 수첩을 얼마나 꽉 쥐었는지 손톱이 표지를 파고들었다. 이제 그녀는 그 물건을 맡기고 가도 되는지 그것조차 알 수 없었다.

"왜 수첩 주인도 아니면서 그런 척했어요?" 그녀는 냅다 쏘아붙였다.

매서운 말소리가 교회 앞 광장에 울렸다. 세르주는 놀라서 눈이 휘둥그레졌다. 쥘리에트는 예고도 없이 공격을 퍼부었다.

"당신도 다른 사람들하고 똑같군요! 쓸데없이 자기 잘난 맛에 사는 거짓말쟁이! 당신 같은 사람들이 우글대는 세상에서 우리는 어떡하라고! 상처받기 쉬운 사람들, 시인들, 낭만주의자들은 어디 가서 살라고! 우리 같은 사람들에게도 뭐가 있어야 하지 않나요?"

쥘리에트는 눈물이 차올랐다. 세르주는 쩔쩔맸다. 그는 멜로드라마의 한 장면 같은 지금 이 상황을 이해할 수 없었다. 따지고 보면 그가 무슨 잘못을 했나. 그냥 커피 한잔 사려고 했을 뿐이다. 그게 뭐 그리 엄청난 일이라고!

"그냥 한번 그래봤다는 말은 하지 마세요!"

쥘리에트는 이제 거의 고함을 지르고 있었다. 밤나무 그늘 아래가 쥐 죽은 듯 조용해졌다. 그때 카페 입구에 폴레트가 나타났다.

"쥘리에트?"

쥘리에트가 노부인을 향해 고개를 들었다. 폴레트 부인이 왜 여기에 있지? 폴레트 뒤에서 조르주와 파올로도 슬픈 눈으로 쥘리에트를 바라보고 있었다.

"이리 와요, 쥘리에트, 돌아갑시다."

쥘리에트는 아직도 눈물이 그렁그렁한 채 자리에서 일어났다. 파올로는 쥘리에트의 자전거를 트럭에 실었다. 그러고서 그들은 다 함께 여인숙으로 출발했다.

그들은 돌아가는 내내 말이 없었다. 쥘리에트는 차창에 얼굴을 바짝 대고 속으로 자기 자신을 저주했다.

운전대를 잡은 파올로가 쥘리에트의 눈치를 살폈다.

"괜찮아요, 쥘리에트?"

쥘리에트는 대답 대신 코를 훌쩍거렸다.

폴레트는 신경질적인 몸짓으로 가방에서 자수 손수건을 꺼내 아가씨에게 내밀었다.

"자요, 훌쩍대는 소리라도 안 나게 해봐요."

쥘리에트가 발끈했다.

"이게 다 폴레트 부인 때문이잖아요! 저보고 당장 달려가서 만나보라고 했잖아요!" 기어이 눈물이 뺨으로 흘러내리고 말았다.

"아! 그만 좀 징징거려요! 아가씨가 바보처럼 굴지 않았으면 일이 이렇게 되지도 않았어요! 자기 모습을 봐요! 달랑 수첩 한

권 읽었다고 자기 환상이 만들어낸 작가 지망생과 사랑에 빠지는 사람이 어디 있어요! 정말이지, 그건 아니죠! 정신 차려요, 이 아가씨야! 쥘리에트 양은 사춘기 소녀가 아니에요! 인생은 써나가는 책 같은 것, 누구에게도 예외는 없어요, 알아요?"

차 안의 분위기가 불편해지자 조르주는 정면의 도로만 바라보았다. 아침부터 폴레트는 딴 사람처럼 굴었다. 이상하게 말이 없었고 그가 들판에서 꺾어 만든 꽃다발을 건넸을 때도 눈 한번 제대로 맞추지 않았다. 그는 폴레트의 냉정한 태도에 당황했다. 경마에도 집중할 수 없었다. 요 며칠, 조르주는 잘못 판단하거나 기회를 흘려보내거나 아주 기본적인 규칙을 깜박하곤 했다. 그래서 그를 믿고 베팅한 선술집 단골들이 손해를 좀 봤고 폴레트의 기분이 좋지 않은 것도 당연하다면 당연했다.

파올로가 여인숙 앞에 차를 세웠다. 쥘리에트는 차에서 튀어나가서는 정신없이 자기 방으로 올라갔다. 가게 앞 석판에 오늘의 메뉴를 쓰고 있던 이봉 씨는 인사를 건넬 겨를도 없었다.

이어서 폴레트가 딱딱하게 굳은 얼굴로 나타났다.

"아, 폴레트 부인, 저기……" 이봉 씨는 폴레트에게 할 말이 있었다.

"안녕하세요, 어머님." 식당 안쪽에서 새된 목소리가 이봉 씨의 말을 끊었다.

노부인이 그 자리에 못 박혀버린 듯 멈춰 섰다.

코린이 로제 한 잔을 앞에 두고 그들에게 미소를 보냈다.

28

폴레트는 언짢은 얼굴을 하고 코린이 앉아 있던 긴 의자로 갔다.

며느리는 시어머니를 껴안고 뺨을 맞대면서 입으로 요란하게 쪽 소리를 냈다.

"얼굴이 확 피셨네요, 어머님! 역시 시골 공기가 좋은가 봐요!"

코린은 이봉 씨에게 로제 한 잔을 더 부탁했다.

"어머님도 뭐 드시겠어요?"

폴레트는 고개를 가로저었다. 폴레트의 얼굴은 지긋지긋한 피로 외에는 아무런 감정도 비치지 않았다. 조르주 선생의 베팅이 어긋난 것도 짜증 나는데 이제 며느리가 여인숙에 등장하다니. 지독히 운수 나쁜 하루, 악몽 같은 하루가 될 모양이었다.

코린은 비닐봉지를 부스럭거리면서 계속 떠들어댔다.

"얼마나 걱정했는데요! 어머님 메시지 듣고 별의별 생각이 다드는 거 있죠? 어머님한테만 하는 얘기인데, 그이가 들으면 안되겠다 싶더라고요! 안 그래도 걱정 보따리를 끌어안고 사는 사람인데! 그런데 여기 와서 보니 어머님 아주 팔팔하시네요! 이봉 씨, 여기 과자 좀 더 주실래요?"

폴레트는 맑은 눈으로 며느리를 바라보았다. 손이 약간 떨렸다. 그녀는 손을 무릎에 올려놓았다. 그러니까, 아들은 메시지를 듣지도 못했군. 투기 심한 정실부인 때문에 국왕 폐하 근처에도 못 가게 된 후궁들의 신세가 이런 걸까. 폴레트는 덫에 걸렸다. 분란을 일으킬 각오가 아니면 조용히 있어야만 했다.

요람에 누운 아기 필리프가 생각났다. 보드라운 아기 살결과 평화로운 쌕쌕 숨소리와 닳아빠진 인형을 꼭 잡은 고사리손이 생각났다. 개는 그 인형을 무다라고 불렀지. 단추 눈이 박힌 빨간색 쥐 인형이었다. 폴레트는 쉬이 사라지는 행복의 소중하고도 불안한 느낌이 떠올랐다. 세월이 더디 흐르기를, 아이가 너무 빨리 크지 않기를, 어미에게서 너무 멀리 가버리지 않기를 얼마나 헛되이 바랐던가. 그 시절, 친구들과 다과를 나누며 미래의 며느릿감에 대해서 주고받은 농담, 만발한 웃음꽃, 초콜릿이 잔뜩 묻은 입들이 떠올랐다. 가슴이 미어졌다.

코린은 비닐봉지에서 신문지로 둘둘 싼 꾸러미를 꺼냈다. 그러고는 상기된 얼굴로 외쳤다.

"선물을 가져왔어요!"

코린은 크리스마스를 기다리는 아이처럼 발랄하게 '선물'이라는 단어를 강조했다. 폴레트는 코린을 빤히 보았다. 주렁주렁한 귀걸이와 튀는 색깔의 립스틱 때문에 며느리는 왠지 크리스마스트리와 비슷해 보였다.

코린이 좀 더 목소리를 높였다.

"어머님이 새로 사귄 친구분들 것까지 챙겨 왔죠!"

누르가 주방에서 코린을 칩떠보았다. 머리가 아플 정도로 진한 향수 냄새와 콧소리 섞인 수다에 누르는 이미 짜증이 나 있었다.

"자, 이건 어머님 거예요!" 코린이 노부인의 손에 꾸러미를 안겼다.

폴레트는 꼼짝도 하지 않았다.

"열어보세요, 어서요! 제가 풀어드릴까요? 이것 좀 보세요! 정말 근사하지 않아요?"

코린은 목걸이를 꺼내어 시어머니의 레이스 옷깃 위에 둘러주려고 했다. 하지만 잠금 고리를 찾지 못해서 눈을 가늘게 떴다.

"아가씨, 좀 도와줄래요? 손질받은 지 얼마 안 된 손톱을 망가뜨리고 싶지 않거든요!" 코린은 쥘리에트를 향해 그렇게 말했다. 그러고는 잠시 후 한 발짝 물러서면서 호들갑을 떨었다. "봐요, 너어무 멋있죠!"

폴레트는 알록달록한 소꼬리 털 같은 것을 목에 찬 자기 모습이 과연 어떻게 보일까 싶었다.

"마사이족의 목걸이예요. 전통 시장에서 저하고 알렉시하고 같이 골랐어요! 알렉시가 할머니에게 안부 전해달라고 했어요."

창턱에 자리를 잡고 노곤하게 햇볕을 쬐고 있던 레옹도 이 광경을 재미있다는 듯 지켜보고 있었다. 코린은 테이블 위에 너절한 목각 나부랭이들을 쏟더니 바 뒤에 서 있는 이봉 씨에게 그중 하나를 내밀었다.

"이건 주인장 선물이에요! 나무로 조각한 얼룩말인데 몸바사에서 샀어요. 요 조그만 동물 공예품에 홀딱 반해버렸지 뭐예요. 굉장하죠! 정말, 인생에 한 번은 가볼 만한 곳이었어요."

코린은 약간 미지근해진 로제를 한 모금 마시느라 잠시 사이를 두었다가 다시 떠들기 시작했다.

"거기는 모든 게 달라요! 아이들 눈빛, 정 많은 할머니들, 소박한 집……. 그 사람들은 아무것도 가진 게 없지만 전부를 가졌죠. 가난 속에서도 서로 돕고 힘을 합치더라고요! 아, 말로는 못 해요, 정말 꼭 봐야 해요!"

코린은 코끼리 조각을 마르셀린의 코앞에 내밀었다.

"이거 봤어요? 우리 집에는 흑단 몸통을 바로 깎아 만든 기린 조각상을 들였답니다. 아주 큰 걸로요. 그걸 공항까지 끌고 가느라 그이가 얼마나 고생을 했는지, 아주 볼 만했죠!"

코린이 깔깔대고 웃었다.

"그 사람들이 얼마나 열악한 상황에서 그걸 만드는지 아세요? 먼지 구덩이에 앉아서, 아주 기본적인 연장만으로……. 그 사람들이 만든 것들을 좀 보세요. 그것들은 정말……"

'그것'이라는 말에 바에 팔꿈치를 괴고 있던 단골 세 명은 흠칫했다. 동물이나 식인종 얘기는 그들에게 별 의미가 없었다. 하지만 저 여자가 신문지 꾸러미에 '그것'을 가져왔다면 혹시 그들도 한쪽 팔을 못 쓰게 되거나 그보다 더 험한 일을 당하는 것은 아닐까. 손님 한 명은 바로 모자를 챙기고 카운터에 동전 몇 닢을 올려놓은 후 급히 식당을 박차고 나갔다.

이봉 씨는 노부인을 지켜보았다. 알록달록한 목걸이가 무거운 듯 유난히 어깨가 굽어 보였다. 노부인은 테이블 위에 떨어진 설탕 알갱이만 내려다보고 있었다.

"여긴 참 덥네요?"

코린이 아무나 들으라는 듯 물었다.

선풍기 도는 소리만 그 물음에 대답했다.

"식사하실 건가요?" 쥘리에트가 메뉴판을 들고 지나가면서 물었다.

"오, 그럼요! 어머님, 같이 드실 거죠? 보자, 스테이크하고 오늘의 메뉴라는 겨자소스 토끼고기 요리를 먹을까요? 이거 주문 가능하죠? 그래요, 이걸로 하죠."

폴레트는 멍하니 고개를 끄덕였다. 어차피 상관없었다. 될 대로 되라는 심정이었으니까.

"아유, 아무튼 어머님 웃는 얼굴을 봤으니 됐어요. 아까 식당으로 들어오시는데 딴 사람을 뵙는 것 같았다니까요! 그이한테도 어머님이 아주 잘 지내신다고 얘기할게요. 사실 여기로 모실 때 그이는 좀 망설였어요. 당연하죠. 남자들이 원래 그렇잖아요? 늘 여자가 등을 떠밀어줘야 무슨 일을 실행에 옮기죠! 아, 이 프티 로제 맛이 괜찮네요! 가끔은 이런 데서도 괜찮은 걸 발견할 수 있네요!"

쥘리에트가 테이블에 종이 깔개 두 장과 식기 두 벌을 내려놓았다. 코린의 눈길이 쥘리에트의 봉긋한 배에 머물렀다.

"어머! 아기 가졌나 봐요? 축하해요! 당신이 아기 아빠인가요?" 코린이 이폴리트를 향해 물었다.

"아니에요." 쥘리에트가 차갑게 대꾸했다.

코린은 바게트 조각을 집어서 입에 쑤셔 넣었다. 이봉 씨는 이때를 놓치지 않고 할 말을 해야겠다 마음먹었다. 그래서 그 테이블로 가서 의자에 앉았다.

"메르시에 부인, 닥터 기요탱의 병원에서 전화가 왔습니다." 이봉 씨가 심각한 말투로 얘기를 꺼냈다.

코린은 빵 조각에 겨자를 조금 바르면서 대꾸했다.

"아, 그래요?"

"네."

이봉 씨는 잠시 뜸을 들였다. 그의 얼굴에 주름살이 잡혔다.

"메르시에 씨와 연락이 닿질 않아서 제가 대신 폴레트 부인 진료를 잡아드렸습니다. 하지만 이제 여행을 마치고 오셨으니…… 수요일 오전 11시까지 병원에 모시고 가셔서……."

코린이 손을 닦고 자기 몸집보다 더 큰 악어가죽 가방을 뒤지기 시작했다. 그러고는 작은 다이어리를 꺼내서 매니큐어를 칠한 포동포동한 손가락으로 이리저리 넘겨보았다.

"어디 보자…… 수요일, 수요일, 수요일…… 아, 여기 수요일! 오, 안 되겠네요. 그날은 선약이 있어요. 미안해요, 다른 날로 옮길 수도 없어요. 석 달 전부터 잡아놓은 약속이라서……."

코린은 다이어리를 재빨리 넘겼다.

"주중 일정이 다 풀, 풀, 풀이네요." 그녀가 고개를 저으며 덧붙였다. "애들 개학이라서, 아시죠? 이왕 하시려던 일이니 주인장이 맡아주시면 안 될까요?"

쥘리에트가 김이 모락모락 나는 접시 두 개를 가져왔다. 코린은 탁 소리 나게 다이어리를 덮고는 긴 의자에 내려놓았다.

"아, 맛있는 냄새! 이거, 건강 식단인 거죠?"

코린이 주방을 향해 외쳤다.

"유기농 기름 사용하는 거 맞아요? 저……." 그녀가 쥘리에트에게 소곤거렸다. "주방 담당하는 여자분 이름이 뭐더라? …… 아, 맞다, 누르! 저기요, 누르 씨?"

요리사는 코린을 무시했다.

"그래서, 애는 언제 나와요?" 코린은 입안 가득 음식을 넣고 우물거리면서 나이프 끝으로 쥘리에트의 배를 가리켰다.

"메르시에 부인, 저는 진심으로 부인의 시어머님께……." 이봉 씨가 다시 말을 붙이려 했다.

"나도 애를 두 번 낳아봐서 아는데요, 그런 악몽은 없어요! 아, 정말 끔찍해! 알렉시를 낳을 때도 남편을 붙잡고 내가 또 애를 낳으면 사람이 아니라고 했죠! 임신해서 배가 나오면 몸매가 변해요. 튼살이다, 치질이다, 신경 써야 할 게 얼마나 많은지! 애 받는 사람들은 '힘주세요'라고 하죠. 회음부 째고 용쓰는 사람은 그 사람들이 아니라 산모라고요!"

그녀는 자기 말이 맞지 않느냐는 듯 폴레트를 팔꿈치로 쿡 찌르고 잔을 쭉 비웠다.

"프티 로제 한 잔 더 마실게요, 이봉 씨."

주인장은 코린을 노려보았다. 그는 속으로 욕을 퍼붓고 있었다. 아니, 기세등등한 폴레트 부인은 어디 갔나? 배려 없는 수다를 흐린 눈을 하고 참아주는 이 노부인은 누구야?

코린은 자기 접시를 소스까지 박박 긁어 먹고 시어머니의 감자튀김까지 좀 더 집어 먹었다. 그녀는 시계를 보고 자리에서 일어나 카운터로 갔다.

"이봉 씨, 제가 감사하다는 인사도 제대로 못 했네요. 이봉 씨가 우리 어머님을 잘 모셔주셔서 남편과 저는 정말 감동했어요. 얼마 드려야 하죠? 1년 치 선납도 가능한가요?"

"메르시에 부인……."

"어휴, 사양하지 마세요. 한꺼번에 내면 저희도 신경 안 쓰고 편해요."

누르가 요리를 내보내는 창구로 얼굴을 내밀었다. 그녀는 고개를 끄덕이면서 이봉 씨에게 그냥 돈을 받으라는 신호를 보냈다.

이제 폴레트에게는 여인숙 사람들이 필요했다. 이 며느리라는 여자를 보기만 해도 폴레트가 많이 참고 살았다는 것을 알 수 있었다. 아들 내외 곁에서 떠나고 싶었던 심정도 이해가 갔다. 누르는 노부인을 생각하니 문득 마음이 아팠다. 다 늙어서 집에서 먼 곳에 버려진 셈인데 아들놈은 자기 발로 찾아와보지도 않고 자기 한 몸 꾸미는 것밖에 모르는 골 빈 며느리는 시어머니를 치워버릴 생각밖에 없어 보였다. 누르는 주방에서 나와 코린이 이봉 씨에게 내미는 수표를 받았다.

"이제 가보세요."

코린은 어안이 벙벙했다. 아무리 그래도 커피는 한잔 마시고 가라고 해야지! 이 태도는 뭐지?

"가라고요?" 코린이 소리를 질렀다.

코린은 이봉 씨가 나서주기를 바라며 그를 쳐다보았다. 주인장은 어색한 미소조차 지어주지 않았다. 코린은 자기 자리로 돌아갔다. 폴레트는 이미 들어가고 없었다.

"병원 건은 남편분과 직접 통화하겠습니다. 그래도 아들은 어머니에게 좀 더 시간을 낼 수 있을지 모르니까요." 이봉 씨가 말했다.

허를 찔린 코린은 이를 악물었다.

"그래요, 보면 알겠죠! 어머님! 어머님! 저 가요, 어머님!" 그녀가 계단 쪽으로 소리를 질렀다.

"폴레트 부인은 방에 쉬러 올라가셨어요." 쥘리에트가 말했다.

코린은 씩씩대면서 자기 가방을 챙거서는 고개를 빳빳이 들고 식당을 나갔다.

뭐야, 시골뜨기들 주제에! 그래도 밑지지 않은 장사를 한 것 같아 기분은 좋았다! 할망구한테 더는 한 푼도 나갈 일 없으니 됐어!

29

이봉 씨는 낡은 사륜구동 운전석에서 초조하게 기다렸다.

폴레트가 나오기를 기다리는 동안 오래된 차는 요란한 소음을 토해냈다. 이봉 씨는 오랜만에 재킷을 챙겨 입었다. 상황이 어찌 될지 모르니 좀 점잖게 보이고 싶었던 것이다.

그가 경적을 누르고 차창 밖으로 얼굴을 내밀었다.

"폴레트 부인! 가셔야죠?"

"저기요, 이봉 씨." 폴레트가 위층 창문에서 외쳤다. "진료는 한 시간 뒤예요! 이봉 씨가 의사들을 알아요? 그리고 내가 그 고물 차를 타고 가다가 요통이라도 도지면 어떡해요!"

이봉 씨가 다시 빵 하고 경적을 눌렀다.

폴레트는 가방을 품에 안고 내려왔다. 얼굴 주위에 머리카락이 몇 가닥 흐트러져 있었다. 폴레트는 재촉당하는 것을 아주 싫어했다.

"자, 출발합니다!"

사륜구동이 간신히 달리기 시작했다. 폴레트는 그 고물 차가 시동이 꺼지고 도로에 영영 주저앉는 것은 아닐까 걱정하면서 내처 손잡이를 꽉 잡고 있었다. 이봉 씨는 파올로가 계기반에 설치해준 오래된 라디오를 켰다. 지직대는 잡음과 함께 질베르 베코의 노래가 흘러나왔다.

그날 비가 올 거야.
당신과 나, 우리 둘
약혼을 할 거야.
세상에서 제일 큰 부자가 될 거야.

폴레트는 차창 밖으로 길가에 늘어선 100년 된 플라타너스들을 바라보았다. 유채밭이 약한 아침 햇살을 반사하고 있었다. 시골 도로는 한산했다. 왠지 모르지만 뜨거운 아스팔트 길을 보니 남편의 장례식이 생각났다. 그때도 여름이었다. 묘지로 이동하는 영구차, 울먹거리면서 애도를 표하던 지인들이 떠올랐다. 검은색 망사 베일로 얼굴을 가린 그녀는 '자유다!'라고 외치고 싶어 입이 근질근질했다. 함께 산 15년, 너무 길었던 15년. 폴레트는 아버지의 족쇄에서 남편의 족쇄로 옮겨 갔다. 아버지와 남편은 그녀가 여자로서 당연히 품을 수 있는 바람을 무시할 때만 죽이 잘 맞았다.

"루이, 나 아이가 생겼어요. 당신 애가 아니에요." 어느 날 저녁, 폴레트는 자기 인생을 살겠노라 결심하고 그렇게 선언했다.

남편은 읽고 있던 신문에서 고개조차 들지 않았다. 그는 한참 있다가 이 말을 내뱉었다.

"그가 당신을 원할 거라 생각하나 봐?"

폴레트는 남편이 아기를 두고 한 말인지 아기 아빠를 두고 한 말인지 알 수 없었다. 잠시 후 그녀는 고기구이를 내왔다. 남편은 말없이 음식을 먹었다. 그러고는 입을 닦았다. 포도주를 조금 더 마셨다. 그다음에는 폴레트의 이마에 키스를 하고 침대에 들었다.

그녀를 어린애 취급하고 무시하는 키스, 자기만 옳다고 생각하고 자신의 승리를 확신하는 남자의 키스. 15년 후 욕실에 쓰러져 있던 남편을 발견했을 때 폴레트는 그 키스를 떠올렸다. 남편이 죽은 날, 그녀는 다시 태어났다.

오래된 방송 프로그램 시그널 음악이 나오고 곧이어 다음 곡 소개가 나왔다. 이봉 씨가 전주만 듣고 몸을 들썩거렸다. 그는 두툼한 손을 뻗어 라디오 볼륨을 높였다.

"이봉 씨!" 조용히 가고 싶었던 폴레트가 항의했다.

그녀는 가방을 내려놓고 두 손으로 귀를 틀어막았다.

"이 노래 몰라요? 들어보세요!"

첫 소절이 나오자 이봉 씨가 노래를 따라 부르기 시작했다.

토요일 브로드웨이에서 자바 춤을 출 때,
뫼동에서처럼 스윙이 울려 퍼지지.
우리는 춤에 빠져들고 보졸레는 필요하지 않아.
우리는 버번을 마시니까.

어쩌면 진짜는 아닐지 몰라.
브로드웨이의 자바 춤.

"……그래, 하지만 그녀가 마음에 들어."

이봉 씨가 신이 나서 폴레트의 코앞에 대고 손가락을 딱 소리 나게 튕겼다. 폴레트는 질겁해서 눈을 크게 떴다.

"어쩌면 진짜는 아닐지 몰라, 브로드웨이의 자바 춤…… 그래, 하지만 그녀가 마음에 들어!"

이봉 씨의 흥겨운 기분은 전염성이 있었다. 폴레트도 표정을 누그러뜨리고 리듬에 맞춰 고개를 까딱거리기 시작했다. 이봉 씨는 웃으면서 큰북을 치듯 자기 허벅지를 때리며 장단을 맞췄다.

"어쩌면 진짜는 아닐지 몰라, 브로드웨이의 자바 춤……."

이봉 씨가 고물 차 운전대 밑에 뱃살을 밀어 넣고 엉덩이를 씰룩거리는 모습을 보니 폴레트도 자꾸 웃음이 비어져 나왔다. 이봉 씨는 음정은 엉터리였지만 진심을 다해 불렀다.

"자, 폴레트 부인도 불러봐요!"

"어쩌면 진짜는 아닐지 몰라⋯⋯." 폴레트가 나이 많은 사람 특유의 가늘고 높은 소리로 노래를 불렀다.

"더 크게요!"

"아이고, 이봉 씨, 그만요!"

"⋯⋯그래, 하지만 그녀가 마음에 들어."

이봉 씨는 두 손을 들고 색소폰 부는 흉내를 냈다. 사륜구동이 방향에서 벗어나는 순간, 폴레트가 얼른 운전대를 잡았다.

"이봉 씨!"

노래를 듣다 보니 조르주 선생의 슬픈 사랑 이야기가 떠올랐다. '그 사람도 참 딱해.' 폴레트는 생각했다.

어제도 저녁에 폴레트는 그의 편지 한 통을 다시 읽었다. 이제 그녀는 조르주가 결코 답장을 받지 못했으리라 확신했다. 이유는 둘 중 하나일 것이다. 편지가 뉴욕에 건너가지도 못했거나, 엉뚱한 사람 손에 들어갔거나. 편지에서 조르주 선생은 어떤 남자를 언급했다. 그 남자는 글로리아와 함께 무대에 서는 무용수인 것 같았다. 그 사람이 글로리아를 지배하고 있었을 것이다. 그가 위대한 글로리아와 프랑스인 청년 조르주의 짧은 연애를 끝장냈을까?

폴레트는 연애 소설에 취미가 없었지만 이 사랑 이야기에는 푹 빠졌다고 고백하지 않을 수 없었다. 한 남자가 몇 년간 편지를 써 보내며 오매불망 답장을 기다렸지만 단 한 통도 받지 못

했다. 아무튼, 폴레트가 보기엔 그랬다. 그중 한 통의 편지가 유독 그녀의 마음에 와닿았다.

글로리아,

이게 마지막 편지라고 말할 용기라도 있으면 좋겠어. 그렇지만 나는 나를 너무 잘 알기 때문에 내가 사는 동안 널 사랑하지 않을 수 없다는 것도 알아. 어제, 온종일 항구에서 너를 기다렸어. 배에서 내리는 승객들을 한 명 한 명 바라보면서 너의 다정한 얼굴이 보이기를 간절히 빌었어. 무슨 옷을 입고 올까? 내가 해바라기 같다고 했던 레이스 달린 노란 옷 아닐까? 여객선이 연기를 뿜으면서 항구로 들어왔어. 바다를 가르고 들어오는 그 괴물 같은 배가 너를 차지하고 있을 거라는 생각만으로도 질투가 나더라. 배가 드디어 정박을 하고 금속 트랩을 내리자 승객들이 마구 쏟아져 나왔어. 나는 모든 모자, 모든 드레스, 모든 미소를 눈여겨보았지. 내 시선은 너를 못 찾고 놓칠까 봐 이 얼굴에서 저 얼굴로 불안하게 떠돌았어.

일등실 승객이 거의 다 나왔는데도 너는 보이지 않았어. 심장이 미친 듯이 뛰었어. 그날 날씨가 어땠는지, 그날 아침에 내가 뭘 먹었는지, 중유 냄새가 구역질이 났는지 묻지 말아줘. 내가 기억하는 건, 심장이 너무 세게 뛰어서 가슴이 뻐근했다는 것뿐이야.

나는 이등실 승객이 나오기를 기다렸어. 어쩌면 네가 딱한 사람을 만나서 표를 바꿔줬을지도 모르잖아? 선원들이 짐 가방을 내릴 때 불길한 예감이 들었어. 그래서 어느 선원에게 20프랑을 주고 배에 잠깐

올라가게 해달라고 했지. 모든 선실, 모든 통로, 모든 갑판, 구석구석을 뒤지고 다녔어. 하지만 너는 그 배에 타지 않았어, 맞지?

배에서 만난 사람들에게 내가 늘 품고 다니는 사진을 보여줬어. 네 얼굴을 봤다는 사람은 아무도 없더라. 어느덧 어둠이 떨어졌어. 선원 한 명이 나한테 와서 "아! 여자들은 그렇죠!"라고 하더니 부두에 나를 남겨두고 갔어.

그러다 자정이 다 됐어. 너를 만나 함께 묵으려고 잡아둔 방에 나홀로 들어갔어.

샴페인이 미지근해져 있었어. 우리 둘을 위해 조촐하게 상도 차려두었는데 마음이 아파 차마 볼 수가 없더라.

아, 여자들은 그래?

글로리아, 오늘 저녁은 분해서 견딜 수가 없어. 분한 나머지 고막이 울리고 애가 끊어지는 것 같아.

왜 그랬어?

왜 그 배에 타지도 않았어? 우리가 함께한 시간, 우리의 약속과 꿈은 어떻게 된 건데? 여기에 너를 위한 모든 것이 있어! 나는 돈도, 사랑도 넘치도록 있어. 그걸 어떻게 쓸 건지만 알면 돼. 샹젤리제 근처에 큰 집을 구해서 그곳에서 살 거야. 낮에는 네가 추고 싶은 춤을 마음껏 추고 저녁에는 나하고 최고의 식당에서 맛있는 음식을 즐길 거야. 너와 나, 파리에서의 생활.

아! 너무 슬프다. 슬픔이 분노를 잊게도 하네. 편지 보내줘, 글로리아. 제발 답을 줘. 이제 나는 너에게 무슨 말을 해야 하는지도 모르겠으니까.

1953년 7월 4일, 르아브르에서

　라디오 진행자의 기분 좋은 목소리가 폴레트를 몽상에서 끌어냈다. 이봉 씨가 팔꿈치를 힘차게 휘둘러 차창을 열었다. 어린 꽃과 갓 깎은 풀의 냄새가 반가운 바람에 실려 왔다.

　"오! 이거 들어보세요!" 이봉 씨가 외쳤다.

　폴레트는 흠칫 놀랐다. 이봉 씨가 다시 볼륨을 높였다.

　봐요……

　해가 떠올라요……

　다정하게……

　도시의 하늘에……

　이봉 씨는 곧바로 목청이 터져라 노래를 따라 불렀다.

　"아무것도 필요치 않아, 당신을 원해, 아무도 이렇게 원한 적 없는 것처럼……."

　폴레트는 갑자기 재미있어져서 바로 노래를 맞받아 불렀다.

　"사랑을 꼭 닮은 해님을 봐요……."

　그들은 흥을 주체하지 못해 주거니 받거니 노래를 불렀다. 이봉 씨는 어울리지도 않는 카사노바가 된 듯 보이지 않는 마이크에 대고 노부인에게 열렬한 사랑 노래를 불렀다.

"아무것도 필요치 않아, 당신을 원해, 빨강이 가을을 좋아하는 것처럼……."

폴레트와 이봉 씨가 한 호흡으로 고개를 까딱까딱했다. 불길한 소식 따위 꺼져버려! 노부인과 수염 난 거인은 이제 아예 팔짱을 끼고 마을 축제에 나와서 누가 더 뻔뻔하게 웃기나 경합하는 익살꾼들처럼 온몸을 들썩거렸다. 두 사람은 고물 차가 흔들릴 정도로 큰 소리로 웃었다. 한 소절 한 소절이 새로 나올 때마다 더 크게 미친 듯이 웃었다.

"아무것도 필요치 않아, 당시이이인을 원해……."

폴레트는 차창을 연 채 목이 터져라 노래했고 이봉 씨는 허벅지를 두들기며 신나게 장단을 맞추었다.

갓길에 서 있던 경찰이 신호를 보냈다. 이봉 씨는 노래에 빠져 그를 보지 못했다. 이봉 씨뿐만 아니라 폴레트도 그들에게 차를 세우라고 위협하는 사이렌 소리조차 듣지 못했다.

네가 날 안으면 좋아
네가 내게 키스하면
난 정말 좋아

"우리는 서로 사라아아아아앙해……."

"아무것도 필요치 않아, 당신을 원해, 아무도 이렇게 원한 적 없는 것처러어어엄……."

이제 이봉 씨와 폴레트는 더는 노래도 안 나왔다. 너무 웃어서 눈물이 나고 턱이 아플 지경이었다. 그때 경찰차가 바로 옆까지 따라붙었고 제복 차림의 두 경찰은 뚱보 운전자를 향해 열렬한 사랑 노래를 고래고래 외치는 할머니를 발견하고는 웃지 않을 수 없었다. 졸지에 결성된 듀엣은 다시 우스꽝스러운 이중창에 돌입해서는 서로 배를 잡고 눈물이 날 정도로 웃어대느라 차창 밖 경찰들을 전혀 눈치채지 못했다.

"선생님, 면허증 좀 봅시다……."

이봉 씨가 고개를 돌렸다가 비로소 경찰을 발견했다. 그는 소스라치면서 가슴에 손을 올렸다. 아, 뭐야, 깜짝 놀랐네! 안전벨트를 매지 않은 이봉 씨의 눈에는 아직도 눈물이 그렁그렁했고 차 안에는 음악이 쩌렁쩌렁 울리고 있었다. 그는 황급히 면허증을 경찰에게 내밀고 어린애처럼 고개를 푹 숙였다. 폴레트는 웃음을 참느라 쿡쿡대면서 라디오 볼륨을 낮추고 운전석 차창을 향해 몸을 내밀었다.

"용서해주세요, 경찰관님. 이게 다 저 때문이에요. 제가 이 노래만 들으면 이성을 잃거든요……."

폴레트는 속에서부터 꿈틀대며 치밀어 오르는 웃음을 초인적으로 참으면서 입술을 깨물었다. 경찰은 면허증을 보고 아무 이상이 없음을 확인한 후 차 안을 흘끗 들여다보았다. 폴레트는 그 기회를 놓치지 않고 정이 뚝뚝 떨어지는 살가운 미소를 지어 보였다. 경찰은 당황했다.

"그래요…… 이번은 그냥 가세요. 하지만 또 이러시면 안 됩니다, 아셨죠?"

이봉 씨는 안전벨트로 뱃살을 누르고 라디오를 끈 뒤 차를 다시 출발시켰다. 폴레트는 젊은 아가씨처럼 킬킬대며 웃었다.

10분 후, 이봉 씨는 환상에서 깨어나 병원 앞에 차를 세웠다.

"다 왔습니다, 폴레트 부인."

노부인은 대꾸하지 않았다. 이봉 씨는 안전벨트를 풀고 시동을 껐다. 옆 좌석을 슬쩍 보았다. 레이스 옷깃의 노부인은 미동도 하지 않았다.

"정각으로 잡혀 있습니다. 제가 같이 들어갈까요? 아니면 여기서 기다릴까요? 편한 대로 하세요! 저, 신문도 챙겨 왔으니까……"

폴레트가 그의 말을 중간에 끊었다.

"뭐 하러 그래요, 이봉 씨? 굳이 뭐 하러? 좋은 소식은 없을 거라고 이봉 씨도 나만큼이나 잘 알고 있지 않나요? 앞으로 두 달, 운 좋으면 석 달이에요! 내가 운이 좋았던 적이 없다는 건 하늘도 아실 거예요. 우리 어머니는 '행운은 스스로 만들어가는 거야!'라고 하셨죠. 정말 그럴까요? 행운을 끌어오기 위한 노력에 관한 한, 내가 뭘 좀 알죠! 그렇지만 크리스마스에 내가 있지도 못할 곳에 수표를 보냈네요. 자, 이봉 씨, 나를 위해 해줄

일이 있어요. 오래된 잡지 더미, 조용한 대기실, 유감스러워하는 눈빛을 피할 수 있게 해줘요. '이쪽으로 오십시오', '앉으실까요' 같은 말 듣고 싶지 않아요. 도표, 영상 촬영, 안타까워하는 눈빛은 사절이에요. 진단, 추정, '가장 좋은 경우' 운운하면서 최악을 넌지시 암시하는 말들도 싫고요. 어차피 성공하지도 못할 치료 과정을 상세히 듣고 싶지 않네요. 침묵, 숨 막히는 진료실 공기, '질문 더 있으십니까?'. 아, 제발요, 이봉 씨. 내가 고개를 꼿꼿이 세우고 이 마지막 나날도 지금까지 살아왔던 것처럼 살게 도와주세요. 내일을 걱정하지 않고 살게 해주세요. 나한테 '즐겨요!' 라는 말보다 치 떨리는 조언은 없으니까요. 즐겨라, 즐겨라……. 어떻게 하면 즐길 수 있는지 말해준 사람이 있긴 했나요? 네, 고마워요, 다음 분 먼저 들어가세요! 나는 내 차례를 건너뛰려고 해요. 간절히, 그러고 싶어요. 이봉 씨의 돼지 먹따는 소리를 듣는 게 더 좋아요. 아, 당신 같은 음치는 처음 봤어요!"

이봉 씨는 노부인을 물끄러미 바라보았다. 뭐라고 말을 해야 할지 몰랐다. 이윽고 체념한 그는 차 키를 꽂고 시동 걸 채비를 했다.

"고마워요, 이봉 씨. 감자튀김을 맛있게 만들지 못해서 그렇지, 당신은 참 좋은 사람이에요."

낡은 차는 유유히 시골길을 달렸다. 플라타너스들이 벌써 돌아오느냐고 놀라며 인사를 건네는 것 같았다. 이봉 씨는 그들을 무시했다. 그 나무들은 못된 군인들, 교활하고 위험한 놈들이었다. 저 나무 중 한 그루가 형을 앗아가지 않았던가, 이제 막 피기 시작한 인생을 와장창 박살 내지 않았던가. 플라타너스는 죽음을 생각나게 했다. 그는 눈동자에 정면으로 들어오는 노골적인 햇빛에 거북해져서 차양을 내렸다.

문득 침묵이 그의 외로운 어깨를 무겁게 짓누르는 것처럼 느껴졌다. 라디오를 다시 켰다. 이웃 마을 장터 유원지 광고가 나오면서 좀 더 가벼운 이미지들이 떠올랐다. 열띤 목소리, 활력 넘치는 홍보 문구, 쉽게 먹히는 농담이 이봉 씨의 머릿속에 드리운 어두운 그늘을 걷어주었다. 그는 운전석에서 허리를 펴고 자세를 바로잡았다.

광고가 끝나고 시그널 음악이 나왔다. 피아노에서 흘러나오는 우수 어린 세 개의 음. 레오 페레의 낮은 목소리가 쓸쓸한 현에 실려 차 안에서 꼼짝하지 않고 있던 두 사람 사이로 스며들었다.

세월이 가면······
세월이 가면 다 가버리지······

가수는 처음에는 읊조리듯이, 나중에는 목청을 돋우어 생의 부조리를 노래에 담아냈다. 조금 전에 이봉 씨를 짓눌렀던 애수가 지직거리는 라디오를 통해 상상 이상으로 강력하게 되돌아왔다.

토요일 저녁, 애정이 저절로 사라져버리는 때……

　이봉 씨는 목이 꽉 메어 검은색 라디오를 향해 손을 뻗었다. 라디오는 마치 대중을 향하여 부끄러움도 없이, 염치도 없이 큰 소리로 지저귀는 불길한 징조의 새 같았다. 폴레트가 그 손을 막았다. 이봉 씨는 슬픈 미소를 짓고 있는 너무나도 왜소하고 연약한 할머니를 보았다. 폴레트가 고개를 돌렸다. 그녀의 눈이 빛나고 있었다. 이봉 씨는 다시 운전대에 손을 올려놓았다. 레오 페레는 차분하고도 안타까운 피아노 반주에 맞춰 후렴으로 넘어갔다.

　세월이 가면……
　세월이 가면 다 가버리지.
　열정을 잊고 음성을 잊지……

　이봉 씨와 폴레트는 아무 일도 없었던 것처럼 여인숙으로 돌아왔다. 폴레트는 늘 앉는 자리로 가서는 메뉴판을 달라고 큰 소리로 외쳤다. 쥘리에트는 메뉴판을 들고 쪼르르 달려가 반갑게 미소를 지었다. 그날 저녁 폴레트는 모습을 보이지 않았다. 클루 게임도 생략했다. 그 게임은 우연이 차고 넘치는데 그녀의 진짜 생은 이제 우연을 허락지 않을 터였다.

30

쥘리에트가 카드 세 장을 물음표가 찍힌 봉투에 넣었다.

그다음에 카드를 뒤섞고 사람들에게 나눠 주기 시작했다. 이봉 씨는 넋 나간 표정으로 게임판을 바라보고 있었다. 얼굴에 피로가 역력했다. 누르는 이봉 씨가 무슨 생각을 그렇게 하는 걸까 궁금해했다.

"무슨 색 할래요?" 말을 나눠 주던 이폴리트가 물었다.

"우리, 다른 게임을 해보면 어떨까요?" 이봉 씨가 말했다.

여인숙 식구들이 서로 얼굴을 바라보았다.

이봉 씨가 일어나 카운터 뒤에서 종이와 볼펜을 챙기더니 느릿한 걸음으로 자리에 돌아왔다. 종이에 뭐라고 휘갈겨 쓰고는 가로 세로로 몇 번 접어서 그 금대로 찢어서 모두 똑같은 크기의 직사각형 조각으로 만들었다. 마르셀린은 고개를 비틀어 이

봉 씨가 뭐라고 쓰는지 보려 했지만 실패했다. 이봉 씨는 왼손
잡이인 데다가 의사의 라틴어 처방전보다 더 알아보기 어렵게
글씨를 쓰는 사람이었다.

잠시 후, 경건한 침묵을 깨뜨리고 이봉 씨가 이폴리트에게 모
자를 빌려달라고 했다. 그는 모자 안에 종이 쪼가리들을 넣었
다. 레옹이 호기심이 동해서 테이블 위로 냉큼 올라왔다. 마르
셀린은 화들짝 놀라서 소리를 질렀다.

"아, 안 돼! 내려가! 털 날리는 거 질색이야! 저리 가, 이 더러
운 털북숭이 녀석!"

마르셀린이 자기 말에 증거를 대려는 듯 기침을 해댔다.

"됐습니다."

이봉 씨는 손바닥으로 테이블을 짚고 한 사람 한 사람의 얼
굴을 지그시 바라보았다. 모두가 그에게 집중했다.

"어휴, 속 터져! 이제 말해봐요! 이러다 밤 새겠어요!" 마르셀
린이 짜증을 냈다.

누르가 마르셀린에게 눈을 부릅떴다. 이봉 씨는 그들을 무시
하고 입을 열었다.

"마니또 게임이라는 건데요."

조르주가 고개를 주억거렸다. 마르셀린은 무슨 말인지 모르
고 이봉 씨만 쳐다보았다.

"설명할게요. 이폴리트의 모자에 종이를 넣었잖아요? 돌아가
면서 한 장씩 뽑아요. 그다음에 아무에게도 말하지 말고 혼자

서 종이에 누구 이름이 쓰여 있는지 보세요. 그 사람에게 여러분이 '마니또'가 되어서 앞으로 잘해주는 거예요."

"'마니또'가 뭔데요?" 쥘리에트가 배를 쓰다듬으면서 물었다.

"자기 정체를 들키지 않고 상대를 행복하게 해주는 비밀 친구예요. 행복하게 하는 방법은 각자 알아서 찾아야겠죠."

이폴리트는 멍한 눈을 크게 뜨고 이봉 씨를 쳐다보았다.

"자, 내가 레옹을 뽑았다고 칩시다. 어디까지나 예를 드는 겁니다, 레옹은 게임에 포함시키지 않을 거니까요. 나는 어떻게 하면 레옹이 기분 좋아질까 계속 궁리하겠죠. 가령 아침마다 사발에 따뜻한 우유를 부어준다든가……."

"포도주 코르크 마개를 모았다가 주면 좋아하겠죠! 레옹은 코르크 마개를 가지고 놀기 좋아해요!" 이폴리트가 알아들었다는 듯 외쳤다.

"그런 것도 방법이지, 그래, 맞아."

"어디서 나온 게임이에요?" 누르가 물었다.

이봉 씨가 목청을 가다듬었다.

"음, 미국에서 꽤 인기 있었던 게임이라고 해요. 어떤 사람이…… 개인의 영향이 나라 전체의 행복 수준에 미치는 영향을 알아보려고 만들었다는데……." 이봉 씨는 대충 지어내서 말했다.

"그럼 조르주 선생님은 들어보신 적이 있겠네요?" 쥘리에트가 흥분해서 물었다.

조르주는 고개를 가로저었다.

"그러니까 간략히 말하자면 사소하지만 우리를 행복하게 하는 행동을 연쇄적으로 발생시키자는 거예요. 누군가의 미소가 남을 돕고 싶다는 마음을 불러일으키고, 그렇게 도움을 받은 사람이 또 다른 사람의 인생을 변화시키고, 그렇게 다 연결되는 거예요."

"그럼, 게임은 누가 이기는 거예요?" 이폴리트가 물었다.

이봉 씨는 그 질문에 대답하지 못했다.

"어휴, 참! 나중에 누가 제일 행복해하는지 보면 알죠! 자, 얼른 이름이나 뽑읍시다!" 얼른 자러 올라가고 싶었던 누르가 대신 나섰다.

이봉 씨는 엄숙한 표정으로 모자를 흔들고 나서 요리사에게 내밀었다. 조르주는 속으로 제발 마르셀린만 뽑히지 않기를 빌었다. 요즘 들어 마르셀린은 도가 지나친 듯했다. 아침 조깅에 악착같이 따라오질 않나, 오전에 어딜 가느냐고 꼬치꼬치 캐어묻질 않나.

"먼저 뽑아요, 누르."

여인숙 사람들은 돌아가며 한 명씩 쪽지를 뽑았다. 그다음에 입가에 미소를 머금고 서로를 묘한 눈으로 바라보았다. 조르주는 긴장이 풀렸다. 쥘리에트는 하품을 했다. 이제 밤 9시만 지나도 눈을 뜨고 있기가 힘들었다. 누르는 쥘리에트를 다정한 눈으로 바라보았다.

"이제 올라가 잘까?"

여인숙 식구들은 저마다 비밀 친구를 행복하게 해줄 방법을 생각하면서 고개를 끄덕였다. 의자가 바닥에서 밀리는 소리가 났다. 누르는 마들렌 접시와 빈 잔 몇 개를 주방으로 옮겼다. 주인장이 글씨 쓰는 모습을 자주 봤던 누르는 그의 속임수를 간파하고 놀란 참이었다. 이봉 씨는 모든 쪽지에 똑같은 이름을 썼다. 누르는 이봉 씨가 왜 이렇게까지 폴레트 부인에게 마음을 쓰게 된 걸까 의아해졌다.

그때, 여인숙 문이 열렸다. 어슴푸레한 배경에 한 남자의 실루엣이 나타났다. 이봉 씨가 몸서리를 쳤다. 문간에 선 남자는 기분 나쁘게 웃으면서 험악한 눈빛으로 주인장을 쏘아보았다. 그는 턱을 내밀고 고개를 까딱했다. 인사보다는 도발에 가까운 몸짓이었다.

남자가 바에 자리를 잡았다. 지난번과 마찬가지로 닳아빠진 가죽 재킷을 입고 있었다. 그는 시가를 꺼내 냄새를 맡고 천천히 불을 붙였다. 그러고는 아직 클루 게임판을 치우지 않은 테이블을 가리켰다.

"누가 이겼죠?"

"다들 올라가십시오." 이봉 씨가 여인숙 사람들에게 말했다.

조르주가 이폴리트와 쥘리에트에게 얼른 올라가자고 눈짓을 했다. 마르셀린은 약간 미적거렸다. 이 남자에게 흥미를 느꼈기 때문이다. 그녀는 자기 물건을 챙기고 조끼를 집어 들었다.

"잘 자요, 이봉 씨." 마르셀린은 남자를 흘끔거리면서 그렇게 말했다.

누르는 주방에서 숨을 죽이고 있었다. 귀에 익은 목소리. 그 목소리가 과거에서부터 올라와 그녀의 현재를 망가뜨리고 있었다. 누르는 부르르 떨었다.

"가주시죠." 이봉 씨가 차갑고 딱딱한 목소리로 말했다.

"소식이 궁금해서 왔을 뿐이오. 이 집 요리사는 어떻게 지내시나?" 상대가 대꾸했다.

"꺼지시오! 당신이 요구한 걸 이미 줬잖소!"

마르셀린은 계단 뒤에 숨어서 그들의 대화를 한마디도 놓치지 않고 새겨들었다. 그녀는 남자의 얼굴을 똑똑히 기억해두려 애썼다. 여차하면 경찰에 가서 몽타주를 제시할 수 있도록.

"나도 압니다, 이봉 씨. 그렇지만 살기 힘든 세상이잖아요? 굳이 그걸 가르쳐줘야 합니까? 누르가 도리를 저버린 탓에 어떤 사람들은……."

누르는 주방 문짝에 기대어 선 채 온몸을 떨고 있었다. 사내의 말이 끝나기도 전에 이봉 씨가 그의 코를 향해 정통으로 훅을 한 방 날렸다. 뼈 부러지는 소리가 홀에 울려 퍼졌다. 누르는 손으로 자기 입을 틀어막았다.

남자가 몸을 일으켰다. 그는 소매로 코를 닦았다. 피가 턱으로 흘러내렸다. 부상 입은 맹수의 차가운 눈빛에서 그가 얼마나 잔인한 짓까지 할 수 있는 인간인지 얼핏 보였다. 그는 팔을 휘둘러 한 시간 전에 파올로가 카운터에 올려놓은 바구니를 확 엎었다. 먹음직스러운 토마토들이 날아가 바닥에 짜부라졌다. 붉은 토마토 즙이 웅덩이를 이루었다.

잠시 후 쾅 소리와 함께 문이 닫혔다. 무거운 침묵이 여인숙을 짓눌렀다. 이봉 씨는 꼼짝도 하지 않았다. 주방에 숨어 있던 누르의 뺨에 눈물이 비 오듯 흘렀다.

31

짝 안 맞는 양말을 무릎까지 올려 신은 이폴리트가 폴레트의 그릇 옆에 종이를 접어 만든 닭을 내려놓았다. 노란 기모노를 꽉 끼게 입은 마르셀린이 계단을 내려오면서 말을 걸었다.

"오! 크루아상! 내 거예요, 이폴리트?"

이폴리트가 웃으면서 손을 들어 보였다. 그러고는 아무 말 말라는 듯 입에 대고 지퍼를 잠그는 시늉을 했다. 마르셀린은 그에게 윙크를 하고 아침상에 앉았다.

폴레트가 잠시 후 가운을 목까지 여미고 굳은 얼굴로 나타났다. 그녀한테서 상큼한 은방울꽃 향기가 났다. 평소처럼 세련된 옷차림의 조르주 선생이 바로 그다음에 나타났다.

"안녕하세요, 안녕하십니까?" 그는 쾌활하게 인사를 건네고 신문을 들었다.

"안녕히 주무셨어요?" 마르셀린이 입안에 음식이 가득한 채 말을 건넸다.

폴레트는 차를 찻잔에 따르고 두 손으로 감싸 쥐었다. 그녀의 시선은 창밖에서, 건초 더미와 교회 종탑 사이 어딘가에서 헤매고 있었다.

"이 크루아상 굉장히 맛있어요, 이폴리트!" 조르주가 고맙다는 뜻으로 말했다. "하나 더 먹어도 될까?"

이폴리트는 입이 귀까지 찢어져서 고개를 끄덕거렸다. 마르셀린은 숟가락으로 사발을 휘젓고 잼 바른 빵을 담갔다. 폴레트는 하늘을 쳐다보았다.

"음, 그런데 그 사람, 누구라고 생각해요?" 마르셀린이 장난하듯 물었다.

조르주는 무슨 말인지 몰라서 마르셀린의 얼굴만 보았다.

"간밤에 찾아온 남자요! 누굴까요?"

"모르죠……." 남의 일에 끼어들기 싫어하는 조르주가 말을 흐렸다.

"무슨 얘기들을 하세요?" 쥘리에트가 눈을 빛내며 다가왔다. "와, 초콜릿 빵이다. 저 지금 엄청 배고파요!"

"시가를 문 남자 얘기지! 뭐, 솔직히 안 봐도 비디오잖아요?" 마르셀린이 내뱉었다.

조르주와 쥘리에트는 당황해서 마르셀린의 얼굴을 빤히 보았다. 마르셀린이 무거운 사발을 테이블에 내려놓았다. 그 바람에

리코레 몇 방울이 식탁보에 튀었다.

"뻔하죠! 이봉 씨에게 골치 아픈 일이 생긴 거예요! 그것도 누르 때문에!"

모두의 시선이 주방으로 쏠렸다. 보통 이 시간이면 누르는 이미 주방에서 아침을 차리느라 부산을 떨고 있을 터였다.

"아무도 없어요! 봤죠? 수상해, 뭔가 수상해!"

마르셀린은 손가락으로 테이블에 떨어진 음료 방울을 훔쳐서 입에 넣었다. 그러고는 자신만만하게 말했다.

"그다음에 무슨 일이 일어났는지 여러분은 상상도 못 할 거예요!"

조르주와 쥘리에트는 그녀의 입만 보고 있었다. 폴레트도 안 듣는 척했지만 귀를 기울이고 있었다.

"이봉 씨가……. 아! 안녕하세요, 이봉 씨! 잘 주무셨어요?"

사장이 계단에 나타났다. 다크서클이 두드러지고 뺨이 퀭한 것이 어디가 아파 보였다.

"누르가 없어요?" 그가 놀라면서 물었다.

여인숙 식구들은 고개를 끄덕였다. 이봉 씨가 육중한 몸으로 의자에 털썩 주저앉았다. 그는 한참을 멍하니 잼 병만 바라보았다.

"괜찮아요?" 마르셀린은 자기가 아는 것을 입 밖에 내고 싶은 마음 반, 주인장에게 캐묻고 싶은 마음 반으로 말했다.

이봉 씨는 대답 대신 카운터로 가서 술을 한 잔 따르더니 단숨에 들이켜고 두 번째 잔을 채웠다. 여인숙 식구들이 서로 눈빛을 교환하며 걱정스러운 얼굴을 했다. 마르셀린만 신이 나 있었다. 이 일이 재미있어 죽겠는 모양이었다.

레옹이 야옹 하고 울면서 주인장의 다리에 몸을 비볐다. 이봉 씨는 무뚝뚝하게 레옹을 쫓아버리고는 정원으로 나갔다.

문이 닫히자마자 마르셀린이 외쳤다.

"진짜 수상하다니까! 내가 뭐랬어요?"

아침 식사는 진즉에 끝났지만 마르셀린은 이봉 씨와 누르가 어떤 난관에 봉착해 있는지 오만 가지 짐작과 추측을 쏟아내느라 자리를 뜰 생각을 하지 않았다. 마르셀린의 끝없는 자문자답에 진력이 난 폴레트가 자리에서 일어나 테이블을 내리쳤다.

"아! 입 좀 다물어요!"

마르셀린은 골이 나서 자기 편을 들어줄 사람을 눈으로 찾았다. 조르주는 무시하고 신문만 보았다. 쥘리에트도 일어나서 사발을 주방에 갖다 놓았다. 그녀가 눈을 빛내면서 돌아왔다.

"우리 오늘 바다에 가면 어때요?"

이폴리트가 손뼉을 쳤다. 마르셀린은 귀가 솔깃했다. 분위기가 좀 바뀌지 않겠는가! 그녀는 냅킨을 접고 있는 폴레트를 못마땅한 듯 째려보았다.

"노르망디는 어때요? 기차를 타면 점심에는 도착할 거예요!"

"아, 좋아요! 카부르에 가요! 날씨가 좋아서 야외에서 점심을 먹어도 되겠어요!"

조르주도 구미가 동했다.

"아이디어 괜찮군요!"

그가 일어나 창밖으로 냅킨을 흔들어 보였다. 주인장은 몇 미터 떨어진 곳에서 잡초를 뽑느라 여념이 없었다.

"이봉 씨! 오늘 바닷가에 갑시다! 이봉 씨도 기분 전환이 필요해요!"

주인장은 절반은 움직이지 않는 수염 속으로 무슨 말을 구시렁거렸다.

폴레트는 말없이 자기 방으로 올라갔다. 기분이 바닥을 치는데 바닷가에서 노닐 마음이 나겠는가. 그녀는 바닷모래도, 그밖의 모든 것도 싫었다. 당신들이나 가라고! 다들 나가면 그녀에겐 진짜 휴가 같을 것이다! 그녀는 모두에게서 잊히기만을 원했다. 특히 이봉 씨와 수시로 그녀를 훔쳐보는 그의 연민 가득한 눈빛을 피하고 싶었다. 처연한 얼굴을 하고 여인숙 곳곳을 돌아다니는 자기 모습이 안 보일 거라 생각하나? 친절이 뚝뚝 떨어지는 다른 사람들은 어떻고! 웬 성화람? 이봉 씨가 입단속을 안 했겠지! 폴레트는 분통이 터졌다. 이것 봐, 오늘 아침에도 누가 서랍장 위에 조그만 꽃다발을 올려놓았잖아. 그녀는 머지 않아 자기 무덤에 놓일 꽃을 보는 것 같아서 꽃다발을 당장 화장실에 갖다 놓았다. 교회에 고인을 위해 들고 가는 꽃과 뭐가 다르담! 그녀가 이미 죽음의 냄새를 풍기고 있어서 꽃향기로 덮으려는 걸까? 자기가 없는 자리에서 그들이 눈물을 글썽이며 안타까워하는 모습을 상상해보았다. 어휴, 그 불쌍한 노부인을 돕기 위해 뭘 하면 좋을까요? 그래도 우리는 그 노부인을 좋아했잖아요? 폴레트는 이를 악물었다. 욕지기가 치밀어 올랐다! 어제 아침에도 창 아래서 짹짹대는 새소리에 잠에서 깼다. 창을 내다보니 이봉 씨가 일부러 만들어놓은 듯한——아니면 껑다리 이폴리트의 솜씨런가?——새 둥지가 보였다. 저놈의 털 빠진 새들이 짹짹대는 소리에 잠에서 깨면 행복할 거라 생각했나 보다! 마르셀린의 손뜨개 옷, 누르의 케이크, 쥘리에트의 다정한 말은 또 어떻고! 너무 잘해주니까 나한테 신경 끄라고 말할 수도 없잖아! 제발 내게 남은 시간은 섬세함을 유지하고 체면을 차리며 살게 내버려두라고! 눈부시고 피곤한 스포트라이트는 치워줘! 나의 맥박과 기분을 살피고 동정하는 시선은 집어치워! 차라리 이미 없는 사람 취급해줘, 곧 그렇게 될 거잖아! 모르겠어? 당신들의 무시가 나에겐 가장 좋은 선물일 거야. 그래, 나를 무시해줘. 내가 천년만년 살 것처럼 대해줘. 고약한 기분, 비관적인 생각, 조바심을 나한테 그냥 다 드러내라고! 원래 하던 대로 해, 제발!

하지만 폴레트는 이렇게 될 거라 예상했다. 조금이라도 약한 티를 내면 득달같이 달려들어 무엇이 그녀에게 가장 좋은지, 그녀가 무엇을 가장 바라는지 자기네들이 짐작하고 결정할 거라고, 그렇게 해서 그녀의 의지는 쓸모없게 될 거라고 짐작했다.

그것이 프랑스 반대편으로 떠나고 싶었던 이유였다. 아들의 겁에 질린 눈빛, 며느리의 집요한 간섭, 만나야만 하는 손님들, 자기 슬픔에 취해 상대를 더 슬프게 만드는 시선에서 도망가고 싶었다. 그래서 오드가상에 전부를 걸었더랬다. 거기 가면 구역질 나는 친절을 견디지 않아도 될 터였다. 안내 책자는 '사려 깊은 사생활 보장'을 약속했다. 그런데 이게 뭔가! 정녕 마지막 꿈조차 날려버렸어야 했나? 가장 마음 편한 벗 —— 자기 자신! —— 곁에서 생을 마감하겠다는 꿈조차 이룰 수 없나?

그녀의 생각에 대답하듯 노크 소리가 났다. 조르주의 목소리가 들렸다.

"폴레트 부인, 안에 계시죠?"

그녀는 못 들은 척 계속 창밖을 바라보았다. 창턱에 앉은 참새가 그녀를 지켜보고 있었다. 폴레트는 갑자기 화가 치밀어 올라 쿠션을 새에게 집어 던졌다. 참새는 날개를 불안하게 퍼드덕거리며 도망갔다.

"폴레트 부인, 거기 있는 거 압니다. 무슨 일이에요? 문 좀 열어주십시오!"

폴레트는 그 말도 무시했지만 곧바로 문짝에 몸으로 부딪치는 소리가 났다. 조르주가 무리를 하는 것 같았다.

"폴레트 부인, 방해하려는 게 아니라 같이 있고 싶어서 그럽니다. 다음번 속보 경기에 대한 의견을 듣고 싶어요."

조르주는 베팅과 말에 대해서 혼자 주저리주저리 떠들기 시작했다. 폴레트에게는 죽은 남편만큼이나 안중에 없는 얘기였다. 조르주는 때때로 말을 끊고 뭔가 질문을 던졌다가 대답을 기다리지 않고 자기 생각을 한참 쏟아냈다. 노부인은 한숨을 쉬며 하늘을 쳐다보았다. 조르주가 젊은 날 미국인 애인에게 보냈던 그 열렬한 연애편지가 생각났다. 그는 예의 바른 겉모습 속에 고래 심줄보다 더 질긴 고집을 감춘 남자였다.

"내키지 않는 거 알아요, 폴레트 부인. 마르셀린을 찾아볼게요. 그 사람은 좋아라 하면서 우리에게 조언을 해줄 겁니다."

모자를 쓴 폴레트가 갑자기 문을 열고 나타났다. 조르주는 그녀를 바라보았다. 폴레트는 말없이 그를 지나쳐 다들 출발할 준비를 하고 있는 아래층으로 내려갔다. 여기서 폴레트가 자기 마음대로 조용히 지내기란 확실히 그른 성싶었다.

그녀가 계단에서 소리쳤다.

"시끄러운 건 갈매기만으로 충분해요! 말귀를 알아들었으면……."

조르주가 환하게 웃으면서 내려왔다. 요 며칠 폴레트가 상대를 해주지 않아 적적했는데 드디어 함께할 시간이 생긴 것이다.

잠시 후, 여인숙 사람들은 모자를 손에 들고 식당에 대기 중이었다. 마르셀린이 먹을 것을 잔뜩 담은 배낭을 메고 주방에서 나왔다.

"준비됐죠?"

이봉 씨가 벽시계를 보았다. 누르는 이 시각까지 일어나지 않은 걸까?

"올라가서 누르를 데려오겠습니다."

마르셀린이 한숨을 쉬었다. 이러다 기차를 놓칠 판이었다! 고작 한 시간 있다가 올 거면 뭐 하러 가겠어!

이봉 씨는 헉헉대며 계단을 부리나케 올라갔다. 누르의 방이 있는 층까지 올라갈 일은 평소 많지 않았다. 그는 누르의 방문에 노크를 하고 복도 전구를 꼭 갈아야겠다고 속으로 생각했다.

"누르?"

아무 반응이 없었다.

"누르?" 그가 조금 더 큰 소리로 물었다.

문짝에 귀를 대어보고는 일단 들어가기로 마음먹었다. 방 안은 어둑어둑했다. 침대는 가지런히 정돈돼 있었다. 선명한 색 쿠션은 안락의자에 놓여 있었고 수 놓인 모직 양탄자가 작은 방에 따뜻한 느낌을 더해주었다. 그 방은 흠잡을 데 없이 정리되어 있었다. 그건 놀랍지 않았다. 그보다는 서랍장 위에서 발견한 쪽지가 이봉 씨를 뒤흔들어놓았다. 누르의 글씨를 어렵잖게 알아볼 수 있었다.

이봉 씨,

이렇게 떠나서 죄송합니다만 다른 방법이 없네요. 시간이 좀 필요해요, 하지만 꼭 돌아올게요.

당신을 이 일에 말려들게 한 것이 후회됩니다. 부디 저를 용서해주세요.

제가 없는 동안 이폴리트를 잘 챙겨주세요.

누르 드림

32

그들은 카부르 역에서 내렸다.

이봉 씨는 기차 안에서 내내 의문에 휩싸였다. 무슨 뜻이었을까? 누르는 자기 자신을 지키기 위해서 도망치기로 했나? 지금 도대체 어디 있을까? 비행기를 탔나? 그러고 보니 그는 누르가 방에 있는 짐을 다 챙겨갔는지조차 확인하지 않았다. 그녀가 언젠가 돌아올까? 이쪽에서 적극적으로 찾아야 하는 건 아닐까? 경찰에 신고해야 하나?

위장이 꼬이는 기분이었다. 그는 마르셀린이 내미는 땅콩을 거절했다.

"주말을 이용해 가족을 만나고 올지도 모르잖아요?" 쥘리에트는 사장을 위로하고 자기 자신도 달랠 겸 그렇게 말해보았다.

그렇지만 그 말에 속을 사람은 아무도 없었다. 다들 누르가 자취를 감춘 이유는 가죽옷을 입은 수수께끼의 남자와 관련이 있다고 생각했다. 그는 위험한 사람일까?

"자, 자, 건너갑시다!"

20분도 지나지 않아 그들은 산책로에 들어섰다. 바닷가를 따라가는 길에서 연인들과 어린아이들이 여름 끝자락의 햇살을 즐기고 있었다.

이폴리트는 눈을 감고 바닷바람에 실려 온 소금기를 혀끝으로 음미했다. 그는 신발을 벗고 모래밭으로 달려갔다. 곧이어 가방에서 알록달록한 연을 꺼냈다. 조르주는 바지를 발목 위로 걸어붙이고 이폴리트가 연을 펼치는 것을 도와주었다.

이봉 씨는 난간에서 그들을 내려다보며 파이프를 빨았다. '이폴리트를 잘 챙겨주세요.' 누르는 그렇게 썼다. 그 메시지는 당혹스러웠다. 게다가 이폴리트는 누르가 사라졌는데도 걱정하는 기색 하나 없이 방실방실 웃고 있었다. 누르는 이봉 씨가 이폴리트에게 모질게 굴까 봐 그런 말을 남겼을까? 하지만 이봉 씨도 이폴리트를 많이 아꼈다. 이폴리트가 나갔다 올 때마다 재미있는 일이 벌어졌고 이폴리트가 세상을 바라보는 시선도 이봉 씨는 좋게 보았다. 어제도 이폴리트는 정원에서 민달팽이 경주를 열었다. 민달팽이가 텃밭에서 떠나게 하려는 작전이었다. 이봉 씨는 웃음이 났다. 최근 들어 민달팽이들은 숨 돌릴 겨를을 주지 않았고 샐러드 채소밭의 피해는 점점 커지고 있었다.

그래서 이폴리트는 이봉 씨도 돕고 민달팽이의 생명도 지킨답시고 그런 생각을 했던 것이다.

이봉 씨는 해변을 바라보았다. 저 멀리, 다 큰 청년이 아이처럼 연을 날리고 있었다. 그는 조르주가 시키는 대로 연줄을 살살 풀었다. 이봉 씨의 시선이 몇 미터 더 가서 폴레트에게 머물렀다. 그녀는 모래밭에 앉아 수평선을 바라보고 있었다.

이봉 씨는 폴레트 부인을 생각하니 마음이 아팠다. 이제 그녀는 말수가 눈에 띄게 줄었고, 잘 먹지도 않고, 방에만 틀어박혀 지냈다. 언제부터 저랬더라? 병원에 갔다가 그냥 온 날부터인가, 며느리가 다녀간 날부터인가?

한숨이 나왔다. 얼마 안 남은 자신의 마지막 나날을 손도 못 쓰고 지켜봐야 한다면 어떻게 해야 할까? 폴레트는 그 문제를 언급하지 않으려 했다. 이봉 씨도 안 좋은 진단이 떨어졌다는 것밖에 몰랐다. 의사는 속히 환자를 봐야 한다고 했다. 예약했던 진료를 펑크낸 후로 병원에서 계속 전화가 왔다. 그러나 폴레트는 통화를 거부했다.

어제도 노부인을 찾는 전화가 왔다. 이봉 씨는 병원 직원과 통화할 때마다 죄책감을 견딜 수 없었으므로 처음부터 전화를 빨리 끊을 작정이었다. 그런데 처음 듣는 여자 목소리가 노래하듯 말을 해서 깜짝 놀랐다.

"메르시에 부인과 통화할 수 있을까요? 일전에 이 번호로 전화를 주셨는데 최근 연락이 없으시네요. 아잘레 스위트룸 예약을 유지할 의향이 있으신지 알 수 있을까요?"

이봉 씨는 자초지종을 몰라서 잠시 머뭇거렸다. 스위트룸? 이 게 무슨 얘기지?

전화를 건 젊은 여자는 폴레트가 남프랑스의 호화판 양로원에 스위트룸을 예약했고 그쪽에서는 대금 지불을 기다리는 중이라고 설명했다. 호스피스라고는 생각할 수 없을 정도로 모든 서비스를 제공하는, 특급 호텔 뺨치는 곳이라나. 미슐랭 스타 셰프, 온천 요법, 전용 골프장을 누릴 수 있다고 했다. 어련하겠어!

요컨대, 폴레트는 마지막 몇 달을 그곳에서 보낼 계획이었다. 얼마 안 남은 인생, 화끈하게 사치를 부려보자는 심산으로. 사랑하는 이들의 연민 어린 시선을 피해서. 그런데 며느리는 홈메이드 감자튀김과 읍에서 운영하는 수영장에 만족하라면서 시어머니를 이 촌구석으로 보냈다! 물론 여기도 썩 괜찮다. 하지만 오성급 호텔과는 거리가 멀어도 한참 멀지…….

이봉 씨는 문득 어떤 생각이 떠올랐다. 누르가 있으면 같이 얘기를 해볼 텐데, 새삼 아쉬웠다. 가슴을 짓누르는 이 답답함을 누르와 나눌 수 있다면 얼마나 좋을까. 별빛 아래서 주고받던 대화가 그리웠다. 이제 누가 텃밭 일을 도와줄까? 아니, 텃밭은 둘째치고 주방은 누가 맡나? 그가 주방으로 들어가고 나머지 일은 다 쥘리에트에게 맡겨야 하나? 쥘리에트도 딱하게 됐다, 지금은 무리할 때가 아닌데! 누르는 분명히 이런 문제들을 다 알면서도 떠나기로 작정할 수밖에 없었을 것이다. 오죽하면 그런 결정을 내렸을까.

　바닷가 저편에서 조르주도 상념에 젖었다. 이폴리트의 연은 공기를 세차게 가르며 주인의 웃는 얼굴에 움직이는 그림자를 드리우고 있었다. 조르주는 가만히 물러나는 파도를 바라보았다. 여기저기 거무스름한 웅덩이가 생겼다. 개펄에 무릎 꿇고 게를 잡느라 시간 가는 줄 몰랐던 어릴 적 추억이 떠올랐다. 저 앞에서 폴레트는 홀로 바닷가를 거닐고 있었다. 파도가 밀려왔다 밀려가며 때때로 그녀의 맨발을 핥았다.

　얼마 전부터 폴레트는 경마를 하러 오지 않았다. 마권을 찍어 달라는 손님들도 뜸해졌다. 조르주도 폴레트 없이는 마법이 통하지 않을 것 같아서 큰돈을 걸 용기가 나지 않았다. 무슨 일이 일어났던가? 물론, 몇 번의 참패는 있었다. 그래도 그들의 시스템은 비교적 성과가 좋았다. 무엇보다, 재미가 있었다. 폴레트는 대놓고 웃지는 않았지만 그는 그녀가 내심 즐기고 있다는 것을 알았다. 그러다 근래 들어, 이유가 뭔지는 모르지만, 뭔가가 달라졌다. 폴레트는 그를 피했고 말을 거는 사람은 항상 조르주였다. 자신이 부지불식간에 그녀의 심기를 상하게 한 적이 있었나? 그렇게 생각하니 자꾸 자책감이 들었다.

　쥘리에트와 마르셀린이 다가왔으므로 조르주는 혼자만의 의문을 잠시 미뤄두었다. 구불구불한 머리칼이 쥘리에트의 얼굴을 감싸고 있었다. 그녀에게서 빛이 났다.

"기분이 어떠세요, 조르주 선생님?"

"아주 좋아요, 쥘리에트는요?"

"마르셀린이 이제 새로운 스포츠에 도전하겠다고 하네요."

쥘리에트는 속으로 웃었다. 그녀는 조르주 선생을 가볍게 골리기를 좋아했다. 조르주는 짜증을 내지 않았다. 수영, 조깅,…… 이제 또 뭘 해야 하나? 윈드서핑 강습이라도 해야 하나?

"에어로빅은 어때요? 에어로빅은 안 해봤잖아요! 운동량도 많고, 젊은 사람들이 즐기는 스포츠예요! 식당 홀 안쪽에 테이블만 치우면 벽에 거울도 있겠다, 댄스 연습실로 안성맞춤이겠어요!"

조르주는 몸서리를 쳤다. 에어로빅이라니, 싫다고! 하지만…… 왜 그 생각을 못 했지? 갑자기 기운이 났다. 장난기 어린 미소가 그의 얼굴에 번졌다. 자, 해결됐다. 며칠 후로 날짜를 정해주고 그때까지 강습 준비를 하면 되겠군.

잠시 후, 이폴리트의 연이 모래에 처박혔다. 바람이 가라앉은 탓이었다. 이폴리트는 조르주와 함께 산책로로 올라갔다. 이봉 씨와 폴레트가 벤치에 앉아 말없이 그들을 기다리고 있었다. 쥘리에트와 마르셀린은 튀김 빵을 잔뜩 사 들고 알록달록한 목조 가건물 앞에서 손을 흔들었다. 이폴리트가 먹음직스러운 전리품을 옮기려고 그쪽으로 뛰어갔다. 이미 입에 설탕을 잔뜩 묻힌 마르셀린이 조르주에게 추로스를 권했다. 어쨌든, 그들은 기차에서 음식을 나눠 먹었지만 디저트까지 먹지는 못했다. 일행 중에 임신부가 있는데 끼니를 미룰 수 있나! 임신부가 영양이 부족하면 큰일 아닌가!

그들은 바다를 보고 나란히 앉아서 튀김 빵을 맛있게 먹어치웠다. 간식을 먹는 동안만큼은 이봉 씨도 걱정거리를 잊었다. 그는 빵이 너무 기름지다고 하면서도 확인차 하나를 더 먹겠다고 했다. 이폴리트는 손가락까지 쪽쪽 빨았고 마르셀린은 누텔라를 찍어 먹어보라고 했다. 쥘리에트도 그렇게 먹으면 더 맛있다고 했다. 우리 메뉴에 누텔라 추로스를 올리면 어떨까요? 그들은 누르가 이 사실을 알면 어떤 표정을 지을지 상상하면서 깔깔대고 웃었다. 홈메이드 감자튀김과 추로스 무한 제공! 그런 조건이라면 스포츠 강습도 마르셀린에게 아무 효과가 없을 것이다! 조르주는 웃음이 났다. 그렇지만 폴레트가 벤치에 앉아 추로스를 먹지도 않고 들고만 있는 모습을 보니 더는 웃을 수 없었다. 그는 손에 묻은 설탕을 털면서 이렇게 말했다.

"우리 경마장에나 한번 가볼까요?"

폴레트가 고개를 들었다. 한순간, 어렴풋이 눈빛이 살아났다. 조르주가 그녀를 보고 미소 지었다.

"경마장에요?" 마르셀린도 갑자기 흥미가 동한 듯했다.

그런 곳에는 괜찮은 남자들이 많을 거라 생각했던 것이다. 그녀는 손거울을 꺼냈다.

잠시 후, 일행은 조르주를 앞세우고 경마장으로 향했다. 쥘리에트는 조르주 선생이 그렇게 들뜬 모습을 본 기억이 없었다.

그들이 경마장 창살 문을 넘기까지는 한 시간도 안 걸렸다. 수많은 경마 팬들의 흥분이 여실히 느껴졌다. 그들의 시선은 트랙 아니면 전광판에 못 박혀 있었다. 관중의 대부분은 혼자 온 남자였고 저마다 말[馬]의 신에게 주머니를 두둑하게 채우고 돌아가게 해달라고 빌고 있었다. 마르셀린은 전율했다. 그녀는 립스틱을 새로 칠하고 일행에서 이탈했다.

"조금 있다가 만나요, 알았죠? 나 혼자 한 바퀴 돌아보고 올게요."

그녀는 이 말을 끝내기 무섭게 남자 혼자 앉아 있는 테이블에 합석했다. 그 남자는 자기가 크게 기대를 걸고 있는 순혈마 두 마리의 기량을 비교하느라 여념이 없었다.

"안녕하세요, 오늘 날씨가 참 좋죠?" 마르셀린이 입술을 하트 모양으로 내밀며 말을 붙였다.

쥘리에트가 쿡쿡거렸다. 하여간 마르셀린은 넉살도 좋다. 이폴리트는 쥘리에트의 소매를 잡아 끌었다. 그들은 마사에 내려가 직원들이 말을 씻기고 털을 빗기고 상처를 싸매주는 모습을 구경했다. 이폴리트는 약간 무서워하면서 말에게 당근을 내밀었다. 그는 당근을 바닥에 떨어뜨리고서 킬킬댔다. 쥘리에트는 엎어놓은 양동이를 의자 삼아 앉았다. 말똥과 건초 냄새가 났다. 해를 등지고 있어서 등이 따뜻했다. 기분이 좋았다.

마구간의 냄새가 좋아.

말발굽 닦기는 좋아하지 않아.

그래도 말발굽이 땅을 힘차게 박차고 달리는 소리는 참 좋아.

그녀는 수첩 주인을 찾지 못한 채 자기 마음대로 그 안에 내용을 보태고 있었다. 이따금 수첩을 뒤적이면 원래 주인의 글씨와 자기 글씨가 한데 어우러져 춤을 추는 것 같아 기분이 좋았다.

말 한 마리가 다가와 크고 검은 눈으로 쥘리에트를 빤히 보았다. 말과 아가씨는 한참 서로를 바라보았다. 말은 커브를 크게 그리는 기다란 속눈썹으로 어떤 얘기를 그녀에게 전하고 싶은 듯했다.

갈기를 가볍게 들썩이는 바람이 좋아.

말이 어금니로 곡식을 와작와작 깨물어 먹는 소리가 좋아.

나비의 날갯짓처럼 가벼운 태동이 느껴졌다. 그녀의 얼굴에 미소가 떠올랐다. 이미 동그랗게 부풀어 오른 배에 손을 얹었다. 태아가 엄마 관심을 끌려고 기지개라도 켜는가 보다. 쥘리에트는 주위 풍경을 나지막하게 설명하면서 나중에 크면 망아지를 태워주겠다고 약속했다. 어쨌든 이제 아기도 발가락 다섯 개가 다 생겼을 것이다.

그들은 함께 행복할 것이다. 그들에겐 아무도 필요하지 않았다. 애 아빠, 조부모, 혈연으로 맺어진 가족은 없어도 된다. 쥘리에트는 누르를 생각했다. 누르가 그녀에게 따로 언질도 주지 않고 그렇게 떠난 게 원망스러웠다. 인생은 그런 거다. 자기 곁에 누군가가 있다고 믿고 싶었다. 하지만 인생의 부침 속에서 인간은 항상 혼자다. 마미노 할머니는 그녀를 딸처럼 사랑해주었지만 결국 떠났다. 쥘리에트가 슬픔을 나눌 수 있는 사람 한 명 남기지 않고 홀로 떠났다.

딱정벌레 한 마리가 쥘리에트의 종아리에 앉는 바람에 부정적인 생각들이 흩어졌다. 벌레가 무릎까지 기어올라와 전망을 감상하듯 멈춰 섰다. 안장을 얹고 마구를 착용한 말 몇 마리가 트랙으로 나갈 채비를 마쳤다.

폴레트와 조르주는 둘만 남았다.

"우리 베팅할까요?" 조르주가 웃으면서 말했다.

폴레트는 어깨를 으쓱했다. 아침부터 일행을 따라 여기저기 다녔지만 정신은 딴 데 가 있었다. 끈끈한 회색 안개에 둘러싸여 그녀 자신도 꾀죄죄해지고 감정이 소멸된 기분이었다. 그녀의 일생도 이 하루처럼 지지부진했다. 11월의 어느 일요일, 얼른 파하고 싶은 생각밖에 없었던 지긋지긋한 가족 식사, 그딴 걸 참 오래도 끌었다.

"베팅은 혼자 하세요. 알다시피 난 경마를 잘 몰라요." 폴레트가 냉랭하게 대꾸했다.

그녀는 빨리 돌아가고 싶은 생각밖에 없었다. 신발 속에 들어온 모래도, 더위도 성가셨다. 얼른 자기 방에 돌아가 고독을 찾고 싶었다.

"이런, 그 말은 못 믿겠네요, 폴레트 부인! 자, 이쪽으로 오세요. 내가 보여드리리다."

폴레트는 구미가 당겨서라기보다는 햇볕을 피하고 싶어서 조르주를 억지로 따라갔다. 조르주는 경마장에 와서 기분이 좋은지 말이 많아졌다. 그는 폴레트를 패덕*으로 데려갔다. 기수를 태운 말들이 조련사의 지시에 따라 몸을 풀고 있었다.

"여기가 패덕이에요. 말의 상태와 걸음걸이를 관찰할 수 있으니 아주 중요하죠."

그는 신문을 들여다보고 노란 줄무늬 조끼를 착용한 왜소한 남자를 가리켰다.

"저 사람이 랑줄랭이에요. 얼마 전부터 눈여겨보고 있어요. 진짜 명기수예요! 저런 기수를 날이면 날마다 볼 수 있는 게 아니죠."

폴레트는 듣고 있지 않았다. 경주마들을 보니 마음이 안 좋았다. 말들이 스트레스를 받는 게 보였다. 두건을 씌우고, 눈가리개를 채우고, 신선한 풀을 뜯으며 뛰어다니지도 못하게 하고,

---

* 경기에 앞서 관중에게 말과 기수를 소개하는 구역.

상자 같은 마사에 가둬놓지 않는가. 저 말들은 어디에서 최후를 맞이할까? 경주마로서 가치가 없어지면 어떻게 되는 걸까? 쟤들도 서서히 무릎이 나갈까, 아니면 갑자기 나이 든 태가 확 나는 걸까? 오히려 경주에서 은퇴하면 초록 들판에 풀어놓고 마음대로 살라고 할까? 아니면 도살장으로 넘겨져서 지금껏 덕 본 마주(馬主)에게만 좋은 일을 할까?

머리가 핑그르르 돌았다. 폴레트는 바리케이드를 붙잡았다. 조르주는 패덕에서 눈을 떼지 않고 설명에 심취해 있었다.

노란 조끼를 입은 남자가 금속 말뚝을 들고 그들 앞으로 지나갔다.

"트랙 노면 상태를 파악하는 겁니다. 자, 우리도 저쪽으로 가죠."

그들은 경주장 울타리로 다가갔다. 지면은 부드럽고 상태가 양호했다. 조르주가 종이에 뭔가를 휘갈겨 썼다.

폴레트는 그를 지그시 바라보았다. 백발이 무색하게 그는 아직 젊어 보였다. 인생이 아직 시간을 남겨두었을 때 그녀가 조르주 같은 남자를 만났더라면 어떻게 됐을까 생각해보았다. 서로 좋아하게 됐을까? 그는 그녀의 한창때 모습을 아름답다고 했을까? 남편을 미워하게 된 것처럼 결국 저 사람도 미워하게 됐으려나?

조르주는 매표구 너머 판매원에게 지폐를 몇 장 내밀었다.

"당신 몫도 베팅할게요, 폴레트 부인. 퀸 버디는 경험이 없지만 기량이 뛰어나요! 당신도 여기 처음이지만 저 말한테도 첫 경주예요. 저 말이 부인에게 행운을 안겨줄 겁니다! 나는 신바드에게 다 걸 겁니다!"

행운은 그의 편이었다. 그는 의심하지 않았다. 폴레트가 곁에 있으면 천하무적이 되는 것 같았다.

그들은 관중석에 앉았다. 조르주는 고개를 트랙 쪽으로 내밀고 쉴 새 없이 떠들었다. 말을 한 마리씩 소개하고 그동안의 이력, 강점, 오늘 경기의 관건을 설명하느라 바빴다. 폴레트의 눈에는 말 대신 파리처럼 어른대며 춤추는 검은 점만 보였다. 갑자기 종이 울리고 게이트들이 열렸다. 말들이 총알처럼 튀어나왔다. 폭풍에 놀란 누 떼가 달리듯 말들은 따가닥따가닥 소리를 내며 달렸다. 조르주는 꼼짝도 하지 않았다. 빨간 조끼가 선두로 치고 나갔고 바로 뒤에 퀸 버디가 따라붙었으며 신바드는 뒤로 처졌다. 기수들은 말 위에서 전력을 다해 펄떡거렸다. 폴레트는 눈을 감았다. 경주마들이 마지막 직선 코스에 들어왔다. 기수들이 채찍으로 말 엉덩이를 갈겼다. 날카로운 아픔이 폴레트의 머리를 관통했다. 조르주가 자리에서 벌떡 일어나는 것만 겨우 알았다. 신바드가 바람을 타고 달리듯 속도를 내고 있었다. 눈 깜짝할 사이에 선두 그룹에 합류했다. 관중석에서 우레와 같은 함성이 일어났다. 기수는 숨도 안 쉬고 말을 몰았다. 폴레트는 몸에서 기운이 스르르 빠지는 것을 느꼈다. 신바드와 퀸 버디가 제일 먼저 들어왔다. 폴레트의 머리가 먼저 수그러들었다. 환호성이 먹먹하게, 이상하게 메아리치는 것처럼 들렸다. 어디서 누군가가 "데드헤드!"*라고 외쳤다. 폴레트는 마지막으로 조르주를 쳐다보았고 다음 순간 눈앞이 깜깜해졌다.

---

* 데드헤드(dead-head): 경마에서의 공동 우승.

33

의사가 병실에서 나와 문을 닫았다.

복도에서 조르주 선생, 이봉 씨, 쥘리에트가 그를 기다리고 있었다.

"어떻습니까, 의사 선생님?" 이봉 씨가 쉰 목소리로 물었다.

"현재로서는 답보 상태입니다. 일단 절대적 안정이 필요하고 집중 치료도 들어가야 할 것 같습니다. 검사는 내일입니다."

조르주가 한 발짝 앞으로 다가갔다. 그는 캡 모자를 구겨서 쥐고 있었다.

"그런데…… 살 수 있는 거죠?"

"일단은 살아 계시고, 그것만 해도 좋은 소식이죠. 나머지는 검사 결과가 나오지 않아서 저희도 말씀드릴 수 없습니다."

어떤 간호사가 복도로 나와서 의사를 불렀다. 가운 주머니에

펜을 잔뜩 꽂은 의사는 대충 고개를 까딱하고 얼른 그쪽으로 뛰어갔다.

이봉 씨는 플라스틱 의자에 주저앉아 고개를 푹 숙였다. 조르주는 희끄무레한 불빛 아래 소독약 냄새가 풍기는 복도에서 인상을 찡그린 채 헛되이 희망의 표시를 찾고 있었다. 그는 테이블에서 안내 책자 한 부를 손에 잡히는 대로 펼쳐 들고 그 내용을 읽는 척했다.

쥘리에트가 노크를 하고 조용히 손잡이를 돌렸다. 살금살금 병실 안으로 들어갔다. 침대에는 스탠드 하나만 켜져 있었다. 폴레트는 반듯하게 누워 가냘프게 숨을 쉬고 있었다. 전선, 튜브, 전극이 주렁주렁 달려 있어서 노부인의 자그마한 몸집이 더 작아 보였다. 그녀의 얼굴은 평화로웠고 두 손은 분홍색 이불 위에 얌전히 놓여 있었다.

"폴레트 부인…… 쥘리에트예요."

쥘리에트가 속삭였다.

"폴레트 부인, 우리가 여기 있어요. 겁내지 마세요."

쥘리에트는 침대 가장자리에 어정쩡하게 걸터앉았다.

"의사가 곧 좋아지실 거라고 했어요. 여인숙으로 돌아오시면 저희가 정말 잘해드릴게요. 빨리 일어나셔야 해요, 아셨죠?"

울음이 터질 것 같았다. 쥘리에트는 침을 삼키고 노부인의 손에 자기 손을 얹었다. 갑자기 폴레트 할머니가 몹시도 연약해 보였다. 혈종 때문에 거무스름해진 팔에는 관과 연결된 바늘이 꽂혀 있었다. 팔목이 이렇게 가느다란 줄은 몰랐다. 쥘리에트는 비단처럼 고운 백빛을 정답게 쓰다듬었다. 그러고는 말없이 일어나 병실을 나왔다. 쥘리에트는 병실 문을 닫자마자 이봉 씨의 품에 안겨 엉엉 울고 말았다.

"이러지 말아요, 힘을 내야지, 쥘리에트 몸도 생각해야……."

주인장이 조르주 선생에게 그만 가자고 고갯짓을 했다. 조르주는 조금 더 있겠다고 했다. 이봉 씨는 그렇게 하라는 뜻으로 어깨를 으쓱했다. 그들은 서로를 격려하듯 어깨를 토닥토닥하고 헤어졌다.

폴레트는 눈을 뜨고 이곳이 어디인지 깨닫기까지 시간이 좀 걸렸다. 지금이 몇 시지? 마지막 기억은 말들의 질주, 환호성까지였다. 문득 다 생각났다. 신바드와 퀸 버디, 게이트와 채찍, 그리고……. 그녀는 고개를 돌렸다. 조르주가 침대 옆 의자에 앉아 졸고 있었다. 폴레트는 굳어졌다. 이 사람 여기서 뭐 하는 거야? 지금 날 돌본다고 이러고 있나?

병원용 식기대에 그대로 놓여 있는 식판이 눈에 띄었다. 입안이 바짝 말라 있었다. 물병을 잡으려고 손을 뻗었다. 요구르트병이 쨍 소리를 내면서 쓰러졌다. 폴레트는 동작을 멈추었다. 조르주는 꿈적도 하지 않았다. 폴레트는 한숨을 쉬고 잔을 입으로 가져갔다. 하지만 몇 모금 마시기도 전에 옆에서 인기척이 났다. 조르주가 눈을 떴다.

폴레트는 얼른 눈을 감고 베개에 머리를 떨어뜨렸다. 이 불편한 상황에서 조르주와 눈을 마주치고 싶지 않았다. 폴레트는 그를, 그녀 자신을 저주했다. 베개에 머리가 납작하게 눌린 채, 무기력한 맨몸에 헐렁한 병원복만 걸치고, 링거로 영양을 공급받는 불쌍한 늙은이 몰골을 보이기 싫었다. 조르주의 눈치 없음이 싫었다. 자기 자신만을 벗 삼아 점잖게 죽겠다는데 그것도 못 하게 하나?

조르주는 의자에서 아직도 졸음이 가득한 눈으로 폴레트가 잠자는 모습을 바라보았다. 병실에 들어온 지 세 시간이 지나 있었다. 너무 피곤해서 자기도 모르게 까무룩 잠이 들었다. 하얀 침대에 고운 백발을 늘어뜨리고 잠든 폴레트는 아름다웠다. 깊은 밤, 홀로 그녀의 곁을 지키는 이 시간이 조금은 행복하기까지 했다. 하지만 두려움이 더 컸다. 아직도 믿을 수가 없었다. 폴레트가 병자라니, 그럴 수가! 그토록 강인한 여자에게 병이 있었다니! 병명이 도대체 뭘까? 그냥 경마장에서 햇빛에 오래 노출되어 일사병에 걸린 게 아닐까? 아니면 오랜만에 먼 길을 가서 피곤했나? 폴레트가 불면증으로 고생한다고 했던 기억이 났다. 한숨이 나왔다. 어쩌면 그렇게 아무것도 몰랐을까? 이봉 씨는 크게 놀라지 않는 눈치였다. 조르주는 자기 자신을 원망했다.

심장 박동 모니터를 쳐다보았다. 마음을 안정시키는 신호음이 문득 낭만적으로 느껴졌다. 폴레트가 마음을 열어 속내를 들려주는 것 같았다. 삐, 삐, 삐,……. 규칙적인 박자가 작은 병실에 울려 퍼졌다. 그 외에는 수액 떨어지는 소리만 가끔 들릴까 말까 했다. 조르주는 손을 들어 침대 가까이 가져가다가 도로 자기 무릎으로 거둬들였다. 감히 그녀에게 손을 내밀 수 없었다. 그는 바지 주름에 아직 남아 있는 모래 알갱이를 털어냈다. 폴레트가 일어날까? 그는 다정한 눈으로 노부인을 지켜보았다. 평소 자세히 뜯어볼 수 없었던 그녀의 이목구비를 세세한 부분까지 기억에 새기려고 애썼다. 눈가에 점이 하나 있었다. 입술은 얇았다. 귓바퀴의 모양. 그리고 그 옆, 관자놀이께에 희미한 곰보 흉터가 있었다. 어릴 적 수두를 앓은 흔적이었다. 그는 추억은 부실한 기억력 때문에 차차 지워질지언정 몸에는 지워지지 않는 것이 있음을 생각하며 우수에 젖었다.

가운 주머니에 펜을 잔뜩 꽂은 그 의사가 내일 과연 뭐라고 할까? 그들을 조용히 불러서 심각한 목소리로 최악의 소식을 전하려나? 폴레트의 모래시계는 그녀에게 선사할 날들을 얼마나 더 남겨두었을까? 운명의 여신이 그녀의 목숨줄을 가위로 댕강 잘라버린다면?

그는 눈을 비볐다. 그러고는 자리에서 일어나 천천히 폴레트의 이마에 입술을 가져갔다. 그의 입술이 주름 잡힌 섬세한 살갗 위에 잠시 머물렀다. 그녀는 싱그러웠고 오렌지꽃 향기가 났다. 조르주는 귀까지 빨개졌다.

모니터에서 갑자기 삐, 삐, 삐, 소리가 다급해졌다.

폴레트는 눈을 꼭 감고 생각했다. 아직은 지지 않았다. 고개를 꼿꼿이 들고 두 발로 걸어서 이 병원을 나갈 테다. 이런저런 검사를 위엄 있게 통과할 테다. 이 못돼먹은 게*가 나를 이겨 먹게 놔두지 않을 테다. 하물며 배꼽 아래서 날아오르는 오색의 나비들은 말할 것도 없다.

몇 시간 후 야간 당직 간호사가 병실에 들어왔다가 잠든 연인들을 보았다. 조르주는 폴레트의 손을 잡고 있었고 그들의 백발은 수줍게 맞닿아 있었다.

---

* 암(cancer)이라는 단어는 그리스어로 '게'를 뜻하는 'karkinos'에서 나왔다. 고대인들은 악성 종양이 다리를 펼친 게를 닮았다고 생각했기 때문이다.

34

　허깨비와 함께 살아서는 안 된다. 어쨌든, 폴레트가 쥘리에트
에게 납득시킨 바로는 그랬다.

　노르망디 나들이에서 돌아온 후로 쥘리에트는 폴레트의 입원
에서 받은 충격에서 좀체 벗어나지 못했다. 그녀는 수첩을 처음
발견한 자리에 돌려놓기로 마음먹었다. 수첩 주인 말고도 신경
써야 할 일이 산더미였다. 이폴리트가 몇 번이나 불시에 그 세탁
소에 가보았지만 앙투안이 누군지 알아낼 단서는 없었다. 쥘리
에트는 그것 자체가 어떤 징조려니 생각했다. 이제 그만 그 일에
서 손을 떼야 한다는 징조. 그리고 이제는 수첩 주인을 정말 만
나고 싶은지 어떤지조차 확신할 수 없었다. 인생은 곧잘 실망스
럽고 인생의 반칙 같은 공격에는 미리 대비해두는 편이 낫다. 그
래서 쥘리에트는 수첩을 처음 발견한 도서관 그 서가, 그 자리에

갖다 놓았다. 수첩 주인이 거기 와서 찾아갈지도 모르지. 뭐, 찾아가지 않을 수도 있고. 어차피 그녀의 문제는 아니다.

아니, 그녀의 문제는 아니기를 바랐다고 해야 할까.

몇 주가 지났다. 폴레트와 누르가 못 견디게 보고 싶기도 했고 점점 부풀어 오르는 배와 한층 늘어난 여인숙 일에 지치기도 했다. 쥘리에트는 책에서 힘을 얻고 싶어서 도서관에 갔다. 왠지 모르지만 발길이 저절로 그 서가로 향했다. 수첩은 아직도 그 자리에 있었다. 수첩은 주인 식구가 여름휴가를 떠나면서 나무에 묶어놓은 동물처럼 외롭고 가냘프고 왜소해 보였다. 심오해 보이는 두툼한 책들 사이에 끼어 있어서 더 그래 보였다.

쥘리에트는 한참을 망설였다. 갑자기, 가엾은 생각이 들어서 수첩을 펼쳤다. 수첩에게 걱정하지 말라고 말하고 싶었다. 주인이 금방 널 찾으러 올 거라고. 아마 여행을 떠났거나 널 어디 뒀는지 몰라서 못 오는 거라고. 하지만 결국은 꼭 돌아올 거라고.

쥘리에트는 익숙한 종잇장을 넘겨보다가 문득 멈추었다. 몇 주 전에 그녀가 적어놓은 글 바로 맞은편에 한 번도 본 적 없는 글이 쓰여 있었다. 쥘리에트는 놀라서 눈이 튀어나왔다. 있을 수 없는 일이었다. 내가 놓친 대목이 있었을까? 쥘리에트는 서가에 등을 기대고 바닥에 앉아서 숨을 죽인 채 그 문장들을 눈으로 잡아먹을 듯 읽어 내려갔다. 살짝 기울어지고 고르지 않은 글씨를 보니 수첩 주인이 쓴 글이 틀림없었다. 쥘리에트는 수첩을 들여다보다가 그 글이 자기가 쓴 글에 화답하는 글임을 깨달았다.

쥘리에트가 쓴 문장은 이랬다.

맨발로 모래를 밟고 거니는 감촉이 좋아.

맞은편 페이지에는 이렇게 쓰여 있었다.

모래가 신발에 들어가는 건 좋아하지 않아.

그녀가 왼쪽 면에 쓴 문장은 이러했다.

유리잔에 얼음이 떨어지는 소리가 좋아.

그는 오른쪽 면에 이렇게 썼다.

치아 사이에서 얼음이 부서지는 와드득 소리는 좋아하지 않아.

쥘리에트는 최대한 냉정하게 보려 했지만 단순한 우연의 일치라고 생각하기는 힘들었다.

어딘가에 우리가 사는 세상과 똑같은 세상이 또 있다는 생각이 좋아.

하지만 그 증거를 찾기 전에 우리 모두 죽을 거라는 생각은 좋아하지 않아.

'자전거'라는 단어가 좋아.
'따릉이'라고 부르는 건 좋아하지 않아.

우리가 어디서 왔는지 알았으면 좋겠어.
우리가 어디로 가는지 알았으면 좋겠어.

쥘리에트는 전율했다. 그녀는 벌떡 일어나 혹시 누가 자기를 지켜보고 있지 않은지 주위를 두리번거렸다. 그 서가 쪽으로는 아무도 없었고 도서관은 쥐 죽은 듯 고요했다. 아마도 직원이지 싶은 사람이 컴퓨터로 작업하는 소리가 저만치서 들릴 뿐이었다.

우리가 어디로 가는지 알았으면 좋겠어.

그는 쥘리에트가 보라고 이 문장을 남긴 걸까? 수첩에 끼어 있던 책갈피가 쥘리에트의 무릎에 떨어졌다. 그녀는 네모난 가죽 책갈피를 집어 들었다. 책갈피에 검은색 사인펜으로 이렇게 쓰여 있었다.

만날까요?

쥘리에트의 심장이 폭주하기 시작했다. 그녀는 책갈피를 잘 끼워놓고 수첩을 얼른 덮었다. 그런 다음 수첩에 꽂혀 있던 자리에 도로 밀어 넣었다.

쥘리에트는 무거운 몸을 자전거에 실으면서 여인숙에 돌아가도 누르가 없다는 사실에 새삼 아쉬움을 느꼈다. 누르가 있다면 테이블에 신문지를 깔고 그녀의 두려움, 고민, 의문을 뒤죽박죽 내려놓을 수 있을 텐데. 둘이서 함께 깍지콩, 잎채소, 양파를 다듬으면서 그 속에 숨은 답을 찾을 수 있을 텐데. 발목을 휘어잡고 성장과 호흡을 방해하는 억센 뿌리를 둘이서 쳐낼 수 있을 텐데. 지저분한 껍질을 벗겨내고 아직도 날아오르기 위해 애쓰는 쥘리에트의 알맹이를 드러낼 수 있을 텐데. 인생이라는 이름의 종잡을 수 없는 여신을 막기 위해 걸칠 수밖에 없었던 흉측한 옷 속의 진짜 쥘리에트를.

쥘리에트는 매일같이 두려움을 안고 살았다. 두려움이 허용하는 협소한 공간에 웅크린 채, 두려움의 변덕과 발작에 익숙해졌고 뭐든지 비관적으로 보는 버릇이 들었다. '잊지 마.' 두려움은 그녀에게 속삭였다. 두려움이 여러 말 하지 않아도 쥘리에트는 금세 정신을 차렸다. 하지만 그녀는 알고 있었다. 만약 폴레트 할머니가 여기 있다면 더는 미루지 말고 결판을 내라고 호통을 치겠지. '사랑을 하세요! 다른 그 누구도 당신을 사랑할 수 없을 만큼 당신 자신을 사랑하세요! 엄마가 아기를 돌보듯 자기 자신을 돌보세요. 자기를 사랑해야만 언젠가 다른 사람을 사랑할 수 있어요. 그렇게 한다고 해서 잃을 게 있나요?' 그러면 쥘리에트는 아마 '아무것도 잃지 않는 동시에 모든 것을 잃겠죠'라고 대답할 것이다. 그 모든 것이야말로 그녀가 가장 두려워하는 것이었다. 모든 것이 잡힐 만하면 도망가는 수수께끼 같았다.

쥘리에트는 여인숙 담벼락에 자전거를 세웠다. 달그락 소리나는 자갈을 밟으며 식당 안으로 들어갔다. 이봉 씨가 냄비들 뒤에서 땀을 뻘뻘 흘리며 쥘리에트에게 큰 소리로 오늘의 메뉴를 일러주었다. 그녀는 서둘러 물에 적신 스펀지로 석판을 닦으며, 자기도 그 빌어먹을 수첩에 상대가 한 것처럼 그의 글에 화답하는 글을 써볼 걸 그랬다고 후회했다.

35

폴레트가 눈을 떴다.

이제 아침에 눈을 뜨면 항상 조르주가 침대 발치에서 깨끗이 면도한 얼굴로 미소 짓고 있었다. 때때로 폴레트는 잠에서 깨고도 잠시 눈을 감고 있곤 했다. 병실에 감도는 오 드 콜로뉴 향기와 조르주가 아침마다 빵집에서 사 오는 따끈한 크루아상 냄새를 음미하고 싶었기 때문이다.

"잘 잤어요?" 그는 다정한 눈빛만으로 이미 폴레트를 안아주고 있었다.

"젊은 아가씨처럼 곤히 잤네요!" 폴레트는 밤마다 불면과 악몽에 시달린다는 사실을 숨기고 싶었다.

그러고 나서 조르주는 평소처럼 신문을 읽어주었다. 그는 폴레트가 재미있어할 만한 기사만 골라서 읽느라 공을 들였다. 그다음에는 이폴리트와 레옹이 또 무슨 웃기는 행동을 했는지 알려주었다. 매일 저녁 쥘리에트가 조르주에게 여인숙에서 있었던 일을 재미있게 들려주기 때문에 그럴 수 있었다. 요즘 조르주는 여인숙보다 병원에 있는 시간이 더 많았다. 그는 매번 쥘리에트에게 폴레트 부인의 몸 상태가 좋아지고 있다고 보고했다. 조르주가 하는 말만 들으면 폴레트는 금세 팔팔한 모습으로 여인숙에 돌아올 것 같았다.

두 사람은 매일 병원 정원에서 산책을 했다. 어느새 가을이 밀고 들어와 나무의 색과 공기의 온도를 바꿔놓았다. 폴레트는 조르주와 팔짱을 끼고 이 순간을 기대치 않았던 희소식처럼 한껏 즐겼다. 조르주가 곁에 있으면 그녀는 명랑해졌다. 때때로 신나게 소리 지르고, 나무를 껴안고, 다시 찾은 세상에 대한 믿음을 목이 터져라 노래하고 싶었다. 살아 있는 것처럼 움직이는 구름, 잎사귀를 스치는 바람의 노래, 가끔 산책에서 돌아올 즈음 떨어지는 빗방울이 다 예사롭지 않았다. 뺨에 떨어진 빗방울의 서늘함도, 백발을 날리며 우산과 씨름하는 조르주의 서툰 행동도 좋았다. 함께 웃을 수 있으니 얼마나 좋은가! 폴레트는 조르주가 너무 정신을 못 차릴까 봐, 단지 그 이유로, 가끔은 일부러 저기압인 척했다. 하지만 그것도 쉬운 일은 아니었다. 그는 일상을 어둡게 하는 모든 것을 다정한 말로 차단할 줄 아는 사람이었다.

그의 커다란 푸른 눈이 자신에게 향할 때면──누가 파란색을 차가운 색이라고 했던가?──폴레트는 개미 떼가 자기 척추에서 기어가는 것처럼 간질간질한 기분이 들었다. 그의 면회를 기다릴 때, 복도에서 발소리가 들리면 배꼽 아래서 나비들이 날개를 파닥이는 것 같았다. 그 나비들의 춤이 얼마나 거센지 그녀는 매 순간 심장이 멎어버릴 것만 같았다. 운명의 장난인가, 다 죽어가는 몸은 다시 찾은 기쁨과 원기를 사방으로 뿜어내는 바로 그 몸이었다. 인생의 황혼에서 갑자기 생명력이 폭발한 몸은 사악한 세포를 급증시키는 한편, 조르주의 존재에 얼떨떨해했다. 폴레트의 가장 깊은 속에서 치열한 전투가 벌어지고 있었다. 수단 방법을 가리지 않는 악의 군대가 예상치 못했던 사랑의 힘과 부딪쳤다. 그 속이 얼마나 시끄러웠을까! 폴레트에게는 조르주의 손길 한 번, 그와 보내는 1분 1초가 못돼먹은 게와 싸우는 데 요긴한 보급 물자였다.

폴레트는 이렇게 행복한 때가 또 있었는지 기억이 나지 않았다. 인생의 가장 아름다운 날들을 병원에서 보내다니, 얄궂기도 하지! 이 남자가 있었기에 그녀의 심장은 젊을 때처럼 전율했다. 권위적인 아버지가 금세 파투 낸 연애. 아버지는 딸의 애정 생활을 자기가 쥐고 흔들려 했다. 그리스도교적인 죄의식과 미숙함으로 인해, 순진무구하고도 깨지기 쉬운 연애였다. 이 사람과 자못 특별해진 한 달 전부터 폴레트를 에워싸는 감각의 쓰나미에 비하면, 당시의 연애는 귀여운 소꿉놀이였다.

조르주는 이따금 외출을 신청해서 폴레트를 미용실이나 찻

집에 데려갔다. 도시 나들이는 병원의 판에 박힌 일상에서 잠시 벗어나는 반가운 시간이었다. 치료, 주사, 방사선의 연속. 그러다 보면 폴레트는 뭐가 뭔지 몰라 얼이 빠지고 숨이 찼다. 그럴 때면 노부인은 고통스러운 침묵에 자기 자신을 가두었다. 그럴 때면 조르주는 여인숙에서 약속이 있다든가 놓칠 수 없는 경마 시합이 있다고 둘러대고 폴레트의 창백한 이마에 입을 맞춘 후 자리를 비켜주었다. 폴레트는 몰랐지만 조르주는 사실 돌아가지 않고 병실 문구멍으로 그녀의 불안한 잠을 마음 졸이며 지켜보곤 했다. 간호사들은 폴레트뿐만 아니라 조르주도 잘 챙겨주었다. 옆 병실이 비었으니 자고 가라고 배려해주기도 하고, 자기네들이 할 수 있는 일은 다 해주었다.

그날 오후, 생기 없는 작은 병실에서 조르주가 라디오를 켰다. 침대에 누워 있던 폴레트가 눈썹을 활처럼 치켜올렸다.

"이봉 씨의 깜짝 선물입니다. 못 와봐서 미안하다고 했어요. 하지만 그 사람, 폴레트 생각을 많이 해요."

조르주는 그렇게 말하고 주인장이 적어준 쪽지를 보고 주파수를 맞췄다. 그러고는 손목시계를 잠시 보았다.

"3분 남았네요."

폴레트는 한숨을 쉬었다. 시끄러운 광고도, 분위기를 띄우는 진행자의 말투도 싫었다. 오래된 시그널 음악이 나왔다. 조르주가 볼륨을 높였다.

"셰리 에프엠, 오후 4시를 알려드립니다. 이봉 씨가 폴레트 부인을 위해서 신청한 음악으로 1부의 문을 열겠습니다."

폴레트는 귀가 번쩍 뜨였다.

"봐요, 해가 떠올라요……."

익숙한 노래가 울려 퍼졌다. 노부인은 배를 잡고 웃기 시작했다. 웃음이 점점 더 커지고 환해지면서 그녀의 온몸을 뒤흔들었다.

"아무것도 필요치 않아, 당신을 원해……."

조르주는 병실에 울려 퍼지는 디스코 음악에 화들짝 놀라며 무슨 일이냐는 듯 폴레트를 바라보았다. 폴레트는 젖 먹던 힘까지 쥐어 짜내어 노래를 따라 불렀다.

"빨강이 가을을 좋아하는 것처러어어엄……."

간호사가 살짝 병실에 고개를 내밀었다. 그녀는 폴레트 할머니가 침대에서 일어나 손수 라디오 볼륨을 키우는 것을 보고 경악했다. 폴레트는 조르주에게 다가가 그의 손을 잡고 사랑을 고백하는 노래를 불렀다.

"그대는 사랑을 알죠, 베로나를 닮은……."

조르주가 이 고백에 열렬하게 화답하자 둘은 음악에 맞춰 춤을 추기 시작했다. 그들은 침대 옆에서 함께 리듬을 탔다. 폴레트는 조르주의 능숙한 리드를 따라 제자리에서 빙그르르 돌았다. 그녀는 파트너와 발동작을 맞추면서 연신 까르르 웃음을 터뜨렸다. 간호사는 따뜻한 눈으로 노년의 연인들을 바라보았다. 어느덧 음악 소리에 이끌려 나타난 간병인들이 함께 흥얼흥얼 노래를 부르기 시작했다.

"아무것도 필요치 않아, 당신을 원해……."

병원 사람 몇 명이 잠시 합류해서 춤을 추었다. 청소년들의 댄스파티가 생각나는 분위기였다. 폴레트는 더 크게 웃으면서 이봉 씨가 이번에도 멋지게 이겼구나 생각했다. 그는 또다시 허깨비들을 쫓아내고 햇살 비치는 하루를 만든 것이다.

기분 좋은 하루에도 서서히 밤이 찾아왔다. 단것을 꼭 챙겨오는 조르주는 폴레트가 먹어야 하는 맛없는 병원 밥을 마카롱 몇 개로 보상해주었다. 그는 폴레트 옆에 앉아서 파올로가 챙겨준 노트북을 켰다. 파올로는 폴레트를 위해서 영화를 잔뜩 담아두었다. 로맨스, 어드벤처, 최신 블록버스터까지 다 있었다.

조르주가 자판을 친 후 침대 옆에 자리를 잡았다. 화면에서 비치는 부드러운 장밋빛이 병실을 물들이는 동안 그는 폴레트의 손을 잡았다.

친숙한 맨해튼의 원경이 화면에 펼쳐졌다. 폴레트는 살짝 조르주를 곁눈질했다. 그의 눈이 반짝반짝한 것이, 감독이 특히 좋아한다는 그 거리의 모습에 마음을 빼앗긴 듯했다. 조르주는 영화를 볼 때 말 시키는 것을 싫어했지만 폴레트는 더 참지 못하고 이렇게 내뱉었다.

"아무튼 굉장한 도시네요!"

조르주는 화면에서 눈을 떼지 않고 고개만 끄덕거렸다. 폴레트는 얼마 전부터 자기가 그의 과거를 이미 알고 있다는 사실을 들키지 않고 그의 입으로 과거사를 들을 방도를 궁리하고 있었다. 그러나 폴레트의 갖은 노력에도 불구하고 조르주는 무덤만큼 입이 무거웠다. 그녀가 아무것도 모르는 척 물어보면 간략하게 대꾸했고, 약간 구체적인 질문이다 싶으면 화제를 바꾸었으며, 계속 대답을 조르면 당황하는 기색이 역력했다.

그날 저녁도 노부인이 넌지시 떠보았다.

"저기요, 조르주, 뉴욕에 갔던 게 몇 년도예요? 지금의 뉴욕과는 완전히 다르겠죠?"

조르주는 마카롱을 입에 넣으면서 맞는 말이라고 눈썹을 꿈틀거렸다. 갑자기 문이 벌컥 열렸다. 복도에서 간호사가 누군가를 제지하는 소리가 들렸다.

"선생님! 면회 시간 끝났어요! 그렇게 들어가시면 안 돼요, 선생님!"

누군가의 실루엣이 어둠에 빠진 작은 병실로 황급히 들이닥치더니 문을 잠가버렸다.

조르주가 벌떡 일어났다.

"이보세요, 뭡니까, 여기서 나가주세요!"

폴레트가 조르주의 팔을 잡고 만류했다. 두 사람 앞에 필리프가 슬픔으로 일그러진 얼굴을 하고 서 있었다. 얼굴이 반쪽이 됐고 눈 밑에 다크서클이 진했다. 얼마 안 남은 머리칼은 하얗게 셌다. 족히 열 살은 더 들어 보였다.

그는 폴레트를 가만히 바라보다가 침대로 다가왔다. 조르주는 노부인의 표정을 보고 자기가 자리를 비켜줘야 할 때임을 알았다. 그는 병실에서 나가 간호사를 안심시키고 아들이 어머니를 보고 가게 해달라고 부탁했다.

필리프는 눈을 빛내며 어머니를 한참 보고만 있었다. 폴레트가 이윽고 꼭두각시 인형처럼 줄이 주렁주렁 달린 앙상한 팔을 내밀자 아들은 그 품에 쓰러져 길고 고통스러운 울음을 토했다. 가슴이 까맣게 타버린 어머니는 자기에게 남은 힘, 아직은 자기 것인 힘을 모두 모아 아들을 안아주었다.

36

코린은 떠났다.

두 아들, 은제 식기류, 삶의 희망마저 데리고 갔다. 필리프는 가슴이 미어졌고, 그와 동시에 영원한 사랑의 꿈도 깨졌다. 사랑이 영원할 거라 믿었던 자기 자신에게 놀랐다. 기나긴 인생, 어떻게 한 사람만 사랑하고 그 사람하고만 살 거라 믿었을까? 필리프는 어떻게 해야 할지 몰랐다. 코린의 변호사가 보낸 서류를 보았고——본인도 변호사이니만큼 아내의 요구가 지나치다는 것을 누구보다 잘 알았지만——자기 집에도 들어가지 못했다. 결혼 앨범을 품에 안은 채로.

폴레트는 새벽까지 아들을 위로했다. 눈물을 닦아주었고, 그녀 나름대로 이해하고 설명하고 달래주려고 노력했고, 참사의 전말을 들으면서 고개를 주억거렸다. 코린은 모든 것을 끝장냈다. 폴레트는 아들 옆에서 못마땅한 태를 내기에는 자기가 너무 힘들었다. 그는 전혀 조짐을 알아차리지 못했다. 폴레트는 그 부분에 있어서 자기가 필리프를 좀 더 도왔어야 했나 생각했다.

이제 필리프는 매일 저녁 병원에 면회를 왔다. 간호사들의 암묵적인 허락을 얻어 어머니와 함께 저녁을 먹었다. 필리프는 때로는 꽃 선물로, 때로는 우는 소리로 간호사들의 마음을 얻었다. 가끔은 돌봄과 관심이 필요한 사람이 어머니인지 아들인지 헷갈릴 정도였다. 조르주는 폴레트의 곁을 지키면서도 모자의 사생활을 존중할 줄 알았다. 그들은 다 함께 영화나 뉴스를 시청했고 달이 뜨고 지는 모습을 함께 보기도 했다. 조르주와 필리프는 말을 아끼되 약간의 눈물, 메를로 포도주 몇 잔을 함께 마시면서 서로를 알아갔다.

폴레트는 때때로 창가에 서서 그 두 사람을 슬쩍 지켜보았다. 백발의 노인과 머리는 좀 덜 셌지만 대머리 조짐이 보이는 중년. 그녀가 떠난 후에도 저 둘이 서로를 좀 보살펴줄 수 있을까? 아니면 그녀의 장례식 날, 각자의 슬픔에 갇힌 두 이방인처럼 영영 이별을 하려나? 아들을 생각하니 가슴이 아팠다. 침울한 아들을 보는 어미 심정이 별수 있을까. 아이들을 키울 때는 꿈, 사랑, 희망을 불어넣는다. 그러다 어느 날 아침 인생에 치이고 실망한 아이들의 모습을 본다. 폴레트는 남들을 생각할 때만 두려웠다. 그녀가 남길 빈자리 때문에, 그녀가 가져갈 그들의 어느 한 부분 때문에. 필리프가 아직 닥치지 않은 죽음을 벌써 슬퍼하게 된 것이 자기 탓 같았다. 아들의 슬픔이 걷잡을 수 없이 불어날까 봐 두려웠다. 평생을 함께하려던 여자와 헤어진 것도 모자라, 자기에게 생명을 준 여자를 곧 저세상으로 떠나보낼 테니.

그렇지만 때때로 조르주의 미소, 어깨에 와 닿는 그의 손길에 나비들이 돌아왔다. 그러면 다시 믿을 수 있었고, 절대로 쓰러지지 않을 것 같았다. 아직도 몇 년은 너끈히 살 것 같았다. 최소한 필리프를 믿을 만한 사람에게 맡기고 행복을 빌어줄 때까지는.

어느 날 저녁, 필리프가 평소와 달리 병원의 저녁 식사 시간에 맞춰 오지 않았다. 조르주와 폴레트는 뉴스를 보면서 간병인들과 얘기도 나누고, 카드 게임도 하면서 시간을 조금 끌었다. 그러다 밤 9시가 되자 슬슬 걱정이 되기 시작했다. 친구들하고 술자리라도 하는 걸까? 폴레트는 그건 아닐 거라 생각했다. 필리프와 코린은 누구를 만나는 일이 별로 없었다. 코린은 자기네가 너무 바빠서 그렇다고 했다. 폴레트는 세월과 심보 고약한 아내가 우정을 망가뜨릴 수 있다는 것을 잘 알고 있었다. 아니, 술자리 따위는 아니다. 새로 사귀는 여자가 생겼을지도 모르잖아요? 모두에게 한 폭의 그림 같은 연애가 가능하다고 얼마 전부터 믿게 된 조르주가 넌지시 말해보았다. 폴레트는 고개를 저었다. 그런 거라면 오죽 좋을까.

그들은 간호사의 도움으로 전화를 걸어보았다. 소용없었다. 몇 번을 걸어도 자동 응답이었다. 어쨌든 필리프도 오십을 넘겼으니 어린애가 아니다. 저녁 시간을 어떻게 보내든 자기 마음이지! 내일은 오겠지. 잘 쉬는 게 낫다.

간호사가 조르주에게도 이만 돌아가라고 권했다. 그는 폴레트의 이마에 뽀뽀를 했고, 너무 좋은 마음에 한 번 더 했다. 오늘은 여인숙에 들어가서 잘 것이다. 그 참에 이봉 씨와 이야기를 나누어보아야겠다. 이봉 씨도 누르가 모습을 감춘 뒤로 상심해 있었다.

불이 꺼졌다. 폴레트는 자신의 두려움과 악귀를 홀로 마주했다. 두툼한 금속 같은 어둠에 잠겨드는 이 순간이 싫었다. 그녀는 침대에서 뒤척였다. 빨간 눈을 하고 그녀를 지키는 기계는 규칙적인 소리를 냈다. 기분 나쁜 예감에 가슴이 답답했다. 필리프에게 무슨 일이 있는 것 같았다. 그런데 그녀는 이 좁은 병실에 처박혀 아무 도움도 되지 못했다. 둔하기는! 폴레트는 자기 따귀를 때리고 싶었다. 이제 개한테는 아무것도 없어. 그런데 어미는 건강 문제로 아들한테 짐만 되는군!

야간 당직 간호사가 순찰을 돌다가 폴레트가 눈을 말똥말똥 뜨고 있는 모습을 보았다.

"오늘도 잠이 잘 안 오세요, 폴레트 부인?"

폴레트는 어깨를 으쓱했다. 간호사들에게는 당최 뭘 속일 수가 없었다. 맥박, 혈압, 손끝의 혈구 수까지 다 아는 사람들이니. 간호사들은 세안하고 환자복을 갈아입는 것을 도와주는 것은 물론, 많이 힘들어하는 날에는 밥까지 떠먹여줬다. 폴레트는 체면 차리기를 포기했다. 그녀가 치러야 하는 몫이었다.

"폴레트 부인, 여기서는 체면이 중요한 게 아니에요. 저에게 중요한 건 폴레트 부인이 존엄을 유지하시는 거예요." 아침 당번 간호사 솔랑주는 몇 번이나 그렇게 말했다.

폴레트는 솔랑주가 한마디씩 툭툭 던지고 가는 말이 좋았다. 그 간호사는 복잡하고 난감한 일을 소박한 말로 풀어주었다.

간호사는 폴레트에게 수면제를 한 알 주었다. 그녀는 휴게실에서 이 할머니가 아들 일로 걱정하더라는 말을 들었다. 그들은 환자나 그 가족에 대해서 자주 얘기를 주고받았고 자기네가 거의 가족이 된 것처럼 생각하곤 했다.

폴레트가 마침내 꿈 없는 잠에 빠져들었다.

조르주는 병원에서 나와 벤치에 앉았다. 이봉 씨가 데리러 와주겠다고 했기 때문이다. 식당이 문을 닫는 일요일이었고 여인숙까지 직행으로 가는 버스도 없었다.

바깥은 추웠다. 사람은 코빼기도 보이지 않았다. 그는 신발 밑 자갈을 굴려보다가, 두 손을 비비다가, 더는 못 참고 자리에서 일어나 서성거렸다. 가만히 있다가는 얼어 죽을 것 같았다.

조르주는 낡은 사륜구동이 나타나기를 기다리면서 공원 쪽으로 몇 발짝 걸어갔다. 폴레트와 매일 산책하면서 만났던 키 큰 침엽수들이 이제 친구처럼 익숙했다. 미소가 지어졌다. 폴레트, 그 여자를 사랑하게 되다니! 그녀가 미소를 지으면 그는 전기 충격을 받은 것처럼 가슴이 찌릿찌릿했고 영혼이 환해졌다. 테이블 위에 뛰어올라가 탭댄스를 추고 싶어졌다. 온몸에 흘러넘치는 그 감각의 음악에 손과 발로 장단을 맞추고 싶어졌다.

그는 어느새 주머니에 손을 넣고 휘파람을 불고 있었다. 그때, 어디선가 숨이 넘어가듯 헐떡거리는 소리가 났다. 어두운 밤, 가로등도 많지 않은 공원이었다. 처음에는 어느 쪽에서 나는 소리인지도 구분하기 어려웠다. 이번에는 신음이, 아까보다 뚜렷하게 들렸다. 조르주는 가슴에 손을 얹고 그쪽으로 가보았다. 필리프가 공원 바닥에 쓰러져 있었다. 관목 덤불에 얼굴이 긁혔고 눈두덩이에서 피가 흘렀다. 노인은 얼른 가서 힘닿는 대로 그를 일으켰다. 필리프는 무거웠지만 아직 의식이 있었다. 그는 겨우 몸을 일으켜 앉았다. 눈동자가 흐릿했다. 그의 머리통이 오른쪽에서 왼쪽으로 힘없이 떨어졌다. 술 냄새가 진동을 했다.

"필리프! 날세, 나 조르주야! 일어나야 해! 이러고 있으면 큰일 나!"

필리프는 움직이지 않았다. 조르주가 그를 일으켜 세우려 했지만 필리프는 그대로 쓰러져 바닥에 얼굴을 대고 뻗어버렸다.

그때 조심스럽게 경적이 울렸다. 조르주는 이봉 씨의 풍채 좋은 몸이 그리 크지 않은 고물 차에서 힘겹게 빠져나오는 것을 보았다.

"이봉 씨! 이봉 씨! 이쪽이에요!"

수염 난 거인과 노인은 곧바로 필리프를 여인숙으로 데려갔다. 폴레트의 방에 그를 눕혔다. 쥘리에트는 상처를 싸매주고 따뜻한 차를 끓여 왔다.

필리프는 꼴이 말이 아니었다. 폴레트가 절대 알아서는 안 될 일이었다. 그래서 필리프가 괜찮아질 때까지 계속 여인숙에서 지내게 하기로 했다.

37

필리프는 창피해서 한동안 방 밖으로 나가지도 않았다.

어쩌다 상황이 이렇게 뒤집혔나, 그는 병이 날 것 같았다. 몇 달 전, 코린의 끈질긴 권유로 이 여인숙에 어머니를 맡겼다. 나중에 알았지만 그때 이미 코린은 자기 치과의사랑 화끈하게 바람을 피우고 있었다. 그는 한 번도 어머니를 보러 가지 않았다. 코린이 전해주는 소식으로 충분하다고 생각했다. 앞만 보고 달리느라 더는 알려고 하지 않았다. 지금 어머니는 몇 킬로미터 떨어진 곳에서 죽어가는데 그는 여기서 홀로 처량하게 술기운과 절망을 달래고 있었다. 그는 다 끝내고 싶었다. 이 서커스 놀음을 모두 한꺼번에 끝내면 좋지 않을까. 후회 없다, 막을 내려라.

쥘리에트가 쟁반에 식사를 들고 왔다. 그녀가 이제 좀 괜찮은

지 물었고 필리프는 문을 등진 채 단답형으로 대꾸했다. 이봉 씨도 일하다가 짬이 나면 그를 보러 왔다. 그는 슬픔에 빠진 자기 형제를 바라보듯 필리프를 보고 마음 아파했다. 조르주만은 거리를 두었다. 그는 필리프에게 시간이 필요하다는 것을 경험으로 알고 있었다.

조르주는 간호사들에게 필리프 일을 말해두었고 다들 폴레트는 모르고 넘어가게 하자고 뜻을 모았다. 그녀는 안정을 취해야 했다. 그래서 필리프가 며칠 여행을 간 걸로 해두었다. 폴레트는 거짓말인 줄 알면서도 그 말을 믿는 척했다. 그녀는 잠을 잘 수가 없었다. 죄책감이 너무 컸다. 입맛이 점점 떨어졌다. 식사나 산책도 의욕을 불러일으키지 못했다. 조르주가 느끼기에도 폴레트는 이제 그의 이야기에 귀를 기울이지 않았다. 그녀는 자주 정신이 딴 데 가 있었고 말을 아꼈다. 추워서 그렇다, 피곤해서 그렇다, 핑계를 대면서 외출, 독서, 영화 관람을 미루었다. 간호사들은 걱정을 했다. 검사 결과가 좋지 않았고 뭐라도 해봐야 했다. 아들을 다시 병원으로 오게 할 수 있을까?

조르주는 고개를 저었다. 필리프는 시간이 좀 더 필요했다. 밤에, 여인숙에서, 필리프의 울음소리가 벽 너머에서 들리곤 했다. 그는 가엾게도 그 상황에서 헤어나지 못한 채 괴로워하고 있었다. 그러나 그 또한 필리프에게 필요한 애도의 시간이었다. 조르주는 실연을 처음 경험하고 하늘이 무너질 듯 우울했던 때가 바로 엊그제 같았다. 그에게도 시간과 고독이 필요했다.

어느 날 아침, 조르주는 평소처럼 빵 봉지를 들고 병원에 도착했다. 간호사들이 당황하면서 안쓰러운 표정을 지었다. 폴레트가 오늘은 면회를 받지 않겠다고 했단다. 부인의 뜻은 확고했다. 조르주는 할 말이 없었다. 무슨 일이 있었을까? 하얀 종이봉지에 크루아상 버터 자국이 났다. 간호사들은 다른 환자들을 봐야 했기 때문에 그를 두고 뿔뿔이 흩어졌다. 노인은 소독약 냄새 나는 복도에 홀로 남았다. 갑자기 모든 것이 음산하고 불길해 보였다. 어쩌면 폴레트도 시간이 필요할 것이다. 그녀는 이따금 그럴 때가 있었다.

그는 돌아가려다가 움찔하더니 병실 쪽으로 작정한 듯 걸어갔다. 노크를 하고 문구멍으로 안을 들여다보았다. 폴레트는 돌아누운 채 자는 것 같았다.

조르주는 살며시 안으로 들어갔다. 그들 사이의 암묵적 규칙을 깨뜨렸다는 것은 그도 알고 있었다. 폴레트는 때때로 세상과 거리를 두고 싶어 했다. 조르주는 침대 옆 의자에 앉았다. 숨소리를 들어보니 그녀는 자고 있지 않았다.

그는 테이블에 크루아상 봉지를 내려놓았지만 외투는 벗지 않았다.

"폴레트, 내 사랑, 나 금방 갈 겁니다. 그냥, 내가 있다는 말을 하고 싶었어요. 무슨 일이 일어나든 나는 여기 있어요. 요즘 들어 그 사실이 예전만큼 기쁨이 되지 못하는 건 알아요. 이제 당신에게 웃음을 주지 못하고, 내가 참 좋아하는 그 눈을 반짝거리게 하지도 못하죠. 내가 지루하게 구는지도 몰라요, 아니 짜증 날지도 몰라요. 그런 생각만 해도 가슴이 찢어지네요. 당신을 사랑하니까요, 폴레트. 내 마음 깊이 사랑해요."

그는 잠시 입을 다물었다. 폴레트는 주먹을 으스러져라 쥐고 있었다. 이제 저이가 갈 건가? 나가! 얼른 가란 말이야! 이제 우리가 같이 할 일은 없어! 이제 나는 쓸모가 없어, 나의 혼령은 지구에서 거치적거리기만 할 거야. 그러니까 제발 가! 더는 여기서 저이를 보고 싶지 않아! 저 사람한테는 아직 좋은 세월이 남아 있어. 아직도 누군가를 만나서 여행도 다니고 함께 웃으며 정을 나눌 수 있어. 나 같은 사람에게 매달릴 필요 없어! 폴레트는 화가 났다.

조르주가 폴레트의 속내를 들기라도 한 듯 다시 입을 열었다.

"있잖아요, 폴레트, 나 역시 우리가 이렇게 될 거라 기대하진 않았어요. 난 사실 아무것도 기대하지 않았죠. 산다는 게 참 지지부진했어요. 지겨웠다고 말할 순 없지만, 음, 아무 맛도 안 나는 밍밍한 삶이었죠. 깜박 잊고 양념을 안 친 음식만 먹다가 갑자기 풍미가 확 느껴지는 음식을 발견한 기분이었어요."

폴레트는 그가 미소를 짓고 있다는 것을 알 수 있었다.

"음, 그래요, 당신은 내 인생의 양념 같은 사람이죠, 폴레트. 정말이에요. 일단 그런 양념을 맛보면 나머지는 다 맛없게 느껴지죠. 이제 내 말 잘 들어요, 나의 아가씨. 당신이 원하든 원치 않든 난 여기 있을 겁니다. 병실에 들이거나 문밖에 대기시키는 건 당신 자유지만 내가 여기 오는 건 못 막아요. 내가 당신을 모를까 봐요. 당신의 기질, 당신이 받은 교육, 절대로 폐를 끼치고 싶지 않은 당신의 강박을 알아요. 그래서 당신은 자기가 쓸모없는 사람은 아닌지 확인하려 들죠. 아무에게도 짐이 되지 않으려고 하죠. 내 안에 당신 같은 노부인들을 들일 자리는 한없이 넓어도…… 사실 당신 같은 사람은 한 명뿐이에요. 그러니 당신이 그 안에서 편안하게 느낄 때까지 시간은 충분해요. 숨을 좀 돌리고 싶으면 그렇게 해요. 하지만 우리가 가진 것을 망치지는 맙시다, 제발 부탁이에요."

폴레트는 눈물이 앞을 가렸다.

조르주는 일어나 모자를 쓰고 침대에 다가왔다. 그러고는 다정하게 몇 마디 귓속말을 건넸다.

문이 닫히자마자 폴레트는 꾹 눌렀던 감정이 폭발했다. 조르주가 그녀의 속을 훤히 읽고 있었을 줄이야. 눈물이 주름진 뺨에 비 오듯 흘렀다. 조르주는 그녀의 내면에 짐작도 못 했던 균열이 있음을 가르쳐주었다. 넋이 반쯤 나간 폴레트는 자기 자신을 새로운 눈으로 보게 됐다. 지금의 자기 모습이 낯설었지만 그와 동시에 그 노부인에게 한없는 호의를 느꼈다. 그녀는 한동안 꼼짝도 하지 않고 생각에 잠겼다. 자기를 사랑하는 법을 배우기까지 한평생이 걸렸구나.

조르주는 여인숙에 돌아와 필리프의 방을 찾았다. 이제 아들 쪽과 대화를 나눌 때였다. 방 안은 어두웠고 환기를 해야 할 성싶었다. 조르주는 허락을 구하지 않고 창문과 덧창을 열어젖혔다. 가을 아침의 상쾌한 공기가 밀려들어왔다. 필리프가 불만 섞인 신음 소리를 냈다. 조르주는 대꾸도 하지 않고 이불을 걷어치우고 바지를 그에게 내밀었다.

"자, 필리프, 한 바퀴 돌고 옵시다."

이봉 씨, 쥘리에트, 마르셀린은 식당 창에 매달려 두 남자가 들판을 따라 걷는 모습을 구경했다. 그들은 뒷짐을 지고 걸어가면서 쉴 새 없이 얘기를 주고받는 듯 보였다. 둘이서 나눌 얘기가 뭐 그리 많을까? 어쨌든, 그들이 돌아왔다. 필리프는 조르주를 한번 얼싸안고는 자기 방으로 올라갔다.

산책, 식사, 산책, 식사, 그런 식으로 며칠이 지났다. 필리프는 얼굴이 좋아졌고 말수도 늘었다. 그는 여인숙을 피난처로 삼았다. 잠깐씩 나갔다 올 뿐, 늘 그곳에 머물렀다. 조르주와 함께 병원에 가는 일도 없었다. 아직은 일렀다. 자기가 기운을 차려야만 어머니에게 좋은 기운을 줄 수 있을 것 같았다.

그래서 필리프는 낮에는 주로 여인숙 사람들과 시간을 보냈다. 그는 주방에서는 쓸모가 없었지만 홀이나 정원에서는 요긴한 일손이 되어주었다. 이폴리트와 함께 화단에 물을 주거나 잡초를 뽑거나 나무를 잘랐고, 저녁에는 단골들에게 맥주를 따라주기도 했다. 필리프는 술을 삼가고 석류 시럽을 탄 물만 마셨다. 공원에서의 만취 사건은 본인에게도 충격이었다. 그야말로 바닥을 찍었던 것이다.

빗물 색깔의 눈을 한 필리프는 오래지 않아 마르셀린의 관심을 독차지했다. 필리프도 기대와 달리 이 괴상한 행색의 누님이 솔직히 호감 가는 사람이라고 생각하게 됐다. 물론 이 관계에는 연애 감정이 끼어들 여지가——적어도 필리프 쪽에서는——없었다. 그는 마르셀린이 여자로 느껴지지 않았다. 게다가 이제 여자에게 질려버렸다. 시끄럽지만 여우 같은 데는 없는 마르셀린은 어떤 시련에서도 유쾌함을 잃지 않는다는 장점이 다른 모든 단점을 덮을 만했다. 그녀의 유쾌함에는 전염성이 있었다. 필리프는 자기가 마르셀린과 있으면 자주 웃는다는 것을 알았다.

드디어 어느 날 필리프가 병원에 나타났다. 수염을 밀고 향수도 뿌린 멀끔한 모습이었다. 그의 기세가 돌아왔다. 코린의 그림자는 조용히 사라지고 있었다. 선이 딱 떨어지는 청바지와 새 셔츠를 입은 필리프가 휠체어를 밀면서 병실로 들어왔다.

"차에 타, 시몬!"* 그는 사람 좋은 얼굴로 환하게 웃으면서 말했다. "오늘은 외출입니다!"

십자말풀이를 하던 폴레트가 고개를 들고 안경 너머로 아들을 보았다. 이 명랑하고 씩씩한 남자가 누구인지 깨닫기까지 시

---

* 프랑스 가수 세바스티앵 파토슈가 부른 노래 제목.

간이 좀 걸렸다. 필리프는 제 나이로 돌아와 있었다. 예전의 활력을 되찾은 모습이었다. 폴레트는 미소를 지었다.

점심시간이었고 곧 식사가 도착할 예정이었다. 사랑하는 여인 곁을 지키고 있던 조르주가 웃으면서 말했다.

"외출, 좋지! 가요, 폴레트, 내가 도와줄게요."

조르주와 필리프는 한 줌밖에 안 남은 가냘픈 몸을 모포와 캐시미어로 잘 감싼 후 휠체어로 옮겼다. 자기 몸만큼 커다란 스카프에 얼굴의 반이 가려졌다. 폴레트는 몸 상태가 아주 좋지는 않았으므로 다소 내키지 않았다.

"이렇게까지 꽁꽁 싸맬 필요 있나요? 숨이 막혀요! 그리고 이 휠체어를 꼭 타야 할까요? 맙소사!"

폴레트는 대답을 기다리지 않고 자리를 손으로 짚고 일어났다. 그녀는 몇 걸음 내딛다가 한쪽으로 쓰러졌다. 필리프가 어머니가 넘어지기 전에 바로 붙잡아서 조심스레 휠체어에 앉혔다. 그러고는 아무 일도 없었다는 듯이 말했다.

"제가 1960년대로 데려가드릴게요! 오늘은 목요일, 학교 안 가는 날이에요!"

폴레트가 웃었다. 그래, 예전에는 학교가 목요일에 쉬었지. 매일 필리프를 데리러 학교에 갔었지. 키는 밤톨만 한 아이가 책가방을 메고 어정쩡한 미소를 짓고 있었지. 그녀는 아이를 데리고 식당에 갔다. 남편과는 절대로 가지 않았던 식당이었다. 그들 부부는 대화가 없었다. 하지만 모자지간에는 얘기가 끊이지 않았다. 엄마랑 같이 공부한 시는 시험을 잘 봤다, 구슬을 몇 개 땄다, 수학은 너무 어렵지 않았다, 뚱보 장이 애들을 괴롭혔는데 우리가 세 대 때렸더니 조용해졌다. 알림장에 확인 서명 꼭 해야 한다, 그래, 나중에 점심 먹고 보자, 디저트로 일 플로탕트를 먹든가 프로피테롤을 먹자, 두 명이 나눠 먹기에는 그게 제일 낫다 등등.

조르주가 병원 입구에서 배웅하는 동안 폴레트는 다소 정신 없는 채로 소형 컨버터블*에 몸을 실었다. 필리프는 혼자 사는 삶을 열심히 즐겨보기로 마음먹었다. 빨간색 컨버터블은 자기 자신을 다시 구축하기 위한 첫걸음이었다.

필리프는 얼마 지나지 않아 가까운 시내에 차를 세웠다. 그가 얼른 어머니에게 문을 열어주었다. 갈랑 카페 창가 자리가 예약되어 있었다.

조명과 소음에 얼떨떨해진 폴레트가 몸을 떨었다. 그녀는 점점 더 듬성듬성해지는 머리숱에 신경을 쓰면서 스카프의 매무새를 다듬었다. 스카프를 좀 더 바짝 조였다. 아니, 춥지는 않다. 정말이지, 여기 오기를 잘했다.

종업원이 독특한 칵테일을 내왔다. 장식용 종이우산을 갖고 싶어서 주문하는 그런 유였다. 필리프가 사진을 찍어주었고 그

---

* 컨버터블(convertible): 지붕을 따로 떼어내거나 접을 수 있도록 만든 자동차. 여행용으로 많이 사용한다.

녀는 웃었다. 종업원이 주문을 받고 메뉴판을 들고 가자 테이블에는 침묵이 떨어졌다. 필리프는 딴 생각을 하는 것 같았다. 그러다 문득 그가 고개를 들었다.

"죄송해요, 어머니."

그의 눈빛이 다 말하고 있었다. 젊은 날의 잘못, 그보다 더 아픈, 나이를 먹고 난 후의 잘못을. 자신의 무관심, 침묵, 부재를. 코린에게 넘겨줬던 땅으로 마침내 그는 돌아온 셈이었다. 그리고 어머니가 살날이 얼마나 남았나 헤아리는 동안에도 자기 얘기, 아내와의 관계에 대한 고민만 얘기하기 바빴던 자신의 이기심을 후회했다.

어머니는 아들의 손을 잡았다. 어머니의 눈은 그 어느 때보다 자애로웠다. 말없이 지지를 보내듯, 어머니는 눈을 힘주어 깜박거렸다. 어머니는 모든 것을 이해했다. 그녀는 고개를 들면서 이렇게 말했다.

"딴 건 안 바란다, 다음엔 음식은 할 줄 아는 여자였으면 좋겠구나!"

필리프는 큰 소리로 웃으면서 눈썹에 맺힌 눈물을 털어버렸다. 그러고는 재킷 주머니에서 종이 한 장을 꺼냈다. 그가 테이블에 내려놓은 종이에서 폴레트는 도멘 데 오드가상의 로고를 보았다.

"여기서 어머니를 기다리고 있어요. 언제든 원하실 때 가시면 돼요. 언제라도 가실 수 있을 때 가세요. 조르주 선생님도 함께 모실 준비가 되어 있어요."

폴레트는 그 우편물을 집어 들어 아들의 머리를 살짝 쳤다. 아들은 어머니의 이마에 뽀뽀를 했지만 곧바로 종업원이 음식을 가져오는 바람에 중단해야 했다. 몹시도 아름다운 하루였다.

38

"쥘리에트, 넥타이 맬 줄 알아요?"

쥘리에트는 립스틱을 집어넣고 얼른 이봉 씨에게 달려갔다. 이 폴리트는 자기에게 너무 커서 얼굴을 반은 덮는 중절모를 쓰고 입을 헤벌린 채 폴레트를 위한 그림에 몰두해 있었다.

"준비 끝났나? 이제 곧 오실 텐데?"

이봉 씨는 벽시계를 보고 모든 것이 제자리에 있는지 확인했다. 하얀 식탁보를 한 번 더 잡아당기고, 데이지 꽃꽂이의 매무새를 고치고, 접시 위치를 아주 약간 옮겼다. 접시가 완벽한 중앙에 왔다.

파올로는 주방에서 프레지에*를 접시에 담았다. 조르주 선생

---

* 프레지에(fraisier): 생딸기와 딸기 크림을 써서 꾸민 케이크.

의 특별 주문으로 작은 말 모양 장식 두 개를 꼭대기에 얹었다. 마르셀린은 그 케이크 장식은 영 아닌 것 같다는 의견을 피력했다. 폴레트가 그 경마장에 좋은 추억이 있을 리가? 거기서 쓰러졌으니 지독한 두통이나 퍼렇게 멍든 것만 기억날 텐데? 여인숙 식구들과의 재회를 축하하는 방법치고는 좀 이상하지 않나? 조르주는 더 들으려 하지 않았다. 그는 비록 속내를 얘기하진 않았지만 말들이 그들 두 사람을 연결해줬다고 믿었다. 처음에는 마권을 파는 선술집, 그다음에는 병원에서 그들을 이어줬다. 이 추억은 너무도 소중했다. 이 나이에는 이것저것 못 따진다. 어떤 행복은 우스꽝스러운 포장지 속에 들어 있다.

잠시 후 구급차가 키 큰 수국 두 그루 앞에서 멈추었다. 마르셀린, 쥘리에트, 이폴리트, 이봉 씨가 황급히 폴레트를 맞이하러 나갔다. 몇 주 만에 처음 보는 셈이었다. 폴레트를 데려오기 위해 병원 측과 오랜 협상을 해야만 했다. 조르주가 강경하게 주장했다. 폴레트의 생일이니까 그녀가 원하는 건 뭐든지 해줘야 한다고.

필리프와 조르주가 먼저 내렸다. 조르주는 이날을 위해 새로 산 가는 줄무늬 셔츠를 멋지게 차려입고 있었다. 마르셀린은 그의 파란 눈이 전에 없이 열정적으로 빛나는 것을 보고 선웃음을 쳤다. 하지만 조르주는 벌써 차 반대편에 가 있었다. 그는 예식을 진행하듯 엄숙하게 차 문을 열었다. 폴레트가 고개를 까딱하면서 감사를 표했다. 그녀는 지팡이를 짚고 차에서 내리면서 몸을 약간 떨었다. 쥘리에트는 할머니가 더 여원 것을 보고 마음이 아팠다. 자주색 원피스를 차려입은 폴레트는 쥘리에트의 속을 들여다본 듯 위엄 있게 허리를 펴고 여인숙 사람들에게 살짝 미소를 지었다. 다들 감격한 눈빛이었는데 폴레트가 냅다 쏘아붙였다.

"아니, 당신들 뭘 기다리고 있어요? 점심은 저절로 나오나?"

그들은 폴레트를 에워싸고 그녀의 잔소리와 땅바닥을 때리는 지팡이 소리를 반가워했다. 이봉 씨가 폴레트의 팔을 잡았고 쥘리에트가 앞장을 섰다.

폴레트가 식당에 들어서자 단골들이 일제히 박수를 쳤다. 레옹이 폴레트의 치마 아래 쪼르르 달려와 목을 가르릉댔다. 두 개의 대들보 사이에 폴레트의 이름이 쓰인 가랜드가 걸려 있었고 바는 흰색과 분홍색 풍선으로 꾸며져 있었다.

"아이고, 이 요란한 장식이 다 뭐예요? 내 장례식은 이보다 세련되게 꾸며주길 바라요!" 폴레트가 아무나 들으라는 듯이 말했다.

하늘색 양복을 멋지게 빼입은 이봉 씨가 팔에 새하얀 냅킨을 걸고 호위병처럼 차려 자세를 취했다.

"폴레트 부인, 이제 착석하시겠습니까……."

이봉 씨는 폴레트가 늘 앉는 자리를 가리켰다. 오늘을 위하여 미슐랭 스타 식당처럼 꾸며놓은 자리였다. 쥘리에트가 의자를 빼주었고 폴레트는 우아하게 알록달록한 식기와 접시 앞에 자리를 잡았다.

이봉 씨가 탄산수를 정중하게 잔에 따라주었다.

"2016년산 비시 셀레스탱입니다. 맛을 보시지요."

이봉 씨는 냅킨으로 둘둘 만 병을 들고 허리를 꼿꼿하게 세우고 먼 곳을 보면서 폴레트의 분부를 기다렸다.

"뭐예요, 이봉 씨, 나는……."

"오늘의 주방장 추천 메뉴는 '새의 입맛'입니다. 곡물빵, 통밀빵, 흰 빵 중에서 고르실 수 있는데 무엇을 드릴까요?"

여전히 모자를 눌러 쓴 이폴리트가 키뇽*을 꽉 채운 바구니를 들고 왔다. 폴레트가 제일 좋아하는 부분이었다. 그녀는 입술을 살짝 깨물었다가 양귀비씨가 붙은 조각부터 집어 들고 먹기 시작했다. 다음 순간, 오늘을 위해 주름 하나 없이 다림질한 앞치마를 두른 쥘리에트가 주방에서 나와 접시에 베린**을 올렸다.

"잘게 썬 토마토와 물소젖 모차렐라를 페스토 소스 위에 얹은 요리입니다."

이봉 씨는 노부인의 무릎에 냅킨을 펼쳐주고 요리를 맛볼 수 있도록 자리를 비켜주었다.

---

* 키뇽(quignon): 빵 껍질이 많이 붙은 큰 조각이나 꽁다리.
** 베린(verrine): 투명한 유리컵에 예쁘게 담아서 내는 요리. 보통은 전채로 많이 먹는다.

＊

맞은편에 앉은 조르주는 그 장면을 한순간도 놓치지 않았다. 그는 폴레트가 새 모이만큼 나온 요리를 맛보는 동안 따뜻한 눈길을 거두지 않았다.

문득 한숨이 나왔다. 지난 몇 주는 감정적으로 풍요로운 시간이었다. 병실에 단둘이 있는 시간이 많았던 덕분에 그들의 연애는 수줍고도 섬세하게 꽃을 피울 수 있었다. 그들에게 주어지는 하루하루가 눈부신 승리 같았다. 그러나 폴레트는 여전히 상태가 좋지 않았다. 완치를 기약할 수 없지만 치료는 계속 받아야 했다. 하지만 가운 주머니에 펜을 잔뜩 꽂은 의사가 찬물 끼얹는 소리를 했을 때 조르주와 폴레트는 함께 어깨만 으쓱했다. 몇 달도 두 사람에게는 귀하고 소중했다. 당장 지난여름만 해도 사랑은 꿈조차 꿀 수 없었다.

조르주가 간호사들 앞에서 꿀이 뚝뚝 떨어지는 말을 하면 폴레트는 눈을 부릅떴다. 간호사들은 이 다정한 할아버지가 무슨 말을 할 때마다 한숨을 쉬었다. 그들은 모두 이 늙은 연인들 편이었다. 그들을 보면 오래오래 사랑하면서 살고 싶다는 생각이 들었으니까. 조르주와 폴레트는 병동 전체에 굳건한 낙관론을 퍼뜨리고 있었다.

"조르주 선생, 왜 이래요!" 조르주가 의사 앞에서도 손을 잡으려 하면 폴레트는 타박을 했다.

그러면 조르주는 얼굴을 붉혔지만 입은 귀까지 걸려 있었다.

그는 매일 프랑스의 가장 아름다운 고장을 여행하는 이야기를 지어내 들려주거나 시를 읽어주었다. 그중 몇 편은 자기가 쓴 시라는 사실을 숨겼지만 말이다. 스크래블 게임을 할 때는 일부러 져주고 폴레트가 자기 얘기를 하면 이미 들은 적이 있는 얘기에도 열렬히 반응했다. 가끔은 스탠드 불빛 아래서 폴레트가 기쁨으로 뺨을 붉히면서 그의 키스에 수줍게 화답했다.

폴레트가 베린을 다 먹자 쥘리에트가 와서 접시를 치웠다. 이봉 씨가 엄숙하게 말했다.

"바삭하게 구운 토끼고기에 모 머스터드와 생면 탈리아텔레를 곁들인 요리입니다."

간이 의자에 앉아 있던 이폴리트가 이봉 씨의 연기와 노부인 앞으로 역시 새 모이만큼 담아 내온 접시를 보고 킬킬대고 웃었다. 어찌 보면 소꿉장난을 하고 있는 것처럼 보였다.

"송어 오븐구이와 구운 회향입니다. 맛있게 드십시오!"

"이제 할 만큼 했잖아요? 이 연극 놀음을 얼마나 더 하려고요?"

하지만 폴레트는 예전처럼 기분 나쁜 척하기가 힘들었다. 이곳에 돌아와 햇살 아래 앉아서 지극한 배려에 둘러싸여 있으니 가슴이 터질 것 같았다. 그녀는 이따금 조르주를 흘끔거렸다. 그를 보기만 해도 목에서부터 찌릿한 전율이 일어났다.

"맛있게 드신 것 같군요." 이봉 씨가 빈 접시를 치우면서 말했다.

"신사라면 접시에 남은 것을 절대 화제에 올리지 않는 법!" 폴레트가 핀잔을 주었다.

이봉 씨는 웃음이 나려는 것을 참았다.

"주방장이 엄선한 세 가지 치즈입니다. 바게트를 조금 곁들여 드시겠습니까?"

"오, 좋죠! 이제 그만 좀 해요!" 폴레트의 눈이 웃고 있었다. "내가 새 모이만큼 조금 먹는 게 아니라 주인장이 손님들에게 감자튀김을 삽으로 퍼주는 게 문제라고요!"

치즈까지 끝나자 이폴리트가 디저트 카트를 테이블로 엄숙하게 밀고 왔다. 그는 삼단 카트에 맛있는 디저트와 과일 맛 젤리, 종이꽃을 공들여 예쁘게 배치해두었다. 맨 아랫단은 전부 초콜릿 종류였는데 조그만 퐁당, 무스가 든 초소형 잔, 미니 브라우니가 가득했다. 그 윗단은 알록달록 예쁜 색 과일을 얹은 미니 타르트가 원무(圓舞)를 추듯 둥글게 놓여 있었다. 마지막으로 가장 윗단에는 아주 작은 바바 오 럼이 가득했는데 이폴리트가 즉석에서 토치로 플랑베*를 선보였다. 달콤한 바닐라와 라임 향기가 식당 안에 퍼졌다.

폴레트는 박수를 치지 않을 수 없었다.

---

* 플랑베(flamber): 술을 끼얹고 불꽃을 일으켜 알코올은 날리고 향만 입히는 기법.

"전부 다 조금씩 먹어볼래요!"

"잘 생각하셨습니다!" 쥘리에트와 이봉 씨가 합창을 했다.

조르주가 그들 뒤에서 프레지에를 들고 등장했다. 아몬드 페이스트로 만든 두 마리 말이 케이크 위에서 정답게 코를 맞대고 있는 것을 본 순간, 폴레트의 눈에서 눈물이 뚝 떨어졌다.

잠시 후, 이봉 씨는 입에 초콜릿을 잔뜩 넣고 전화를 받으러 카운터로 달려갔다. 그가 수화기를 들고 폴레트에게 소리쳤다.

"폴레트 부인, 오드가상에서 전화가 왔습니다!"

"오! 그 사람들한테 딴 데 가서 영업하라고 하세요!" 폴레트는 식당의 흥겨운 소음을 능가하는 큰 목소리로 딱 잘라 말했다.

이봉 씨는 수화기에 대고 정중하게 사과를 했다.

39

　낮잠을 자던 폴레트는 새소리에 잠을 깼다.

　여인숙에 온 김에 자기 방에서 기운을 좀 추스르는 시간을 가졌다. 오늘 점심 식사의 감동은 그녀의 전설적인 기력으로도 다 감당이 안 됐다. 벽시계를 보았다. 너무 오래 잔 것 같아서 속상했다. 잠시 후면 구급차가 올 텐데 아직은 여인숙 친구들과 좀 더 있고 싶었다. 그녀는 혼자 웃었다. 세상일은 정말 모르는 거야! 내가 이 사람들을 친구라고 부르게 될 줄 누가 알았겠어! 인생은 희한한 깜짝선물을 많이도 준비해놓았구나.

　침대 주위를 눈으로 한 바퀴 훑었다. 방은 완벽하게 정돈돼 있었다. 누군가가──아마 쥘리에트가──우편물을 서랍장 위에 모아두었다. 봉투 하나가 그녀의 눈길을 끌었다. 흔히 보는 판형이 아니었다. 오른쪽 귀퉁이에 한 번도 본 적 없는 알록달록한 우표가 붙어 있었다. 우표에 '메리 크리스마스'라고 찍혀 있었다.

10월에 웬 크리스마스? 그녀는 떨리는 손으로 최대한 빨리 그 봉투를 열어보았다. 삐뚤삐뚤한 글씨가 가득한 종이 한 장이 나왔다. 편지를 쓴 사람이 펜을 제대로 쥐기가 힘들었나?

폴레트 메르시에 부인 앞

친애하는 부인께,

우선 제가 평소 프랑스어를 쓸 일이 없다 보니 제가 원하는 만큼 이 언어를 능숙하게 쓰지 못해도 양해해주시기 바랍니다. 제 이름은 조 너선 클레이턴 스미스이고 글로리아 가버 팬클럽 회장입니다.

저에게 프랑스에서 온 편지는 노르망디의 아름다운 해변에서 전투에 임하던 그 시절의 추억 같아서 무척 소중합니다.

부인께서 연락을 주셔서 얼마나 기뻤는지 모릅니다. 동봉하신 편지들에 대해서 저는 결코 아는 바가 없습니다. 주위 사람들에게도 알아봤지만 성과는 없었습니다. 아름다운 사연이긴 합니다만 편지의 수신인이 미스 글로리아 가버가 확실한지요? 미스 가버가 부인께서 언급하신 조르주 느뵈라는 분과 편지를 주고받았던 정황은 전혀 포착되지 않습니다.

글로리아 가버는 1953년 봄에 무대 파트너이자 연인이었던 제러미 애벗과 결혼했습니다. 결혼 생활이 행복하지는 않았던 것 같습니다.

미스 가버는 안타깝게도 6년 전에 돌아가셨는데 이혼 이후로 그때까지 쭉 혼자 사셨습니다.

애벗 씨와 결혼하기 전에 누굴 사귀었다는 얘기는 듣지 못했습니다. 하지만 미스 가버는 매력도 많고 비밀도 많은 분이었지요.

더 많은 정보를 드리지 못해 죄송합니다. 부디 좋은 성과 있으시길 바랍니다. 저 아닌 다른 분들이 부인께 큰 도움이 됐으면 좋겠네요.

감사합니다.

2016년 9월 15일 뉴욕에서

조녀선 C. 스미스

그녀는 편지를 찬찬히 다시 읽었다. 내용은 실망스러웠지만 상대가 머리를 싸매고 썼을 프랑스어가 고맙고 재미있었다. 폴레트의 조사는 무위로 돌아간 듯했다. 그녀는 글로리아 가버 팬클럽에 조르주의 편지 몇 통과 함께 자기가 이 서신 교환에서——실제로 교환이 있었는지 모르지만——알게 된 사연을 대충 요약해 알렸다. 폴레트도 아무리 글로리아가 유명인이라고 해도 60년 전 뉴욕에 건너가 그녀와 불같은 사랑에 빠졌던 청년 조르주를 기억하는 사람은 없을 것 같다고 생각했다. 실제로 가엾은 글로리아는 이미 저세상 사람이 되었고 안타까운 사랑의 기억도 그녀와 함께 묻혔다.

몇 주 전, 평소처럼 병원 공원을 함께 거닐다가 폴레트는 자기가 어떻게 살아왔는지 조르주에게 이야기했다. 파리에서 보낸 어린 시절, 엄격한 교육과 가끔 행복했던 순간들. 햇살이 그들의 노구(老軀)를 따뜻하게 덥힐 때, 그녀는 자기 아버지와 불행했던 결혼 생활과 필리프의 걸음마와 라 볼에서 보낸 여름휴가에 대해 조용히 말했다. 자기 몸을 서서히 갉아 먹고 정든 집과 등나무 우거진 길을 떠나게 만든 병에 대해서도 말했다. 자기가 받은 교육과 자존심 때문에 가족과 지인들 앞에서는 무너지고 싶지 않았다고. 통곡, 치료, 면회의 나날은 생각만 해도 끔찍했다고. 그런 건 싫었다. 차라리 깔끔하게 혼자 맞서고 싶었다. 의사에게 절대 말하지 말라고 했다. 자기에게 남은 시간을 보내기에 적당한 곳을 찾아보았다. 남프랑스의 특급 요양 병원 겸 거주 시설을 낙점했다. 하지만 일이 생각처럼 돌아가지 않았다…….

그녀는 미소를 지었다. 조르주는 장난스럽게 눈을 찡긋하면서 이 병원도 잘 가꾼 정원에 룸서비스까지 있으니 오드가상과 비슷하지 않느냐고 했다. 그러고 나서 두 사람은 폴레트가 여인숙에 처음 온 날을 회상하며 킬킬댔다. 폴레트는 조르주의 팔짱을 끼고 노망이 난 할머니인 척하면서 산책하는 다른 사람들에게 불쑥 말을 걸었다. 조르주가 너무 크게 웃는 바람에 간호사들이 나왔다가 그에게 폴레트 부인을 처음 만났을 때 얘기까지 듣게 됐다.

"마권 파는 가게에서 당신 망아지 얘기를 꺼낸 게 언제더라? 기억납니까?" 조르주가 물었다.

폴레트는 간호사들이 다 귀를 곤두세우고 있었기 때문에 짐짓 잊어버린 척했다.

"어쨌든 자녀분들한테 들려줄 이야기가 많겠어요!" 간호사 하나가 이런 말을 했다.

폴레트는 조르주의 표정이 변하는 것을 놓치지 않았다.

그날 저녁, 조르주가 여인숙으로 돌아가기 전에 폴레트는 그의 얘기를 좀 더 끌어내려 했다. 그는 애매하게만 말했다. 인생이 참 빠르더라고, 이날 이때까지 사업에서나 연애에서나 운이 없었다고 했다. 폴레트는 그의 키스를 피하면서 좀 더 캐물었다.

"지금까지 사랑 한 번 안 해봤다고요?"

"진짜 사랑을 해본 것 같지 않아요. 음, 여기저기서 여자를 만났고 사귀어보기도 했죠." 그는 다정한 눈으로 이 말을 덧붙였다. "하지만 지금 당신에게 느끼는 감정에 비하면 아무것도 아닙니다."

조르주는 감정 표현을 자제하는 사람이었고 이제 겨우 싹튼 사랑에 그늘을 드리울 마음도 없었다. 사랑했던 사람이 왜 없겠는가. 사람을 완전히 집어삼키고 현실 감각을 앗아갈 만큼 폭발적인 감정을 왜 모르겠는가. 그때는 스무 살이었고 앞날이 창창했다. 그리고 그 여자는 재능과 매력이 차고 넘쳤다.

대학생 때, 그는 넓은 세상을 보고 싶으니 미국에 가게 해달라고 아버지를 졸랐다. 뉴욕! 모든 것이 가능한 도시! 아버지는 처음에는 안 된다고 했다. 천박하고 악덕이 성행하기로 유명한 도시에 자기 아들을 보낼 수는 없었다. 그러나 어머니가 아버지를 설득했다. 아들이 미국에서 현대 기술을 많이 접하고 오면 장차 집안의 사업에도 득이 될 거라고 말이다. 그래서 조르주는 청운의 꿈을 안고 미국으로 건너갔다.

하지만 그 길에서 글로리아를 만났다.

큰 눈과 눈부신 미소의 글로리아. 매일 저녁 관객을 사로잡는 그 늘씬한 몸매. 관객은 오로지 그녀의 한없이 긴 다리가 무대 위에서 음악에 맞춰 미끄러지는 광경을 보려고 몰려들었다. 조명을 받아 빛나는, 그 희다 못해 투명한 살결은 몹시 부드러울 터였다.

그들은 계절이 두 번 바뀌는 동안 도시의 빌딩 숲과 조명 아래서 서로 사랑했다. 택시 뒷좌석에서, 재즈바 구석에서, 번화한 대로에서, 조용한 골목길에서, 센트럴 파크의 고목들과 다람쥐들의 호의 어린 눈빛 아래서. 붉게 타오르는 가을, 겨울 초입의 짙은 안개 속에서. 작은 방의 축축한 공기와 무대 뒤의 흥분 어린 북새통 속에서. 그들은 절대 헤어지지 말자고 약속했다. 조르주가 출발하기 전날까지도 그랬다. 글로리아는 배웅하러 나오지도 않았다. 그렇지만 조르주는 마지막 순간까지 글로리아가 오기를 기다렸다. 눈 폭풍이 하얗게 김 서린 창을 때릴 때 그는 다락방에 온기를 불어넣지 못하는 난로 앞에서 글로리아가 그와 함께 프랑스로 떠나기를 기도했다. 헛짓이었다. 프랑스로 가는 배는 부서진 심장의 젊은이만 태우고 갔다. 그래도 그는 일생의 사랑을 속히 자기 곁으로 데려오리라 다짐했다.

조르주는 그녀가 나타나지 않고 그 후 소식도 주지 않은 이유를 끝까지 듣지 못했다. 그는 의심하거나 포기하지 않고 계속 편지를 보냈다. 극장에도 연락해봤고, 어떤 탐정에게 수백 달러를 주면서 그녀의 흔적을 찾아달라고도 했다. 탐정은 그가 신문을 통해 알게 된 사실 외에는 알아내지 못했다. 글로리아가 자신의 무대 파트너 제러미 애벗과 결혼했다는 사실 외에는.

그는 글로리아가 자기를 농락했다고 믿을 수 없었다. 그 파트너는 폭력적이고 질투심이 강했다. 공개적으로는 글로리아를 망신 주고 사적으로는 집요하게 괴롭힌 남자였다. 그는 글로리아와 자고 싶어 했지만 글로리아는 그의 거만한 태도에 질색했다. 조르주는 몇 주를 방에만 처박혀 있다가 아버지에게 끌려 나왔다. 아버지의 입장은 분명했다. 정신 차리지 않으면 부자의 연을 끊겠다고 했다. 하지만 아직 젊었던 아들은 정신을 차리고 싶어도 차릴 수 없었다. 너무 빨리, 너무 뜨겁게 사랑을 경험한 후였다. 살맛도 안 나고 입맛도 없었다. 완고한 아버지는 자기 말을 지켰다. 조르주는 판매원용 트렁크 하나만 들고 집을 나가야 했고 그걸로 먹고살아야 했다.

가문의 집사 장이 세상을 떠날 때 비로소 조르주는 알게 됐다. 장은 자신의 재산과 비밀을 모두 조르주에게 넘겨주었다. 아버지는 아들의 연애편지가 절대로 프랑스 땅을 벗어나지 못하게 단속했다. 장은 모자 상자에 그 편지들을 다 모아두었다. 조르주의 어머니 것이었던 오래된 모자 상자에는 글로리아와 다시 만나려 했던 조르주의 노력이 잠들어 있었다. 조르주의 아버지는 집사가 죽은 지 얼마 안 되어 죽었다. 아들은 아버지 장례식에도 참석하지 않았다.

간략히 말해 조르주의 연애는 불처럼 확 타올랐다가 이내 차게 식은 담뱃재처럼 역한 냄새를 남겼고 세월이 지나도록 그 재는 바람에 흩어지지 않았다. 폴레트를 만나기 전까지는 말이다. 폴레트가 있었기에 조르주는 자신이 다시 사랑을 할 수 있다고 믿고 싶어졌다.

폴레트는 그 연애에 대해 그가 상상하는 것보다 많이 알고 있다고 털어놓을 생각이 없었다. 그의 방에서 연애편지를 봤다는 말은 죽어도 할 수 없었다. 무례한 거짓말쟁이, 더 나쁘게는 집착이 심한 여자로 보일 것이다. 폴레트는 커플이 오래가는 비결에 대해 자기 나름의 이론이 있었는데 매사에 진실을 추구하는 태도는 거기에 해당되지 않았다. 그녀는 편지를 여러 번 읽어봤지만 여전히 풀리지 않는 의문이 있었다. 그 미국 여자는 왜 조르주를 따라오지 않았을까? 어째서 편지 한 통 보내지 않았을까? 남들의 비밀이 못마땅한 폴레트는 답을 얻고 싶어서 글로리아 가버 팬클럽에 연락을 취했던 것이다. 애석하게도 팬클럽 회장은 답을 주지 못했다.

쥘리에트가 얌전하게 노크를 했다. 폴레트는 스미스 씨의 편지를 손가방에 넣었다.

"괜찮으세요, 폴레트 부인?"

폴레트가 들어와 앉으라고 손짓을 했다. 그녀는 쥘리에트의 눈을 바라보았다.

"그래, 아가씨는 어때요?"

쥘리에트의 얼굴이 잠시 흐려졌다. 폴레트처럼 아픈 사람들은 지나치게 친절한 주위 사람들 때문에 세상과 단절된다. 쥘리에트도 마찬가지였다. 노부인의 위태로운 건강에 비하면 자신의 고민은 별것도 아니다 싶었다. 그래서 자신의 문제로 노부인을 번거롭게 하고 싶지 않았다. 하지만 폴레트가 또 물었다.

"누르는 아직 소식이 없어요?"

"네…… 이봉 씨는 아무렇지 않은 척하지만 밤마다 정원에서 파이프 담배를 엄청 피워요. 이봉 씨 혼자 주방 일을 하다 보니 다크서클이 무릎까지 내려왔어요."

쥘리에트는 노부인의 걱정 어린 얼굴을 보고 얼른 웃는 눈을 했다.

"하지만 마르셀린이 얼마나 일을 잘하는지 보셔야 하는데! 자기랑 이봉 씨랑 환상의 이인조라나요. 진짜 그렇긴 해요! 제가

서 있기 힘들어하면 음식 시중을 대신 맡아주죠! 일단 시작은 좋은데 남자 손님들한테 약간 귀찮게 구는 경향이 있어서, 뭐 무슨 뜻인지 아시겠지만……."

"마르셀린은 조르주 선생과의 스포츠 강습이 아쉬울 거예요!"

"아쉬운 정도가 아니겠죠! 사실 그때 바닷가에 갔을 때 마르셀린이 조르주 선생님한테 에어로빅을 하자고 졸라서 약속까지 받아냈는데……."

"나 때문에 약속을 어기게 됐군요!"

쥘리에트는 갑자기 어색하게 폴레트를 껴안았다.

"우리 모두 폴레트 부인이 보고 싶었어요."

노부인은 놀라서 두 팔을 맥없이 늘어뜨리고 있었다. 그러나 이내 한쪽 손을 들어 자기를 꼭 안고 있는 쥘리에트의 등을 토닥토닥했다. 쥘리에트는 눈물이 차오르는 것을 느끼며 노부인에게서 풍기는 장미와 자스민 향에 젖어들었다.

40

배나무 잎사귀가 떨어졌다. 그 잎은 양탄자처럼 폭신하게 쌓인 노란색, 오렌지색, 빨간색 낙엽들 위로 사뿐히 내려앉았다.

이봉 씨는 한숨을 쉬었다. 아직 춥지는 않았지만 이미 완연한 가을이었다. 그는 저무는 햇빛 아래서 잔디밭을 살폈다. 겨울을 고생 없이 나려면 이놈의 이끼를 빨리 제거해야 할 텐데. 벌써 겨울이라니! 봄이 엊그제 같았다. 계절이 정신없이 지나갔다. 시간이 점점 쪼그라드는 건가 의심이 들었다. 누르의 소식을 기다리는 하루하루는 너무 긴데 한 달은 눈 깜짝할 사이에 지나갔다.

이봉 씨는 갈퀴를 들고 낙엽을 한데 모았다. 이래 봤자 밤바람에 다 흩어지겠지. 반소매에 앞치마를 두르고 있던 그는 흠칫 떨었다가 하품을 참았다. 몇 주 전부터 식당은 성업 중이었다.

어떤 기자가 소문을 듣고 점심 시식을 오겠다고 했다. 이봉 씨는 그 기자가 언제 온다고 했는지 기억을 더듬었다. 화요일이랬나, 수요일이랬나? 안 그래도 정신없어서 죽겠구먼!

누르가 떠난 후로 홀에서는 마르셀린이 쥘리에트를 도왔고 그는 주방에서 고군분투했다. 이폴리트는 설거지를 거들었다. 이폴리트는 민달팽이 조련에 정신이 팔려 있을 때가 아니면 재미있는 이야기로 손님들의 마음을 샀다. 그는 누르가 없어도 아무렇지 않은 것 같았다. 쿠스쿠스가 없다고 투덜거리는 게 다였다. 분위기는 밝았지만 일상은 피곤했다. 식당 청소가 끝나도 매상을 맞춰보고, 서류를 정리하고, 내일 필요한 식자재를 주문하고, 디저트 냉장고까지 채워야 했다. 누르가 어떻게 이 많은 일을 능숙하게 처리했나 싶었다. 이봉 씨는 누르가 있으면 얼마나 좋을까 생각했다. 이제 저녁에 클루 게임판이 벌어지지도 않았다. 해가 떨어지자마자 위층에서 하숙인들의 코 고는 소리가 울려 퍼지곤 했다.

정원 저쪽에서 무슨 소리가 났다. 이봉 씨는 고개를 들고 눈을 가늘게 떴다. 어두워서 잘 보이지 않았다. 배나무 우듬지에서 새가 짹짹거렸다. 이 시각에도 나뭇가지에서 노는 새가 있나 싶어 한참을 쳐다보았다. 갑자기 울타리 너머에서 누군가가 나타났다. 이봉 씨는 파이프를 입에 문 채 굳어버렸다. 새는 희소식을 알리려는 듯 여전히 지저귀고 있었다. 이봉 씨는 금세 그 안심되는 발걸음, 익숙한 실루엣, 깔끔한 비누 향의 주인공을 알아보았다.

누르였다.

누르가 겸연쩍게 웃고 있었다.

이봉 씨는 갑자기 심장이 두근거렸다. 두 사람은 가만히 서로를 보고만 있었다. 긴 주름치마를 입은 그녀는 예전 그대로였다. 관자놀이에 흰 머리가 몇 가닥 보이긴 했지만 이곳을 떠나기 전부터 그랬는지는 기억이 나지 않았다.

누르는 좌우 대칭이 안 맞는 그 얼굴에 다크서클이 짙어진 것을 보고 마음이 아팠다. 그녀의 시선이 거인의 발치에 떨어진 갈퀴로 잠시 내려갔다가 얼빠진 큰 눈으로 돌아왔다. 그들이 서로 체면을 차리는 사이만 아니었다면, 그녀가 그런 식으로 떠나지만 않았다면, 벌써 반가워서 얼싸안았을 것이다.

"과꽃이 아직도 예쁘네요." 누르가 루비색 꽃이 핀 화단을 가리켰다.

이봉 씨는 입을 삐죽 내밀었다. 그는 과꽃을 싫어했다. 그 꽃 때문에 그쪽 화단은 묘지 분위기가 났다.

"쟤들도 당신이 돌아오길 기다렸나 보죠?" 그가 대꾸했다.

말투가 그가 의도했던 것보다 퉁명스럽게 나왔다. 어쩌면 누르의 귀환을 뒤끝 없이 축하할 수 없는 마음이 조금은 있었나 보다. 누르가 떠난 후 자기가 얼마나 힘들었는지 표를 내고 싶었는지도 몰랐다. 누르는 고개를 숙이고 가만히 나가왔다. 이봉 씨는 정원에 있는 의자 하나를 권했다. 의자는 이슬을 맞아 축축해져 있었다. 그들은 나란히 앉아 들판을 바라보았다. 이제 막 갈아엎은 흙의 익숙한 냄새가 공기 중에 퍼졌다.

이봉 씨는 조용히 파이프를 빨았다. 누르는 입이 안 떨어졌다. 새벽부터 거울 앞에서 연습했던 말이 하나도 기억나지 않았다.

"죄송해요." 결국 이 말밖에 못 했다.

차분한 음성에 실린 말이 공기 중에 떠돌다가 이봉 씨가 내뿜는 연기에 쓸려갔다.

"괜찮아요?" 속으로는 누르를 많이 걱정했던 이봉 씨가 물었다.

"괜찮아요."

누르가 그에게로 고개를 돌렸다. 높이 떠오른 달빛에 비친 그의 얼굴 반쪽이 더 괴상해 보였다.

"이봉 씨, 다 털어놓을게요. 하지만 일단 이건 알아주세요. 난 떠나고 싶어서 떠난 게 아니라 그럴 수밖에 없었던 거예요. 이봉 씨와 여인숙 식구들을 위험에 빠뜨리고 싶지 않아서……. 이 일로 모두를 힘들게 한 것 정말 미안해요."

침묵이 흘렀다. 파이프 빠는 소리밖에 들리지 않았다. 따뜻한 담배 향 속에서 부드럽게 피스톤이 밀리는 소리에 누르의 눈이 빛났다. 둘이 나란히 앉아 달구경을 하는 이런 순간이 얼마나 그리웠나.

❖

협박범이 찾아온 그날 저녁, 누르는 수사를 책임지는 경찰서장의 제안을 받아들이기로 마음을 굳혔다. 그는 누르가 증언을 하면 신변을 보호해주겠다고 했다. 수사의 판도를 바꿀 증인은 이미 여러 명 있었다. 검사는 자기가 2년간 매달린 사건 수사를 더 공고히 하기 위해 누르의 증언을 필요로 했다. 모 마약 밀매 조직이 지중해 연안과 사회 계층 전반에 마수를 뻗었다. 재판은 상당한 반향을 일으킬 터였다. 수사 팀은 누르의 증언을 필요로 했고 그녀는 과거의 유령들과 절대로 얽히지 않겠다는 다짐에도 불구하고 수사에 협조하기로 결심했다.

조심하지 않으면 그녀의 목숨이 위험했다. 그래서 그날 밤 말도 없이 떠났다. 일반 차량으로 위장한 경찰차가 그녀를 수백 킬로미터 떨어진 곳으로 데려갔다. 거기서 주도면밀하게 재판 준비를 시켜줬다. 무엇 하나 그냥 넘어가지 않았다. 누르는 깊이 묻었던 기억을 되살려 30년 전에 하루하루를 어떻게 살았는지 말해야 했다. 그 자체가 시련이었다. 어떤 상처들이 다시 벌어졌고 다시 아문다는 기약은 없었다.

공판이 있고 몇 주가 지나서야 선고가 떨어졌다. 그래서 자유의 몸이 되었다. 그래서 돌아올 수 있었다. 이제 자기 목숨이나 사랑하는 사람들의 목숨을 걱정하지 않고 살게 됐다. 조직은 무너졌든가, 적어도 심각한 위기에 처했을 것이다. 조직의 주요 간부가 모두 감옥에 들어갔으니 한동안 꼼짝 못 할 것이다.

❖

파이프를 손에 들고 누르의 이야기를 듣던 이봉 씨는 눈이 휘둥그레졌다. 그는 자신의 귀를 의심했다. 우리 주방을 맡은 누르가 피비린내 나는 복수와 마약 사건의 핵심 증인이었다고? 고양이와 대화하고 호박 요리에 투덜대는 주방 아줌마가 마약 밀매 조직 두목의 아내였다니! 누르의 이야기는 평화로운 주위 풍경과 어울리지 않아서 더욱더 믿기 힘들었다.

이봉 씨는 그럴듯한 질문도, 공감하는 표현도 하지 못한 채 자리에서 일어났다. 입이 안 다물어졌다. 누르는 이폴리트가 물감으로 색칠해서 민달팽이 경주 트랙에 올려놓은 솔방울을 보았다. 그녀의 얼굴에 미소가 떠올랐다. 갑자기 정원 저쪽에서 둔탁한 소리가 났다. 돼지가 씩씩대는 것 같기도 하고 중간중간 뾰족한 비명이 작게 들리는 것 같았다. 이봉 씨가 귀를 곤두세웠다. 세브랭이 돌아왔던 것이다. 고슴도치 세브랭은 가시를 흔들며 민달팽이를 잡아먹으러 쪼르르 텃밭으로 달려갔다.

"그래, 하마터면 큰일 날 뻔했다고! 그놈들이 내 상추밭을 얼마나 망쳐놨는지! 너 그동안 어디 있었냐! 요 쓸모없는 녀석아!" 이봉 씨가 고슴도치에게 성질을 냈다.

누르가 웃음을 터뜨렸다.

"세브랭이 출두했을 리 없죠! 몽말랭 쪽에서 암컷 고슴도치에게 푹 빠져 지냈을 거예요. 여름의 연애는 오래가는 법이죠!"

이봉 씨도 유쾌하게 받아쳤다.

"세브랭도 이제 열심히 일하는 게 좋을 겁니다! 안 그러면 오늘의 메뉴에 올려버릴 테니까!"

누르가 일어나서 이봉 씨의 손을 잡았다. 이봉 씨는 어색해서 그대로 굳어버렸다.

"다시 보니 좋네요."

그들은 잠시 서로의 얼굴을 바라보았다. 이봉 씨에게는 그 시간이 영원처럼 길었다. 어색하기도 하고 행복하기도 하고 해서 목소리가 잘 안 나왔다.

"저, 그게 다는 아니지만, 음……."

누르는 치마 주름을 매만졌고 이봉 씨는 갈퀴를 정리했다. 그들은 함께 여인숙으로 들어갔다. 물론 그 전에 세브랭이 먹잇감을 찾아 텃밭을 잘 돌아다니는지 확인하는 것도 잊지 않았다.

누르는 주방부터 찾았다. 조리대 위의 호박 바구니가 그녀를 기다리고 있었던 것 같았다.

"내가 자리를 비운 동안도 결심을 잘 지켰군요!" 누르가 기뻐하면서 요리 나가는 창으로 주방을 들여다보고 있던 이봉 씨에게 말했다.

다이어트 중인 것을 들킨 이봉 씨는 민망해서 괜히 구시렁댔다.

"그런데 폴레트는 좀 괜찮아요?" 누르가 목소리를 낮추었다.

이봉 씨는 깜짝 놀라서 아무 말도 하지 못했다. 누르가 어떻게 아는 거지?

"내가 여기 소식도 모르고 지낼 거라 생각했어요?" 누르는 그렇게 말하고 딸기 상자에 얼굴을 가까이 가져갔다. "으흠, 맛있겠다! 이제 딸기는 끝물이지 싶네. 이봉 씨, 내일 메뉴에 딸기 수프를 올려주세요."

그녀는 바로 앞치마를 두르고 냉장고에서 우유를 꺼내면서 다른 쪽 손으로는 케이크용 틀 몇 개를 챙겼다. 레옹이 나타나 쏜살같이 주인의 다리 사이로 파고들었다.

"우리 레옹! 나 없이 네가 주방을 휘어잡게 내버려둘 거라 생각했어? 자, 이리 와! 네가 이 바닐라 크림을 어떻게 생각하는지 알고 싶어……."

이봉 씨는 주방 팀끼리 내버려두고 발길을 옮겼다. 누르와 레옹의 의논은 그가 따라잡을 수 없는 부분이었다. 그는 폴레트에게 생각이 미쳤고 다시 한번 누르의 신통력에 의문을 품었다. 아니, 어떻게 알았지? 세상에! 여자들의 미스터리는 여자들 몫으로 남겨두는 편이 나았다. 다만, 이폴리트가 이 일에 대해 생각보다 많이 아는 것 같긴 했다.

41

누르는 가만히 쥘리에트의 방을 노크했다.

이불 밖으로 잠에 곯아떨어진 얼굴이 나와 있었다. 쥘리에트가 눈을 깜박였다가 비볐다 떴다 했다. 잠이 덜 깨서 자기 앞에서 있는 사람이 누군지 얼른 깨닫지 못했던 것이다.

누르가 폭신한 이불 위에 약간 걸터앉았다. 머리를 산발한 쥘리에트는 튀어나온 배 때문에 약간 비틀거리면서 몸을 일으켰다. 그녀는 미소를 짓고 바로 누르를 끌어안았다.

"오! 내 강아지!" 누르가 쥘리에트의 목덜미에 얼굴을 묻고 속삭였다.

그러고는 이내 쥘리에트를 부드럽게 밀어냈다. "얼굴 좀 보자!"

두 여자는 한참을 말없이 껴안고 있었다. 서로 얼마나 보고 싶었는지 할 말이 많았지만 재회의 순간을 천천히 음미하고 싶은 마음도 컸다.

누르는 쥘리에트와 함께 침대에 앉았다. 방이 서늘해서 침대 시트의 온기가 반가웠다. 누르는 자신이 살아온 이야기, 이곳을 떠난 이유와 돌아온 이유를 털어놓았다. 쥘리에트는 누르가 여인숙에 남긴 빈자리와 레옹의 변덕, 그리고 출산을 앞둔 조바심을 이야기했다.

"석 달도 안 남았어요!" 쥘리에트의 입이 귀에 걸렸다.

누르는 이제 평온한 마음으로 출산을 말하는 쥘리에트를 보고 기뻤고, 자기 속에 도사린 죄책감을 억눌렀다. 곁에 있겠다고 약속해놓고 두 달간 돌보기는커녕 생사조차 알리지 않았던 미안함이 너무 컸다.

"이제 다시는 안 떠날 거죠?" 쥘리에트가 물었다.

"당연하지! 마르셀린이 내가 그렇게 쉽게 내 자리를 포기할 거라 생각했다면 오산이야. 그리고 레옹의 변덕을 감시할 사람도 필요하잖아?"

두 여자는 웃었다.

"이봉 씨가 폴레트 부인 얘기 했어요?"

"응, 들었어……. 언제 퇴원하는지 알아?"

"아뇨, 확실하지 않아요. 지금 집중 치료 중이고 많이 좋아졌다고는 해요. 누르가 직접 보면 그 말을 믿고 싶어질 거예요. 얼굴이 정말 좋아지셨거든요! 그게 무슨 방사선을 쐬어서 그렇대요. 그리고 조르주 선생님이 매일 병원에 면회를 가셔서……."

"조르주 선생님이?" 누르는 펄쩍 뛰었다.

쥘리에트가 미소를 지었다.

"두 분은 아닌 척하는데요, 이폴리트가 병원 공원에서 두 분이 손을 꼭 잡고 다니는 걸 봤대요. 누르가 떠난 후로 두 분은 떨어지려야 떨어질 수 없는 사이가 됐어요."

누르도 감동해서 미소를 지었다.

"그래서 꿈을 꾸게 된다니까⋯⋯." 쥘리에트가 한숨을 쉬었다.

누르는 멍하니 허공을 보면서 고개를 끄덕였다. 그러고는 평소 수첩이 놓여 있던 침대 머리맡 탁자로 눈을 돌렸다.

"너의 그 수수께끼의 남자는 어떻게 됐어?"

쥘리에트의 얼굴이 다시 환해졌다.

"한창 대화 중이에요!"

누르는 당황해서 눈썹을 치켜올렸다. 쥘리에트는 그들이 좋아하는 것과 싫어하는 것에 대해서 주거니 받거니 글을 쓰게 된 사연을 말해주었다. 책갈피 덕분에 만남의 문이 열리긴 했지만 시간을 갖기로 한 자신의 선택에 대해서도 말했다.

"그게 언제 일인데?"

"아, 한 달쯤 됐나⋯⋯."

"한 달? 그럼 지금까지 뭘 했어?" 누르가 재미있다는 듯이 물었다.

쥘리에트는 얼굴을 붉혔다.

"음, 수첩을 통해서 서로를 알아가는 중이에요. 그 사람이 뭘 좋아하는지 쓰면 나도 내가 뭘 좋아하는지 쓰는 식으로……. 믿거나 말거나, 도서관에서 마주친 적은 한 번도 없어요! 이상하지 않아요? 나는 아침에만 도서관에 가는데 그 사람은 아침에 일을 한다든가, 하여간 서로 시간대가 안 맞나 봐요……. 한 번도 만난 적 없는 사람에 대해서 이렇게 많은 것을 알다니!"

누르는 눈썹을 찡그렸다.

"왜요? 무슨 문제 있어요?"

"쥘리에트……."

누르는 쥘리에트의 눈을 가리는 머리칼을 뒤로 넘겨주었다. 그러고는 다정한 목소리로 사람들이 혼자 사느니 사랑 때문에 죽는 게 낫다고 생각했던, 그리 멀지 않은 옛날에 대해서 이야기했다. 전화를 놓치고도 그 사실을 모를 수도 있었던 시절. 사랑받는 사람은 냄새부터 다르고 연애편지에서 눈물 자국이 보이던 시절. 리본으로 묶은 사랑의 메시지를 서랍 속에 고이 보관하던 시절. 스마트폰도 소셜 네트워크도 없이 마음을 열고 사람을 만나던 시절. 그때는 수명이 짧았어도 사랑은 죽지 않는다고 믿었다. 그때는 상대가 개를 좋아하든 고양이를 좋아하든 새를 좋아하든 신경 쓰지 않고 함께 연애에 뛰어들었다. 그 사람이 우파에 투표하든, 아침에 커피 대신 차를 마시든 개의치 않았다. 이 시대와 기술 문명은 똑똑한 아가리로 연애에 소금 역할을 하는 것을 모조리 삼켜버렸다. 이제는 카탈로그에서 자기 취향에 맞는 상대를 골라서 사귄다. 상대의 직업, 휴가를 떠나는 장소, 좋아하는 스포츠가 자기 기대를 충족하는지 확인해야 한다. 크리넥스 뽑아 쓰듯 관계들을 갈아치운다. 하지만 연애를 갈구하다가 머리로만 고른 상대에게 열중할 수 없을 때도 많다. 쥘리에트는 수첩 속에서 마음에 안 드는 취향, 자기와 다른 점, 돌이킬 수 없는 지점을 찾으려고 분석에 몰두해 있었다. 수첩과 손 글씨가 낭만적인 느낌을 줄 뿐, 그들이 지금 하는 행동은 이 시대의 사이버 연애와 다르지 않았다! 쥘리에트는 위험에 노출되지 않으려고 상대를 뜯어보기에 열중한 나머지 오히려 상대의 매력을 제거하고 있었다.

"사랑은 수첩의 네모 칸에 집어넣을 수 없다는 걸 알아야지! 사랑에는 사전 모의, 수학적 그래프, 통계가 안 통해. 사랑은 조사 목록과 논리를 벗어나지. 비이성으로 완성되고 미스터리를 먹고 크는 게 사랑이야."

쥘리에트는 누르의 현명한 조언에 귀를 기울였다. 마미노 할머니가 생각났다. 할머니는 열아홉 살에 잘 알지도 못하는 남자와 결혼했지만 할아버지가 돌아가실 때까지 지극정성을 다했다. 할아버지와 할머니는 함께 살면서 사랑하는 법을 익혔다. 서로의 차이에 적응했고 그래도 영 안 맞는 부분은 눈감을 줄 알았다. 둘이 한 쌍으로 살기로 했으니까. 모든 점을 고려해봤을 때 어차피 같이 살 거, 기분 좋게 살려고 한 것이다.

쥘리에트가 한숨을 쉬었다.

"누르, 누르가 없으면 저는 어떻게 살까요?"

42

줄리에트는 솜사탕 한 조각을 뜯어서 입에 넣었다.

그녀는 분홍색 솜사탕에 얼굴을 감추고 알록달록한 셔틀버스가 그리는 우아한 곡선을 구경했다. 뿔난 괴물의 입에서 버스가 나오자 아이들이 환호했다. 설탕 눈송이는 혀에 닿자마자 녹아버렸다. 한 쌍의 연인이 그녀 앞에 멈춰 서더니 카메라 앞에서 사과 사탕을 베어 먹는 포즈를 취했다. 여자는 현대판 백설공주처럼 치아가 다 보이게 활짝 웃었다.

손목시계를 보았다. 아직 약속 시간 전이었다. 미리 와 있고 싶었다. 주변 분위기도 익히고 장터 유원지의 모래 깔린 길도 걸어보고 해서 시작을 잘해보고 싶었다. 그녀의 무릎이 팡파르에 맞춰 들썩거렸다. 음악에 취해서라기보다는 초조해서 가만히 있을 수가 없었다.

헤어네트를 한 여자가 군중을 가르고 지나갔다. 무릎과 손목에 알록달록한 굴렁쇠를 잔뜩 두르고 있었다. 어릴 적 발표회가 생각났다. 아마 일곱 살 때였을 것이다. 리본 체조를 하다가 발에 걸렸는데 쥘리에트 때문에 반 아이들 가운데 절반은 넘어지고 난리가 났다. 지금도 창피한 추억이었으므로 기분을 끌어 올리는 데는 도움이 안 됐다.

마음을 다스릴 겸 회전 관람차나 한 바퀴 타기로 했다. 그녀는 허공에 떠 있는 의자에 올라 금속 사슬에 손을 올려놓았다. 잠시 후 좌석이 위로 올라갔다. 금세 공원 전경이 눈에 들어왔다. 행인들이 개미처럼 조그맣게 보였다. 다리가 허공에 떠 있으니 무중력 상태처럼 짜릿한 기분이 들었다.

그녀의 마음도 롤러코스터를 탄 것 같았다. 때로는 너무 불안해서 여기 왜 왔나 후회했고 공포를 제어하기가 힘들었다. 때로는 두려움을 극복하고 이 있을 법하지 않은 만남의 결론을 낼 수 있을 것 같아 기뻤다. 약속 시간이 다가올수록 두려운 동시에 흥분이 됐다.

보름 전, 쥘리에트는 두근거리는 마음으로 도서관에 가서 수첩에 놀이 기구 입장권을 끼워놓았다. 입장권에는 이렇게 썼다.

보름달 뜨는 토요일, 저녁 8시 5분, 꽃을 가져오세요.

수첩을 원래 자리에 꽂고 도서관을 나가기 전에 마음이 바뀔까 봐 얼른 나왔다.

수첩에서 그 사람이 장터 유원지를 좋아한다고 쓴 글을 본 적이 있었다. 예쁜 색깔의 무한궤도 차량, 친구들과의 내기, 다트 던져 풍선 터뜨리기. 하지만 인형 뽑기 기계는 인형이 절대 안 뽑혀서 싫다고 했다. 인공 파도를 타는 플룸라이드와 어린애들만 탈 수 있는 꼬마 기차, 특히 맨 앞 기관차가 좋다고 했다. 하지만 제일 싫은 건 미로 찾기 같은 유리의 집이란다. 쥘리에트는 이해가 갔다. 그 사람에게 뭐라고 할 처지가 아니었다. 쥘리에트도 그런 유리 복도에 들어가면 소름이 끼쳤다. 하지만 그가 그녀를 만나기 위해 자기가 좋아하지도 않는 유리의 집에 들어가기로 마음먹은 것은 좋았다.

지금 그녀는 소중한 단서를 손에 쥐고 있었다. 도서관에 놓고 온 것과 똑같은 놀이 기구 입장권. 거기에 금빛 글자로 쓰여 있었다.

크리스털 팰리스

그 구조물은 이름만 '팰리스'였지 전혀 그렇게 보이지 않았다. 그래도 쥘리에트는 번쩍번쩍하는 글자, 네온사인 아래 간격을 두고 배치된 유리창, 눈에 확 띄는 알록달록한 외관이 마음에 들었다.

의자가 천천히 아래로 내려가면서 사람들이 다시 가깝게 보이기 시작했다. 쥘리에트는 더 타고 싶었지만 단념했다. 이제 시간이 얼마 남지 않았다.

그녀는 눈으로 주위를 한 바퀴 훑었다. 상대를 염탐하기에 가장 좋은 자리는 불빛이 번쩍번쩍하는 가건물 앞이었다. 그곳에 두 꼬마가 고개를 숙이고 있었다. 꼬마들은 세 살밖에 안 되어 보였다. 그들은 미니 낚싯대에 집중하고 있었지만 빙글빙글 돌아가는 꼬마 오리는 잘 낚이지 않는 모양이었다. 그중 한 아이가 플라스틱 공룡을 받았다. 아이의 황홀해하는 눈빛을 보고 쥘리에트는 자기 배를 쓰다듬었다. 이제 완연한 임신부의 배였다. 오늘의 만남에 그 배가 거북하진 않았다. 오히려 보란 듯 내민 깃발 같았다. 나를 있는 그대로 받아들이든지 그냥 당신 길을 가든지 알아서 하세요, 라고 그녀의 몸은 외치고 있었다.

어떤 면에서 그녀가 이런 모습이기 때문에 상대의 외모에도 너그러워질 것 같았다. 쥘리에트는 수첩을 통해서 그를 알게 됐고 솔직히 이미 그를 특별한 모습으로 상상하고 있었다. 키가 크고 어린아이 같은 얼굴에 맑은 눈을 한 남자. 수염 없는 뺨과 큰 손. 그녀는 누르의 조언을 마음에 새기며 그 이미지를 마음속에서 몰아냈다. 그를 만나기까지 너무 오래 기다렸다. 이 때늦은 만남을 계기로 현실이 그녀의 환상을 박살 낼 확률은 농후했다.

쥘리에트는 어깨를 으쓱했다. 할 수 없지! 그녀와 배 속의 아기에게는 앞으로 좋은 일이 많이 있을 것이다. 그녀는 아기에게 멋진 생을 선물할 테고, 그녀의 손을 잡고 궂은날을 함께할 기사님이 있고 없고는 그리 중요하지 않았다.

쥘리에트는 플라스틱 오리의 춤을 구경하느라 한 남자가 바로 옆 놀이 기구로 다가오는 모습을 보지 못했다.

앙투안은 긴장해 있었다. 속에서 열이 올라서 그런지 이미 추운 날이었는데도 재킷을 벗어서 팔에 걸치고 있었다. 그는 이마를 훔치고 금속판 슬로프를 올라가 건물 입구의 매표소 앞에 멈추었다. 뚱뚱한 여자가 텔레비전에 시선을 고정한 채 그에게 입장권을 내밀었다. 그는 정중하게 괜찮다고 말하고 손목시계를 보았다. 망설여졌다. 메시지 같은 것은 보지 못했다고 말할 수도 있다. 아니면, 약속 장소에 나갔지만 아무도 못 만났다고 말해도 된다. 그는 침을 삼키고 셔츠 맨 위 단추를 풀었다.

쥘리에트는 무심코 고개를 들었다가 그 자리에서 굳어버렸다. 크리스털 팰리스 입구에 서른이 될까 말까 한 젊은 남자가 서 있었다. 설명하긴 힘들지만 나이를 알 수 없는 옷차림이었다. 모자를 썼는데 챙에 성냥개비가 꽂혀 있었다. 쥘리에트는 본능적으로 상대가 자기를 못 보게 오리 낚시 가건물에 몸을 딱 붙였다. 상대가 말을 건다는 생각만 해도 두려워서 자기도 그를 보지 않으려 했다. 그녀는 숨을 죽이고 반대편의 범퍼카만 바라보왔다. 그러다 휙 돌아서서 크리스털 팰리스로 달려갔다. 앞도 안 보고 뚱뚱한 여자에게 입장권을 내고 미궁 속으로 들어가느라 그 남자를 밀칠 뻔했다. 두 팔을 뻗고 투명 미로로 들어서자 형광색 불빛이 그녀를 맞아주었다.

꽃다발을 들고 있던 앙투안이 누가 지나가는지 볼 틈도 없이 그녀는 유리의 집 안으로 자취를 감추었다. 앙투안은 그녀의 뒷모습만 본 듯 만 듯했다. 하지만 순간적으로 저 사람이 수첩에 입장권을 끼워놓았을 수도 있다는 생각이 들었다. 그는 약속 시간이 다 됐고 회전 관람차에 사람이 없다는 것을 확인한 후 안으로 들어갔다.

쥘리에트는 유리벽 사이에서 계속 헤맸다. 섬광등 때문에 전진하기도 힘들었고 방향 감각을 완전히 잃었다. 여긴 아까 지나갔던가? 쥘리에트는 발길 가는 대로 걸으면서 자기가 바보처럼 굴고 있다는 생각을 했다. 왜 그냥 여인숙으로 돌아가지 않았을까? 미로를 따라가다 보니 중앙 통로가 나왔다. 가슴을 두근거리면서 잠깐 바깥을 내다보았다. 그 남자는 없었다. 그녀는 한숨이 나왔다.

입구를 찾아 돌아선 순간, 깜짝 놀라고 말았다. 유리벽 너머 맞은편에 앙투안이 서 있었다. 나이 든 척하는 건지 젊은 척하는 건지 모를 괴상한 옷차림을 한 남자가 입가에 미소를 띠고 그녀를 바라보고 있었다. 쥘리에트의 시선이 그의 손에 들린 꽃다발로 향했다. 아까 멀리서 봤을 때는 그냥 흰 꽃인 줄 알았다. 이제 보니 종이꽃이었다. 종이 꽃잎에서 익숙한 글씨체를 보았다. 또 다른 꽃줄기에도 미지의 수첩 주인 글씨체가 있었다. 앙투안은 문장으로 된 꽃다발을 들고 있었던 것이다.

그는 다정한 눈빛으로 그녀를 바라보았다. 장난기와 주근깨가 눈에 띄는 그녀는 그가 상상했던 이미지와 딴판이었다. 하물며, 배 속에 아기를 품은 여자일 거라고는 상상도 못 했다.

허를 찔린 쥘리에트는 오른쪽으로 돌아섰다. 그다음에는 왼쪽으로 갔다. 그들은 서로 멀어졌다. 각자 출구를 찾아 나아가는 동안 둘은 계속 가까워졌다 멀어졌다 했다. 다시 한번 서로 마주 보게 된 지점에서 앙투안이 상자에 갇힌 마임을 하듯 손을 들었다. 쥘리에트도 똑같이 손을 들었다. 섬광등이 더욱더 환하게 켜졌다가 꺼졌다. 번쩍 하는 순간 그들은 서로 어떤 미소, 어떤 부분, 어떤 표정을 보았고 이내 그들의 실루엣은 다시 어둠 속으로 사라졌다. 그러다 갑자기 지지직 소리가 멈추고 희끄무레한 장밋빛이 그들에게 떨어졌다. 앙투안이 가만히 자신의 손을 쥘리에트의 손에 갖다 댔다. 손바닥에 온기가 전해졌다. 앙투안과 쥘리에트는 그들의 모습을 무한히 비추는 유리벽들의 미로 속에서 마주 보았다. 쥘리에트가 가만히 앙투안과 이마를 맞댔다. 그의 눈동자에서 아른대는 초록색, 황갈색, 금색을 볼 수 있었다. 동공 주위의 실핏줄까지 다 볼 수 있었다. 그가 눈을 깜박일 때마다 기다란 속눈썹이 그녀의 속눈썹을 스쳤다. 그의 체취, 콧구멍에서 나오는 더운 숨, 보드라운 뺨을 느낄 수 있었다. 자연스럽게, 그 비현실적인 난장판 속에서, 두려움도 조급함도 없이, 그녀는 그에게 입을 맞추었다.

43

"조르주 선생님, 쿠스쿠스 더 드세요!"

누르가 굵게 빻은 밀을 조르주의 우묵한 접시에 잔뜩 덜어주었다. 여인숙은 잔치 분위기였다. 누르는 자신의 복귀와 쥘리에트의 임신 7개월을 축하하는 뜻에서 잔칫상을 마련했다. 커다란 나무 탁자에는 보기만 해도 먹음직스러운 요리가 푸짐하게 차려져 있었다.

폴레트도 오늘을 위해 외출을 허락받았다. 그녀는 기쁨을 감추지 않고 우아하게 재회를 만끽했다. 폴레트는 이따금 조르주를 흘끗거렸다. 그를 보기만 해도 배 속에서부터 짜릿하고 아찔한 느낌이 올라왔다. 오늘을 위해 나비넥타이를 맨 조르주는 그녀를 따뜻한 눈빛으로 품어주었다.

"어느 나라 전통에서 이런 잔치를 하는지는 모르지만 좋은데요? 누르, 이 튀김 빵 너무 맛있어요!" 마르셀린이 이미 미어터질 것 같은 입을 하고 감탄했다.

누르는 마르셀린에게 더 먹으라고 접시를 넘겨주면서 말했다.

"7개월에 무사히 들어선 기념이죠. 쥘리에트와 아기 말이에요. 남자분들은 원래 여기 있으면 안 되는데!"

"음식을 이렇게 산더미같이 해놓고서?" 이봉 씨의 눈이 웃고 있었다.

"그런데 왜 7개월입니까?" 조르주 선생이 물었다.

"7개월까지 별일 없으면 그 아기는 무사히 태어나 건강하게 살아갈 거라고들 생각하니까요." 누르가 대답했다.

그녀는 늘 목에 걸고 다니는 파트마의 손에 입을 맞춘 후 쥘리에트의 배를 만져보았다.

"인샬라……. 물론 인큐베이터가 없던 시절 얘기예요. 이봉 씨, 레몬 곁들인 닭고기구이 좀 더 드세요. 살이 너무 빠진 것 같아요. 그리고 이폴리트, 넌 카무사*를 찾아다줘."

"네, 금방 가져올게요, 친구."

다들 호기심 어린 눈으로 이폴리트가 일어나 주방으로 가는 모습을 바라보았다. 폴레트는 퍼뜩 어떤 기억이 떠올랐다. 50년

---

* 카무사(khamoussa): 모로코에서 임신 7개월에 여는 조촐한 잔치를 뜻한다. 이때 악귀를 쫓고 행운을 부르는 상징을 손목에 그려 넣는 풍습이 있다. 누르는 편의상 이 상징을 그려 넣은 팔찌를 카무사라고 부른 것이다.

전에 살았던 파리의 작은 아파트가 눈앞에 보였다. 이웃에 아스마라는 모로코 여자가 있었다. 폴레트와 아스마는 며칠 간격으로 둘 다 아들을 낳았기 때문에 금세 돈독한 사이가 되었다. 하루는 아스마가 자기 아들이 사탕 한 봉지를 다 먹어치우는 것을 보고 잔소리를 했다.

"그러면 어때서, 친구!" 아이가 혀 짧은 소리로 말했다.

"엄마가 어떻게 네 친구야!" 폴레트가 아이를 다정하게 바라보면서 한마디 했다.

아스마가 깔깔대면서 '친구'가 어떻게 나온 말인지 설명해주었다.* 폴레트는 고개를 끄덕거렸다. 모든 것이 마침내 밝혀지는구나.

이폴리트는 금세 돌아와 누르의 손바닥에 팔찌를 건넸다. 누르는 자리에서 일어나 쥘리에트에게 그 팔찌를 선물로 주고 자기가 직접 산모의 손목에 채워주었다. 팔찌에는 누르가 몇 시간 전에 직접 헤나 염료로 그려 넣은 아라베스크 무늬와 독특한 상징이 가득했다.

"너와 네 아기를 위한 부적이야. 안에 '셰바 우르 하르멜 (chebba our harmel)'이 들어 있었지."

---

* 아랍어로 '엄마'를 '움미'라고 한다. 그래서 얼핏 듣거나 발음이 분명치 않으면 프랑스어의 '아미(ami, 친구)'로 잘못 이해하게 된다.

"그게 뭔데요?"

"'하르멜'은 말린 씨앗이고 '셰바'는 명반(明礬)이야. 너를 사악한 눈으로부터 지켜줄 거야."

그러고 나서 누르는 마법의 언어로 노래를 불렀다. 여인숙 사람들은 반쯤 홀린 눈으로 재미있다는 듯이 지켜보았다.

"텃밭에서 민달팽이를 쫓는 부적은 없어요?" 이봉 씨가 물었다.

"그 부적의 이름은 세브랭 아닌가요? 고 녀석이 밤마다 정원에서 소란 피우는 걸 봐서는 웬만한 부적만큼 효과가 있을 것 같네요!" 누르가 받아쳤다.

누르가 또 다른 선물을 쥘리에트에게 내밀었다. 마르셀린, 조르주, 이폴리트도 준비한 선물을 건넸다. 쥘리에트는 너무 고마워서 어떻게 표현을 해야 할지 몰랐다. 그녀는 인형 옷보다 조금 클까 말까 한 롬퍼스*를 두 손으로 들어보았다.

"오, 마르셀린, 너무 귀여워요! 이렇게 자그마할 수가!"

그때까지 그저 재미있다고만 생각하고 있던 이봉 씨는 문득 마음이 움직였다. 아기 옷은 정말 작았다. 정말 귀여웠다. 폴레트가 준비한 앙증맞은 아기 신발 한 켤레를 보니 더욱더 가슴이 뭉클했다. 누르는 그의 촉촉해진 눈빛을 놓치지 않았다.

"이봉 씨가 마음 약한 할아버지가 될 것 같은 예감이 드네요!"

---

* 롬퍼스(rompers): 위와 아래가 붙은, 어린아이의 옷.

주인장은 당장 낯빛을 진지하게 바꾸고 그럴 리 없다고 했다. 어쨌든 이 아기는 감자튀김을 좋아하는 게 이로울걸! 모두 이 말에 와자하니 웃음을 터뜨렸다. 레옹까지 야옹 소리를 냈다. 아니, 그럼 레옹은? 레옹은 어떻게 되는 걸까?

"걱정 마, 레옹, 주방에서 누가 널 대신할 수 있겠니." 쥘리에 트가 말했다.

"이제 음악 틀어요! 원래 이 잔치에서는 태어날 아기를 위해 서 손님들이 춤을 춘다고요! 미리 말해두는데 오늘 저녁엔 클루 게임 없어요! 그리고 조르주 선생님이 준비하신 게 있어요! 잔뜩 먹었으니 소화도 시켜야죠!"

조르주가 웃으면서 누르에게 윙크를 했다. 그는 식당에 딸린 다른 방으로 들어가더니 문을 닫았다. 약간의 준비가 필요했기 때문이었다. 누르는 접시들을 정리해서 주방으로 들고 갔다. 폴레트가 그 뒤를 따라갔다. 마르셀린은 그 틈을 타 쥘리에트를 심문했다.

"그래, 연애는?" 그녀가 입술을 하트 모양으로 내밀었다.

마르셀린은 자기가 수첩에 얽힌 로맨스에서 결정적 역할을 했다고 철석같이 믿고 있었다. 수첩 주인을 알아냄으로써 새로운 커플의 탄생에 일조한 중매쟁이 요정쯤은 된다고 말이다. 쥘리에트가 얼굴을 붉혔다.

"음, 몇 번 만났어요……."

마르셀린이 더 말해보라고 눈을 크게 떴다. 그녀는 자세한 얘기가 듣고 싶어 안달이 났다.

"무슨 얘기를 더 하기 바라세요? 이제 겨우 알아가는 중이에요. 그러니까 수첩 없이, 진짜 얼굴을 보면서…… 영화도 보러 가고 식사도 하고……. 서두르지 않으려고요. 우리가 어떻게 될지는 시간이 지나면 알게 되겠죠." 쥘리에트가 미소를 지었다.

그녀의 눈빛이 달라져 있었다. 마르셀린이 보기에도 쥘리에트는 변했다. 그녀가 기쁨 반 질투 반으로 외쳤다.

"사랑에 빠졌는데, 뭘! 아, 여기가 사랑의 여인숙이네! 이제 나하고 이봉 씨만 짝을 찾으면 되겠어, 안 그래요, 이봉 씨?"

마르셀린이 팔꿈치로 이봉 씨를 쿡 찔렀다. 이봉 씨는 세브랭에게 1부터 5까지 세는 법을 가르쳤다는 이폴리트의 설명을 자못 진지하게 듣고 있었다.

주방에서 누르는 개인 접시에 담긴 먹다 남은 음식은 버리고 너무 많이 해서 남은 음식은 보관 용기에 따로 담아 냉장고에 넣었다. 그것만 해도 3주는 너끈히 먹을 수 있을 것 같았다.

"음식을 조금 싸드릴까요, 폴레트 부인?"

"오, 아니에요, 마음만 받을게요. 병원에서 나오는 밥으로 충분해요. 요리사는 별로고 간도 잘 안 맞지만 그럭저럭 먹을 만해요……."

누르는 웃으면서 과일 젤리를 접시에 담기 시작했다.

"누르는 전통문화에 대해서 아주 잘 아는 것 같네요." 폴레트가 말했다.

누르가 고개를 끄덕였다.

"그래요! 좋잖아요? 유유*를 못한 게 아쉽지만 그건 애 낳은 다음에 해도 돼요!"

"출산 후에도 잔치를 하나요?" 폴레트가 물었다.

누르는 산모에게 진통이 오기 시작할 때 산모를 어떻게 돌봐야 하는지 설명했다. 일단 남자들을 모두 집 밖으로 내보내고 산모를 목욕시킨다. 그 후 산모에게 향신료가 많이 들어가는 탕약을 먹이고 분만을 빨리 진행시키기 위해 계단을 오르내리게 한다.

"아, 그건 나도 알아요! 필리프를 임신했을 때 시어머니가 나보고 애 빨리 나오게 해준다면서 자기 집 유리창을 다 닦으라고 했죠!"

누르가 박장대소했다. 그때 바로 옆방에서 마이크와 스피커 소리가 났다.

"아, 조르주 선생님이 준비가 얼추 끝났나 봐요……." 누르가 장난스럽게 말했다.

"누르는 애 낳은 지 몇 년이나 됐어요?" 폴레트가 갑자기 물었다.

---

* 유유(youyou): 여자들이 한데 모여 날카로운 비명을 지르는 전통. 결혼이나 출산의 기쁨에서부터 집단의 분노나 슬픔까지 다양한 감정을 표현할 수 있다.

행주에 손을 닦던 누르가 갑자기 움찔했다. 얼굴 표정도 바뀌었다. 그 얼굴은 창백했다. 어쩌다 나온 질문이라고 생각하기에는 이미 폴레트를 알 만큼 알았다. 누르는 침을 삼키고 행주를 조리대에 내려놓았다. 무거운 침묵이 작은 주방을 메웠다.

"우리끼리만 알았으면 해요. 그 애의 안전을 위해서요. 아무도 알아선 안 돼요……." 누르가 심각한 목소리로 말했다.

폴레트는 천천히 고개를 끄덕였다. 그녀의 치매 연기를 꿰뚫어 본 이 요리사가 한동안 밉살스러웠던 기억이 났다. 얼마나 뜻밖의 일이었는지! 그러다 시간이 흐르면서 차차 둘 사이에 특별한 유대가 생겼다. 이제 폴레트는 전염성 강한 웃음과 검은 눈의 이 여인에게 특별한 존경심이 생겼다. 이 여자도 남자 때문에 실망과 고생을 톡톡히 겪었겠구나. 때로는 목숨이 위태로울 정도로. 그녀는 여인숙 식구들을 살갑고 씩씩하게 챙기고 있었다. 하지만 이제 폴레트는 알았다. 누르가 그중 한 명을 특히 끔찍이 생각한다는 것을. 누르가 제일 따뜻하게 바라보는 사람, 그녀가 어떤 희생을 치르더라도 보호하고야 말 사람, 모두가 잠든 후 몰래 가서 뽀뽀해주는 사람, 별이 하늘의 품에 있듯 그녀의 품에 있어야 할 사람, 그는 바로 이폴리트였다.

폴레트가 문으로 다가갔다. 그녀는 나가기 전에 뒤를 한 번 돌아보았다.

"정말 훌륭한 청년이에요. 그런 아들을 둔 어머니는 자랑스러워해도 돼요."

폴레트가 다정하게 미소 지었다. 누르는 한숨을 쉬고 눈물이 가득 고인 눈으로 폴레트에게서 눈을 떼지 않았다. 폴레트는 응접실로 사라졌고 바로 그 뒤에서 이폴리트는 드디어 자기가 제일 좋아하는 디저트가 나왔다고 희희낙락하면서 누르에게 손을 흔들었다.

44

조르주가 손뼉을 쳤다.

여인숙 사람들은 푸짐한 식사를 즐긴 후 기분 전환을 하려고 식당에 다시 모였다.

그들이 어찌나 졸라댔는지 이봉 씨는 감자튀김으로 귀를 틀어막고 싶어질 정도가 되었고 결국 일주일 전에 식당 홀 한쪽에서 에어로빅 강습을 해도 좋다고 허락했다. 조건은 홀 사용 후 청소를 할 것, 이봉 씨에게는 참여를 강요하지 말 것이었다.

최근 몇 달간 사건이 많았으므로 일정은 계속 미뤄졌지만 조르주는 음악과 함께하는 체조를 가르쳐주겠다고 약속했다. 본인도 이 강습을 준비하려면 시간이 좀 필요했다. 그는 무엇 하나 허투루 하지 않았다. 병원 면회로 시간이 없는 와중에도 그는 틈틈이 라디오를 듣고 카세트 구멍에 연필을 꽂아 테이프를 되감곤 했다. 쥘리에트와 마르셀린은 서로 호기심 어린 눈빛을 주고받았지만 조르주에게 물어보지는 않았다.

그리하여 7개월 축하 잔칫날 조르주는 그날 저녁 당장 강습을 하겠다고 선언했다. 그는 모두 편한 옷으로 갈아입고 식당에 다시 모여달라고 했다. 테이블과 의자를 한쪽으로 치우자 벽에 커다란 거울도 있겠다 진짜 무용 연습실처럼 보였다.

지금 모두의 시선은 조르주에게 쏠려 있었다. 이봉 씨만 바 뒤에 서서 컵을 닦고 있었다. 그도 한때 음악을 했지만 옛날 얘 기였다. 그는 감자튀김이나 만드는 생활에 아무 유감이 없었다. "그루브* 교실에 오신 것을 환영합니다!" 조르주가 활기차게 말했다.

이 강습 제목은 파올로가 제안한 것이었다. 그는 심지어 부제 까지 달아주었다. '호박이 싫은 사람들이 기분 좋아지는 운동'.

여인숙 사람들은 조르주가 비밀리에 준비한 강습에 호기심이 많았다. 마르셀린은 오늘을 위해 몸에 꼭 맞는 무용복과 그 옷 에 잘 어울리는 분홍색 모직 발 토시를 하고 나타났다. 강사를 응원하는 의미라고나 할까. 수중 체조와 조깅은 실패했지만 이 번엔 종목을 잘 골랐다는 감이 왔다! 이제 여인숙 식구들은 좀 더 건강한 생활을 하게 될 것이다. 하얀 반바지, 발목 양말, 테 니스 라켓이 어울리는 보험 회사 홍보물 속의 은퇴자들처럼.

---

* 그루브(groove): '(음악의) 리듬'이라는 뜻

조르주가 조명을 은은하게 조절했다. 그는 모두 신발을 벗으라고 했다. 여인숙 사람들은 재미있어하면서 시키는 대로 했다. 그러고서 다 함께 심호흡을 했다.

"규칙은 간단합니다. 규칙이 없는 게 규칙이에요. 그냥 음악을 느끼면서 몸을 맡기세요."

식당 한쪽에서 의자에 앉아 구경을 하던 폴레트는 흥미가 동했다. 한편, 마르셀린은 의구심에 빠졌다. 이거 너무 아무렇게나 하는데? 그녀는 정확하고 깐깐한 지침을, 비명이 절로 나는 스트레칭과 난이도 높은 동작을 기대했단 말이다! 그런데 이건 히피들의 춤판이네?

조르주는 파올로가 최신 스피커와 연결해준 오래된 카세트 플레이어의 재생 버튼을 눌렀다. 신시사이저 반주가 흘러나왔다. 조르주는 천천히 몸을 푸는 동작을 선보였다. 마르셀린, 누르, 쥘리에트, 이폴리트는 나란히 서서 거울을 향해 고개를 숙이고 허리를 구부렸다.

가수의 경쾌한 음성이 날카롭게 울려 퍼졌다.

I want to break free

I want to break freeeee

자유로워지고 싶어

난 자유로워지고 싶어

다들 의외의 선곡에 놀랐다. 이폴리트는 누르에게 눈짓을 했다. 누르는 인상을 찡그리면서 눈을 흘겼다. 이폴리트는 더 신이 나서 킥킥거렸다. 다리를 벌리고 팔을 쭉 펴는 동작을 하자 다들 몸에 온기가 퍼지는 것을 느꼈다. 조르주가 손뼉을 쳤다.

"이제 넓게 퍼지세요. 공간을 충분히 차지하세요. 자, 인사합시다. 서로 얼굴을 보고 활짝 웃어주세요! 기분 좋게, 들썩들썩 걸어봅시다. 네, 그렇게요! 지금 아주 좋은 소식을 전하러 가는 겁니다……. 이제 가볍게 뛰어보세요……. 자, 그럼 시작합니다! 음악을 사랑하고 자기 몸에 좋은 일을 하고 싶어요? 그럼, 편하게 느끼는 대로 하세요! 몸에게 맡겨요!"

조르주는 아예 다른 사람이 되어 있었다. 평소 그렇게 점잖던 사람이 음악이 나오니까 돌변했다. 이제 음악 편집본에서는 두 번째 곡의 전설적인 후렴구가 흘러나왔다. 제임스 브라운의 흥이 그 공간을 지배해버렸다.

Ouaou! I feel good!

I knew that I would!

I feeeel good! I knew that I would!

SO GOOD! SO GOOD!

I got you!

Ouaou!

와우, 기분 좋아요!

이럴 줄 알았어요!

기분이 좋아요! 이럴 줄 알았죠!

너무 좋아! 너무 좋아!

당신이 내 사람이 되다니!

와우!

조르주는 외향적인 기운에 완전히 사로잡혔다. 그는 운동복 차림으로——마르셀린은 나중에 그 옷이 아주 잘 어울렸다고 칭찬했다——리듬에 맞춰 유연하게 스탭을 밟으며 엉덩이를 흔들기 시작했고 점점 더 고조되는 타악기와 가수의 추임새에도 장단을 딱딱 맞추었다.

조르주의 흥은 금세 모두에게로 퍼져나갔다. 처음에는 다들 어색해했지만 그들은 이미 오랜 시간을 함께한 사이였다. 쥘리에트가 수줍게 트위스트를 추기 시작했고 마르셀린은 두 손을 번쩍 들고 엉덩이를 흔들었다. 뭘 하겠다는 건가 미심쩍어하던 폴레트조차도 리듬에 맞춰 고개를 흔들며 지팡이로 장단을 맞추고 있었다.

제임스 브라운은 물러가고 통통 튀는 다른 곡이 시작됐다. 조르주는 새로운 동작을 선보이면서 모두를 이끌었다. 그들은 홀을 이리저리 뛰어다니면서 그 거부할 수 없는 플레이 리스트에 몸을 맡기고 점점 더 자유롭게 움직였다. 조르주는 정말 뭘 좀 아는 사람이었다. 그가 흥에 겨워 외쳤다.

"춤추세요! 다 놓아버리자고요!"

쥘리에트는 배가 남산만 했지만 몸이 이토록 가볍게 느껴진 적이 없었다. 이어서 어떤 밴드가 분위기를 확 띄우는 노래를 연주하기 시작했다. 조르주는 기회를 놓치지 않고 누르를 정신 쏙 빠지는 트위스트로 이끌었다.

"자세 더 낮추고! 무릎과 엉덩이를 완전히 비틀어주세요! 자, 얼마나 잘할 수 있는지 보여줘봐요!"

한창때 엉덩이 좀 흔들어봤던 누르는 좌우로 몸을 비틀면서 관능적이고 여성적인 자기 자신을 되찾았다.

스피커에서 히트곡이 하나하나 이어질 때마다 탄성이 일어났다. 웸(Wham!)의 전설적인 히트곡이 흘러나올 무렵에는 이폴리트, 쥘리에트, 마르셀린, 누르도 땀에 흠뻑 젖어 있었다.

Wake me up before you go-go
당신이 가기 전에 나를 깨워주세요

그들은 얼굴이 벌게져서는 두 팔을 들고 노래를 따라 불렀다. 그들의 영어는 입에 뭘 넣고 우물거리는 소리와 비슷했다. 쥘리에트는 조르주의 완벽한 발음에 별로 놀라지 않았다. 그들은 무릎을 구부렸다 폈다 하면서 손가락을 딱 소리 나게 튕기고 옆으로 걸음을 옮겼다.

이봉 씨는 강습을 제대로 하는지 지켜본다는 핑계로 새로운 곡에 환호성이 터질 때마다 얼굴을 내밀었다. 한 가지는 확실했다. 조르주는 물 만난 고기 같았다! 리듬 감각이 정말 끝내줬다! 박치(拍癡)인 마르셀린과는 정반대였다. 하지만 인정하자, 박자가 무에 중요하랴. 다들 입이 찢어져라 웃으면서 춤을 추고 있었다. 이봉 씨는 그들이 폴짝폴짝 뛰고, 손목 발목을 비틀고, 목청껏 노래하고, 땀 흘리고, 행복해하는 모습을 보면서 기쁨을 억누를 길 없었다. 폴레트조차 자리에서 일어나 허리를 열심히 흔들고 있었다.

조신한 척하던 이봉 씨가 발로 장단을 맞추기 시작했다. 노래도 흥얼흥얼 따라 불렀다.

"당신이 가기 전에 나를 깨워주세요……."

그 노래가 그를 1984년으로 데려갔다. 보르도산 포도주는 망했지만 나머지는 꽤…… 좋았던 해! 카날플뤼스*가 개국했고, 가요계에는 페터 에 슬로안이 등장했으며, 로랑 피뇽이 머리에 띠를 두르고 투르 드 프랑스**를 석권했다!

"자! 이봉 씨도 신발 벗고 여기 와서 몸 좀 풀어요!" 조르주가 스피커 소리에 묻히지 않으려고 고함을 질렀다.

---

* 카날플뤼스(Canal+): 프랑스 최초의 민영 방송이자 4번째 텔레비전 방송국.
** 투르 드 프랑스(Tour de France): 매년 7월 프랑스에서 개최되는 프랑스 일주 사이클 대회.

이봉 씨도 홀에서 넘치는 흥에 전염된 듯 장화를 벗고 합류했다. 분위기는 더욱 달아올랐고 파티는——솔직히 에어로빅 강습보다는 댄스파티에 가까웠다——절정에 이르렀다.

잭슨 파이브의 신시사이저가 신비로운 전주를 연주하기 시작했다. 타 다다 타타, 타 다다 타타…… 마르셀린이 황홀경에 빠졌다.

"잭슨 파이브! 1971년! 내가 잘나가던 시절!"

그녀는 지금까지보다 한층 더 목청을 돋우어 열창했다.

Ooh ooh baby

I want you back

Yeah yeah yeah yeah

I want you back

Na na na na……

오오 오오 베이비

당신이 돌아오길 바라

예에 예에 예에 예에

당신이 돌아오길 바라

나나나나……

그들은 커다란 거울 앞에 한 줄로 서서 조르주의 동작을 눈으로 익혔다.

"한 발 앞으로, 뒤로, 한 번 더! 한 발 앞으로, 뒤로. 마지막으로 한 번만 더! 한 발 앞으로, 뒤로! 이제 팔을 벌리면서 돌아볼까요! 그렇죠! 잘하고 있어요! 다시 처음부터! 한 발 앞으로, 뒤로,……."

사실 별난 광경이기는 했다. 거구의 이봉 씨와 아담한 키의 누르, 배가 남산만 한 쥘리에트와 박자를 전혀 못 맞추는 마르셀린. 이폴리트는 생애 최고의 순간을 누리는 듯했다. 폴레트로 말하자면 그녀가 이렇게 환하게 빛났던 적이 없었다. 그녀는 거울을 통해 이봉 씨에게 윙크를 보냈다.

"즐기세요!" 그녀가 외쳤다.

이봉 씨는 춤에 빠져서 캡 모자를 쓰고 수첩을 든 30대 남자가 홀에 들어오는 것을 보지 못했다.

음량이 점점 작아지면서 곡이 끝나자 조르주는 다음 곡이 나올 때까지 물이라도 좀 마시라고 했다. 바로 그 순간, 이봉 씨는 낯선 남자를 보았다. 그가 활짝 웃으며 박수를 쳤다.

"브라보! 브라보!"

그가 덥석 손을 내밀었다.

"《오베르주 드 프랑스》음식 전문 기자, 고티에 르브룅입니다. 반갑습니다!"

"흠흠, 반갑습니다, 이봉이라고 불러주세요."

"제가 너무 일찍 왔죠? 죄송합니다."

"일찍이라뇨? 저희는 점심 장사밖에 안 해요! 지난주에 온다고 해서 기다렸습니다만!"

고티에가 자기 수첩을 들여다보았다.

"아, 제가 잘못 알았군요. 젠장! 그래도 여기까지 왔는데 뭐라도 시식하고 갈 수 있을까요?"

"아, 음…… 그럽시다! 자, 이리로 오세요, 제가 자리를 마련해드리죠."

이봉 씨는 여전히 양말만 신은 채로 음식평론가를 홀 밖으로 데려갔다.

"자, 메뉴판입니다. 천천히 보세요. 음료는 뭘로 하시겠습니까?"

홀 안에서는 음악이 다시 쩌렁쩌렁 울렸다. 어스, 윈드 앤드 파이어가 「부기 원더랜드」를 연주했다. 고티에 르브룅이 음악에 맞춰 고개를 흔들었다.

"그릴에 구워 모 머스터드를 곁들인 앙두예트 드 트루아를 먹어보겠습니다. 디저트는 세 가지 럼주를 쓴 바바로 할게요."

"좋은 선택입니다." 이봉 씨는 그렇게만 말했다.

그는 얼른 앞치마를 두르고 음식평론가에게 대접할 요리를 만들러 주방에 들어갔다. 다행히 이봉 씨가 가장 자신 있는 메뉴였다.

10여 분 뒤 그가 산더미 같은 감자튀김을 들고 돌아와 보니 음식평론가는 자리에 없었다. 홀로 통하는 뒷문이 열려 있었다.

이봉 씨는 금방 사태를 파악했다. 그는 이마의 땀을 훔치고 홀로 들어가 손님을 찾았다. 그러고는 그의 귀에 대고 말했다.

"주문하신 앙두예트 나왔습니다."

"5분만 따뜻하게 보관해주실래요?"

고티에 르브룅은 그렇게 말하면서 이미 신발을 벗고 있었다.

"저도 끼어도 됩니까?" 그가 조르주에게 큰 소리로 물었다.

조르주는 이봉 씨에게 의아해하는 표정을 지었고 이봉 씨는 어쩔 수 없다는 몸짓을 했다. 스피커에서 트럼펫 소리가 울려 퍼졌다. 여인숙 사람들은 블루스 브라더스를 열렬히 환영했다. 마르셀린은 음식평론가의 팔을 잡고 야단스러운 록 음악 속으로 끌어들였다.

I need you, you, you
I need you, you, you
당신, 당신, 당신이 필요해
당신, 당신, 당신이 필요해

이봉 씨는 바에 가서 위스키를 잔에 가득 따라 마셨다. 이왕 이렇게 된 거, 될 대로 되라…….

고티에 르브룅이 15분 후 헉헉대면서 나타났다. 볼이 붉게 달아올랐고 기분이 아주 좋은 듯했다.

"아, 이봉 씨, 정말 대단하십니다! 이런 작은 보석 같은 여인숙을 날이면 날마다 발견할 수 있는 건 아니죠! 저 물 한 잔 주시겠습니까?"

이봉 씨는 물에도 레몬 조각을 띄우고 종이우산 장식을 꽂아야 하나 잠시 고민했다. 하지만 그냥 차가운 수돗물을 잔에 담아 내밀었다. 상대는 단숨에 잔을 비우고 바 앞 간이 의자에 걸터앉았다.

"댄스 강습은 수시로 열리나요?"

"아뇨, 실은……. '수시로'라는 게 무슨 뜻이냐에 따라 다르죠."

"어쨌든 멋진 아이디어네요!"

고티에 르브룅의 시선이 식탁 위에서 덮개를 쓰고 기다리고 있는 요리 접시로 향했다.

"이봉 씨, 이곳의 앙두예트도 이곳의 플레이 리스트만큼 훌륭하겠죠……. 하지만 제가 한 군데 더 가서 그곳의 대표 요리라는 라클레트도 맛봐야 해서요. 앙두예트 시식은 다른 날로 미뤄도 될까요?"

이봉 씨는 그에게 편한 대로 하라고, 나중에 다시 와도 된다고 말했다. 금요일은 쿠스쿠스가 나올 때가 많은데 이 지역에서 제일 잘하는 집이라는 소리도 들어봤다고 덧붙였다. 음식평론가는 솔깃해하는 표정으로 모자와 수첩을 챙겼고 약간 주저하다가 이봉 씨를 덥석 끌어안았다.

"고맙습니다! 고마워요! 산다는 건 좋은 거죠!"

그는 문을 나서기 전에 한 번 더 뒤를 돌아보고 미소를 지었다.

"다시 올게요! 그때는 손님으로 올 겁니다!"

누르가 이제 막 춤판이 끝난 홀에서 나왔다. 그녀는 평론가가 도대체 뭐라고 했을지 궁금해하며 걱정스러운 눈빛을 했다. 오늘 저녁에 올 줄이야! 심지어 댄스 강습이 한창일 때! 혹시 무슨 일이라도 생기는 것 아닐지!

"《오베르주 드 프랑스》 기자가 좋게 봐줄 겁니다. 달랑 수돗물 한 잔만 마시고 갔지만!" 이봉 씨가 말했다.

그는 너털웃음을 터뜨리고는 아직도 따뜻한 앙두예트를 우적우적 씹어 먹기 시작했다.

45

몇 주 후

노크 소리가 났다.

폴레트는 침대에서 몸을 일으켰고 조르주는 잡고 있던 손을 놓았다. 폴레트는 남들에게 애정 행각을 들키고 싶어 하지 않았다. 누르가 빠끔하니 고개를 내밀었다.

"들어가도 될까요?"

이폴리트가 허락이 떨어지기도 전에 노란 미모사 꽃다발을 한 아름 안고 방으로 들어왔다.

"미모사꽃이 벌써 피었어요?" 폴레트는 병실에 생기를 돌게 하는 이 향기로운 침입에 반가워했다.

"이제 막 핀 겁니다!" 이봉 씨가 반만 움직이는 얼굴로 활짝 웃으면서 자랑스럽게 말했다.

"요즘은 계절이 따로 없죠, 그렇지 않아요?" 마르셀린이 말했다.

"우리 정원에서 제일 예쁜 열매가 왔습니다. 보세요!" 쥘리에트도 살금살금 병실에 들어왔다.

그녀는 천천히 폴레트의 침대로 다가갔다. 싸개에 파묻힌 갓난아기가 손가락을 쪽쪽 빨고 있었다. 아기는 온몸이 장밋빛에 약간 들창코였고 속눈썹이 까맣고 길었다. 고사리 같은 손이 엄마 손을 잡고 있었다. 쥘리에트가 아기를 노부인의 품에 넘겨주었다. 폴레트는 너무 작고 연약한 아기를 안기도 겁나는지 몸을 떨었다. 갓난아기가 이렇게 조그맣다는 것을 오랫동안 잊고 살아왔으니까.

"안녕, 귀여운 아가……." 폴레트가 속삭였다.

"아기 이름은 폴이에요." 쥘리에트가 말했다.

폴레트가 깜짝 놀라서 고개를 들었다. 그녀의 눈이 반짝였다. 작은 병실이 조용한 감동에 젖었다.

"음, 비슷한 이름의 누구처럼 한 성격 하면 안 되는데!" 이봉 씨가 짓궂게 농을 쳤다.

"애가 몇 살부터 클루 게임을 할 수 있을까요?" 누르가 물었다.

"누가 가르치느냐에 따라 다르죠!" 마르셀린은 이봉 씨를 쳐다보면서 들으라는 듯이 말했다.

"아무튼, 이제 마니또 게임도 한 명 더 끼워서 할 수 있겠네요! 이 아이는 힘들이지 않고 남들을 행복하게 해줄 거예요. 내느낌이 그래요……." 누르가 말했다.

이폴리트는 그 조그만 아기가 자기만큼 사람들을 행복하게할 수 있다는 말에 놀라서 아기에게서 눈을 떼지 못했다. 이봉씨가 그래도 이폴리트가 1등이라고 안심시켜주긴 했지만 말이다. 몇 주 전, 폴레트를 위해서 준비한 맛있는 점심 식사 자리에서 이폴리트는 점수를 많이 땄다.

폴레트는 연신 아기에게 귓속말을 소곤거렸다. 아기 왕자님의요람을 들여다보는 대모 요정처럼, 폴레트는 아기에게 지혜와용기와 유머 감각이 있기를 빌었다. 사랑과 모험과 발견을 한껏누리면서 오래오래 살기를 빌었다. 그리고 자신을 위해서는 몇달만이라도 더 살아——몇 년까진 바랄 수 없으니——이 아기가무럭무럭 크는 모습을 볼 수 있기를 바랐다. 그녀는 아기 이마에 조심스럽게 입을 맞추고 아기의 살냄새를 들이마셨다. 아기는 할머니의 머리를 싸맨 화사한 색감의 스카프에 홀렸는지 방긋방긋 웃었다.

폴레트가 아쉽지만 아기를 넘겨주려고 했을 때 아기가 울음을 터뜨렸다.

"배가 고픈가 봐요." 쥘리에트가 얼른 아기를 받으면서 말했다.

"아냐, 이봉 씨 목소리가 너무 커서 겁먹은 거야!" 마르셀린이 말했다.

"헛소리! 보통 똑똑한 애가 아니에요. 내 목소리만 듣고도 식사 시간인 줄 안 거예요! 나중에 내 감자튀김도 아주 좋아하겠군!" 이봉 씨가 말했다.

병실 안은 잔치 분위기였다. 새 생명의 탄생은 모두에게 희망과 기쁨을 불어넣었다. 머지않아 아기는 여인숙 사람들 모두의 마스코트가 될 터였다. 마르셀린과 누르가 아기방을 꾸몄다. 이봉 씨는 아기 요람을 샀다. 나무로 정교하게 짠 틀에 레이스가 늘어진 아주 예쁜 요람이었다. 누르는 폴레트에게 이봉 씨가 다락방을 아기방으로 개조하기로 결심했고 방이 정말 예쁘게 변했다고 얘기해주었다. 이폴리트는 손수 나무를 다듬어 아기 장난감을 만들었고 고양이와 민달팽이와 고슴도치 영웅들이 등장하는 재미있는 이야기를 꾸며냈다.

은은한 겨울 햇살이 창으로 스며들었다. 커다란 흰 침대에 누운 폴레트는 뺨이 홀쭉했다. 완연히 쇠약해진 모습이었지만 미소는 얼굴에서 떠나지 않았다.

"나, 점점 좋아지는 것 같아요!" 이 말과 달리 목소리는 가늘고 힘이 없었다. "조금 있으면 의사가 나보고 비결이 뭐냐고 물어볼지도 몰라! 내가 드디어 여인숙으로 돌아갈 때가 됐죠. 다들 내가 없는 동안 심심해서 어떻게 살았을까!" 폴레트는 끝까지 유머를 잃지 않았다.

쥘리에트가 고개를 끄덕끄덕했다.

"내가 온 다음부터 우리 여인숙에 독특한 색깔이 생겼죠, 그건 인정해야 해요……." 폴레트가 턱을 치켜들었다.

이봉 씨는 이 말에 괜히 분개하는 척했다. 아기가 쪽쪽 열심히 젖병 빠는 소리가 폴레트의 말에 맞장구를 치는 것 같았다. 아기가 함께한 덕분에 오늘의 문병객들은 모두 평온하게 애정을 품고 폴레트를 바라볼 수 있었다.

폴레트는 쥘리에트에게서 눈을 떼지 못했다. 그녀는 빛이 났다. 임신 때 오른 얼굴 살이 남아 있었는데 그게 훨씬 더 예뻐 보였다. 폴레트는 글로 시작한 로맨스가 어떻게 되고 있는지도 궁금했다. 그 남자 이름이 뭐라고 했더라? 맞다, 앙투안! 조르주가 어느 날 저녁 잠이 안 와서 여인숙 복도에 나갔다가 그 남자와 정면으로 마주쳤다고 했다. 노인은 그가 데이트에 데리러 올 때마다 쥘리에트가 얼굴이 활짝 핀다고 기뻐했다. 조르주는 이 연애에 누구보다 행복해했다. 그는 쥘리에트를 좋아했고 자신이 폴레트의 머리맡에서 읽어주는 연애 소설의 '해피 엔딩'을 좋아했다.

쥘리에트는 폴레트와 눈이 마주쳤다. 그녀는 다정하게 미소 지었다. 폴레트는 50년 전 여기와 비슷한 병실에 누워 있었던 자기 자신을 떠올렸다. 바퀴가 달린 투명 요람과 그 속에서 세상에 처음 눈을 뜬 조그만 아기가 사진처럼 또렷하게 기억났다. 그녀는 갓난아기에게 온통 마음을 빼앗겼고 잠시도 그 완벽한 얼굴에서 눈을 돌릴 수 없었다. 얇고 섬세한 귀, 고운 입술, 이마에 파르스름하게 비치는 가느다란 핏줄. 그 모든 것이 자연의 기적처럼 보였다. 자신이 이토록 정교하고 예쁜 것을 낳았다는 사실이 믿기지 않았다.

마르셀린이 그립고 뭉클한 분위기에서 화제를 바꿔주었다.

"폴레트, 조르주 선생님이 뉴스에서 당신 얘기한 거 알아요?"

조르주의 얼굴이 빨개졌다.

"아니에요, 마르셀린 말 듣지 마세요……."

"왜요! 텔레비전 방송국에서 조르주 선생님의 그루브 교실을 취재 나왔어요! 인터뷰까지 해놓고서!"

폴레트가 조르주를 바라보았다.

"뭐예요, 조르주, 나한테 비밀로 한 거예요?"

폴레트는 미소를 지었다. 조르주는 당장 그녀를 안아주고 싶었지만 간신히 참았다.

"이봉 씨가 그루브 교실이 열리는 금요일 저녁에는 식당을 열기로 했어요. 심지어 특별 메뉴도 내놓는답니다! 이봉 씨, 직접 얘기 좀 해봐요!" 마르셀린이 이봉 씨를 부추겼다.

"사실이에요! 심지어 모 국제 여행사의 안내 책자에도 우리 여인숙과 그루브 교실이 실렸다네요! 이제 전 세계 여행객이 몰려와 우리들의 댄서를 우러러보게 생겼습니다!" 이봉 씨가 말했다.

마르셀린이 이봉 씨의 옆구리를 팔꿈치로 찔렀다. 병실에 모인 사람들이 모두 웃음을 터뜨렸다. 조르주는 이러한 찬사 반 놀림 반에 몸 둘 바를 몰랐다. 그사이에 아기는 우유를 다 먹고 칭얼거리기 시작했다. 누르가 아기를 건네받고는 코를 찡그렸다.

"이봉 씨, 기저귀 가는 법 배웠죠?"

이봉 씨는 못 들은 척하고 미모사 꽃다발만 바라보았다. 이폴리트는 이봉 씨에게 그의 도움이 필요하다는 뜻으로 나무 딸랑이를 흔들어 보였다.

"자, 향기가 병실에 꽉 차기 전에 가봐야겠네요! 저희 갈 테니 좀 쉬세요." 쥘리에트가 웃으면서 말했다.

그러고는 폴레트의 손을 잡았다. "우리가 늘 그리워하는 거 아시죠?"

"오! 헛소리 집어치워요!" 폴레트는 갑자기 마음이 무거워졌지만 기세 좋게 받아쳤다. "내가 돌아가서 잔소리를 퍼부을 건데 그때도 그리울지 한번 봅시다! 얼른 가요! 나도 좀 쉬어야지!"

병실에서 문병객들이 한 명씩 나갔다. 이폴리트는 폴레트에게 손 키스를 날리면서 맨 나중으로 나갔다.

조금 있다가 이봉 씨가 헉헉대면서 다시 들어왔다. 아기 기저귀 가방을 깜박했던 것이다. 그는 장 위에 놓인 기저귀 가방을 바로 찾았다. 그가 폴레트의 이마에 키스하고 다시 나가려는데 노부인이 웃으면서 귓속말을 했다.

"이봉 씨, 내가 당신 고물 차에 탔던 날 기억나요? 우리는 그날을 영원히 잊지 못할 거예요."

이봉 씨는 미소를 지으면서 슬프기도 하고 행복하기도 했다. 그는 뼈밖에 안 남은 노부인의 팔을 잡고 가만히 안아주었다. 그러고는 자신의 거구가 쿵쿵 울리는 소리를 내지 않도록 살금 살금 걸어서 나갔다.

문이 닫히자마자 조르주는 노부인의 침대에 걸터앉았다. 그가 안주머니에서 꾸러미를 하나 꺼냈다.

"어머, 조르주, 뭐예요? 또 선물이에요? 우리가 축하할 일이 또 있나요?"

그것은 포장이 되어 있는 상자였다. 포장지에 봉투가 하나 끼워져 있었다. 폴레트는 손을 뻗어 안경을 챙겼다. 그러고는 카드를 꺼내 소리 내어 읽기 시작했다.

얼마 전부터 내 인생에 빛이 되어준 사랑하는 다정한 길동무여, 우리에게 남은 시간은 사랑과 웃음만 가득하기를 소망합니다. 조금 더 꿈을 꾸어도 된다면 우리가 마지막 여행을 함께 할 수 있기를 소망합니다. 가벼운 마음으로, 흔들리지 않는 발걸음으로, 바람과 사랑이 이끄는 대로 당신과 함께 떠나 둘만의 행복을 누리고 싶습니다.

설레는 마음으로.

조르주

그녀는 카드를 이불에 내려놓고 조르주의 시선을 외면했다. 그러고는 마디가 불거진 손가락으로 포장지를 벗겼다. 그 안에는 작지만 뭔가가 잔뜩 들어 두툼해진 수첩이 한 권 있었다. 폴레트가 수첩을 열어보았다. 공원을 산책할 때 간호사가 찍어준 두 사람의 사진이 첫 장에 붙어 있었다. 조르주는 활짝 웃고 있었고 폴레트는 몸을 꼿꼿이 세우고 입가에 얌전한 미소만 머금고 있었다. 그녀는 한 손으로 조르주의 팔을 잡고 다른 손은 그의 손에 얹고 있었다.

다음 장에는 그의 그림이 있었다. 파란색 잉크로, 다소 흔들린 선이 어떤 섬의 윤곽을 보여주었다. 그 밑에 두 사람의 실루엣이 수채화로 그려져 있었다. 벤치에 앉아 빌딩 숲 사이로 저무는 해를 바라보는 두 사람. 그림 위에는 하나하나 각기 다른 색 문자로 NEW YORK이라고 쓰여 있었다.

폴레트는 수첩을 한 장씩 넘기면서 그들 두 사람을 위해서 꼼꼼하게 세운 여행 계획을 보았다. 수첩은 그림과 에피소드, 소소한 계획과 설명으로 어떻게 그 대도시를 여행할지 자세하게 펼쳐 보였다. 조르주는 이 가이드북을 만들면서 폴레트가 보고 싶어 할 만한 장관, 그녀가 좋아하는 음식, 그녀의 몸 상태를 고려한 일정을 가장 우선시한 것 같았다. 그들에게 어울리는, 힘들지 않은 여행을 준비했던 것이다. 마라톤을 방불케 하는 여느 관광객들의 숨 가쁜 일정이 아니라 조르주 자신이 아는, 그가 꿈꾸고 사랑했던 뉴욕을 폴레트에게도 보여주기 위한 여행이었다. 6번가 모퉁이의 조그만 공원, 그곳으로 두 사람은 장미 향기를 맡으러 갈 것이다. 그리고 알록달록한 케이크를 파는 가게에 가서 인적 없는 테라스에서 간식을 즐길 것이다. 가로수 사이로 햇살이 춤추는 좁은 길을 걷고, 센트럴 파크에서 피크닉을 하고, 조르주가 아는 작은 이탈리아 음식점에서 아이스크림을 먹으며 석양을 볼 것이다. 비밀스러운 뉴욕, 맛있는 뉴욕이 그들을 기다리고 있었다.

노부인의 눈에서 흘러내린 눈물이 수첩 속 수채화에 똑 떨어졌다. 조르주가 다가가서 그녀를 안아주었다.

"같이 가는 겁니다? 두고 봐요! 금방 나을 거잖아요? 약속했어요?"

폴레트는 생이 허락한 행복을 하나하나 음미하듯 이 포옹을 음미했다. '여행의 약속이 이미 여행이지.' 그렇게 생각하니 가슴이 뭉클했다. 이윽고 폴레트는 조르주를 살짝 밀어내고 자기도 머리맡 서랍에서 봉투 하나를 꺼냈다. 조르주가 그 봉투를 받고 놀라서 눈을 치켜떴다.

그때 간호사가 노크를 했다.

"안녕하세요, 조르주 선생님, 잘 지내시죠? 폴레트 부인 치료 때문에 잠시 병실을 비워주셔야 하는데요."

조르주는 모자와 머플러를 챙겨서 정원으로 나갔다.

그는 나무가 울창한 공원을 마주 보는 벤치에 앉아 편지를 살펴보았다. 봉투 뒷면에 폴레트의 글씨가 보였다.

　　나를 용서해줄래요?

　조르주는 이 말을 어떻게 해석해야 할지 모른 채 고개를 들었다. 무슨 말을 하고 싶었던 걸까? 그는 흠칫 떨면서 머플러를 더 단단히 여몄다. 저 멀리 골짜기에서 해가 서서히 저무는 것이 보였다. 낮이 점점 짧아지면서 왠지 느낌이 좋지 않았다. 그럴수록 그들에게 남은 시간을 더 충실히 살고 싶었다. 나뭇가지에서 티티새 울음소리가 났다. 그는 봉투를 열었다. 딱딱하고 네모진 종이가 보였다. 뒤집어보니 비행기표였다. 뉴욕행 편도, 예약자 이름은 조르주였다. 그는 가슴이 미어졌다. 폴레트는 무슨 생각인 걸까? 조금 전 그는 두 사람의 여행을 약속했는데 한 장뿐인 비행기표를 받으니 당황스러웠다. 그는 비행기표를 한참 동안 응시하다가 봉투 안의 편지는 아직 읽지도 않았다는 것을 깨달았다. 그래서 천천히 편지를 펼쳤다.
　폴레트는 두툼한 가운으로 몸을 감싸고 팔에 주삿바늘을 꽂은 채 창가에서 조르주를 내려다보고 있었다. 그녀는 그를 보며 미소 지었다. 위에서 내려다보니 그이가 참 작아 보였다. 천국이 이런 거라면 빨리 적응할 수 있겠다는 생각이 들었다. 하늘에서 그이의 모자 밖으로 삐져나온 백발을 내려다보기만 해도 즐거울 성싶었다. 손끝으로 유리창을 만져보았다. 벌써 어지러웠다. 그녀는 조금만 더 서서 그이를 지켜보고 싶다고 생각하면서 마지막 남은 힘을 모아 침대를 붙잡았다.

　친애하는 메르시에 부인께,

　희망에 부풀어 이 편지를 씁니다. 경우 없다 생각지 마시고 이 편지를 그분께 전달하는 것이 적절하다고 판단하시거든 부디 그렇게 해주시기 바랍니다.

　부인 성함은 조녀선 C. 스미스 씨를 통해서 알았습니다. 존은 저희 집안과 오랜 친구이기 때문에 별 생각 없이 저에게 편지를 보여줬어요. 부인께서 고맙게도 전해주신 조르주 느뵈 선생님의 편지들을 꼼꼼하게 읽어보았습니다. 처음에는 단순한 호기심에서, 나중에는 떨리는 마음으로 몇 번이나 읽었지요. 그 편지들은 이제 다른 누구보다 저에게 각별한 의미가 있습니다.

　제 이름은 클레어 G. 애벗입니다. 글로리아 가버와 제러미 애벗 사이에서 태어난 딸이지요. 저는 1953년 9월 2일에 뉴욕 근교 뉴저지에서 태어났습니다. 아버지는 제가 열 살 때 어머니와 갈라섰습니다. 아버지는 굉장히 차갑고 고독한 분이었고 저에게도 살가운 편은 아니었습니다. 어머니는 6년 전에 돌아가셨습니다. 어머니가 돌아가신 후 한동안 마음이 힘들어 그 집에 발을 들이지 않았습니다. 하지만 유품을 정리해야만 했고 그때 비로소 어머니가 제 앞으로 남긴 편지 한 통을 보게 되었습니다.

　어머니는 우선 저를 얼마나 사랑했는지 말씀하셨습니다. 그 사랑을 꼭 기억하고 이후의 내용을 읽어달라고 하셨습니다. 어머니는 자기 과거의 일부를 털어놓으셨어요. 어머니는 젊어서 무용수로 명성을 날리던 때 어떤 남자와 사랑에 빠졌지만 결혼은 다른 남자와 했다고 하셨습니다. 그 사람과의 사랑은 짧았지만 무척 열렬했다고요. 운명적으로 그 사람의 아이를 갖게 됐지만 어머니는 그 남자가 미국을 떠나기 바로 전날 임신 사실을 알았습니다. 그 시대는 지금과 자못 달랐고, 어머니는 제가 아버지라고 생각했던 남자와 결혼하기로 결심했습니다. 그 이유를 설명할 필요는 없겠지요.

어머니는 저의 생물학적 아버지에 대해서 거의 알려주지 않으셨습니다. 굉장히 다정한 프랑스 사람이었다는 것밖에 몰라요. 어머니는 과거를 들춰 뭐 하겠느냐고, 그분과는 완전히 연락이 끊어졌다고 하셨습니다. 남편이 뭘 알고서 중간에서 손을 쓴 게 아닐까 의심도 하셨죠. 그토록 애정이 넘치던 사람이 연락 한 번 하지 않았을 리 없다면서요. 하지만 세월이 흘렀고 어머니는 사랑은 없지만 안전한 결혼의 울타리 속에서 제가 잘 크기만을 바라셨어요.

저도 그 일을 더 캐지 않기로 했습니다. 과거는 과거일 뿐이잖아요? 하지만 부인이 보내주신 편지를 읽고 나서부터 다른 생각을 하려야 할 수가 없습니다.

어머니가 형편이 어려울 때도 따로 선생님을 붙여가면서 제게 프랑스어를 가르쳤던 기억이 났습니다. 누구를 위해서 그랬을까요? 무엇을 위해서? 때때로 어느 길모퉁이에서 어머니를 사로잡던 우수를 기억합니다. 아버지의 냉랭한 태도를 기억합니다. 가족 중 누구하고도 닮지 않은 저의 파란 눈동자를 생각합니다. 그리고 제 이름도요. G.로 쓴 저의 미들네임은 조젯(Georgette)입니다.

2016년 11월 1일, 뉴욕에서

조르주(Georges)의 손에서 편지가 떨어졌다. 편지가 살짝 날아올랐다가 지친 구두 위에 내려앉았다. 폴레트는 창가에서 그이가 눈물을 흘리고 있겠구나 생각했다. 분노, 후회, 기쁨, 두려움이 섞여 있는 말 없는 슬픔이 눈물이 되어 흘러내리리라.

폴레트는 천천히 침대에 누웠다. 다리를 쭉 펴고 두툼한 이불을 덮었다. 몸이 떨렸다. 그래도 얼굴에는 희미한 미소가 떠올랐다. 이제 됐다. 이제 조르주는 행복해졌고 의지할 데가 생겼다. 대서양 저편에 그를 기다리는 사람이 있다. 그이는 그토록 사랑했던 도시를, 결국 맺어지지 못했던 사랑과 쏙 빼닮은 사람의 눈을 통해 다시 발견하게 되리라.

어느덧 달이 높이 떠 달빛이 포근하게 병실에 비춰주었다. 폴레트는 이 한바탕 촌극을 연출한 이가 정말 대단하다고 생각했다. 그녀를 시골 촌구석에 보내어 사랑을 찾고 생의 끝자락을 음미하게 하지 않았는가. 그리고 저이는 인생의 황혼에서 자신이 누군가의 아버지임을 알게 되지 않았는가. 폴레트가 아무리 머리를 굴렸어도 이렇게 절묘한 계획을 세우지는 못했을 것이다. 모든 것에 의미가 있었다. 그녀는 이제 알았다. 우리는 모두 바람에 떠밀려, 누군가가 공들여 안무한 춤을 추는 종이 인형들이다. 춤추는 순간을 음미하는 것은 우리에게 달려 있다. 그녀는 여전히 조르주를 기다리고 있을 행복을 상상하면서 한숨을 내쉬었다. 그 행복 가운데 어떤 것은 그와 공유할 수 있기를 소망하며, 그녀는 가만히 눈을 감았다.

독자들에게,
마지막으로 한마디 전합니다

이 책은 내 아버지의 여인숙에서 태어났습니다. 2016년 당시, 나는 남편과 두 아들과 함께 뉴욕에서 살고 있었습니다. 내 나라, 프랑스의 시골과 음식이 때때로 무척 그리웠습니다. 파리에 올 때마다 나는 얼굴의 반이 마비된 주인장이 유쾌한 하숙인들과 꾸리는 옛날식 여인숙에 일손을 거들러 갔습니다. 월 단위로 빌려주는 방, 텃밭, 민달팽이, 개성 강한 투숙객들, 푸짐한 음식…… 프랑스 냄새가 물씬 풍기는 그곳 생활이 참 좋았습니다! 앞치마를 두르고 오늘의 메뉴, 바쁘게 돌아가는 점심 영업, 홈메이드 감자튀김과 씨름하는 와중에 나는 주문 노트에다가 뭔가를 끼적거리기 시작했습니다. 어떤 문장, 어떤 이미지, 재기 넘치는 말을 적어두고 싶었습니다. 석판, 카운터에 팔을 괸 손님들, 아버지와 투숙객들 사이의 일화,…… 그 특별한 분위기를 포착해내고 싶었습니다. 그러다 어느 노부인을 알게 됐습니다. 늘 혼자 점심을 드시는 매력적인 할머니였지요. 그분은 전용석이 있었고 내가 주문을 받으러 가면 늘 역정을 내셨어요. 접객이 느려터졌다, 음식이 양만 너무 많다,…… 그러다 어느 날부터 그분을 뵐 수 없게 됐습니다. 이제 그분은 이 소설 속에 계속 살아 계십니다.

등장인물들의 너그러움과 삶의 기쁨은 실제로 내가 글을 쓰는 내내 함께했습니다. 그들과 함께한 여섯 달이 얼마나 행복했는지요! 이 책을 내놓으면서 나는 단지 독자들도 그들과 더불어 잔을 부딪치는 기쁨을 누리기를 바랐습니다. 이렇게 열렬한 성원을 보내주실 줄은 몰랐어요. 폴레트는 입소문을 타고 날개를 달았습니다. 마르셀린도 믿기 힘들어했어요! 이제 그들은 여러분 곁에서 노래하고 웃어댑니다…… 얼마나 신나는지 몰라요! 여러분의 친구도 불러오세요. 주인장이 제일 좋은 자리를 마련해뒀어요. 머릿수가 늘수록 잔치는 흥하는 법이죠!

이 책이 나올 수 있게 해주신 분들이 있습니다. 이봉 씨와 여인숙 사람들에게도 함께 감사를 드립니다.

여인숙과 텃밭의 운영자로서 빈틈없는 조언을 해주신 아버지께 감사드립니다. 등장인물의 모델이 되어주고 초보 종업원의 서툰 모습도 너그럽게 봐준 오베르주 드 바뇌의 손님들에게 감사드립니다.

장피에르 죄네 감독의 영화 「아멜리 풀랭의 놀라운 운명」은 일상의 시(詩)를 드러내는 특별한 재능으로 이 이야기에 영감을 주었습니다. 이 영화 속 인물들과 나의 작중 인물들이 닮았다면 우연이 아닐 겁니다.

이 소설을 언급해주고 응원을 보내준 블로거들에게도 감사드립니다. 서점 관계자들, 특히 나 같은 새내기 작가에게 기회를 만들어준 상드린, 카린, 필리프, 실비, 그 외 여러분에게 감사합니다. 여러분 덕분에 폴레트와 친구들이 독자들 곁으로 여행을 잘 떠날 수 있었습니다. 나한테는 그게 제일 중요했답니다.

폴레트를 열성적으로 지지해준 베로니크, 오드레, 그 외 포켓판 편집진에게 감사합니다. 원고를 다시 다듬어준 델핀, 와삭바삭 깨물어 먹고 싶은 표지를 만들어준 베네딕트에게 감사합니다.

엄마를 등장인물들과 기꺼이 나눠 가진 나의 태양들, 나의 두 아들 쥘과 마리위스가 고맙습니다.

마티외가 없었다면 이 이야기는 나올 수 없었을 겁니다. 조르주의 자상함과 우아함은 그에게서 왔습니다. 인생이 우리가 함께할 세월을 오래오래 남겨두었으면 좋겠습니다.

이 글을 읽고 있을 당신에게 감사드립니다. 처음부터 내 편이 되어준 독자들에게 감사드립니다. 앞으로 만나게 될 독자들에게 감사드립니다. 메시지를 보내주신 독자분들에게 감사드립니다. 여러분을 알게 되어 행복합니다! 여러분에게 특별한 기억으로 남은 할머니들에 대해서 얘기를 듣고 싶습니다. 책을 읽으면서 웃다가 울었다고 말해주신 분들이 있는데요,

힘이 들 때 슬픔에 미소의 옷을 입히는 것도 때로는 좋을 수 있다고 생각합니다.

내가 책을 쓰면서 즐거웠듯이 여러분의 독서가 즐거웠으면 좋겠습니다. 이 소설을 읽고서 사랑하고, 큰 소리로 웃고, 목청껏 노래하고 싶은 마음이 든다면 얼마나 좋을까요! 금방 또 찾아오겠습니다.

마음이 넓은 할머니들과 입맛 섬세한 고양이들과 일요일의 무용수들과 호의 넘치는 독자들에게 키스를 보내며.

안가엘

aghuon.auteur@gmail.com

행복은 주름살이 없다

초판 1쇄 발행   2021년 9월 10일
초판 2쇄 발행   2022년 5월 10일

지은이   안가엘 위옹
옮긴이   이세진
펴낸이   이종호
편 집   김미숙
디자인   씨오디
발행처   청미출판사
출판등록   2015년 2월 2일 제2015-000040호
주 소   서울시 마포구 토정로 158, 103-1403
전 화   02-379-0377
팩 스   0505-300-0377
전자우편   cheongmipub@daum.net
블로그   blog.naver.com/cheongmipub
페이스북   www.facebook.com/cheongmipub
인스타그램   www.instagram.com/cheongmipublishing

ISBN   979-11-89134-27-3   03860

* 책값은 뒤표지에 있습니다.